GRAMMAIRE LATINE

DE LHOMOND,

ENTIÈREMENT REFONDUE,

CONTENANT DE PLUS QUE L'ANCIENNE :

1° Plusieurs nouvelles règles de syntaxe, reconnues indispensables ;
2° Un numéro d'ordre à chaque règle, pour simplifier les recherches ;
3° Des nomenclatures de mots en nombre suffisant pour servir d'exercices
    sur les déclinaisons et sur les conjugaisons ;
4° Des remarques sur le *radical* et la *terminaison*, dans les mots *variables*,
    sur les *mots invariables*, sur les *racines primitives*, les mots compo-
    sés, etc. ;
5° Un traité d'analyse latine ;
6° Un traité de la construction latine ou analyse du *sujet*, du *verbe* et du
    complément, pour faciliter l'intelligence des auteurs ;
7° Quelques notions sur l'art de la traduction ;
8° Des *Questionnaires* sur les déclinaisons et sur chaque partie du discours,
    de même que sur la syntaxe d'*accord* et celle de *complément* ;
9° La *table des exemples* de toutes les règles de la syntaxe, avec le nu-
    méro de chacune, pour servir de *questionnaire* et de récapitulation,

ET

APPROPRIÉE AUX ÉTUDES DES LYCÉES, DES COLLÉGES, DES PETITS
SÉMINAIRES, ET DES INSTITUTIONS LIBRES ;

Par Aug. BRAUD.

NEUVIÈME ÉDITION,

REVUE PAR L'AUTEUR ET PAR DEUX PROFESSEURS DE L'UNIVERSITÉ.

OUVRAGE AUTORISÉ PAR LE CONSEIL SUPÉRIEUR
DE L'INSTRUCTION PUBLIQUE.

PARIS,

DEZOBRY, E. MAGDELEINE ET Cie, LIBRAIRES-ÉDITEURS,
Rue du Cloître-Saint-Benoît, 10
(Quartier de la Sorbonne).

1856

EXERCICES LATINS.

Première partie, contenant des Exercices à corriger sur les *Déclinaisons*, les *Adjectifs*, les *Comparatifs* et les *Superlatifs*, les *Pronoms*, les différentes espèces de *Verbes*, et où chaque chapitre commence par un *Questionnaire*; avec des *thèmes* élémentaires intercalés dans les Exercices.

Seconde partie, contenant un grand nombre d'*Exercices gradués* sur l'emploi de la Syntaxe. Dans l'un, l'élève trouve le texte pur des auteurs, avec la traduction en regard, et il y explique les règles dont il faut rendre compte; dans l'autre, sous forme de *thème*, il a à faire lui-même l'application de ces règles; et, pour chaque phrase, le texte de l'auteur lui est également donné en regard, à l'exception des mots qui font l'objet de l'Exercice. In-12, cart. Prix, 1 fr. 50 c.

5ᵉ édition, revue, corrigée et augmentée d'Exercices de thèmes élémentaires.

COURS DE THÈMES LATINS D'IMITATION,

AVEC DICTIONNAIRES.
Seconde édition.

1ʳᵉ partie (classes élément.), in-12, cart. Prix, 1 fr. 50.
2ᵉ partie (classe de 6ᵉ), in-12, cart. Prix, 1 fr. 25 c.

Corrigé du Cours de Thèmes,

Les deux parties réunies en 1 vol. in-12, cart. Prix, 2 fr. 50 cent.

THESAURUS MEMORIÆ,

Ou *Morceaux choisis de littérature latine*, extraits des auteurs classiques, et destinés à être appris par cœur.

1ʳᵉ partie (classes de 6ᵉ et de 5ᵉ), 3ᵉ édit., texte, br. Prix, 75 c.
2ᵉ partie (classes de 4ᵉ et de 3ᵉ), 2ᵉ édit., texte, br. Prix, 50 c.
Traduction, in-12, broché, chaque partie. 30 c.

Nouvelle Grammaire française des commençants, d'après Lhomond, contenant : Des définitions simples et faciles; plusieurs *questionnaires* sur chaque partie du discours; de *nouveaux procédés* pour faciliter les conjugaisons; des verbes modèles conjugués sous quatre formes : *forme affirmative*, — *forme interrogative*, — *forme négative*, — *forme interrogative* et *négative*; — une théorie complète du *verbe*, du *sujet*, de l'*attribut* et du *complément*; des règles très faciles à saisir sur les *participes*; un grand nombre de mots *dérivés*; des *homonymes*, etc., etc. — 3ᵉ édition, in-12. Prix, cart., 1 fr.

Nouveaux Exercices français d'analyse et d'orthographe, contenant : Un *questionnaire grammatical* en tête de chaque Exercice; de nouveaux *procédés* pour faire commencer l'*analyse* dès les premières leçons de Grammaire; de nombreux Exercices *analytiques* sur un nouveau plan; des Exercices d'*orthographe* basés sur les règles de la Grammaire; des Exercices variés sur la *conjugaison*, sur les *dérivés*, sur les *homonymes*, etc. — 1 vol. in-12. Prix, cart., 1 fr.

GRAMMAIRE LATINE.

NEUVIÈME ÉDITION.

UNIVERSITÉ DE FRANCE.

Paris, le 15 novembre 1838.

A M Aug. BRAUD , *Maître de pension,* à *Rochefort.*

Monsieur ,

J'ai examiné, en séance du Conseil royal de l'Instruction publique, le 30 octobre dernier, la Grammaire latine de Lhomond, entièrement refondue, pour laquelle vous avez sollicité la recommandation universitaire.

D'après le rapport qui a été fait sur cet ouvrage, j'ai pris une décision portant que l'usage en est autorisé dans les classes élémentaires et dans les classes de grammaire des Colléges royaux et communaux.

Cette décision sera notifiée incesamment à MM. les Recteurs des diverses Académies.

Recevez, Monsieur, l'assurance de ma considération.

Pour le Ministre de l'Instruction publique,
Grand-Maître de l'Université :

Le maître des Requêtes, Directeur,

Signé DELEBECQUE.

N. B. Par une *dépêche circulaire* du 20 avril 1839, M. le Ministre de l'Instruction publique informe MM. les Recteurs des diverses Académies de l'approbation dont cette Grammaire a été l'objet devant le Conseil supérieur, et les *invite* à en donner immédiatement connaissance à MM. les Proviseurs des *Lycées*, Principaux des *Colléges*, et autres chefs d'établissements.

Latins, dès que la *première déclinaison* est apprise. Une longue expérience nous permet d'assurer qu'en insistant sur chacune des *déclinaisons* et des *conjugaisons* par des exercices faits concurremment avec les devoirs ordinaires de la Grammaire, on obtient des résultats jusqu'alors inattendus. Les devoirs du volume d'*Exercices* ne sont pas un travail, mais une récréation pour l'élève, qui, presque toujours sûr de lui, aime à montrer qu'il a compris la partie correspondante de la Grammaire.

Dans la partie syntaxique de ces *Exercices*, l'élève trouve des phrases extraites des auteurs classiques, où il est appelé à expliquer l'emploi fait par ces auteurs des règles de sa grammaire ; dans le devoir suivant, il doit lui-même faire l'application de ces règles ; et, mis ainsi en présence d'excellents modèles de latinité, amené peu à peu et sans effort à produire un travail conforme à ces modèles, il acquiert promptement et sans peine toutes les notions qui se rattachent aux *classes élémentaires* et à la classe de *sixième*.

Ce double travail de *Grammaire* et d'*Exercices*, prescrit par les nouveaux programmes d'enseignement dans les Lycées, est tout à fait dans les idées de celui que nous avons publié pour l'étude de la langue française, et les principes du vertueux Lhomond n'ont pas cessé de nous servir de guide.

AVERTISSEMENT.

Le *Conseil supérieur* de l'Instruction publique, qui a donné son approbation à cette Grammaire dès la première édition (1), a bien voulu nous faire communiquer le rapport de la Commission d'examen. Nous y avons trouvé des observations que nous avons lues avec un soin scrupuleux, et nous en avons profité pour apporter à notre travail les modifications reconnues nécessaires ou utiles. Nous avons fait plus, nous avons réclamé le jugement éclairé de MM. les chefs et professeurs des divers établissements d'instruction secondaire; et, toutes les fois que les additions ou changements qu'ils nous ont proposés se sont trouvés d'accord avec le plan que nous avons adopté, nous avons déféré avec empressement aux désirs de MM. les professeurs. Cet appel au corps enseignant nous a paru un moyen sûr de mettre ce livre à la hauteur des besoins actuels des études, sans toutefois lui rien faire perdre de sa qualité de livre élémentaire.

Nous nous applaudissons chaque jour d'avoir tenu cette conduite. Nous sommes également heureux de la faveur qu'ont trouvée, devant MM. les professeurs, nos *Exercices*

---

(1) « *Cette nouvelle production est certainement préférable à ce* » *qu'avait originairement donné Lhomond, et elle peut entrer utile-* » *ment en concurrence avec les ouvrages de même genre qui sont le* » PLUS EN VOGUE. »
(Extrait du rapport fait au Conseil royal de l'Instruction publique, par la Commission d'examen, le 30 octobre 1838.)

Latins, qui sont un complément de notre Grammaire, qui sont comme un délassement pour les enfants studieux, et qui concourront puissamment, nous l'espérons, à leur faciliter l'étude de la langue de Cicéron.

Indépendamment des additions mentionnées au titre de ce livre, et qui ne se trouvaient pas dans les premières éditions, MM. les professeurs nous sauront peut-être gré des suivantes :

Notions sur la *prononciation* de certaines lettres et sur la *lecture* en latin ; moyens sûrs et faciles de décliner sans fautes, de découvrir le *génitif,* qui n'est donné ordinairement qu'en abrégé dans les grammaires et dans les dictionnaires ; liste des noms de la troisième déclinaison qui ont le génitif pluriel en *ium ;* un *résumé* sur chaque déclinaison ; *notions* générales sur les *genres ;* plusieurs *questionnaires ;* nouvelles *observations* sur les verbes *attributifs,* sur les *parfaits,* les *impératifs,* les *radicaux,* etc. ; les principales *racines primitives* des mots ; les *initiales* et les *désinences* des mots composés et autres, pour en rendre la signification plus facile ; de nouveaux *développements* sur l'analyse logique, etc., etc.

Puissent ces nouveaux éléments profiter à la jeunesse, et concourir à propager de plus en plus l'œuvre du vertueux Lhomond, dont les instructions simples et faciles demeurent gravées dans tous les esprits, et le nom, dans tous les cœurs !

La première condition, la condition indispensable à remplir pour bien faire un thème et une version, c'est de savoir imperturbablement *décliner* et *conjuguer.* A cet égard nous engageons instamment MM. les professeurs à mettre entre les mains de leurs élèves notre volume d'*Exercices*

invariables, parce qu'ils ne varient jamais, c'est-à-dire qu'ils s'é-
crivent toujours de la même manière.

L'*Article* manque en latin : ainsi le mot *rosa,* par exemple, signifie également *rose, la rose, une rose.*

LE NOM OU SUBSTANTIF (1).

2. Le *nom* ou *substantif* est un mot qui sert à désigner et à
nommer une personne ou une chose, comme *Pierre, Paul,
livre, vertu.* — *Petrus, Paulus, liber, virtus.*

3. *Des Genres et des Nombres.*

1° Il y a en français deux genres, le genre *masculin,* et le
genre *féminin.* Les noms qui conviennent à l'homme seul, ou
aux animaux mâles, sont du genre *masculin,* comme *Pierre*
(Petrus) ; *fils* (filius) ; *lion* (leo). Les noms qui conviennent à
la femme seule, ou aux animaux femelles, sont du genre *féminin,* comme *Marie* (Maria) ; *fille* (filia) ; *lionne* (leæna).

Ensuite, par imitation, on a donné le genre *masculin* ou le
genre *féminin* à des choses qui ne sont ni *mâles* ni *femelles* :
ainsi on a fait *jardin* (hortus), du masculin ; *rose* (rosa), du
féminin, etc.

En latin, il y a un troisième genre qu'on appelle *neutre.*
Les noms qui ne sont ni du genre masculin, ni du genre féminin, sont du genre *neutre.* (*Neutre* vient du latin *neutrum,*
qui signifie *ni l'un ni l'autre.*)

Les noms n'appartiennent pas toujours au même genre dans
les deux langues : ainsi *arbre* est masculin en français, et
arbor est féminin en latin ; *fleur* est féminin en français, et
flos est masculin en latin, etc.

Le genre est ainsi marqué dans les dictionnaires et dans
cette grammaire : *m* pour le masculin, *f* pour le féminin, *n*
pour le neutre.

2° Il y a dans les noms deux nombres : le *singulier* et le
pluriel. Le *singulier* désigne une seule personne ou une seule
chose : *un homme* (homo), *une rose* (rosa) ; le *pluriel* annonce plusieurs personnes ou plusieurs choses : *les hommes*
(homines), *les roses* (rosæ).

Des Cas.

4. En latin, le nom change sa dernière syllabe : ainsi *rosa*
fait *rosæ, rosam, rosarum, rosis, rosas.* Ces différentes ma-

(1) *Nom* vient du verbe NOMINARE, *nommer, donner un nom* ; *substantif* vient de SUBSTANTIA, *substance, essence.*

nières de finir ou de terminer un nom s'appellent *cas* (de *casus*, chute, *désinence*).

Il y a en latin six cas : le *nominatif*, le *vocatif*, le *génitif*, le *datif*, l'*accusatif*, et l'*ablatif*.

Le *nominatif* et le *vocatif*, se nomment cas *directs* ; et les autres, cas *obliques* ou *indirects*.

Radical et Terminaison.

5. Dans un nom, il faut distinguer deux parties, le *radical* (de *radix*, racine) et la *terminaison*. Le *radical* est la partie qui demeure invariable à tous les cas (1) ; la *terminaison* ou désinence est la partie qui varie suivant le nombre et le cas.

Pour obtenir le *radical* d'un nom, il suffit de retrancher la terminaison du génitif singulier. C'est toujours au *génitif* et non au nominatif qu'il faut recourir pour connaître le radical.

Déclinaison.

6. Décliner un nom (2), c'est écrire ou réciter de suite les six cas de ce nom dans les deux nombres.

Il y a en latin *cinq* déclinaisons différentes, que l'on distingue entre elles par le *génitif singulier* et le *génitif pluriel*.

Pour décliner un nom, on écrit ou on récite d'abord le *nominatif* et le *vocatif* ; puis, arrivé au *génitif*, on remarque bien le *radical*, auquel on ajoute, pour les cas suivants, les terminaisons du nom qui sert de modèle.

PREMIÈRE DÉCLINAISON.

7. La *première* déclinaison a le génitif singulier terminé en *æ*, et le génitif pluriel en *arum*, comme le modèle suivant :

Singulier féminin.

Nominatif.	Ros a,	la rose.
Vocatif.	Ros a! ô rosa !	rose! ô rose !
Génitif.	Ros æ,	de la rose.
Datif.	Ros æ,	à la rose.
Accusatif.	Ros am,	la rose.
Ablatif.	Ros â,	de la rose.

---

(1) Il faut excepter le *nominatif* et le *vocatif*, où le radical est souvent altéré, surtout dans la *troisième* déclinaison.

(2) *Décliner* vient de *declinare* (décliner, pencher, aller en pente), parce qu'on descend du premier jusqu'au dernier cas, par des énonciations successives.

GRAMMAIRE LATINE.

NOTIONS PRÉLIMINAIRES.

NOTA. Les paragraphes précédés d'un astérisque doivent être laissés de côté, jusqu'à ce que l'élève ait acquis quelque connaissance des règles générales de la déclinaison et de la conjugaison. C'est seulement lorsqu'il sera familier avec les déclinaisons et les conjugaisons régulières, qu'il deviendra utile de lui montrer les exceptions et d'y exercer son intelligence.

Il est sans doute inutile d'avertir les maîtres que l'élève, au bout de quelque temps, doit *toujours* avoir deux leçons à réciter, l'une pour repasser ce qui a été vu, l'autre pour la partie sur laquelle on a en vue de l'exercer particulièrement. Rendu à la syntaxe, l'élève devra, malgré une récitation sans-faute, justifier la règle sur chaque exemple cité; les mots *que voyez-vous dans cet exemple? — Comment? — Pourquoi?* etc., doivent être sans cesse à la bouche du maître. (Cela s'adresse seulement aux jeunes professeurs.)

De l'alphabet latin et de la lecture.

1° L'alphabet latin (1) se compose, comme le français, de vingt-cinq lettres, dont *six* voyelles, *a, e, i, o, u, y,* et *dix-neuf* consonnes.

2° En France, nous prononçons les lettres latines comme celles de notre alphabet, excepté les suivantes :

3° *E* est toujours fermé, comme dans *vérité.* Il ne produit jamais le son de l'*a; prudente,* prononcez *prudinté.*

4° *Æ* se prononce aussi comme *é : æternitas* (éternité).

5° *OE,* comme *é* ou *ei* en français : *pœna* (peine).

6° *E* produit le même son que *i,* avant *m* ou *n,* au commencement et dans le corps d'un mot : *ensis* (épée), *membrum* (membre), *mensa* (table), prononcez : *insis, mimbrum, minsa.*

7° *U* produit le même son que *o,* avant *m* ou *n :* ainsi la première syllabe des mots *umbra, unda,* se prononce comme dans le français correspondant *ombre, onde.* A la fin d'un mot, on prononce *u m,* comme s'il y avait *omme,* ainsi la fin du mot *virum* se dit comme le français correspondant *homme; bellum* (la guerre), prononcez : *bellomme,* etc.

8° *Ch* se prononce toujours comme *K : machina* (machine), *charitas* (charité), *chorus* (chœur), prononcez : *makina, karitas, korus.*

9° *G,* suivi de *n,* a toujours le son de *gue : agnus* (agneau), *ignorans* (ignorant), prononcez comme s'il y avait *aguenus, iguenorans.*

_____

(1) *Alphabet.* Ce mot vient de l'Alphabet grec, dont la première lettre se nomme *alpha,* et la seconde *béta.*

1.

10° *Gu,* suivi de *a,* prend le son de *gou:* lingua(langue), prononcez : *lingoua.* Cependant *árguat* (de *arguo....* arguere, accuser) se prononce *argu-at,* en séparant *u* de la voyelle suivante, comme dans le mot français *argu-er.*

Gu, suivi de *o,* forme le son de *go :* languor (langueur), prononcez *langor.* — *Gu,* suivi de *e* ou *i,* ne change pas de son ; ainsi dans les mots *langueo* (je languis), *unguis* (ongle), on donne à *ue* le son de *ué,* en une seule syllabe, et à *ui,* celui qu'il a dans *aiguille.*

11° *Qu* a le son de *cou* avant la lettre *a : aqua* (l'eau) ; il a celui de *cu* avant *e* ou *i : que* (et), *qui* (qui, lequel) ; il se prononce comme *c* dur ou *K* avant *o* ou *um : quod* (ce qui *ou* ce que), *quùm* (lorsque), etc.

12° Le *T,* suivi de *i* et d'une autre voyelle, prend le son de *s,* comme en français : *actio* (action), satietas (satiété).

13° La consonne finale se fait toujours aussi fortement sentir que s'il y en avait deux : *Rosam, aliquem, musicen, pater, dies, caput,* etc.

Rose, quelqu'un, musique, père, jour, tête, etc.

Prononcez : *Rosamm, aliquemm, musicenn, paterr, diess, caputt,* etc.

14° En latin, comme en français, on entend par *diphthongue* la réunion de deux *voyelles* en une seule syllabe. Les principales diphthongues latines sont *æ, œ, au, eu, ei.* Les deux premières se prononcent comme dans les mots ci-dessus (4° et 5°) *Æternitas, pœna,* et les trois autres, comme en français.

Remarque. Eu n'est diphthongue que dans les interjections *heu !* (hélas!), *heus!* (holà!) ; dans les noms grecs, comme *Orpheüs* (Orphée), *Morpheus* (Morphée), etc., et au commencement des mots, comme dans *Eubœa* (l'île Eubée), *Europa* (l'Europe), *Eurotas* (l'Eurotas, fleuve), etc. — Dans tous les autres cas, *eu* se prononce *é-u,* et forme deux syllabes : *Alveus* (le lit d'un fleuve), *clypeus* (bouclier), *Deus* (Dieu), etc., prononcez *alvé-uss, clypé-uss, Dé-uss,* etc.

Ei n'est diphthongue que dans les mots *hei !* (hélas!), *queis* pour *quibus* (auxquels, auxquelles). Dans tous les autres mots *ei* se divise en deux sons *é-i,* et appartient à deux syllabes : *alvei, clypei, Dei,* prononcez : *alvé-i, clypé-i, Dé-i.*

DES PARTIES DU DISCOURS.

N° 1. Il y a en latin neuf sortes de mots ou parties du discours : le *Nom* ou *Substantif,* l'*Adjectif,* le *Pronom,* le *Verbe,* le *Participe,* l'*Adverbe,* la *Préposition,* la *Conjonction* et l'*Interjection.*

Les cinq premiers mots sont appelés *mots variables,* parce qu'ils varient dans leurs terminaisons ; les quatre derniers sont dits *mots*

2° Dans les noms en e (music e), il n'y a, au sing., que le *datif* qui ait une terminaison latine (music æ). Il faut remarquer le génitif en es, l'acc. en en et les trois cas semblables en e (nominat., vocat. et ablat.).

3° Dans les noms en es (comet es), la terminaison latine se présente au *génitif* et au *datif*. Le *vocat.* et l'*ablat.* sont en e, et l'*accusat.* en en.

Quelques noms propres en es ont le vocatif en a: Orestes, Oreste, vocat. Oresta! — Atrides, le fils d'Atrée, voc. Atrida!

4° * La plupart des noms en e et en es ont, indépendamment de cette forme grecque, la terminaison régulière a du latin : music a, æ, ou music e, es, la musique; grammatica, æ, ou grammatic e, es, la grammaire; — cometa, æ, ou cometes, æ, la comète, etc. Du temps de Cicéron, et avant lui, on se servait de préférence de la forme latine.

5° Dans les noms en as (comme Æne as), l'*accusatif* a une double terminaison (am et an); la première est plus usitée en prose, et la seconde, en poésie.

Déclinez sur *Music e* (n° 10) :

F. Grammatic e, es, *la grammaire.*
F. Epitom e, es, *l'abrégé.*
F. Od e, es, *l'ode.*
F. Cybel e, es, *Cybèle* (s. plur.).

F. Penelop e, es, *Pénélope* (id.).
F. Physic e, es, *la physique* (id.).
F. Rhetoric e, es, *la rhétorique* (id.).
M. Josu e, es, *Josué* (id.).

Sur *Comet es* (n° 11) :

M. Geometr es, æ, *le géomètre.*
M. Pyrit es, æ, *la pierre à feu.*
M. Alcid es, æ, *Hercule* (sans pluriel).

M. Anchis es, æ, *Anchise* (s. pl.).
M. Pelid es, æ, *Achille* (id.).
M. Philoctet es, æ, *Philoctète* (id.)

Sur *Æne as* (n° 12) :

M. Andre as, æ, *André* (s. pl.).
M. Bore as, æ, *la bise* (vent).

M. Jonath as, æ, *Jonathas* (s. pl.).
M. Tiar as, æ, *la tiare.*

(Voy. le vol. des *Exercices Latins*, n° 1 à 13.)

Noms irréguliers.

13. * Le nom *familia* fait *familiâs* au *génitif*, lorsqu'il est précédé de l'un des mots *pater, mater, filius : pater-familiâs*, le père de famille; *mater-familiâs*, la mère de famille; *filius-familiâs*, le fils de famille. Dans ces composés, le premier mot seul se décline, et *familiâs* reste indéclinable.

14 * Génitif pluriel en ûm. —Les noms patronymiques (1) et plu-

(1) Les noms *patronymiques* sont ceux qui désignent une personne par un mot dérivé du nom de son aïeul, de son père, ou de

sieurs noms composés de *cola* ou de *gena* (1), comme *Dardanidæ*, les descendants de Dardanus ; — *cœlicolæ*, les habitants du ciel ; — *terrigenæ*, les fils de la terre, font souvent par la syncope (2) des lettres *ar*, le génitif plur. en *ûm* au lieu de *arum* : *Dardanidûm*, *cœlicolûm*, *terrigenûm* au lieu de *Dardanidarum*, *cœlicolarum*, etc.

SECONDE DÉCLINAISON.

15. La *seconde* déclinaison a le génitif singulier terminé en *i*, et le génitif pluriel en *orum*, comme le modèle suivant :

Singulier masculin.

Nom.	Domin us,	le Seigneur.
Voc.	Domin e !	Seigneur !
Gén.	Domin i,	du Seigneur.
Dat.	Domin o,	au Seigneur.
Acc.	Domin um,	le Seigneur.
Abl.	Domin o,	du Seigneur.

Pluriel.

Nom.	Domin i,	les Seigneurs.
Voc.	Domin i !	Seigneurs !
Gén.	Domin orum,	des Seigneurs.
Dat.	Domin is,	aux Seigneurs.
Acc.	Domin os,	les Seigneurs.
Abl.	Domin is,	des Seigneurs.

Remarques. 1° Les noms en *us* de cette déclinaison font le *vocatif singulier* en *e* ; ce sont les seuls où ce *vocatif* diffère du *nominatif*. — On emploie le *vocatif* avec ou sans l'interjection *ô* : *Domine !* ou *ô Domine !*

2° L'*ablatif* est semblable au *datif*, dans les deux nombres.

3° Presque tous les noms en *us* sont *masculins* ; il n'y a guère d'exception que pour les noms d'arbres, qui sont *féminins*.

Ainsi se déclinent tous les noms dont le *génitif* singulier est terminé en *i*, et le *génitif* pluriel, en *orum* :

---

sa mère, comme *Alcides, æ* (Hercule), le petit-fils d'Alcée ; *Pelides, æ* (Achille), le fils de Pélée ; *Æneades, æ* (Iule ou Ascagne), le fils d'Énée, etc. La désinence *des* ou *ides* de ces sortes de noms est empruntée du grec (v. Burn. Gr. grecq. 193). Ces noms se déclinent comme *cometes* (v. 11).

(1) *Cola* vient du verbe *colere*, habiter. — *Gena* vient de *gignere*, produire, engendrer.

(2) *Syncope.* Ce mot signifie *retranchement*.

Pluriel féminin.

Nominatif.	Ros æ,	les roses.
Vocatif.	Ros æl	roses!
Génitif.	Ros arum,	des roses.
Datif.	Ros is,	aux roses.
Accusatif.	Ros as,	les roses.
Ablatif.	Ros is,	des roses.

REMARQUES. 1° Dans tous les noms en *a* de cette déclinaison, le *vocatif* singulier est semblable au *nominatif*, et le *datif* singulier, semblable au *génitif*.

2° La terminaison de l'*ablatif* singulier est toujours longue, et s'écrit ainsi, *â*; c'est par là qu'elle diffère de la terminaison du *nominatif* et du *vocatif*, qui est brève.

3° Au pluriel, le *vocatif* est toujours semblable au *nominatif*, et l'*ablatif* toujours semblable au *datif*. Il en est de même dans toutes les autres déclinaisons.

4° Cette déclinaison ne comprend guère que des noms féminins, pour les *choses*, et des noms masculins, pour les *personnes*. Cependant sont *masculins* les noms de choses, *cometa*, la comète; *planeta*, la planète, et quelques noms de fleuves, *Garumna*, la Garonne; *Sequana*, la Seine.

5° Au *vocatif*, on emploie ou non l'interjection *ô* : *Rosa!* ou ô *Rosa!*

Ainsi se déclinent tous les noms dont le génitif singulier est terminé en *æ*, et le génitif pluriel en *arum*:

Noms féminins (1).

Fabula, fabulæ, *la fable.*
Herba, herbæ, *l'herbe.*
Hora, horæ, *l'heure.*
Mensa, mensæ, *la table.*
Musa, musæ, *la muse.*
Pagina, paginæ, *la page.*

Porta, portæ, *la porte.*
Statua, statuæ, *la statue.*
Familia, familiæ, *la famille.*
Historia, historiæ, *l'histoire.*
Hostia, hostiæ, *la victime.*
Via, viæ, *le chemin, la rue.*

Noms masculins sur Rosa.

Agricola, æ, *le laboureur.*
Advena, æ, *l'étranger.*
Incola, æ, *l'habitant.*
Nauta, æ, *le matelot.*

Pincerna, æ, *l'échanson.*
Pirata, æ, *le pirate.*
Poeta, æ, *le poète.*
Propheta, æ, *le prophète.*

8. DATIF ET ABLATIF PLUR. EN *abus*. Quelques noms féminins de cette déclinaison, surtout *dea* (la déesse) et *filia* (la

---

(1) En tête de ses exercices de déclinaison, l'élève doit copier la *règle* de son devoir Ici, c'est la règle n° 7; plus loin, ce sera celle du n° 8, puis du n° 9, et ainsi de suite jusqu'à la fin des déclinaisons.

fille), ont le *datif* et l'*ablatif* plur. terminés en *abus* au lieu de *is*.

Deæ, les déesses, dat. et ablat. plur. *deabus*.

Filiæ, les filles, dat. et ablat. plur. *filiabus*.

Par cette terminaison en *abus*, on distingue ces noms féminins des noms masculins correspondants de la seconde déclinaison, (*Deus*, Dieu et *Filius*, Fils), qui font *is* aux deux cas dont il s'agit (1).

Noms tirés du grec.

9. * La première déclinaison comprend des noms tirés de la langue grecque; ces noms se présentent avec trois terminaisons différentes au nominatif: quelques-uns sont terminés en *e*, d'autres en *es* et d'autres en *as*.

Presque tous les noms en *e* sont *féminins;* tous les autres en *es* ou en *as*, sont masculins. Voici la déclinaison de ces noms:

Singulier.

10. * *Féminin.*	11. * *Masculin.*	12. * *Masculin.*
Nom. Music e.	Comet es.	Æne as.
La musique.	*La comète.*	*Ænée.*
Voc. Music e!	Comet e!	Æne a!
Gén. Music es.	Comet æ.	Æne æ.
Dat. Music æ.	Comet æ.	Æne æ.
Acc. Music en.	Comet en.	Æne am *ou* Æne an.
Abl. Music e.	Comet e.	Æne â.

Remarques. 1° Dans tous ces noms à terminaisons grecques, le pluriel, quand il existe, se décline régulièrement comme *ros æ, arum* : nom. *comet æ*, voc. *comet æ!* gén. *comet arum*, dat. *comet is*, acc. *comet as*, abl. *comet is*.

---

(1) Les deux noms *Dea* et *Filia* sont les seuls dont on trouve des exemples dans les auteurs, avec la terminaison *abus*: cependant presque tous les grammairiens attribuent cette forme au *datif* et à l'*ablat.* plur. des onze noms suivants :

Anima, l'âme; *domina*, la maîtresse; *famula*, la servante; *serva*, l'esclave; *socia*, la compagne; *asina*, l'ânesse; *conserva*, la compagne d'esclavage (l'esclave); *equa*, la jument; *mula*, la mule; *liberta*, l'affranchie, et *nata*, la fille, à cause des noms masculins correspondants:

Animus, l'esprit; *dominus*, le seigneur; *famulus*, le serviteur; *servus*, l'esclave; *socius*, le compagnon; *asinus*, l'âne; *conservus*, le compagnon d'esclavage (l'esclave); *equus*, le cheval; *mulus*, le mulet; *libertus*, l'affranchi; *natus*, le fils (V. n° 15).

La terminaison *abus* ne se trouve nulle part pour les cinq premiers noms; et pour les six autres, elle ne se rencontre que dans les inscriptions. Il ne faut donc l'admettre que pour les cas où il y aurait possibilité de confondre le nom féminin avec le nom masculin correspondant.

2° Il faut pourtant observer, pour plus de facilité dans la déclinaison, que, des deux i qui se trouvent au *génitif* des noms en *ius* (fili i), le premier fait partie du radical, et le second appartient à la terminaison.

Déclinez donc comme *filius* les noms suivants :

M. Geni us, i,	*le génie.*		M. Horati us, i,	*Horace.*
M. Antoni us, i,	*Antoine.*		M. Pompei us, i,	*Pompée.*
M. Cai us, i,	*Caius.*		M. Virgili us, i,	*Virgile.*

19. *Observations.* 1° Tous les noms communs en *ius*, autres que *filius* et *genius* (n° 18), ont le vocatif en *ie.*

2° Les noms propres qui ne sont pas d'origine latine, comme *Darius*, et quelques noms propres dérivés d'adjectifs, comme *Delius*, Apollon (*le dieu de Délos*), ont aussi le vocatif en *ie.* Voc. *Darie!* *Delie!*

Déclinez régulièrement sur *Dominus* les noms suivants et leurs analogues, en ayant soin de conserver *i* au radical (n° 6).

M. Gladi us, gladi i,	*l'épée.*		M. Radi us, i,	*le rayon.*
M. Lani us, i,	*le boucher.*		M. Deli us, i,	*Apollon.*
M. Modi us, i,	*le boisseau.*		M. Laerti us, i,	*Ulysse* (le fils
M. Nunti us, i,	*le messager.*			de *Laërte*).

Noms tirés du grec.

20. * Les noms propres en *eus* qui sont tirés du grec conservent plusieurs de leurs terminaisons grecques. Ils ont le vocatif en *eu.*

Nom.	Orpheus (1),	*Orphée.*
Voc.	Orpheu !	*Orphée !*
Gén.	Orphe i *ou* Orphe os,	*d'Orphée.*
Dat.	Orphe o *ou* Orphe i,	*à Orphée.*
Acc.	Orphe um *ou* Orphe a,	*Orphée.*
Abl.	Orphe o,	*d'Orphée.*

On rencontre quelquefois la terminaison *on* à l'accusatif de ces noms (*Orpheon*).

Ainsi se déclinent les noms suivants :

Morpheus,	*Morphée.*	Prometheus,	*Prométhée.*
Perseus,	*Persée.*	Theseus,	*Thésée.*

(Voy. le vol. des *Exercices Latins*, n°° 14 à 25.)

(1) Dans ces noms, *eu,* du nomin. et du vocat., forme une diphthongue et se prononce en une seule syllabe (v. *notions prélim.* 14°).

Noms neutres de la seconde déclinaison.

21. La seconde déclinaison, outre des noms masculins et des noms féminins, comprend encore des noms *neutres* (v. 3).

Ces noms ont trois cas semblables, au singulier et au pluriel : le *nominatif*, le *vocatif* et l'*accusatif*. Ces trois cas sont terminés en *um* au sing., et en *a* au pluriel.

Singulier neutre.

Nom.	Templ um,	le temple.
Voc.	Templ um!	temple!
Gén.	Templ i,	du temple.
Dat.	Templ o,	au temple.
Acc.	Templ um,	le temple.
Abl.	Templ o,	du temple.

Pluriel neutre.

Nom.	Templ a,	les temples.
Voc.	Templ a!	temples!
Gén.	Templ orum,	des temples.
Dat.	Templ is,	aux temples.
Acc.	Templ a,	les temples.
Abl.	Templ is,	des temples.

Déclinez sur ce modèle les noms *neutres* suivants :

N. Bell um, i,	*la guerre.*	N. Vin um, i,	*le vin.*
N. Brachi um, i,	*le bras.*	N. Viti um, i,	*le vice.*
N. Coll um, i,	*le cou.*	N. Arma, orum,	*les armes*
N. Exempl um, i,	*l'exemple.*		*(sans sing.)*.
N. Foli um, i,	*la feuille.*	N. Pelag us, i,	*la mer* (s. pl.).
N. Studi um, i,	*l'étude.*	N. Vulgus, i, *le vulgaire* (s. pl.).

Rem. 1° * La terminaison *um* est celle des noms neutres de cette déclinaison ; il faut pourtant excepter *virus* (venin), *pelagus* et *vulgus*. Ces deux derniers noms sont même employés quelquefois avec le genre *masculin* et se déclinent sur *Dominus*.

2° * La terminaison *on* se rencontre dans quelques noms neutres d'origine grecque : *Lexic on, lexic i* (lexique, dictionnaire) ; *barbit-on, barbit i* (lyre, harpe), etc.

3° * Quelques noms propres de personnes sont terminés en *um*, et se déclinent sur *templum*, quoiqu'ils ne soient pas de ce genre : *F. Glycerium, Glycerii*, Glycère (nom de femme dans Térence) ; *F. Sancta Eustochium*, Sainte Eustochie, *G. Sanctæ Eustochii*.

(Voy. le vol. des *Exercices Latins*, n°ˢ 26 à 38.)

22. * Génitif singulier. Dans les noms en *ius* et en *ium*, les poètes font souvent une contraction (17) au génitif singulier : *Virgilius*, gén. *Virgili*, au lieu de *Virgilii* ; *imperium*, gén. *imperi*, au lieu de *imperii*, etc.

Génitif pluriel. Les poètes font souvent aussi, dans les noms

M. Animus, i, *l'esprit.*
M. Asinus, i, *l'âne.*
M. Conservus, i, *le compagnon d'esclavage, l'esclave.*
M. Equus, i, *le cheval.*
M. Famulus, i, *le serviteur.*

M. Libertus, i, *l'affranchi.*
M. Mulus, i, *le mulet.*
M. Natus, i, *le fils.*
M. Servus, i, *l'esclave.*
M. Socius, ii, *le compagnon.*
(Voyez le renvoi du n° 8.)

Nota. Ces noms, qui ont le *datif* et l'*ablatif* pluriels en *is*, comme le modèle *Dominus*, sont les correspondants masculins des noms féminins indiqués au renvoi du n° 8 ci-dessus. Cela explique pourquoi ces noms féminins peuvent avoir quelquefois le datif et l'ablatif pluriels en *abus*.

Déclinez encore sur *Dominus :*

Mascuslins :

Avus, i, *le grand-père.*
Capillus, i, *le cheveu.*
Cervus, i, *le cerf.*
Lupus, i, *le loup.*
Populus, i, *le peuple.*

Féminins.

Cupressus, i, *le cyprès.*
Ficus, i, *le figuier.*
Laurus, i, *le laurier.*
Malus, i, *le pommier.*
Populus, i, *le peuplier.*

Rem. Les noms d'arbres et d'arbustes en *us* sont du genre *féminin,* parce qu'on sous-entend le mot *arbor* (arbre), qui est de ce genre. Il faut pourtant excepter *dumus* (buisson épais), *rubus* (buisson, quelquefois *fém.*), et *spinus* (prunier sauvage), qui sont *masculins.*

Noms masculins en er et en ir.

16. Il y a des noms de la seconde déclinaison qui ont le nominatif singulier terminé en *er* ou en *ir.* Dans ces noms, le *vocatif* est semblable au *nominatif.* Les terminaisons des autres cas sont les mêmes que celles du modèle *Dominus.*

Singulier masculin.

Nom. Puer, *l'enfant.*
Voc. Puer ! *enfant !*
Gén. Puer i, *de l'enfant.*
Dat. Puer o, *à l'enfant.*
Acc. Puer um, *l'enfant*
Abl. Puer o, *de l'enfant.*

Pluriel masculin.

Puer i, *les enfants.*
Puer i ! *enfants !*
Puer orum, *des enfants.*
Puer is, *aux enfants.*
Puer os, *les enfants.*
Puer is, *des enfants.*

Remarques. 1° Dans *puer,* et dans tous les noms en *er* et en *ir* de cette déclinaison, la terminaison a été supprimée au *nominatif* et au *vocatif.* On a d'abord dit au nominatif *puerus* et au vocatif *puere.*

2° Plusieurs noms en *er* perdent l'*e* du radical, au *génitif* et à tous les cas qui le suivent : *Aper* (sanglier), génit. *apri,* pour *aperi* (1).

3° Tous les noms en *er* et en *ir* sont *masculins.*

(1) Pour décliner ces noms, il faut (v. n° 6) prendre, dans le *gé-*

Ainsi se déclinent les noms suivants :

Gener, gener i, *le gendre.*	Ager, agr i, *le champ.*
Socer, socer i, *le beau-père.*	Aper, apr i, *le sanglier.*
Vir, vir i, *l'homme.*	Liber, libr i, *le livre.*
Levir, levir i, *le beau-frère.*	Magister, magistr i, *le maître.*

Noms irréguliers.

17. Les trois noms *Deus*, Dieu, *agnus*, l'agneau, et *chorus*, le chœur, ont aussi le *vocatif* semblable au *nominatif.*

Deus n'a pas d'autre irrégularité au singulier que le *vocatif;* mais au pluriel, il éprouve une altération dans son radical, et une contraction (1) à quelques cas. Voici comment il se décline :

	Singulier masculin.		*Pluriel* (chez le Païens).	
Nom.	De us,	Dieu.	Di i *ou* Di,	*les Dieux.*
Voc.	De us!	Dieu!	Di i *ou* Di!	*Dieux!*
Gén.	De i,	*de Dieu.*	De orum,	*des Dieux.*
Dat.	De o,	*à Dieu,*	Di is *ou* Dis,	*aux Dieux.*
Acc.	De um,	Dieu.	De os,	*les Dieux.*
Abl.	De o,	*de Dieu.*	Di is *ou* Dis,	*des Dieux.*

On voit que le radical *De,* du sing. *Deus,* se change en *Di* à quatre cas du plur.; de plus on peut faire la contraction au *nominat.* et au *vocat.*, ainsi qu'au *dat.* et à l'*ablat.* pluriels : *Di* pour *Dii; Dis* pour *Diis.*

18. Il y a des noms en *ius,* de la seconde déclinaison, qui ont le *vocatif* en *i;* ce sont les deux noms communs *filius* (le fils) et *genius* (le génie), et tous les noms propres de Romains, comme *Horatius* (Horace), *Virgilius* (Virgile), etc. Ce vocatif se forme par la contraction de *ie* en *i* long.

	Singulier masculin.		*Pluriel masculin.*	
Nom.	Fili us,	*le fils.*	Fili i,	*les fils.*
Voc.	Fili!	*fils!*	Fili i!	*fils!*
Gén.	Fili i,	*du fils.*	Fili orum,	*des fils.*
Dat.	Fili o,	*au fils.*	Fili is,	*aux fils.*
Acc.	Fili um,	*le fils.*	Fili os,	*les fils.*
Abl.	Fili o,	*du fils.*	Fili is,	*des fils.*

Remarques. 1° A l'exception du *vocatif* sing., on voit que les terminaisons de ces noms sont les mêmes que celles du modèle *Dominus.*

---

natif, le *radical,* que l'on obtient en retranchant la terminaison *i,* puis ajouter, pour les autres cas, les désinences du modèle *puer.*

(1) *Contraction.* On appelle *contraction,* la réduction de deux syllabes en une seule : *Di* pour *Di i, Dis* pour *Di is,* etc.

Nux, nuc is, *la noix.*
(Ops), op is, *le secours* (au pl.
les richesses).
(Prex), prec is (inusité au sing.,

excepté à l'abl.; *prece*), *plur.*
prec es, prec um, *les prières.*
Vox, voc is, *la voix.*

Observations *. 1° Les quatre noms *daps, frux, ops* et *prex* sont inusités au *nominat.* singulier.

2° Les quatre noms *arbor*, arbre, *honor*, honneur, *labor*, travail, et *lepor*, agrément, font aussi au nominatif, surtout en poésie, *arbos, honos, labos, lepos*; et au génitif, *arbor is, honor is, labor is, lepor is* (comme *Soror*).

3° Les *monosyllabes* de la liste ci-dessus sont à peu près les seuls qui aient le génitif plur. en *um*.

24 * *Remarques.* 1°. Jupiter, *le dieu Jupiter*, fait au *gén.* Jovis, au *dat.* Jovi, etc.

2° Bos, *bœuf*, fait au *gén.* bovis; au *dat.* bovi, etc.— *Plur.* boves, *gén.* boum, *dat.* et *abl.* bobus (quelquefois *bubus*).

3° Supellex (fém.); *mobilier*, fait au *gén.* supellectil is, au *dat.* supellectil i; etc. Ce nom étant collectif ne s'emploie bien qu'au singulier.

(Voy. le vol. des *Exercices Latins*, n°ˢ 39 à 52.)

25. *Noms neutres de la troisième déclinaison*, qui ont le *génitif* pluriel terminé en *um* :

Singulier neutre.		Pluriel neutre.	
Nom.	Corpus , *le corps.*	Corpor a, *les corps.*
Voc.	Corpus ! *corps!*	Corpor a ! *corps!*
Gén.	Corpor is, *du corps.*	Corpor um, *des corps.*
Dat.	Corpor i, *au corps.*	Corpor ibus, *aux corps.*
Acc.	Corpus , *le corps.*	Corpor a, *les corps.*
Abl.	Corpor e, *du corps.*	Corpor ibus, *des corps.*

Rem. Il a déjà été dit (n° 24) que les noms neutres ont trois cas semblables, tant au singulier qu'au pluriel : le *nominat.*, le *vocat.* et l'*accusat.* Au plur., ces trois cas sont toujours terminés en *a.*

Noms neutres à décliner sur le modèle Corpus :

Caput, capit is, *la tête.*
Crus, crur is, *la jambe.*
Fœdus, eris, *l'alliance.*
Littus, oris, *le rivage.*
Lumen, inis, *la lumière.*
Marmor, oris, *le marbre.*
Mel, mell is, *le miel* (sans *gén.* ni *dat.* pl.)
Nemus, oris, *le bois* (forêt).

Olus, eris, *le légume.*
Os, or is, *la bouche* (sans *gén.* plur.).
Papaver, eris, *le pavot.*
Pectus, oris, *la poitrine.*
Pecus, oris, *le troupeau.*
Tempus, oris, *le temps.*
Vulnus, eris, *la blessure.*
Iter, itiner is, *route, voyage.*

26. Le nom *vas* (le vase), génitif *vasis*, se décline au sing. sur *corpus*; au plur., il fait *vasa, vasorum*, et se décline sur *templa* (n° 21).

27. La plupart des noms que nous venons de voir (23, 25) ayant au génitif une syllabe de plus qu'au nominatif, sont appelés *imparisyllabiques*. (Non *pareils* en syllabes.)

Les noms imparisyllabiques ont l'ablatif singulier en *e* et le génitif pluriel en *um*. Il n'y a d'exception que pour ce génitif ; les noms qui le font en *ium* se trouvent après le modèle *Avis*, ci-dessous. (Rem.)

Nota. Les noms *arbor, soror, uxor* sont les seuls *fém.* en *or*. Les noms *ador* (fleur de froment), *cor* (le cœur, n° 28), *æquor* (la mer) et *marmor* (le marbre, 25), sont les seuls *neutres* en *or*. Tous les autres sont *masculins*.

(Voy. le vol. des *Exercices Latins*, n°ˢ 53 à 66.)

NOMS PARISYLLABIQUES.

Génitif pluriel en ium.

28. Il y a, dans la troisième déclinaison, des noms qui ont un *pareil*, un même nombre de syllabes au génitif et au nominatif : on les appelle pour cela *parisyllabiques*. Ces noms ont le génitif pluriel en *ium* et non pas en *um* (1).

Singulier féminin.		Pluriel féminin.	
Nom. Av is,	*l'oiseau.*	Av es,	*les oiseaux.*
Voc. Av is!	*oiseau!*	Av es!	*oiseaux!*
Gén. Av is,	*de l'oiseau.*	Av ium,	*des oiseaux.*
Dat. Av i,	*à l'oiseau.*	Av ibus,	*aux oiseaux.*
Acc. Av em,	*l'oiseau.*	Av es,	*les oiseaux.*
Abl. Av e(2),	*de l'oiseau.*	Av ibus,	*des oiseaux.*

Déclinez ainsi, avec le génitif pluriel en *ium* :

Noms masculins.

Coll is, *la colline.*	Sodal is, *le compagnon.*
Crin is, *le cheveu.*	Test is, *le témoin.*
Ens is, *l'épée.*	(M. F.) Torques, is *et torquis, le*
Host is, *l'ennemi.*	*collier.*
Mens is, *le mois.*	Uter, utr is, *une outre.*
Orb is, *le cercle.*	Venter, ventr is, *le ventre.*
Pisc is, *le poisson.*	Vermis, is, *le ver.*

Noms féminins.

Auris, *l'oreille.*	Ovis, *la brebis.*
Cædes, is, *le meurtre.*	Pellis, *la peau.*
Caro, carnis, *la chair.*	Rupes, is, *le rocher.*
Clades, is, *la défaite.*	Sedes, is, *le siége.*
Messis, *la moisson.*	Vestis, *l'habit.*
Nubes, is, *le nuage.*	Vulpes, is, *le renard.*

---

(1) Voir les exceptions au n° **32** *bis*.

(2) Au lieu d'*ave*, on trouve l'ablat. *avi*, dans le sens de *présage*.

de peuples, le génitif pluriel en *ûm* au lieu de *orum*, par la syncope (14) des lettres *or* : *Danai, Argivi* (les Grecs). gén. plur. *Dana ûm, Argiv ûm*, pour *Danaorum, Argivorum.*

En prose même ou trouve cette syncope :

1" Dans les mots *Deus*, Dieu; *liber*, enfant; *socius*, allié : gén. plur. *Deûm, liberûm, sociûm*, pour *Deorum, liberorum*, etc.

2° Dans les noms de monnaie et de mesure, tels que *sestertius*, sesterce; *talentum*, talent; *stadium*, stade; gén. plur. : *sestertiûm, talentûm, stadiûm*, pour *sestertiorum, talentorum*, etc.

3° Dans les noms qui indiquent des professions ou des emplois publics, tels que *faber*, ouvrier; *ephorus*, éphore; *triumvir*, triumvir; gén. plur.: *fabr ûm, ephor ûm, triumvir ûm*, pour *fabrorum, ephororum*, etc.

TROISIÈME DÉCLINAISON.

23. La *troisième* déclinaison a le génitif singulier terminé en *is*, et le génitif pluriel en *um* ou en *ium*.

Cette déclinaison comprend des noms des trois genres.

Noms qui ont le génitif pluriel en um.

Singulier féminin.

Nom.	Soror ,	la sœur.
Voc.	Soror !	sœur!
Gén.	Soror is,	de la sœur.
Dat.	Soror i,	à la sœur.
Acc.	Soror em,	la sœur.
Abl.	Soror e,	de la sœur.

Pluriel féminin.

Nom.	Soror es,	les sœurs.
Voc.	Soror es !	sœurs!
Gén.	Soror um,	des sœurs.
Dat.	Soror ibus,	aux sœurs.
Acc.	Soror es,	les sœurs.
Abl.	Soror ibus,	des sœurs.

REMARQUES. 1° Au singulier, le *vocatif* est toujours semblable au *nominatif*. On y met ou non l'interjection *ô* : *Soror!* ou *ô Soror!*

2° Au pluriel, trois cas sont toujours semblables : le *nominatif*, le *vocatif*, et l'*accusatif*. Le *datif* et l'*abl.* sont toujours en *ibus*.

3° Dans beaucoup de noms de cette déclinaison, le radical est altéré au *nominatif*; c'est le génitif sing. qui offre le radical pur et complet, tel qu'il doit être aux autres cas. Pour bien décliner, il suffit donc d'ajouter au radical du *génitif* les désinences *is, i, cm, e*, pour le sing., *es, um, ibus* du modèle *soror*, pour le plur.

Ainsi se déclinent tous les noms *masculins* et *féminins*

dont le génitif singulier est en *is*, et le génitif pluriel en *um* : (1)

Noms masculins.

Labor, labor is, *le travail.*
Leo, leon is, *le lion.*
Sermo, sermon is, *le discours.*
Homo, homin is, *l'homme.*
Ordo, ordin is, *l'ordre.*
Aries, ariet is, *le bélier.*
Lapis, lapid is, *la pierre.*
Lepus, lepor is, *le lièvre.*
Miles, milit is, *le soldat.*
Panis, pan is, *le pain.*
Passer, passer is, *le moineau.*
Pater, patr is, *le père.*
Calix, calic is, *la coupe.*
Canis, can is, *le chien.*
Carcer, carcer is, *la prison.*
Cinis, ciner is, *la cendre.*

Consul, consul is, *le consul.*
Custos, custod is, *le gardien.*
Frater, fratr is, *le frère.*
Index, indic is, *l'indicateur.*
Judex, judic is, *le juge.*
Juvenis, juven is, *le jeune homme.*
Princeps, princip is, *le prince.*
Pulvis, pulver is, *la poussière.*
Sacerdos, sacerdot is, *le prêtre.*
Sanguis, sanguin is, *le sang* (sans plur.).
Senex, sen is, *le vieillard.*
Vates, vat is, *le poète, le prophète.*
Vultur, vultur is, *le vautour.*

Monosyllabes masculins.

Dux, duc is, *le chef.*
Flos, flor is, *la fleur.*
Fur, fur is, *le voleur.*
Grex, greg is, *le troupeau.*
Mos, mor is, *la coutume.*

Pes, ped is, *le pied.*
Rex, reg is, *le roi.*
Sol, sol is, *le soleil* (sans gén. pl.).
Splen, splen is, *la rate.* (s. plur.).
Sus, su is, *le porc.*

Noms féminins sur le modèle Soror :

Arbor, arbor is, *l'arbre.*
Uxor, uxor is, *l'épouse.*
Ratio, ration is, *la raison.*
Virgo, virgin is, *la jeune fille.*
Apis, ap is, *l'abeille* (génitif *um* ou *ium*).
Canis, can is, *la chienne.*
Potestas, potestat is, *le pouvoir.*
Mater, matr is, *la mère.*
Merces, merced is, *la récompense.*

Mulier, mulier is, *la femme.*
Palus, palud is, *le marais.*
Proles, prol is, *la race* (pl. rare).
Radix, radic is, *la racine.*
Seges, seget is, *la moisson.*
Servitus, servitut is, *la servitude.*
Strues, stru is, *un amas.*
Tellus, tellur is, *la terre* (sans plur.).
Virtus, virtut is, *la vertu.*

Monosyllabes féminins.

Crux, cruc is, *la croix.*
(Daps), dap is, *le festin.*
(Frux), frug is, *le fruit.*
Grus, gru is, *une grue.*

Hiems, hiem is, *l'hiver.* (Ce mot n'a que les cas en *es* au plur.)
Laus, laud is, *la louange.*
Lex, legis, *la loi.*

---

(1) N'oubliez pas que, *is* étant la terminaison du *génitif*, le reste du mot est le *radical* (V. 6).

REM. On décline également sur *avis*, avec le génitif pluriel en *ium*, tous les noms *imparisyllabiques* dont le radical finit par deux consonnes, comme les suivants :

Noms masculins.

Cliens, client is, *le client.*

Dens, dent is, *la dent.*

Fons, font is, *la source.*

Mons, mont is, *la montagne.*

Pons, pont is, *le pont.*

Rudens, rudent is, *le câble.*

Noms féminins.

Ars, art is, *l'art.*

Arx, arc is, *la citadelle.*

M. F. Calx, calc is, *le talon.*

Calx, calc is, *la chaux.*

Chors, chort is, *la basse-cour.*

Cohors, cohort is, *la cohorte.*

Falx, falc is, *la faux.*

Frons, frond is, *le feuillage.*

Frons, front is, *le front.*

Gens, gent is, *la nation.*

Glans, gland is, *le gland.*

Lanx, lanc is, *le bassin.*

Lens, lend is, *la lente (œuf de vermine).*

Lens, lent is, *la lentille.*

Mens, ment is, *l'esprit.*

Merx, merc is, *la marchandise.*

Mors, mort is, *la mort.*

Nox, noct is, *la nuit.*

Pars, part is, *une partie.*

Puls, pult is, *la bouillie.*

Sors, sort is, *le sort, la destinée.*

Stirps, stirp is, *la racine.*

Urbs, urb is, *la ville.* (Voir observ. n° 32 bis. — 2°.)

Nota. Les noms neutres *cor, cord is* (le cœur), *os, ossis* (l'os), font aussi *cordium, ossium,* au gén. pl.

29*. Les noms suivants se déclinent encore sur *Avis* ; mais, outre l'ablatif ordinaire en *e*, ils ont un second ablatif en *i*.

Masculins.

Amnis, *le fleuve.*

Anguis, *le serpent.*

Civis, *le citoyen.*

Fustis, *le bâton.*

M. F. Finis, *la fin.*

Ignis, *le feu.*

Imber, imbr is, *pluie d'orage.*

Postis, *la porte.*

Unguis, *l'ongle.*

Vectis, *le levier.*

Féminins.

Classis, *la flotte.*

Neptis, *la petite-fille.*

Abl. *Amne* ou *amni; angue* ou *angui,* etc.

Nota. L'ablatif en *e* est plus usité, surtout en prose. Cependant, à l'égard de *fustis,* on emploie *fusti* pour exprimer *le supplice du bâton,* et *fuste* pour le *bâton* lui-même.

30*. Il y a des noms en *is* qui ont l'accusatif en *em* ou en *im,* et l'ablatif en *e* ou en *i.* La forme la plus usitée sera placée ici la première.

Singulier féminin.

Nom.   Nav is (1),   *le navire.*

---

(1) Nous donnons pour modèle *navis,* au lieu de *securis,* parce que ce dernier, qui a le double accusatif *em* et *im,* n'a que la forme *i* à l'ablatif.

Voc.	Nav is !	*navire!*
Gén.	Nav is,	*du navire.*
Dat.	Nav i,	*au navire.*
Acc.	Nav em *ou* im,	*le navire.*
Abl.	Nav e *ou* i,	*du navire.*

Au plur. *nav es, nav ium,* sur *av es, av ium,* etc.

Déclinez ainsi les noms *féminins :*

Clavis, *la clef,* em, im, i, e.
Febris, *la fièvre,* im, em, i, e.
Pelvis, *un bassin,* im, em, i, e.
Puppis, *la poupe,* im, em, i, e.
Restis, *la corde,* im, em, e *seul.*

Securis, *la hache,* im, em, i *seul.*
Sementis, *semailles,* em, im, e, i.
Strigilis, *le frottoir,* em, im, i,
  e (gén. pl. *um* ou *ium*).
Turris, *la tour,* im, em, i, e.

31*. Les noms suivants font l'accusatif en *im* seulement, et l'ablatif en *i*. Ils ne s'emploient qu'au singulier, excepté *aqualis* et *vis.*

M. Aqualis, is, *pot-à-eau.*
F. Amussis, is, *le cordeau.*
F. Buris, is, *manche de charrue.*
F. Cannabis, is, *le chanvre.*
F. Ravis, is, *l'enrouement.*
F. Sinapis, is, *la moutarde.*
F. Sitis, is, *la soif.*
F. Tussis, is, *la toux.*

F. Vis, vis, *la force* (inusité au *dat. sing. —* Pl. *vires, virium,* comme *secures,* etc.).
M. Albis, is, *l'Elbe* (fleuve).
M. Arar et Araris, is, *la Saône.*
M. Athesis, is, *l'Adige.*
M. Liger *et* Ligeris, is, *la Loire.*
M. Tiberis, is, *le Tibre.*

Remarques. 1° L'ablatif se forme de l'accusatif, dont on retranche *m*. Ainsi, la plupart des noms qui ont un double accusatif, *em* et *im,* ont aussi un double ablatif *e* et *i* (*navis,* acc. *navem* ou *navim ;* ablat. *nave* ou *navi*). — Tous ceux qui n'ont que l'accusatif en *im,* n'ont également que l'ablatif en *i.* Cependant on a vu ci-dessus (n° 30) quelques noms qui ont le double ablatif *e* et *i,* quoiqu'ils n'aient que l'accusatif *em.*

2° Les noms de mois de cette déclinaison, tels que *Aprilis, is* (avril), *October, bris* (octobre), etc., font toujours l'ablatif en *i* (*Aprili, Octobri*), quoique l'accusatif soit en *em* (1).

(Voy. le vol. des *Exercices Latins,* n°ˢ 67 à 80.)

Noms neutres avec le génitif plur. en ium.

32. Les noms *neutres* de cette déclinaison, dont le nominatif est en *e,* en *al* ou en *ar,* ont toujours l'ablatif singulier en *i,* le *nominat.* pluriel en *ia* et le génitif plur. en *ium.*

_____

(1) Les noms de mois sont de véritables adjectifs pour lesquels on sous-entend *mensis ;* ceux dont le génitif sing. est en *is* se déclinent sur *fortis* (54). Cela explique pourquoi l'ablatif est en *i,* lorsque l'accusatif est en *em.*

	Singulier neutre.		Pluriel neutre.	
Nom.	Cubil e,	*le lit.*	Cubil ia,	*les lits.*
Voc.	Cubil e!	*lit!*	Cubil ia!	*lits!*
Gén.	Cubil is,	*du lit.*	Cubil ium,	*des lits.*
Dat.	Cubil i,	*au lit.*	Cubil ibus,	*aux lits.*
Acc.	Cubil e,	*le lit.*	Cubil ia,	*les lits.*
Abl.	Cubil i,	*du lit.*	Cubil ibus,	*des lits.*

Déclinez ainsi les noms *neutres* suivants :

Altar e, is, *l'autel.*
Ancil e, is, *le bouclier.*
Conclav e, is, *la chambre.*
Mantil e, is, *la serviette.*
Mar e, is, *la mer.*
Monil e, is, *le collier.*
Sedil e, is, *le siége.*
Mœn ia, ium, *les murailles* (sans sing.).

Animal,... alis, *l'animal.*
Cervical, alis, *l'oreiller.*
Tribunal, alis, *le tribunal.*
Vectigal, alis, *l'impôt.*
Calcar,... aris, *l'éperon.*
Exemplar,... aris, *et*
Exemplar e, is, *le modèle.*
Laquear, aris, *le lambris.*
Pulvinar, aris, *le coussin.*

REMARQUE. Les noms neutres en *al* et en *ar* sont considérés comme parisyllabiques, parce qu'ils étaient primitivement en *ale* et en *are*. — Avant de dire, par exemple, *animal, exemplar*, on a dit *animale, exemplare*.

(Voy. *Exercices Latins*, nᵒˢ 81 à 94.)

OBSERVATIONS SUR LE GÉNITIF PLURIEL.

32 (bis)*. 1° Nous avons vu (28 à 32) que les noms parisyllabiques ont le génitif pluriel en *ium*. Il faut excepter les huit noms suivants, qui ont le génitif pl. en *um*, et qui se trouvent à la suite du modèle *soror* (23) : *Canis, juvenis, panis, senex, vates, apis, proles, strues.*

Les noms parisyllabiques en *er* ont aussi, conformément à la règle, le génitif plur. en *ium* : *Venter* (ventre), gén. sing. *ventris*, gén. plur. *ventrium*. — *Uter* (outre), génitif sing. *utris*, gén. plur. *utrium*, etc. (28).

Cependant les quatre noms en *ter, pater, mater, frater* (23) et *accipiter* (épervier), ont le génit. plur. en *um*, par la raison qu'ils étaient primitivement *imparisyllabiques :* le gén. *patris* est pour *pateris ; matris* pour *materis*, etc. C'est par la syncope de *e* qu'ils sont devenus parisyllabiques.

2° Nous avons encore vu (28, REM.) que les noms imparisyllabiques dont le radical finit par deux consonnes ont le génitif pluriel en *ium*, comme *fons, fontis*, gén. plur. *fontium ; urbs, urbis* (ville), *urbium*, etc.

Il faut excepter les trois noms suivants : *consors, consortis* (compagnon) , gén. plur. *consortum ;* — *phalanx, phalangis* (la phalange), *phalangum ;* — *lynx, lyncis* (le lynx), *lyncum.*

3° Les dix monosyllabes suivants, quoiqu'ils n'aient qu'une consonne au radical, ont cependant aussi le gén. plur. en *ium* :

F. Dos, dot is, *la dot* (gén. plur. *dotum* ou *dotium*).
F. Fauces (pl. de l'inusité *faux*), *le gosier*, gén. pl. *faucium*.
M. Glis, glir is, *le loir* (sorte de rat).
M. Lar, lar is, *le dieu lare.*

F. Lis, lit is, *le procès.*
M. Mas, mar is, *le mâle.*
M. Mus, mur is, *le rat.*
F. Nix, niv is, *la neige.*
F. Strix, strig is, *oiseau de nuit.*
F. Trabs, trab is, *la poutre.*

4° Les trois noms plur. *optimates* (M.), les grands, *penates* (M.), les dieux pénates ou domestiques, et *compedes* (F. pl.), chaîne, ont encore le gén. plur. en *ium* : *Optimatium, penatium, compedium.*

Il en est de même des noms de peuples : *Quiris*, *Quiritis*, Romain ; *Samnis*, *itis*, Samnite, etc., gén. plur. *Quiritium, Samnitium.*

5° *Parens, parentis* (le père *ou* la mère), *Adolescens, adolescentis* (le jeune homme), ayant deux consonnes au radical, font au génit. plur. *parentium, adolescentium* ; mais on dit plus souvent *parentûm, adolescentûm*, en faisant la syncope de *i*.

Cette syncope est surtout fréquente dans les noms terminés par *ns*, et conséquemment dans les participes présents en *ans* et en *ens* : *loquentûm* pour *loquentium.*

6° *Volucris, is* (F. oiseau) fait *volucrûm* au gén. plur., quoiqu'il ait deux consonnes au radical. Primitivement il faisait *volucrium*, mais les auteurs n'admettent cette dernière forme que pour l'adjectif *volucer, volucris, volucre* (qui vole, 56), et c'est du fém. *volucris* qu'est formé le nom ci-dessus.

NOMS TIRÉS DU GREC.

33*. Les noms *neutres* en *ma* (gén. ....*matis*), d'origine grecque, ont une double forme au datif et à l'ablatif pluriels.

Singulier neutre.

Nom. Poema, *le poème.*
Voc. Poema! *poème!*
Gén. Poemat is, *du poème.*
Dat. Poemat i, *au poème.*
Acc. Poema, *le poème.*
Abl. Poemat e, *du poème.*

Pluriel neutre.

Nom. Poemat a, *les poèmes.*
Voc. Poemat a! *poèmes!*
Gén. Poemat um, *des poèmes.*
Dat. Poemat is *ou* poemat ibus, *aux poèmes.*
Acc. Poemat a, *les poèmes.*
Abl. Poemat is *ou* poemat ibus, *des poèmes.*

Rᴇᴍ. Le datif et l'ablatif pluriels en *is* sont empruntés à la seconde déclinaison (n° 24), et sont beaucoup plus usités qu'avec la terminaison *ibus*.

Déclinez ainsi les noms *neutres* qui suivent :

Ænigma, ænigmat is, *l'énigme.*	Emblema, atis, *l'emblème.*
Aroma, aromat is, *le parfum.*	Problema, atis, *le problème.*
Diadema, atis, *le diadème.*	Schema, atis, *forme, figure.*
Dogma, atis, *le dogme.*	Stratagema, atis, *le stratagème.*
Epigramma, atis, *l'épigramme.*	Systema, atis, *le système.*

34*. Plusieurs noms féminins en *sis*, tirés du grec, ont une double forme au *génitif* et à l'*accusatif* sing. La seconde forme est grecque, ainsi que celle du génitif pluriel, qui est en *eon.*

Singulier féminin.

Nom. Hæres is, *l'hérésie.*
Voc. Hœres is ! *hérésie!*
Gén. Hæres is *ou* hæres eos, *de l'hérésie.*
Dat. Hæres i, *à l'hérésie,*
Acc. Hæres im *ou* hæres in, *l'hérésie.*
Abl. Hæres i, *de l'hérésie.*

Pluriel féminin.

Nom. Hæres es, *les hérésies.*
Voc. Hæres es ! *hérésies!*
Gén. Hæres eon, *des hérésies.*
Dat. Hæres ibus, *aux hérésies.*
Acc. Hæres es, *les hérésies.*
Abl. Hæres ibus, *des hérésies.*

Déclinez ainsi les noms *féminins* qui suivent :

Anabas is , *la retraite.*	Metamorphos is, *métamorphose.*
Bas is, *la base.*	Neapol is, *Naples* (ville).
Cris is, *la crise.*	Phras is, *la phrase.*
Genes is, *la Genèse* (sans plur.).	Poes is, *la poésie.*
Mathes is, *la science.*	Thes is, *la thèse.*

35*. Il y a d'autres noms (*masc.* et *fém.*) tirés du grec, qui ont l'accusatif singulier en *em* ou en *a*, et l'accusatif pluriel en *es* ou en *as.*

Singulier masculin.

Nom. Heros, *le héros.*
Voc. Heros ! *héros!*
Gén. Hero is, *du héros.*
Dat. Hero i, *au héros.*
Acc. Hero em *ou* hero a, *le héros.*
Abl. Hero e, *du héros.*

Pluriel masculin.

Nom. Hero es, *les héros.*
Voc. Hero es ! *héros !* →
Gén. Hero um, *des héros.*
Dat. Hero ibus, *aux héros.*
Acc. Hero es *ou* hero as, *les héros.*
Abl. Hero ibus, *des héros.*

Rem. Les désinences *a* (acc. sing.) et *as* (acc. pl.) viennent de la déclinaison grecque. Il ne faut pas confondre la première (en *a*) avec un plur. *neutre.*

Ainsi se déclinent les noms suivants :

Masculins.

Adamas, adamant is, *diamant.*
Elephas, elephant is, *éléphant.*
Gigas, gigant is, *géant.*
Thrax, Thrac is, *le Thrace.*
Aer, aer is, *l'air* (sans pl.).
Æther, æther is, *l'air supérieur*
　　　　　　　　　　　(id.).
Crater, crater is, *une coupe.*
Hector, Hector is, *Hector* (n. pr.).

Macedo, Macedon is, *Macédonien.*
Phryx, Phryg is, *le Phrygien.*
Tros, Tro is, *le Troyen.*

Féminins.

Lacedæmon, Lacedæmon is, *La-
　　　　　　　　　　cédémone.*
Lampas, lampad is, *la lampe.*
Thorax, thorac is, *une cuirasse.*
Tyrannis, tyrannid is, *la tyran-
　　　　　　　　　　nie.*

36*. *Remarques.* 1° Quelques noms, outre le double accusatif, ont encore, au génitif singulier, une forme grecque en *os* :

M. Arcas, Arcad is *ou* Arcad os, *l'Arcadien.*
F. Æneis, Æneid is *ou* Æneid os, *l'Énéide.*
F. Pallas, Pallad is *ou* Pallad os, *Pallas* (la déesse).
M. Pan, *le dieu Pan,* n'a que des terminaisons grecques : *génitif* Panos; *accus.* Pana.

2° Certains noms en *is* peuvent avoir trois et même quatre terminaisons à l'accusatif singulier : *Tigris,* le Tigre (fleuve ou animal); gén. *Tigris, Tigridis* ou *Tigridos;* acc. *Tigridem* ou *Tigrida, Tigrim* ou *Tigrin.*

F. *Iris,* Iris, ou l'arc-en-ciel; gén. *Iridis* ou *Iridos;* acc. *Iridem* ou *Irida,* ou *Irin.*

3° Les noms propres masculins en *is* prennent de préférence l'accusatif en *im* ou en *in :* Daphnis, is, *acc.* Daphnim *ou* Daphnin; —Paris, *acc.* Parim *ou* Parin.

4° *Vocatif.* — Les noms propres en *is,* ou en *ys,* soit masculins, soit féminins, et les noms propres en *as,* gén. *antis,* perdent au vocatif *s* du nominatif : Alexis, *voc.* Alexi ; — Daphnis, *voc.* Daphni; — Iris, *voc.* Iri; — Atlas, Atlantis (*le mont Atlas*), *voc.* Atla. — Les noms propres en *es,* gén. *is,* perdent quelquefois aussi *s* du nominatif, et font le vocatif en *e,* comme s'ils étaient de la première déclinaison (sur *Cometes,* n° 14) : Socrates, is, *Socrate;* Pericles, is, *Périclès;* Sophocles, is, *Sophocle;* voc. ô *Socrate, Pericle, Sophocle!* L'autre forme de ce cas est semblable à celle du nominatif (23) : ô *Socrates, Pericles, Sophocles!*

(Voy. *Exercices Latins,* n°ˢ 95 à 108.)

QUATRIÈME DÉCLINAISON.

37. La *quatrième* déclinaison a le génitif singulier en *ús*, et le génitif pluriel en *uum.*

Cette déclinaison comprend des noms des trois genres.

Singulier féminin.

Nom.	Man us,	la main.
Voc.	Man us!	main!
Gén.	Man ûs,	de la main.
Dat.	Man ui,	à la main.
Acc.	Man um,	la main.
Abl.	Man u,	de la main.

Pluriel féminin.

Nom.	Man us,	les mains.
Voc.	Man us!	mains!
Gén.	Man uum,	des mains.
Dat.	Man ibus,	aux mains.
Acc.	Man us,	les mains.
Abl.	Man ibus,	des mains.

Au vocatif, on dit : *Manus!* ou *ô manus!*

Ainsi se déclinent les noms suivants :

Masculins.

Cest us, ùs,	le ceste.
Curr us, ùs,	le char.
Exercit us, ûs,	l'armée.
Fluct us, ùs,	le flot.
Fruct us, ùs,	le fruit.
Magistrat us, ûs,	le magistrat.

Senat us, ûs,	le sénat.
Sin us, ûs,	le sein, le golfe.
Vult us, ûs,	le visage.

Féminins.

An us, ûs,	la vieille.
Nur us, ûs,	la belle-fille.
Portic us, ûs,	le portique.

38. *Déclinaison du nom* Jesus. — Le nom de N. S. fait au nominat. *Jesus*, à l'accusatif *Jesum*, et *Jesu* à tous les autres cas.

NOMS NEUTRES DE LA QUATRIÈME DÉCLINAISON.

39. Les noms neutres de la quatrième déclinaison sont indéclinables au singulier, c'est-à-dire qu'ils ne changent point leur dernière syllabe ; mais ils se déclinent au pluriel.

Singulier neutre.

N. Cornu,	la corne.
V. Cornu!	corne!
G. Cornu,	de la corne.
D. Cornu,	à la corne.
Acc. Cornu,	la corne.
Abl. Cornu,	de la corne.

Pluriel neutre.

Cornu a,	les cornes.
Cornu a!	cornes!
Cornu um,	des cornes.
Corn ibus,	aux cornes.
Cornu a,	les cornes.
Corn ibus,	des cornes.

Ainsi se déclinent les noms neutres suivants :

Gelu, *la gelée* (sans plur.).		Tonitru,	*le tonnerre.*
Genu,	*le genou.*	Testu,	*vase de terre cuite.*

Remarque. On rencontre quelquefois *cornu* avec le génitif en *ûs*, *cornûs*. Il y a d'ailleurs un très petit nombre de noms invariables au singulier comme *cornu*.

NOMS IRRÉGULIERS.

40*. *Génitif singulier.* — Quelques noms de cette déclinaison, sur le modèle *manus* (37), se rencontrent avec le génitif en *i*, comme *senati*, *tumulti*, pour *senatûs*, *tumultûs*.

Datif singulier. — D'autres noms ont le datif en *u* pour *ui* (surtout dans Salluste et dans César) : *Equitatu* pour *equitatui*, *luxu* pour *luxui*, etc.

Datif et ablatif pluriels. — Les noms suivants font *ubus* au lieu de *ibus*, au datif et à l'ablatif pluriels.

M.	Arc us, ûs,	*un arc,*	Dat. et abl. pl.	arc ubus.
M. pl.	Art us, uum (*sans sing.*),	*les membres,*		Art ubus.
M.	Lac us, ûs,	*un lac,*		Lac ubus.
M.	Partus, ûs,	*l'enfantement,*		Part ubus.
F.	Spec us, ûs,	*une caverne,*		Spec ubus.
F.	Ac us, ûs,	*une aiguille,*		Ac ubus.
F.	Querc us, ûs,	*un chêne,*		Querc ubus.
F.	Trib us, ûs,	*une tribu,*		Trib ubus.
N.	Pec u (39),	*un troupeau,*		Pec ubus.

Rem. 1° Au moyen des datifs *arcubus*, *artubus*, *partubus*, on ne confond pas ces mots avec *arx* (citadelle), *ars* (art) et *pars* (partie), qui font au datif et à l'abl. plur. *arcibus*, *artibus*, *partibus* (28).

2° M. *Portus*, *ûs* (un port), fait *portubus* et *portibus*.

3° Parmi les noms neutres, *tonitru* (le tonnerre), *veru* (une broche), et *genu* (le genou), font également *ibus* et *ubus*.

41. DÉCLINAISON DU NOM *domus.*

(4ᵉ DÉCLINAISON MIXTE.)

Singulier féminin.

Nom.	Dom us,	*la maison.*
Voc.	Dom us!	*maison!*
Gén.	Dom ûs *et* Dom i,	*de la maison.*
Dat.	Dom ui *et* Dom o, (inusité)	*à la maison.*
Acc.	Dom um,	*la maison.*
Abl.	Dom o,	*de la maison.*

Pluriel féminin.

Nom.	Dom us,	*les maisons.*
Voc.	Dom us!	*maisons!*

Gén.	Dom uum *et* Dom orum,	*des maisons.*
Dat.	Dom ibus,	*aux maisons.*
Acc.	Dom us *et* dom os,	*les maisons.*
Abl.	Dom ibus,	*des maisons.*

Remarque*. *Domus,* comme on le voit, suit en partie la *seconde*, et en partie la *quatrième* déclinaison. Le gén. *Domi* n'est guère employé qu'adverbialement (question *ubi*), et signifie *à la maison, au logis, dans la patrie*. Le datif *Domo* ne se rencontre que dans les anciens auteurs.

Quelques noms, en petit nombre, suivent, comme *Domus,* la déclinaison de *Manus* et de *Dominus* (15). Ils ne reçoivent de la *quatrième* déclinaison, en poésie surtout, que les cas en *u* et en *ûs*, c'est-à-dire le génitif et l'ablatif singuliers, ainsi que le nominatif et l'accusatif pluriels. Tels sont :

F. Colus (gén. *i* ou *ûs*), *quenouille.*
F. Cornus (*i* ou *ûs*), *le cornouiller.*
F. Cupressus (id.), *le cyprès.*
F. Fagus (id.), *le hêtre.*

F. Ficus (*i* ou *ûs*) (1), *le figuier.*
F. Laurus (*i* ou *ûs*), *le laurier.*
F. Myrtus (id.), *le myrte.*
F. Pinus (id.), *le pin.*
M. Spinus (id.), *prunier sauvage.*

(Voy. *Exercices Latins,* n°ˢ 109 à 122.)

CINQUIÈME DÉCLINAISON.

42. La *cinquième* déclinaison a le nominatif singulier en *es*, le génitif singulier en *ci*, et le génitif pluriel en *erum*, comme le modèle suivant :

Singulier masculin, féminin.

Nom.	Di es,	*le jour.*
Voc.	Di es !	*jour!*
Gén.	Di ei,	*du jour.*
Dat.	Di ei,	*au jour.*
Acc.	Di em,	*le jour.*
Abl.	Di e,	*du jour.*

Pluriel masculin.

Nom.	Di es,	*les jours.*
Voc.	Di es !	*jours!*
Gén.	Di erum,	*des jours.*
Dat.	Di ebus,	*aux jours.*
Acc.	Di es,	*les jours.*
Abl.	Di ebus,	*des jours.*

(1) *Ficus* fait *ficis* et *ficubus* au datif et à l'ablatif pluriels. La première forme (*ficis*) est préférable (15).

2.

f̓ NOTA. Le mot *dies* est *masculin* et *féminin* au singulier; il est toujours *masc.* au plur. — *Meridies* (midi) est *masc.*, et ne s'emploie qu'au sing. — Tous les autres noms de la cinquième déclinaison sont du genre *féminin*.

Au vocatif, on dit : *dies!* ou *ô dies!*

Déclinez sur *Dies* les noms féminins qui suivent, et remarquez bien le *radical* :

Aci es, ei, *le tranchant, l'armée.*	Glaci es, ei, *la glace.*
Diluvi es, ei, *le déluge.*	Progeni es, ei, *la race.*
Effigi es, ei, *l'image.*	Res, rei, *la chose.*
Faci es, ei, *le visage.*	Speci es, ei, *l'apparence.*
Fid es, ei, *la foi* (sans plur.).	Spes, spei, *l'espérance.*

43*. REMARQUES. 1° Le *génitif*, le *datif* et l'*ablatif* pluriels ne sont pas usités, excepté dans les deux noms *dies* et *res*. Les autres noms ne peuvent donc avoir, au pluriel, que les cas en *es*.

2° Plusieurs noms de cette déclinaison ont en même temps une forme de la première; tels sont les suivants :

Barbaries *et* barbaria, *la barbarie.*	Materies *et* materia, *la matière.*
	Pigrities *et* pigritia, *la paresse.*
Durities *et* duritia, *la dureté.*	Segnities *et* segnitia, *indolence.*
Luxuries *et* luxuria, *le luxe.*	

La forme en *es* ne s'emploie qu'au *nominat.*, à l'*acc.* et à l'*abl.* sing.: *segnities, segnitiem* et *segnitie*.

3° Les mots *plebs*, *plebis* (peuple, populace), *requies*, *etis* (repos), qui sont de la troisième déclinaison, ont aussi une forme de la cinquième : *plebes*, gén. *pleb ei*; *requies*, gén. *requi ei*. Dans les livres liturgiques, on trouve toujours l'acc. *requiem*, au lieu de *requietem*.

DÉCLINAISON DES NOMS COMPOSÉS.

44*. Si le nom composé est formé d'un substantif et d'un adjectif au *nominatif*, les deux mots se déclinent à tous les cas, comme *Respublica* (de *res*, *rei*, 42, et de *publicus*, *a*, *um*, adjec *t.*).

Nom. Respublica, *la République.*
Voc. Respublica! *République!*
Gén. Reipublicæ, *de la République.*
Dat. Reipublicæ, *à la République.*
Acc. Rempublicam, *la République.*
Abl. Republicà, *de la République.*

De même : *N.* Nom. *Jusjurandum*, le serment (de *jus, juris*, 25, et de *jurandum*, part. fut. passif de *jurare*, jurer). Gén. *jurisjurandi*, dat. *jurijurando*, etc. (*Jus* se décline sur *corpus*, 25, et *jurandum* sur *templum*, 24.)

Mais si le nom est composé d'un *nominatif* et d'un *génitif*, on ne décline que le mot qui est au nominatif : *M.* Nom. *Paterfamilias* (13), le père de famille, gén. *patrisfamilias*, etc. — *M.* Nom. *Triumvir*, le triumvir (de *trium*, gén. pl. de *tres*, adject. numér., et de *vir*, homme, 16), gén. *triumviri*, du triumvir, etc. — *N.* Nom. *Senatusconsultum*, sénatusconsulte *ou* décret du sénat (de *senatûs*, gén. de *senatus*, sénat, et de *consultum*, décret), gén. *senatusconsulti*, du sénatus-consulte, etc.

(Voy. *Exercices Latins*, n°⁵ 123 à 137.)

45. TABLEAU GÉNÉRAL DES CINQ DÉCLINAISONS.

	1ʳᵉ Féminin.	2ᵉ Masculin.	3ᵉ Féminin.	4ᵉ Féminin.	5ᵉ Masc. et Fém.
N.	Ros a	Domin us	Soror	Man us	Di es
V.	Ros a!	Domin e!	Soror!	Man us!	Di es!
G.	Ros æ	Domin i	Soror is	Man ûs	Di ei
D.	Ros æ	Domin o	Soror i	Man ui	Di ei
Acc.	Ros am	Domin um	Soror em	Man um	Di em
Abl.	Ros â.	Domin o.	Soror e.	Man u.	Di e.

Pluriel.

N.	Ros æ	Domin i	Soror es	Man us	Di es
V.	Ros æ!	Domin i!	Soror es!	Man us !	Di es!
G.	Ros arum	Domin orum	Soror um	Man uum	Di erum
D.	Ros is	Domin is	Soror ibus	Man ibus	Di ebus
Acc.	Ros as	Domin os	Soror es	Man us	Di es
Abl.	Ros is.	Domin is.	Soror ibus.	Man ibus.	Di ebus.

46. REMARQUES. 1° Rappelons-nous que, dans toutes les déclinaisons, les *datifs* et les *ablatifs* pluriels sont semblables; il en est de même des *nominatifs* et des *vocatifs* pluriels.

2° Dans les noms *neutres*, le *nominatif*, le *vocatif* et l'*accusatif*, tant du singulier que du pluriel, sont toujours semblables, et ces trois cas, au pluriel, sont toujours terminés en *a*.

3° La seconde déclinaison est la seule où le *vocatif* singulier diffère du *nominatif* (Domine!).

4° La *première* et la *cinquième* déclinaison n'ont que des noms *masculins* et des noms *féminins*; la *seconde*, la *troisième* et la *quatrième* en comprennent des trois genres.

5° Au lieu du mot français *de*, qui se trouve après l'*ablatif* dans les déclinaisons, on emploie souvent *par, en, dans, avec*, etc. : a Deo, de Dieu ou par Dieu.

OBSERVATIONS SUR LA *quatrième* ET LA *cinquième* DÉCLINAISON.

*Il n'existait primitivement que *trois* déclinaisons : la *quatrième* et la *cinquième* ne sont que des formes contractées de la *troisième*.

Quatrième déclinaison (37). — Au génitif singulier, on disait autrefois *manuis*, d'où l'on a fait *manûs*, par la contraction de l'*u* du radical avec l'*i* de la terminaison. On trouve quelques exemples de ces vieux génitifs en *uis*. Dans Plaute : *Sumptuis*, pour *sumptûs* (dépense); dans Aulu-Gelle : *Senatuis, domuis,* pour *senatûs, domûs* (sénat, maison).

Le datif *manui* n'a pas de contraction, mais on trouve assez fréquemment *ui* contracté en *u: equitatu, luxu,* pour *equitatui, luxui* (ci-dessus 40). — A l'accusatif, *um* est pour *uem ;* à l'ablatif, *u* est pour *ue;* aux trois cas semblables du pluriel, *us* est pour *ues.*

Cela explique pourquoi l'*u*, qui est bref au nominatif *manus,* où il n'y a pas de contraction, est long au génitif (*manûs*) et aux trois cas semblables du pluriel, où l'*u* résulte de la contraction dont il vient d'être question.

Cinquième déclinaison (42). — La cinquième déclinaison est, comme la quatrième, une forme contractée de la troisième (1). Au génitif, *diei* est pour *dieis,* dont on a supprimé l'*s*. L'accusatif *diem* est pour *dieem :* aux trois cas semblables du pluriel, la terminaison *es* est également une contraction de *ees ;* le datif pluriel *ebus* est pour *eibus*. La voyelle *e* est longue à tous les cas des noms où *e* est précédé de *i ;* dans les autres, comme *res, fides, spes,* la voyelle *e* est brève au *génitif* et au *datif* singuliers, parce qu'il n'y a pas de contraction.

DU GENRE DANS LES NOMS.

46 (*bis*) *. 1° *Noms communs*. On appelle *noms communs* ou de *genre commun,* ceux qui ont une seule et même terminaison pour les deux sexes : *Adolescens,* jeune homme, jeune fille; *bos,* bœuf, vache; *canis,* chien, chienne; *civis,* citoyen, citoyenne; *parens,* père, mère; *princeps,* prince, princesse; *sacerdos,* prêtre, prêtresse; *vates,* devin, devineresse, etc. (Chacun de ces noms est *masculin* ou *féminin,* selon le sexe qu'on veut désigner.)

2° *Noms épicènes*. On appelle *épicènes* (de deux mots grecs qui signifient *sur-communs,* doublement *communs*) les noms qui, en latin, ont un seul *genre* pour les deux sexes; MASCULINS : *Corvus,* corbeau; *elephas,* éléphant; *lepus,* lièvre; *passer,* moineau, etc. — FÉMININS : *Aquila,* aigle; *anas,* canard, cane; *cornix,* corneille; *feles* ou *felis,* chat, chatte; *vulpes,* renard, etc.

Si l'on veut expressément désigner le sexe, on ajoute au nom un des mots *mascula, femina, hic, hæc: corvus femina* (un corbeau femelle); *vulpes mascula* (un renard mâle); *hic tigris* (le tigre); *hæc tigris* (une tigresse), etc.

3° *Noms douteux*. — Enfin, on nomme *douteux* ou de genre *douteux,* les noms dont le genre n'a pas été déterminé; et, à cause de cela, ils prennent les deux genres :

M. F. Adeps, adip is, *graisse.*	*M. F.* Torqu is, is, *collier.*
M. F. Calx, calc is, *talon.*	*M. F.* Spec us, ûs, *antre, caverne.*
M. F. Di es, di ei, *jour.*	*M. N.* Sal, sal is, *sel,* etc.
M. F. Fin is, fin is, *fin.*	

---

(1) Cependant un célèbre grammairien considère cette 5° déclinaison comme une variété de la *première*.

46 (ter)* En général, les noms qui conviennent à l'homme seul, ou au mâle seul, sont du genre masculin : *Nauta*, le matelot; *leo*, le lion; *frater*, le frère; *canis*, le chien.

2° Les noms qui conviennent à la femme seule ou à la femelle, sont du genre féminin : *Virgo*, la vierge; — *leæna*, la lionne; *famula*, la servante; *equa*, la jument.

3° Les noms de *peuples*, de *vents*, de *mois*, et la plus grande partie des noms de *fleuves* sont du genre *masculin*, parce qu'on sous-entend les mots *populus*, *ventus*, *mensis* et *fluvius*, qui sont eux-mêmes *masculins*. Ainsi, *Scythæ*, les Scythes; — *Etesiæ* (*arum*), les vents Étésiens ou alisés; — *Aprilis*, Avril; *Sequana*, la Seine, etc. (31), sont du genre *masculin*.

4° La plupart des noms de *pays*, de *provinces*, de *villes*, d'*îles*, de *navires* et d'*arbres* ou de *plantes*, sont du genre *féminin*, parce qu'on sous-entend les mots *regio*, *provincia*, *urbs*, *insula*, *navis*, *arbor* ou *planta*, qui sont eux-mêmes *féminins*. Ainsi, *Ægyptus*, l'Égypte; — *Peloponesus*, le Péloponèse; — *Corinthus*, Corinthe; — *Rhodus*, l'île de Rhodes; — *Argo*, Argo (nom du vaisseau des Argonautes); — *populus*, un peuplier, etc., sont du genre féminin.

PARTICULARITÉS SUR LA DÉCLINAISON ET LE GENRE DES NOMS.

5°* *Noms hétéroclites.* — On appelle *hétéroclites* les noms qui suivent à la fois deux déclinaisons : F. *Senectus*, *utis* et *senecta*, *æ*, vieillesse; N. *Vas*, *vasis* (3ᵉ déclin.), le vase, au pluriel *vasa*, *orum* (2ᵉ déclin.); F. *Domus*, *ûs* et *Domus*, *i* (v. 41.); — *Barbaries*, *ei* et *barbaria*, *æ* (v. 43-2°), barbarie, etc.

6° *Noms hétérogènes.* — On entend par noms *hétérogènes* ceux qui sont d'un genre au singulier et d'un autre au pluriel. Tels sont les suivants :

Singulier.		*Pluriel.*	
M. Avernus, i,	*l'averne.*	N. Averna, orum, *l'averne.*	
M. Jocus, i,	*la plaisanterie.*	N. Joca et M. Joci, orum.	
M. Locus, i,	*le lieu.*	N. Loca et M. Loci, orum.	
M. Sibilus, i,	*le sifflement.*	N. Sibila et M. Sibili, orum.	
M. Tartarus, i,	*le tartare.*	N. Tartara, orum, *le tartare.*	
F. Carbasus, i,	*voile de fin lin.*	N. Carbasa, orum.	
F. Ostrea, æ,	*huître.*	N. Ostrea et F. Ostreæ, arum.	
N. Balneum, i, ⎫ N. Balineum, i, ⎬	*bain privé.*	F. Balneæ, arum, ⎫ F. Balineæ, arum. ⎬	*bains publics.*
N. Cœlum, i,	*le ciel.*	M. Cœli, orum,	*les cieux.*
N. Elysium, ii.	*l'Elysée.*	M. Elysii, orum,	*les Champs-Elysées.*
N. Epulum, i,	*festin public.*	F. Epulæ, arum,	*les mets, le repas.*

7° *Noms défectifs.* — On nomme *défectifs* les noms qui ne s'emploient qu'à un *nombre*, ou qu'à certains *cas.*

Défectifs dans le nombre. — Quelques-uns de ces mots ne sont d'usage qu'au *singulier*, ce sont à peu près les mêmes qu'en français : *Justitia*, la justice; *juventus*, la jeunesse; *paupertas*, la pauvreté; *sitis*, la soif; *humus*, la terre; *vulgus*, le vulgaire, etc. — D'autres ne s'emploient qu'au *pluriel: Arma*, les armes; *deliciæ*, les délices; *divitiæ*, les richesses; *nuptiæ*, les noces; *induciæ*, une trève; *castra*, un camp (au singulier *castrum*, une forteresse); *litteræ*, une lettre, une épître (le singulier *littera* signifie une lettre de l'alphabet); *Athenæ*, Athènes; *Thebæ*, Thèbes (villes), etc.

Défectifs dans la déclinaison. Les noms suivants n'ont que l'ablatif singulier : *Jussu*, par l'ordre; *injussu*, sans l'ordre: *natu*, par l'âge (*natu major*, plus grand par l'âge, aîné; *natu minor*, plus petit par l'âge, plus jeune); *forte*, par hasard (le nominatif est *fors*); *sponte*, de soi-même (on trouve quelquefois le génitif *spontis*), etc. — Ablatif pluriel : *Ingratiis* et *ingratis* (à regret, malgré soi).

Frux (production de la terre) n'est pas usité au nominatif, mais il l'est à tous les autres cas. Gén. *frugis*, etc. — Pluriel : *fruges, frugum*, etc.

Vicis (tour, fonction), inusité au nominatif, n'a que les cas suivants : Gen. *vicis*, acc. *vicem*, abl. *vice*; pluriel, *vices, vicibus*, etc., etc.

8° *Noms indéclinables.* — Les noms *indéclinables* sont ceux qui conservent la même forme pour tous les cas; ils sont tous *neutres : pondo*, ancienne forme d'ablatif de *pondus* (poids, livre); on l'emploie comme nom pluriel à tous les cas, dans le sens de *libræ, arum*, livres ; *centum pondo*, cent livres, de cent livres, etc. — *Semis*, moitié : dans la composition d'un mot, *semis* se change en *semi : Semimortuus*, demi-mort. — *Gummi*, de la gomme; *sinapi*, de la moutarde, etc.

9° Les noms venus de l'hébreu sont ordinairement indéclinables: *Manna*, n. la manne; *Pascha*, n. la Pâque; — *Bethleem, Jerusalem, Abram* ou *Abraham, David, Joseph*, etc.

Cependant quelques-uns de ces noms peuvent aussi se décliner : *Pascha*, æ, f.; *Hierosolyma*, orum, n.; *Abram, Abræ*, et *Abraham, Abrahæ*; *Abrahamus*, i; *David*, *idis*; *Josephus*, i, etc.

QUESTIONNAIRE.

Les numéros placés en marge sont ceux des règles qu'il faut consulter pour répondre.

Notions préliminaires.

1. Combien y a-t-il de lettres dans l'alphabet latin?
2. à 5. Comment prononce-t-on les lettres ? — Qu'y a-t-il à dire sur *c, æ, œ* ?
6. Quel son produit *c*, suivi de *m* ou *n* ?

7. Que remarquez-vous sur *u*, suivi de *m* ou *n*?

8. Comment se prononce *ch*?

9. Que dites-vous de *g* suivi de *n*?

10. Qu'y a-t-il à dire sur *gu* suivi de *a*? — suivi de *o*? — suivi de *e* ou *i*?

11. Quel est le son de *qu* avant *a*? — avant *e* ou *i*? — avant *o* ou *um*?

12. Que devient *t* suivi de *i* et d'une autre voyelle?

13. Comment prononce-t-on la consonne finale des noms?

14. Qu'entend-on par *diphthongue*? — Quelles sont les principales diphthongues? — Que remarquez-vous sur la syllabe *eu*? — sur *ei*?

Parties du discours.

1. Combien y a-t-il de parties du discours en latin? — Quelle partie manque par rapport au français? — Qu'entendez-vous par mots *variables*? — Par mots *invariables*?

2. Qu'est-ce que le nom ou substantif? — D'où vient ce mot?

3. Combien y a-t-il de genres en français? — en latin? — Qu'est-ce que le genre neutre? — D'où vient ce mot? — Combien y a-t-il de nombres? — Expliquez-les.

4. Qu'entend-on par *cas* d'un nom? — D'où vient le mot *cas*? — Combien y a-t-il de cas?

5. Qu'est-ce que le *radical* d'un nom? — la terminaison? — Comment trouve-t-on le radical?

6. Qu'est-ce que *décliner* un nom? — Combien y a-t-il de déclinaisons? — Par quoi les distingue-t-on entre elles? — Comment déclinez-vous un nom?

Première déclinaison.

7. A quoi reconnaît-on la première déclinaison? — Expliquez les cas semblables de cette déclinaison. — De quels genres sont les noms que comprend la première déclinaison?

8. Quels noms ont le datif et l'ablatif pluriels en *abus*? — Pourquoi cette terminaison?

9. Quelles sont les terminaisons des noms tirés du grec? — Quel en est le genre?

10. Qu'y a-t-il à dire sur les noms qui se déclinent sur *musice*?

11. A quelles observations donnent lieu les noms en *es*?

12. — Les noms en *as*? — Sur quel modèle se décline le pluriel des noms tirés du grec? — Ces noms ont-ils aussi une forme latine?

13. Que dites-vous du mot *familia*?

14. Quels noms subissent une syncope au génitif pluriel? — Que signifie *syncope*?

Seconde déclinaison.

15. A quoi reconnaît-on la seconde déclinaison? — Quels cas sont semblables? — Que dites-vous du vocatif? — De quel genre sont les noms en *us*? — Que remarquez-vous sur les noms *animus, asinus,* etc., dont les correspondants féminins *anima, asina,* etc., peuvent avoir le *datif* et l'*ablatif* plur. en *abus*?

16. Qu'y a-t-il à dire sur les noms en *er* et en *ir*? — Les noms en *er* conservent-ils tous l'*e* du radical? — De quel genre sont les noms en *er* et en *ir*?

17. Que remarquez-vous sur les noms *Deus, Agnus* et *Chorus*? — et en particulier sur *Deus*?

18. Que dites-vous des noms en *ius* ?

19. Qu'y a-t-il à dire sur les noms communs autres que *filius* et *genius* ? — sur les noms propres qui ne sont pas d'origine latine, ou qui sont dérivés d'adjectifs (*Darius*, *Delius*)?

20. Que remarquez-vous sur les noms propres en *eus* tirés du grec?

21. Qu'y a-t-il à observer à l'égard des noms neutres de la deuxième déclinaison?—Quelle est la terminaison ordinaire de ces noms? — Quels noms sont exceptés?—N'y a-t-il pas des noms en *on*, des noms en *um* qui ne sont pas neutres?

22. Qu'y a-t-il à observer à l'égard des noms en *ius* et en *ium* pour le *génitif* singulier et le *génitif* pluriel?

Troisième déclinaison.

23. Par quoi se distingue la troisième déclinaison ? — Quels cas sont semblables? — Que direz-vous du radical? —Que remarquez-vous sur les noms *daps*, *prex*, *ops* et *frux* ? — — sur les noms *arbor*, *honor*, *labor* et *lepor*?

24. Comment se déclinent les noms *Jupiter*, *bos*, *supellex* ?

25. Récitez le modèle des noms *neutres* de la troisième déclinaison.— Quels cas sont semblables?

26. Que remarquez-vous sur le mot *vas* ?

27. Qu'entendez-vous par noms *imparisyllabiques* ? — Quelle est la règle générale sur ces noms ? — Y a-t-il des exceptions?

28. Qu'entendez-vous par noms *parisyllabiques* ? — Quelle est la règle de ces noms?—Comment se termine le *génitif plu-*

riel des imparisyllabiques dont le radical se termine par deux consonnes?

29. Citez quelques-uns des noms qui ont un double ablatif en *e* et en *i*.— Quelle est la plus usitée de ces deux terminaisons? — Que remarquez-vous en particulier sur le mot *fustis* ?

30. Citez quelques-uns des noms qui ont l'accusatif en *em* ou en *im*, et l'ablatif en *e* ou en *i*.

31. Citez-en de ceux qui ont l'accusatif en *im* et l'ablatif en *i*. — A quel nombre s'emploient ces noms? — Quels noms sont exceptés? — D'où se forme l'ablatif?—Y a-t-il des exceptions?— Que remarquez-vous sur les noms de mois de la troisième déclinaison?

32. Qu'y a-t-il à dire sur les noms neutres en *e*, en *al* ou en *ar*? *Rem.* Sont-ils parisyllabiques?

32 (*bis*). 1° Quels noms parisyllabiques n'ont pas le génitif pluriel en *ium* ? — Les noms parisyllabiques en *er* ont-ils le génitif pluriel en *ium* ? — Quels mots sont exceptés? — 2° Quels noms imparisyllabiques n'ont pas le génitif pluriel en *ium*? — 3° Quels sont ceux qui ont ce génitif, quoiqu'ils n'aient qu'une consonne au radical? — Quel est le génitif pluriel des noms *Optimates*, *penates* et *compedes*? — Des noms de peuples, tels que *Quirites*, *Samnites*, etc.? —5° De *parens*? — 6° De *volucris*?

33. Que remarquez-vous sur les noms neutres en *ma* tirés du grec? — *Rem.* — Sur le datif et l'ablatif pluriels en *is*?

34. Que direz-vous sur les noms féminins en *sis* tirés du grec?

35. Que remarquez-vous sur les noms masculins et féminins ti-

rés du grec, comme *Heros?* — *Rem.* — D'où viennent les désinences en *a* et en *as?*

36. A quelles observations donnent lieu certains autres noms tirés du grec, tels que *Arcas*, *Æneis*, etc.? — 2° Quelques noms en *is*, comme *Tigris*, *Iris?* — 2° Les noms propres en *is*, comme *Daphnis*, *Paris?* —4° Comment se forme le vocatif des noms en *is* ou en *ys?* — des noms en *as* (génitif *antis*)? — des noms propres en *es?*

Quatrième déclinaison.

37. Par quoi se distingue la quatrième déclinaison?

38. Comment décline-t-on le nom *Jesus?*

39. Qu'y a-t-il à dire sur les noms neutres de la quatrième déclinaison? — Que remarquez-vous sur *cornu?*

40. *Noms irréguliers.* — Que remarquez-vous sur le génitif singulier de certains noms de la quatrième déclinaison? — sur le datif singulier? — sur le datif pluriel de quelques autres? — Citez des exemples. — *Rem.* 1° De quels mots se distinguent les datifs pluriels de *arcus*, *artus*, *partus?* — 2° Qu'y a-t-il à dire sur *portus?* — 3° sur *veru*, les noms neutres *tonitru* et *genu?*

41. A quelles observations donne lieu la déclinaison du nom irrégulier *Domus?* — *Rem.* Qu'y a-t-il à dire sur les noms qui suivent ce modèle?

Cinquième déclinaison.

42. A quoi se reconaît la cinquième déclinaison? — De quel genre sont les noms de cette déclinaison?

43. Que remarquez-vous sur le *génitif*, le *datif* et l'*ablatif* pluriels des noms de la cinquième déclinaison? — Quels mots sont exceptés? — 2° Citez quelques-uns des noms qui ont en même temps une forme de la première déclinaison. — 3° Que dites-vous des mots *plebs* et *requies?*

44. Qu'y a-t-il à dire sur la déclinaison des noms composés?

45. Récitez le tableau général des cinq déclinaisons.

46. 1° Quels cas sont toujours semblables dans toutes les déclinaisons? — 2° Qu'y a-t-il à se rappeler des noms *neutres?* — 3° Quelle est la déclinaison où le vocatif diffère du nominatif? — 4° Quelles déclinaisons ne comprennent pas de noms neutres? — 5° L'*ablatif* doit-il toujours être suivi de la préposition *de* pour le français, comme on le voit dans les cinq déclinaisons (*Rosâ*, de la rose; *Domino*, du Seigneur, etc.)?

Observations sur la QUATRIÈME et la CINQUIÈME déclinaison.

A quelles observations donnent lieu la quatrième et la cinquième déclinaison, quant à leur forme? — Expliquez-en les terminaisons.

Du genre dans les noms.

46 (*bis*). Qu'entendez-vous par noms *communs* ou de genre *commun?* — 2° Par noms *épicènes?*—3° Par noms *douteux?*

46 (*ter*). 1° à 4°. Quelles sont les règles générales sur les genres? — 5° Qu'entendez-vous par noms *hétéroclites?* — 6° par noms *hétérogènes?* — 7° par noms *défectifs?* — défectifs dans le *nombre?* — défectifs dans la *déclinaison?* — 8°-9° par noms *indéclinables?* (Citez des exemples.)

DE L'ADJECTIF (1).

ADJECTIF QUALIFICATIF.

47. L'adjectif qualificatif, en latin comme en français, est un mot qu'on ajoute au nom pour marquer la qualité d'une personne ou d'une chose : *bonus pater,* le bon père ; *bona mater,* la bonne mère ; *pulcher liber,* beau livre ; *pulchra imago,* belle image.

Les adjectifs qualificatifs se déclinent en latin comme les noms, et ont les trois genres, le *masculin,* le *féminin* et le *neutre.*

48. Il y a des adjectifs qui se rapportent à la *première* et à la *seconde* déclinaison, comme *bonus, bona, bonum; niger, nigra, nigrum.* La terminaison en *us* ou en *er* est pour le *masculin,* et se décline sur *Dominus* ou *puer; — bona* et *nigra* sont pour le *féminin,* et se déclinent sur *rosa ; — bonum* et *nigrum* sont pour le *neutre,* et se déclinent sur *templum.*

D'autres adjectifs se rapportent à la *troisième* déclinaison. Aucun adjectif n'est de la *quatrième* ni de la *cinquième.*

Nota. Le *radical* dans les adjectifs, s'obtient de la même manière que dans les noms de la déclinaison à laquelle ils appartiennent. (Voy. n° 5.)

49. MODÈLE DE DÉCLINAISON.

Singulier.

Masculin. sur *Dominus.*	Féminin. sur *Rosa.*	Neutre. sur *Templum.*
N. Bon us, *bon.*	Bon a, *bonne.*	Bon um, *bon.*
V. Bon e!	Bon a!	Bon um!
G. Bon i,	Bon æ,	Bon i,
D. Bon o,	Bon æ,	Bon o,
Ac. Bon um,	Bon am,	Bon um,
Ab. Bon o.	Bon â.	Bon o.

Pluriel.

N. Bon i, *bons.*	Bon æ, *bonnes.*	Bon a, *bons.*

----

(1) *Adjectif,* du verbe *adjicere,* joindre à, ajouter à.

V. Bon i l	Bon æ l	Bon a l
G. Bon orum,	Bon arum,	Bon orum,
D. Bon is,	Bon is,	Bon is,
Ac. Bon os,	Bon as,	Bon a,
Ab. Bon is.	Bon is.	Bon is.

Déclinez ainsi les adjectifs suivants :

Dignus, a, um, *digne.*
Doctus, a, um, *savant, savante, savant.*
Durus, a, um, *dur, dure, dur.*
Mirus, a, um, *admirable.*
Placidus, a, um, *paisible, calme.*
Sanctus, a, um, *saint, sainte, saint.*

50. ADJECTIFS EN *er.*

Singulier.

Masculin.	Féminin.	Neutre.
sur *Puer.*	sur *Rosa.*	sur *Templum.*
N. Nigr er, *noir.*	Nigr a, *noire.*	Nigr um, *noir.*
V. Nigr er l	Nigr a l	Nigr um l
G. Nigr i,	Nigr æ,	Nigr i,
D. Nigr o,	Nigr æ,	Nigr o,
Ac. Nigr um,	Nigr am,	Nigr um,
Ab. Nigr o.	Nigr à.	Nigr o.

Pluriel.

N. Nigr i, *noirs.*	Nigr æ, *noires.*	Nigr a, *noirs.*
V. Nigr i l	Nigr æ,	Nigr a l
G. Nigr orum,	Nigr arum,	Nigr orum,
D. Nigr is,	Nigr is,	Nigr is,
Ac. Nigr os,	Nigr as,	Nigr a,
Ab. Nigr is.	Nigr is.	Nigr is.

Ainsi se déclinent les adjectifs suivants :

Piger, pigra, um, *paresseux, paresseuse.*
Pulcher, pulchra, um, *beau, belle, beau.*
Sacer, sacra, um, *sacré, sacrée, sacré.*
Asper, asper a, asper um, *difficile, âpre.*
Liber, liber a, liber um, *libre.*
Miser, miser a, um, *malheureux, malheureuse.*
Tener, tener a, um, *tendre.*

51. *Remarque.* 1° Dans tous les adjectifs en *er,* la terminaison *us* du nominatif a été retranchée comme dans *puer*
(16) ; *niger* pour *nigerus.* — 2° L'*e* du nominatif *niger* disparaît, par syncope, au génitif et aux autres cas, comme dans

ager, agri (16). Dans d'autres, comme *asper, aspera, um,*
l'*e* du nominatif reste et fait partie du radical.

ADJECTIFS DE LA TROISIÈME DÉCLINAISON.

52*. Il y a des adjectifs de la *troisième déclinaison* qui,
au singulier, n'ont qu'une seule terminaison pour les trois
genres, excepté à l'*accusatif.* — L'ablatif est en *e* ou en *i.*

Génitif pluriel en um. Parmi ces adjectifs, il y en a qui
ont le génitif pluriel en *um.* Un seul a les cas du pluriel neutre
en *a,* et se décline sur *soror,* m. f. (23), et *sur corpus,* n.
(25); c'est *vetus, veteris,* vieux.

Singulier.

M. F. sur *Soror.*	N. sur *Corpus.*
N. Vetus, *vieux, vieille.*	(*pour les trois genres*).
V. Vetus! *p*ʳ *les trois g*ˢ.	. . . .
G. Veteris, *p*ʳ *les trois g*ˢ.	. . . .
D. Veteri, *p*ʳ *les trois g*ˢ.	. . . .
Ac. Veterem, *m. f.*	*n.* Vetus.
Ab. Vetere *ou* veteri,*p*ʳ*les 3 g*ˢ.	. . . .

Pluriel.

N. Veteres, *vieux, vieilles.*	*n.* Vetera.
V. Veteres! *m. f.*	*n.* Vetera!
G. Veterum, *p*ʳ *les trois g*ˢ.	. . . .
D. Veteribus, *p*ʳ *les trois g*ˢ.	. . . .
Ac. Veteres, *m. f.*	*n.* Vetera.
Ab. Veteribus, *p*ʳ *les trois g*ˢ.	. . . .

Remarques. 1° Beaucoup de ces adjectifs (à génitif pluriel en *um*)
ne sont pas usités au pluriel *neutre*; déclinez comme *vetus*, m. f. :

M. F. Cælebs, *gén.* cælibis, *célibataire*, ablatif *e.*
M. F. Compos, *gén.* compotis, *maître de,* ablatif *e.*
M. F. Degener, *gén.* degeneris, *dégénéré,* ablatif *e* ou *i.*
M. F. Dives, *gén.* divitis, *riche,* ablatif *e* ou *i.*
M. F. Inops, *gén.* inopis, *indigent,* ablatif *e* ou *i.*
M. F. Memor, *gén.* memoris, *qui se souvient,* ablatif *i.*
M. F. Uber, *gén.* uberis, *fécond,* ablatif *e* ou *i.*
M. F. Vigil, *gén.* vigilis, *vigilant, garde,* ablatif *e* ou *i*, etc.

2° D'autres, quand ils ont le pluriel *neutre*, le font en *ia,* tels
sont les suivants, qui ont aussi le génitif pluriel en *um :*

Anceps, *gén.* ancipitis, *double,* ablatif *i*; pluriel *n. ancipitia.*
Consors, *gén.* consortis, *qui a le même sort,* ablatif *e* ou *i.*
Edax, *gén.* edacis, *gourmand,* ablatif *e* ou *i.*
Præceps, *gén.* præcipitis, *qui se précipite,* ablatif *i.*

Quadrupes, *gén.* quadrupedis, *quadrupède* (et les composés), abl. *e.*
Supplex, *gén.* supplicis, *suppliant,* ablatif *e* ou *i,* etc.

Remarque. Plusieurs de ces adjectifs (52), et entre autres *cœlebs,*
compos, degener et *memor,* ne sont pas usités au *datif* et à *l'ablatif*
pluriels.

53. *Génitif pluriel en* ium. — La plupart des adjectifs qui
ont une seule forme pour les trois genres (52) ont le génitif
pluriel en *ium.*

L'ablatif singulier est en *e* ou en *i* (1) et le pluriel neutre
en *ia.*

Singulier.

	M. F. sur *Avis.*	*Neutre* sur *Cubile.*
N.	Prudens, *prudent, prudente.*	*(pour les trois genres).*
V.	Prudens! p^r *les 3 genres.*	
G.	Prudent is, p^r *les 3 g^s.*	
D.	Prudent i, p^r *les 3 g^s.*	
Ac.	Prudent em, *m. f.*	*n.* Prudens.
Ab.	Prudent e *ou* i, p^r *l.* 3 g^s.	

Pluriel.

N.	Prudent es, *m. f.* *prudents, prudentes.*	*n.* Prudent ia.
V.	Prudent es ! *m. f.*	*n.* Prudent ia !
G.	Prudent ium, p^r *les 3 g^s.*	
D.	Prudent ibus, p^r *les 3 g^s.*	
Ac.	Prudent es, *m. f.*	*n.* Prudent ia.
Ab.	Prudent ibus, p^r *les 3 g^s.*	

Ainsi se déclinent les adjectifs monosyllabes et ceux qui sont
terminés en *ns, rs* et *x,* excepté *consors* (V. 52), *artifex* (habile),
index (indicateur), *seminex* (à demi-mort), *senex* (vieux), *supplex*
(suppliant), qui ont le génitif pluriel en *um.*

Déclinez sur *prudens* les adjectifs suivants :

Audax, *gén.* audac is, *hardi, hardie.*
Clemens, *gén.* clement is, *clément, clémente.*
Felix, *gén.* felic is, *heureux, heureuse.*
Par, *gén.* par is, *égal, égale.*

---

(1) Cependant, lorsqu'un de ces adjectifs est pris substantivement,
l'ablatif est plus souvent en *e : Sapiens* (le sage), *a sapiente* (par le
sage). Dans tout autre cas, il est plus sûr d'employer l'ablatif en *i,*
surtout quand le nominatif est en *ns, rs, x : ab homine sapienti,*
solerti, felici (par un homme sage, habile, heureux). — Les poètes
préfèrent souvent *e,* à cause de la mesure (Burn.).

Sapiens, *gén.* sapient is, *sage.*
Velox, *gén.* veloc is, *prompt, prompte.*

REMARQUES. * *Noms adjectifs.* — Certains noms dérivés de verbes actifs se terminent en *tor* pour le masculin, et en *trix* pour le féminin : ils sont employés tantôt comme substantifs, tantôt comme adjectifs. En voici quelques-uns :

Adjudor, adjutrix, *aide.*
Genitor, genitrix, *père, mère.*
Inventor, inventrix, *inventeur, inventrice.*
Ultor, ultrix, *vengeur, vengeresse.*
Victor, victrix, *vainqueur, victorieuse.*

Les masculins en *tor* (gén. *oris*), étant plutôt considérés comme *noms* que comme adjectifs, se déclinent régulièrement sur *soror* (23) ; ils ont par conséquent toujours l'ablatif singulier en *e* et le génitif pluriel en *um*.

Les féminins en *trix* (gén. *icis*), sont le plus souvent employés comme adjectifs, et se déclinent alors régulièrement sur *prudens,* c'est-à-dire qu'ils ont l'ablatif singulier en *e* ou en *i,* et le génitif pluriel en *ium : Victrice* ou *victric i, victric ium.*

Mais lorsque ces féminins s'emploient substantivement, ils ont l'ablatif singulier en *e* et le génitif pluriel en *um* (23) : *nutrix* (nourrice), *ablatif* nutrice, *génitif pluriel* nutricum.

Le singulier *neutre* n'est point usité ; mais le pluriel *neutre* se rencontre pour deux mots de cette espèce employés comme adjectifs : *ultricia tela* (Stat.), traits vengeurs ; *victricia arma* (Virgile), armes victorieuses.

54. Il y a des adjectifs de la troisième déclinaison qui ont au nominatif deux terminaisons, comme *fortis, forte.* La première (*is*) est pour le *masculin* et le *féminin,* et la seconde (*e*) pour le *neutre.*

L'ablatif singulier est toujours en *i,* et le génitif pluriel en *ium.*

Singulier.

	M. F. sur *Avis.*		N. sur *Cubile.*	
N.	Fort is,		Fort e ,	*courageux, courageuse.*
V.	Fort is!		Fort e !	
G.	Fort is,		Fort is,	
D.	Fort i,		Fort i,	
Ac.	Fort em,		Fort e,	
Ab.	Fort i.		Fort i.	

Pluriel.

N. m. f.	Fort es,		n. Fort ia,	*courageux, courageuses.*
V.	Fort es!		Fort ia !	

G.	Fort ium,	Fort ium,
D.	Fort ibus,	Fort ibus,
Ac.	Fort es,	Fort ia,
Ab.	Fort ibus.	Fort ibus.

Ainsi se déclinent les adjectifs suivants :

m. f.　　n.

Com is, com e, *poli, polie, poli.*
Dulc is, dulc e, *doux, douce, doux.*
Fertil is, fertil e, *fertile.*
Grav is, grav e, *pesant, pesante, pesant.*
Lev is, lev e, *léger, légère, léger.*
Turp is, turp e, *honteux, honteuse, honteux.*
Util is, util e, *utile.*
Omn is, omn e, *tout, toute* (adjectif indéfini).
Juven is, juven e, *jeune* (génitif pluriel *um*, pluriel neutre *ia*).

55. REMARQUE. Les adjectifs qui ont le nominatif *neutre* en *e*, font l'ablatif en *i*, afin qu'on puisse distinguer ces deux cas.

56. Douze adjectifs de la troisième déclinaison ont trois terminaisons au *nominatif* et au *vocatif* singuliers ; au pluriel, ils n'en ont que deux.

L'ablatif singulier est toujours en *i*, et le génitif pluriel en *ium*.

Singulier.

Masc. sur *Avis.*	Fém. sur *Avis.*	Neut. sur *Cubile.*
N. Celeb er, *célèbre.*	Celebr is, *célèbre.*	Celebr e, *célèbre.*
V. Celeb er!	Celebr is!	Celebr e!
G. Celebr is,	Celebr is,	Celebr is,
D. Celebr i,	Celebr i,	Celebr i,
Ac. Celebr em,	Celebr em,	Celebr e,
Ab. Celebr i.	Celebr i.	Celebr i.

Pluriel.

N. Celebr es, *célèbres.*	Celebr es, *célèbres.*	Celebr ia, *célèbres.*
V. Celebr es!	Celebr es !	Celebr ia !
G. Celebr ium,	Celebr ium,	Celebr ium,
D. Celebr ibus,	Celebr ibus,	Celebr ibus,
Ac. Celebr es,	Celebr es,	Celebr ia,
Ab. Celebr ibus.	Celebr ibus.	Celebr ibus.

Ainsi se déclinent les adjectifs suivants :

m.　　f.　　n.

Acer, acr is, acr e, *vif, vive, vif; aigre.*
Alac er, alacr is, alacr e, *actif, active, actif; alerte.*

Campester, campestr is, campestr e, *champêtre.*
Equester, equestr is, equestr e, *équestre.*
Paluster, palustr is, palustr e, *de marais.*
Pedester, pedestr is, pedestr e, *qui va à pied.*
Saluber, salubr is, salubr e, *salubre; salutaire.*
Silvester, silvestr is, silvestr e, *de forêt ; sauvage.*
Terrester, terrestr is, terrestr e, *terrestre.*
Volucer, volucr is, volucr e, *qui vole* (comme l'oiseau).
Celer, celer is, celer e, *prompt,* (gén. pl. *um* ; pl. n. *ia*).

Remarques. 1° Le féminin *volucris* fait au génitif pluriel *volu-crum,* mais seulement quand il est employé comme *nom* et qu'il se traduit par *oiseau.*

2° *Celer* fait toujours *celerum* au génitif pluriel ; c'est le seul des douze adjectifs ci-dessus. C'est aussi le seul qui conserve l'*e* avant la lettre *r* au radical; tous les autres perdent *e,* comme *pater, patris.* (23, 32 *bis.*)

(Voy. *Exercices Latins,* nᵒˢ 138 à 150.)

ADJECTIFS IRRÉGULIERS.

56 (*bis*). *Necesse* (nécessaire) n'a que le nominatif et l'accusatif neutres du singulier.

Nequam, méchant, et *frugi,* frugal, économe, honnête (datif de l'inusité *frux*), sont indéclinables et servent pour tous les cas et pour tous les genres : *homo nequam,* un homme méchant ; *mulieris nequam,* d'une femme méchante ; — *homo frugi,* un homme honnête, économe ; — *mulieris frugi,* d'une bonne femme, d'une femme économe. — Il y a quelques autres adjectifs irréguliers que l'usage fera connaître.

RÈGLE DES ADJECTIFS,

Ou manière de joindre un adjectif à un nom.

57. PATER BONUS.

Tout adjectif prend le genre, le nombre et le cas du nom qu'il qualifie. *Exemples :*

Singulier.

Masculin.	Féminin.	Neutre.
Sur *Soror* et *Dominus.*	Sur *Soror* et sur *Rosa.*	Sur *Templum.*
Le bon père.	La bonne mère.	Le bon exemple.
N. Pater bon us,	Mater bon a,	Exempl um bon um,
V. Pater bon e !	Mater bon a !	Exempl um bon um !
G. Patr is bon i,	Matr is bon æ,	Exempl i bon i,
D. Patr i bon o,	Matri bon æ,	Exempl o bon o,
Acc. Patr em bon um,	Matr em bon am,	Exempl um bon um,
Abl. Patr e bon o.	Matr e bon â.	Exempl o bon o.

Pluriel.

Les bons pères.	Les bonnes mères.	Les bons exemples.
N. Patr es bon i,	Matr es bon æ,	Exempl a bon a,
V. Patr es bon i!	Matr es bon æ!	Exempl a bon a!
G. Patr um bon orum,	Matr um bon arum,	Exempl orum bon orum,
D. Patr ibus bon is,	Matr ibus bon is,	Exempl is bon is,
Acc. Patr es bon os,	Matr es bon as,	Exempl a bon a,
Abl. Patr ibus bon is.	Matr ibus bon is.	Exempl is bon is.

AUTRES EXEMPLES.

Singulier.

Sur *Soror* et sur *Fortis*. Sur *Rosa* et sur *Fortis*. Sur *Corpus* et sur *Forte*.

Le travail court.	L'heure courte.	Le temps court.
N. Labor brev is,	Hor a brevis,	Temp us brev e,
V. Labor brev is!	Hor a brevis!	Temp us brev e!
G. Labor is brev is,	Hor æ brev is,	Tempor is brev is,
D. Labor i brev i,	Hor æ brev i,	Tempor i brev i,
Acc. Labor em brev em,	Hor am brev em,	Temp us brev e,
Abl. Labor e brevi.	Hor â brev i.	Tempor e brev i.

Pluriel.

Les travaux courts.	Les heures courtes.	Les temps courts.
N. Labor es brev es,	Hor æ brev es,	Tempor a brev ia,
V. Labor es brev es!	Hor æ brev es!	Tempor a brev ia!
G. Labor um brev ium,	Hor arum brev ium,	Tempor um brev ium,
D. Labor ibus brev ibus,	Hor is brev ibus,	Tempor ibus brev ibus,
Acc. Labor es brev es,	Hor as brev es,	Tempor a brev ia,
Abl. Labor ibus brev ibus.	Hor is brev ibus.	Tempor ibus brev ibus.

Noms et adjectifs à décliner comme ci-dessus :

Masculins.	*Féminins.*	*Neutres.*
N. Deus sanct us,	Virgo sancta,	Templ um sanct um,
Dieu saint.	*Vierge sainte.*	*Temple saint.*
G. Dei sanct i.	Virgin is sanct æ.	Templ i sanct i.
N. Frater doct us,	Fili a doct a,	Animal doct um,
le frère instruit.	*la fille instruite.*	*l'animal instruit.*
G. Fratr is doct i.	Fili æ doct æ.	Animal is doct i.
N. Liber util is,	Grammatic e util is,	Studi um util e,
le livre utile.	*la grammaire utile.*	*l'étude utile.*
G. Libr i util is.	Grammatic es util is.	Studi i util is.

(Voy. *Exercices Latins,* nᵒˢ 150 à 174.)

DEGRÉS DE QUALIFICATION.

58. On distingue dans les adjectifs trois degrés de qualification : le *positif,* le *comparatif* et le *superlatif.* Le *positif*

n'est autre chose que l'adjectif simple, comme *saint, sainte,*
sanctus, sancta.

59. Le *comparatif* est la signification de l'adjectif dans
un plus haut degré, comme *plus saint, plus sainte,* sanctior.
On connaît le *comparatif* quand il y a *plus* avant l'adjectif (*).

60. Le *superlatif* est la signification de l'adjectif dans le
plus haut degré, comme *très saint, le plus saint, la plus
sainte,* sanctissimus, sanctissima.

61. On connaît le *superlatif* quand, avant l'adjectif, il y a
le plus, la plus, bien, très, fort, etc. C'est encore un superlatif quand, avant *plus,* il y a *mon, ton, son, notre, votre,
leur;* comme *mon plus fidèle ami.*

Formation du comparatif.

62. Pour former le comparatif, on prend, dans le positif,
le cas terminé en *i,* auquel on ajoute *or,* pour le *masculin* et
le *féminin,* et *us* pour le *neutre* (**). Ainsi, du positif *sanctus,*
on prend le génitif *sancti,* auquel on ajoute *or,* et l'on a
sancti or, pour comparatif *masculin* et *féminin;* on ajoute
us, et l'on a *sancti us,* pour comparatif *neutre.*

Positif *pulcher,* génitif *pulchri;* comparatif *pulchri or*
(m. et f.), *pulchri us* (n.). — Positifs *prudens, fortis;* datifs
prudenti, forti; comparatifs *prudent ior, fort ior* (m. et f.),
prudenti us, forti us (n.).

L'ablatif singulier du comparatif est généralement en *e,*
mais on le trouve quelquefois en *i* (***). — Le nominatif pluriel
est en *es* (m. et f.), en *a* (n.), et le génitif pluriel en *um.*

D'où l'on voit que le *masculin* et le *féminin* se déclinent
comme *soror* (23), et le *neutre* comme *corpus* (25).

Comparatif d'égalité et comparatif d'infériorité.

REM. 1° Ce qui vient d'être dit a rapport au comparatif de supériorité. Si l'on veut former un comparatif d'*égalité,* on se sert de
l'adverbe *tàm* (aussi), que l'on met avant le positif : *tàm sanctus,
tàm sancta,* aussi saint, aussi sainte; *tàm prudens, tàm fortis,* aussi
prudent, aussi courageux, etc.

2° S'il s'agit d'un comparatif d'*infériorité,* on emploie l'adverbe
minùs (moins), que l'on place avant le positif : *minùs prudens, minùs fortis,* moins prudent, moins courageux.

(*) Il n'est question ici que du comparatif de *supériorité,* parce
que c'est le seul où les terminaisons primitives de l'adjectif subissent une modification.

(**) Ou bien on ajoute *ior* (m. f.) et *ius* (n.) au radical de l'adjectif, ce qui revient au même, mais d'une manière plus régulière.

(***) Comme dans *major, minor,* ablatif *majori, minori.*

Formation du superlatif.

63. Le superlatif latin se forme aussi du cas du *positif* terminé en *i*, auquel on ajoute *ssimus, ssima, ssimum* (*).

Ainsi, du génitif *sancti*, on formera *sancti ssimus, sancti ssima, sancti ssimum*; du datif *forti*, on formera *forti ssimus, a, um*. Tous les superlatifs se déclinent sur *bon us, a, um* (49).

Déclinaison des trois degrés de qualification.

POSITIF.	COMPARATIF.	SUPERLATIF.
Singulier masculin.		
N. Sanct us, *saint*.	Santi or, *plus saint*.	Sancti ssimus, *très saint, le plus saint*.
G. Sanct i, *etc.*	Sancti oris, *etc.*	Sancti ssimi, *etc.*
Pluriel masculin.		
N. Sanct i, *saints*.	Sancti ores, *plus saints*.	Sancti ssimi, *très ou les plus saints*.
G. Sanct orum, *etc.*	Sancti orum, *etc.*	Sancti ssimorum, *etc.*
Singulier féminin.		
N. Sanct a, *sainte*.	Sancti or, *plus sainte*.	Sancti ssima, *très ou la plus sainte*.
G. Sanct æ, *etc.*	Sancti oris, *etc.*	Sancti ssimæ, *etc.*
Pluriel féminin.		
N. Sanct æ, *saintes*.	Sancti ores, *plus saintes*.	Sancti ssimæ, *très ou les plus saintes*.
G. Sanct arum, *etc.*	Sancti orum, *etc.*	Sancti ssimarum, *etc.*
Singulier neutre.		
N. Sanct um, *saint*.	Sancti us, *plus saint*.	Sancti ssimum, *très ou le plus saint*.
G. Sanct i, *etc.*	Sancti oris, *etc.*	Sancti ssimi, *etc.*
Pluriel neutre.		
N. Sanct a. *saints*.	Sancti ora, *plus saint*.	Sancti ssima, *très ou les plus saints*.
G. Sanct orum, *etc.*	Sancti orum, *etc.*	Sancti ssimorum, *etc.*

Déclinez ainsi les adjectifs indiqués aux n⁰ˢ 49, 53 et 54, puis ceux des n⁰ˢ 50 et 56, après avoir lu ce qui suit sur le *comparatif* et le *superlatif*.

(Voy. *Exerc. Latins*, n⁰ˢ 172 à 174.)

EXCEPTIONS.

Adjectifs en er.

64. 1° Les adjectifs en *er* forment leur superlatif du nominatif

_____

(*) Ou bien on ajoute au radical *issimus, a, um*.

masculin, auquel on ajoute *rimus, rima, rimum* : Pulcher (beau), *pulcher rimus, pulcher rima, pulcher rimum* ; sacer (sacré), *sacer rimus, a, um.* Ce dernier n'a pas de comparatif.

Formez ainsi le superlatif des adjectifs en *er* cités au n° 50.

Rᴇᴍ. 1° Des douze adjectifs de la 3ᵉ déclinaison en *er, is, e,* cités au n° 56, quatre seulement peuvent avoir un superlatif : *celeber, acer, saluber* et *celer* ; superlatif : *celeber rimus, acer rimus,* etc. — *Alacer,* comparatif *alacrior,* n'a pas de superlatif.

2° * Pour former le superlatif des adjectifs *matur us, a, um* (mûr), *nuper us, a, um* (récent, nouveau), et *vetus, eris* (vieux), on ajoute *rimus, a, um,* aux radicaux *matur, nuper, veter,* et l'on a *matur rimus, a, um* ; *nuper rimus, a, um* ; *veter rimus, a, um.* — *Maturus* fait aussi *maturi ssimus* régulièrement ; *nuperus* et *vetus* n'ont pas de comparatif. (Voy. *Exerc. Latins,* nᵒˢ 175, 176.)

Adjectifs en ilis.

65. 2° Il y a six adjectifs en *ilis* dont on forme le superlatif en changeant *is* en *limus,* c'est-à-dire en ajoutant *limus* au radical. Ces adjectifs sont :

Facil is, difficil is, simil is, dissimil is, gracil is, humil is;
  facile,   difficile, semblable, différent,   mince,   bas.

Superlatif : *Facil limus, a, um; difficil limus, a, um,* etc.

Rᴇᴍ. 1° *Imbecillis* (faible) ayant deux *l* au radical, forme son superlatif par l'addition de *imus* seulement : *imbecill imus.* Il a aussi le superlatif régulier *imbecilli ssimus,* à cause d'un second positif *imbecillus, a, um.*

2° Ceux des autres adjectifs en *ilis* qui ont un superlatif, le forment régulièrement. Posit. : *utilis,* superl. *utili ssimus; fertilis, fertili ssimus; amabilis, amabili ssimus.*

(Voy. *Exercices Latins,* nᵒˢ 177, 178.)

Adjectifs en dicus, ficus et volus.

66. 3° Les adjectifs terminés en *dicus, ficus, volus* (des verbes *dico, facio, volo*), forment leur comparatif en *entior,* ajouté au radical, et leur superlatif en *entissimus.* Exemples :

Maledicus, a, um, *médisant,* maledic entior, maledic entissimus.
Beneficus, a, um, *bienfaisant,* benefic entior, benefic entissimus.
Magnificus, a, um, *magnifique,* magnific entior, etc.
Benevolus, a, um, *bienveillant,* benevol entior, benevol entissimus.
Malevolus, a, um, *malveillant,* malevol entior, etc.

Rᴇᴍ. L'adjectif *multiloquus* (de *multus* et de *loquor*), *babillard, causeur,* fait aussi au comp. *multiloquentior.* Ces comparatifs viennent des participes présents *dicens, faciens, volens, loquens.*

Comparatifs et superlatifs irréguliers.

67. 4° Les quatre adjectifs suivants forment leur comparatif et leur superlatif très irrégulièrement :

Bonus, a, um, *bon,* melior, *meilleur,* optimus, *très bon.*
Malus, a, um, *mauvais,* pejor *pire,* pessimus, *très mauvais.*
Magnus, . . . *grand,* major, *plus grand,* maximus, *très grand.*
Parvus, . . . *petit,* minor, *plus petit,* minimus, *très petit.*

Rem. * Quelques autres adjectifs offrent des particularités non moins remarquables :

Nequam (indécl.), *méchant,* comp. nequior, sup. *nequissimus.* -
Dives, *riche,* divitior, divitissimus, a, um, *ou bien :*
(Dis, dis), *n.* dite, g. ditis, *riche,* ditior, ditissimus, a, um.
Egenus, a, um, *pauvre,* egentior, egentissimus (de *egens, tis*).
Juvenis, *jeune,* junior (sans neutre et sans sup.).
Senex, sen is, *vieux,* senior (sans neutre et sans sup.).
Novus, *nouveau,* novissimus (sans comp.).
Multi, æ, a, *beaucoup,* plures, a, *plus,* plurimi, æ, a, *le plus* ou
                                              très nombreux.
Potis (peu usité), *capable,* potior, *préférable,* potissimus, *le prin-
                                              cipal, le meilleur.*

Nota. *Plures* et son composé *complures* font au génitif pluriel *plurium, complurium.*

(Voy. *Exercices Latins,* n°ˢ 179 et 180.)

68. 5° Les adjectifs terminés en *eus, ius, uus,* n'ont ni comparatif ni superlatif pris en eux-mêmes. On y supplée, au *comparatif,* par l'adverbe *magis* (plus), que l'on joint au positif; et, au *superlatif,* par l'adverbe *maximè* (très *ou* le plus).

Idoneus (a, um), propre à, *magis idoneus, maximè ido-
                                              neus.*
Pius (a, um), pieux, *magis pius, maximè pius.*
Conspicuus, remarquable, *magis conspicuus, maximè cons-
                                              picuus.*

Rem. * 1° Cependant quelques-uns des adjectifs en *ius* et en *uus* prennent quelquefois les formes ordinaires du comparatif et du superlatif : *Antiquus* (ancien), *antiquior, antiquissimus.*
Comparatif neutre : *Propinquius,* de *propinquus* (proche); *longinquius,* de *longinquus* (éloigné).
Superlatif : *Assiduissimus,* de *assiduus* (assidu) ; *exiguissima,* de *exiguus* (petit) ; *strenuissimus,* de *strenuus* (brave); *vacuissima,* de *vacuus* (vide); — *piissimus,* de *pius* (pieux). Ce sont à peu près là toutes les exceptions; si on en rencontre d'autres, il faut se garder de les imiter.
2° * On peut aussi se servir de *magis* et de *maximè* pour le comparatif et le superlatif de certains adjectifs qui semblent devoir

adopter les formes ordinaires : *Compos* (maître-de...), *magis compos, maximè compos*; *degener* (dégénéré), *magis degener, maximè degener*; *legitimus* (légitime), *magis legitimus, maximè legitimus.*

3° * Il y a des adjectifs dont la signification exclut toute idée de comparaison, et qui par conséquent, ne sont d'usage qu'au positif; ce sont généralement les mêmes en latin qu'en français: *Æternus*, éternel; *paternus*, paternel; *aureus*, d'or, etc.

69. Quand l'adjectif commence par *per* ou par *præ*, il marque souvent un superlatif: *perangustus*, très étroit; *percarus*, très cher; *perdifficilis*, très difficile; *persimilis*, très semblable; *præacutus*, très pointu; *prædives*, très riche; *præmitis*, fort doux, très pacifique, etc.

Nota. Il est utile que les élèves s'exercent à décliner les trois degrés de qualification. (V. n° 63.)

(Voy. *Exercices Latins*, n⁰ˢ 181 et 182.)

NOMS OU ADJECTIFS DE NOMBRE.

70. Les noms ou adjectifs de nombre servent à compter. Il y a deux sortes d'adjectifs numéraux : l'adjectif numéral *cardinal* (*) et l'adjectif numéral *ordinal* (**).

L'adjectif numéral *cardinal* marque simplement le nombre, comme *unus, duo, tres*, un, deux, trois; — l'adjectif numéral *ordinal* ajoute à l'idée du nombre, celle de l'ordre et du rang de chaque chose, comme *primus, secundus, tertius*, le premier, le second, le troisième, etc.

NOMBRES CARDINAUX.

Singulier.

	Masculin.	Féminin.	Neutre.
N.	Unus,	Una,	Unum,
	un,	une,	un.
G.	Un ius (*pour les trois genres*).		
D.	Un i (*pour les trois genres*).		
Acc.	Un um,	unam,	unum,
Abl.	Un o.	un â.	uno.

Rem. En général, *unus*, joint à un nom, signifie *seul, unique*; en ce sens, il s'emploie aux deux nombres, et se décline sur *bonus, a, um*, excepté au *gén.* et au *datif* sing., où il fait *unius, uni.* —Plu-

---

(*) *Cardinal* vient de *cardo, inis* (gond, pivot). Les nombres *cardinaux* sont, en effet, comme le *pivot*, la base des autres nombres.

(**) *Ordinal* vient de *ordo, inis*, ordre, rang.

riel : *uni, unæ, una,* gén. *unorum, unarum, unorum,* dat. et abl. *unis,* pour les trois genres, etc. — Cette forme du pluriel est indispensable quand *unus, a, um* doit se joindre à un nom qui n'a pas de singulier : *una castra,* un seul camp.

71. Pluriel.

Masculin.	*Féminin.*	*Neutre.*
N. Duo,	Du æ,	Du o, *deux.*
G. Du orum,	Du arum,	Du orum, *de deux.*
D. Du obus,	Du abus,	Du obus, *à, aux deux.*
Acc. Du os *ou* du o,	Du as,	Du o, *deux.*
Abl. Du obus.	Du abus.	Du obus, *de, des deux.*

Déclinez ainsi : *Ambo, ambæ, ambo,* les deux, tous deux.

Déclinaison de *tres,* sur le pluriel de *fortis.*

Masc.	*Fém.*	*Neut.*
N. Tres,	Tres,	Tria, *trois.*
G. Trium *(pour les trois genres).*		
D. Tribus *(pour les trois genres).*		
Acc. Tres,	Tres,	Tria.
Abl. Tribus *(pour les trois genres).*		

72. Rem. 1° Les autres noms de nombre jusqu'à *cent* sont indéclinables : *quatuor,* quatre ; *quinque,* cinq ; *sex,* six ; *septem,* sept ; *octo,* huit ; *novem,* neuf ; *decem,* dix ; — *undecim* (pr *unus et decem*) onze ; *duodecim (duo et decem)* douze ; *tredecim* ou *decem et tres,* treize ; *quatuordecim* ou *decem et quatuor,* quatorze ; *quindecim* ou *decem et quinque,* quinze ; *sexdecim* ou *decem et sex,* seize ; *septemdecim* ou *decem et septem,* dix-sept ; *decem et octo* ou *duodeviginti* (deux ôtés de vingt), dix-huit ; *decem et novem* ou *undeviginti* (un ôté de vingt), dix-neuf ; *viginti,* vingt, etc.

2° *Centum* (cent) est indéclinable ; mais les autres centaines jusqu'à *mille* se déclinent comme *boni, bonæ, bona* (49) : *Ducenti, ducentæ, ducenta,* deux cents ; — *trecenti, trecentæ, trecenta,* trois cents ; — *quadringenti, quadringentæ, quadringenta,* quatre cents ;... — *nongenti* ou *noningenti, æ, a,* neuf cents.

3° *Mille* (mille) est indéclinable au singulier ; il se décline au pluriel sur *tria* ; *Millia, millium, millibus.* — *Duo millia,* deux mille ; *tria millia,* trois mille ; *quatuor millia,* quatre mille, etc.

73. Quand il y a deux mots pour exprimer un nombre, voici les règles qu'on suit :

1° Jusqu'à *vingt,* le plus *grand* nombre se met le premier avec la conjonction *et : Decem et tres,* treize ; *decem et sex,* seize, etc.

2° Depuis *vingt* jusqu'à *cent,* c'est le plus *petit* nombre qui se place le premier avec *et,* ou le second, sans *et : Unus et viginti,* ou *viginti unus,* vingt-un ; *duo et viginti,* ou *viginti duo,* vingt-deux, etc.

3° Après *cent*, le plus *grand* nombre est toujours le pre-premier, avec ou sans *et* : Cent vingt-quatre, *centum et viginti quatuor*, ou *centum viginti quatuor*.

Il faut observer qu'on ne met qu'une fois *et*, quelle que soit d'ailleurs la quantité des mots dont se compose le nombre.

4° *Mille* est le plus souvent employé comme adjectif invariable : *Mille homines*, mille hommes; *mille hominibus*, à mille hommes. — Quelquefois il est employé comme nom neutre, dans le sens de *un millier*, et alors il est suivi d'un génitif : *Mille hominum*, un millier d'hommes.

5° Le pluriel *millia* est toujours substantif, et veut le nom suivant au génitif : *Duo millia hominum*, deux milliers d'hommes, *ou* deux mille hommes; *duobus millibus hominum*, etc. — Cependant, si *millia* est suivi d'un autre nombre, il ne veut plus le génitif après lui : *Duo millia trecenti homines*, deux mille trois cents hommes.

(Voy. *Exercices Latins*, n°⁵ 183 et 184.)

NOMBRES ORDINAUX.

73 (*bis*). * Les adjectifs numéraux *ordinaux*, excepté les deux premiers (*primus et secundus*), sont formés des nombres cardinaux correspondants. Ils sont tous terminés en *us, a, um*, et se déclinent sur *bon us, a, um :*

Primus, a, um, *premier.*
Secundus, *ou* alter, *second.*
Tertius, *troisième.*
Quartus, *quatrième.*
Quintus, *cinquième.*
Sextus, *sixième.*
Septimus, *septième.*
Octavus, *huitième.*
Nonus, *neuvième.*
Decimus, *dixième.*
Undecimus, *onzième.*
Duodecimus, *douzième.*
Tertius decimus, *treizième.*

Quartus decimus, *quatorzième.*
Quintus decimus, *quinzième.*
Sextus decimus, *seizième.*
Septimus decimus, *dix-septième.*
Octavus decimus, *ou* duodevicesimus, *dix-huitième.*
Nonus decimus, *ou* undevicesimus, *dix-neuvième.*
Vicesimus, *ou* vigesimus, *vingtième.*

Rem. 1° On voit, dans le tableau ci-dessus, que, depuis *treize* jusqu'à *vingt*, le plus petit nombre se place le premier sans *et* : *tertius decimus*, treizième, etc.

21°, Primus et vicesimus, *ou* vicesimus primus, *ou* unus et vicesimus.

22°, Secundus et vicesimus, — vicesimus secundus, — alter et vicesimus, — duo et vicesimus.

23e, Tertius et vicesimus, — vicesimus tertius.

28e, Octavus et vicesimus, — vicesimus octavus, — duodetrice-
simus.

30e, Tricecimus; 40e, quadragesimus.

50e, Quinquagesimus; 60e, sexagesimus.

70e, Septuagesimus; 80e, octogesimus.

90e, Nonagesimus; 99e, undecentesimus, — nonagesimus nonus.

100e, Centesimus.

REM. 2° Comme on vient de le voir, au-dessus de *vingt* jusqu'à
cent, le plus petit nombre se place le premier avec *et*, ou bien il se
met le second sans *et.*

3° Au lieu de *vicesimus, tricesimus*, on dit aussi *vigesimus, tri-
gesimus,* vingtième, trentième.

4° Au-dessus de *cent*, le plus petit nombre se place ordinairement
le dernier sans conjonction : *centesimus quartus* (cent quatrième),
etc. Cependant on trouve, dans les auteurs, des exemples où cet
ordre n'est pas observé.

200e, Ducentecimus; 300e, trecentesimus.

400e, Quadringentesimus; 500e, quingentesimus.

600e, Sexcentesimus; 700e, septingentesimus.

800e, Octingentesimus; 900e, nongentesimus.

1,000e, Millesimus.

5° Au-dessus de *millième*, et pour en marquer plusieurs, on se
sert des adverbes *bis,* deux fois; *ter,* trois fois; *quater,* quatre
fois, etc. :

2,000e, Bis millesimus; 3,000e ter millesimus.

4,000e, Quater millesimus; 5,000e, quinquies millesimus.

10,000e, Decies millesimus; 20,000e, vicies millesimus.

30,000e, Tricies millesimus.

100,000e, Centies millesimus.

500,000e, Quingenties millesimus.

1,000,000e, Millies millesimus.

A l'aide des listes qui précèdent, on peut former tous les nombres
ordinaux.

(Voy. *Exercices Latins,* nos 185 et 186.)

73 (ter).* *Nombres distributifs.* — Aux deux grandes classes d'adjectifs de nombre que nous venons de voir, on en ajoute une troisième, celle des adjectifs numéraux *distributifs.* Il répondent à la
question *combien à chacun?* ou *combien à la fois?* — Ils se déclinent sur le pluriel *boni, æ, a.*

1. Singuli, æ, a, *un à chacun,* ou *un à un.*

2. Bini, æ, a, *deux à chacun,* ou *deux à deux*

3. Terni *ou* trini; æ, a, *chacun trois,* ou *trois à trois.*

4. Quaterni, æ, a, *chacun quatre,* ou *quatre à quatre.*

5. Quini, æ, a, *chacun cinq,* ou *cinq à cinq.*

6. Seni, æ, a, *chacun six,* ou *six à six,* etc.

10. Deni, æ, a, *chacun dix,* ou *dix à dix,* etc.

17. Septeni deni, æ, a, *chacun dix-sept,* etc.

Rem. 1° Ces adjectifs s'emploient, au lieu des cardinaux, avec un nom dont le pluriel désigne un seul objet, comme *castra* (un camp), *litteræ, arum* (une lettre, v. 46 *ter*. 7°). Ainsi on dira *bina castra* (deux camps); *binæ litteræ* (deux lettres). Si l'on disait *duæ castra, duæ litteræ*, il faudrait traduire par *deux châteaux-forts, deux lettres de l'alphabet*. De même, en ce sens, on emploie *trini* et non *terni* (*trinæ litteræ* ou *tres epistolæ*) (*). *Terni* s'emploie de préférence pour signifier *trois de chaque côté*. C'est ainsi que Tite-Live, en parlant des trois Horaces et des trois Curiaces, dit *terni juvenes* (les trois jeunes gens), au lieu de *sex juvenes*.

Pour désigner un seul objet, on se sert de *uni, æ, a*, et non pas de *singuli, æ, a*, dans le sens ci-dessus : *Unæ litteræ*, une lettre *una castra*, un camp. (Voy. 70. *Rem.*).

2° Le génitif pluriel des nombres distributifs est ordinairement en *ûm* (n° 22), au lieu de *orum : Pueri senûm septenûmve, denûm annorum* (Cic.), des enfants de seize ou dix-sept ans.

ADJECTIFS DÉTERMINATIFS.

74. Les adjectifs *déterminatifs* qui suivent se déclinent absolument comme *unus, a, um ;* ils ont tous par conséquent le génitif singulier en *ius* et le datif en *i*, pour les trois genres. Le pluriel, quand il existe, se décline comme *boni, orum, bonæ, arum*, etc. (49).

m.   f.   n.

1° Alius, alia, aliud, *un autre ;* G. alius ; D. alii ; Acc. alium, aliam, aliud; A̓bl. alio, aliâ, alio. — Plur. alii, aliæ, alia, *d'autres ;* G. aliorum, aliarum, aliorum ; D. aliis, etc.

2° Alter, altera, alterum; G. alterius; D. alteri, etc., *l'autre* (en parlant seulement de deux).

3° Ullus, ulla, ullum, *quelque, aucun* (sans négation) ; G. ullius ; D. ulli, etc.

4° Nullus, nulla, nullum, *aucun, pas un* (avec négation) ; G. nullius ; D. nulli, etc. — (*Nullus* est composé de la négation *ne* et de *ullus*).

5° Solus, sola, solum, *seul (solitaire)*; G. solius ; D. soli.

6° Totus, tota, totum, *tout, entier ;* G. totius; D. toti, etc.

7° Uter, utra, utrum, *lequel des deux, celui des deux qui...*; G. utrius ; D. utri, etc.

8° Neuter, neutra, neutrum (de *ne uter*), *ni l'un ni l'autre, aucun des deux ;* G. neutrius ; D. neutri, etc.

9° Uterque, utraque, utrumque, *l'un et l'autre, tous deux ;* G. utriusque ; D. utrique, etc.

(*) *Trinis hibernis hiemare* (Cæs.), prendre ses quartiers d'hiver en trois endroits.

10° Alteruter, alterutra, alterutrum, *l'un ou l'autre*;
G. alterutrius; D. alterutri, etc.—(La première partie
alter ne se décline pas.)

11° Utercunque, utracunque, utrumcunque, *quelque soit ce-*
lui des deux qui..., ou *qui que ce soit des deux qui...*;
G. utriuscunque; D. utricunque, etc. — (La dernière
partie *cunque* reste invariable.)

(Voy. *Exercices Latins*, n°⁵ 187 et 188.)

DU PRONOM.

75. Le pronom est un mot qui tient la place du nom (*),
pour en épargner la répétition, comme en français.

PRONOMS PERSONNELS.

76. Il y a trois personnes dans le discours : la *première* est
celle qui parle, *je lis* ; la *seconde* est celle à qui l'on parle, *tu*
lis; la *troisième* est celle de qui l'on parle, *il lit.*

Les pronoms qui désignent les trois personnes du discours,
sont appelés *pronoms personnels.*

77. *Pronom de la première personne.*

Singulier.	(Il n'a pas de vocatif.)	Pluriel.
N.	Ego, *je* ou *moi.*	Nos,	*nous.*
G.	Meï, *de moi.*	Nostrûm *ou* nostri,	*de nous.*
D.	Mihi, *à moi.*	Nobis,	*à nous.*
Acc.	Me, *moi.*	Nos,	*nous.*
Abl.	Me, *de moi.*	Nobis,	*de nous.*

Rem. Le datif *mihi* peut, surtout en poésie, se contracter en *mi.*

78. *Pronom de la seconde personne.*

Singulier.		Pluriel.	
N.	Tu, *tu* ou *toi.*	Vos,	*vous.*
V.	Tu ! *toi !*	Vos!	*vous !*
G.	Tuï, *de toi.*	Vestrûm *ou* vestri,	*de vous.*
D.	Tibi, *à toi.*	Vobis,	*à vous.*
Acc.	Te, *toi.*	Vos,	*vous.*
Abl.	Te, *de toi.*	Vobis,	*de vous.*

(*) *Pronom ,* de *pro,* pour, au lieu de, et de *nomen,* le nom.

79. Pronom réfléchi de la troisième personne.

Ce pronom n'a point de nominatif; il est de tout genre, et s'écrit au pluriel comme au singulier (*).

G. Suî, *de soi, de lui-même, d'elle-même, d'eux-mêmes, d'elles-mêmes.*

D. Sibi, *à soi, à lui-même, à elle-même, à eux-mêmes.*

Acc. Se, *se, soi, lui-même, elle-même, eux-mêmes.*

Abl. Se, *de soi, de lui-même, d'elle-même, d'eux-mêmes.*

REM. 1° Les pronoms personnels sont *masculins, féminins* ou *neutres,* suivant le genre des noms qu'ils représentent.

2° On ajoute quelquefois la particule *met* aux pronoms personnels, afin de leur donner plus de force. Elle peut se traduire par le mot *même* en français: *egomet* (moi-même); *tibimet* (à toi-même); *suîmet* (de lui-même); *nobismet* (à nous-mêmes), etc. *Met* peut ainsi s'ajouter à tous les cas des pronoms personnels, excepté *nostrûm* et *vestrûm.* Il faut excepter aussi le nomin. *tu,* pour lequel on dit *tute,* au lieu de *tumet.*

3° On trouve très souvent l'accusatif *sese* pour *se;* rarement *tete* et *meme,* pour *te* et *me.*

PRONOMS-ADJECTIFS.

80. On entend par *pronoms-adjectifs,* les mots qui s'emploient tantôt comme *pronoms,* tantôt comme *adjectifs.*

Ils sont *pronoms,* quand ils tiennent la place d'un nom déjà connu : *is,* celui; *hic,* celui-ci; *ille,* celui-là. — *Meus, tuus, suus,* le mien, le tien, le sien.

Ils sont *adjectifs,* lorsqu'ils accompagnent un nom, *is liber,* ce livre; *hic liber,* ce livre-ci; *ille liber,* ce livre-là. *Meus liber, tuus frater,* etc., mon livre, ton frère, etc.

On les nomme *indicatifs* ou *démonstratifs,* quand ils servent à *indiquer,* à *montrer* les objets (*is, hic, ille*), et *possessifs,* quand ils marquent *possession* (*meus, tuus,* etc.).

Il faut d'ailleurs les considérer comme faisant suite aux *déterminatifs* indiqués au n° 74.

Indicatifs ou démonstratifs.

Is, ea, id, celui, celle; ce, cet, cette.

	Singulier.			Pluriel.	
m.	*f.*	*n.*	*m.*	*f.*	*n.*
N. Is,	ea,	id.	Ii,	eæ,	ea.
G. Ejus,	*pour les trois genres.*		Eorum,	earum,	eorum.

(*) Ce pronom n'a pas de *nominatif,* parce qu'il ne peut s'employer comme *sujet.* Il est toujours complément, comme le français *se, soi.*

D. Ei, *pour les trois genres.* | Iis (eis), *pour les trois genres.*
Acc. Eum, eam, id. | Eos, eas, ea.
Abl. Eo, eâ, eo. | Iis (eis), *pour les trois genres.*

81. *Hic, hæc, hoc,* celui-ci, celle-ci, ceci, *ou* ce, cet, cette.

Ce *démonstratif* désigne les objets présents ou ceux dont on a parlé en dernier lieu, comme le français *celui-ci.*

Singulier.	Pluriel.
N. Hic, hæc, hoc.	Hi, hæ, hæc.
G. Hujus, *pour les trois genres.*	Horum, harum, horum.
D. Huic, *pour les trois genres.*	His, *pour les trois genres.*
Acc. Hunc, hanc, hoc.	Hos, has, hæc.
Abl. Hoc, hâc, hoc.	His, *pour les trois genres.*

REM. On ajoute quelquefois à *hic*, *hæc*, *hoc*, la particule *ce*, qui répond au français *ci : Hicce, hæcce, hocce, hujusce, hosce, hisce.* — D'autres fois, mais plus rarement, on y ajoute *cine,* au lieu de *ce : Hiccine, hæccine, hoccine.*

82. *Ille, illa, illud,* celui-là, celle-là, cela, *ou* celui, celle, ce, cet, cette.

Ce *démonstratif* désigne les objets éloignés ou ceux dont on a parlé en premier lieu, comme le français *celui-là.*

Singulier.	Pluriel.
N. Ille, illa, illud.	Illi, illæ, illa.
G. Illius, *pour les trois genres.*	Illorum, illarum, illorum.
D. Illi, *pour les trois genres.*	Illis, *pour les trois genres.*
Acc. Illum, illam, illud.	Illos, illas, illa.
Abl. Illo, illâ, illo.	Illis, *pour les trois genres.*

NOTA. On trouve dans Virgile *olli* pour *illi,* et dans Lucrèce, *ollis* pour *illis.*

Déclinez sur *ille :*

Iste, ista, istud, *celui-là, celle-là, ce, cela.*

* *Iste* indique les objets voisins de celui à qui l'on parle.

Ainsi, à Rome, l'avocat désignait son client par *hic ;* son adversaire par *iste ;* les témoins, l'auditoire, par *illi.* Voilà pourquoi sans doute *iste* est le plus souvent pris en mauvaise part.

REM. Tous ces pronoms-adjectifs, et particulièrement *is, ea, id,* s'emploient comme pronoms personnels de la troisième personne, et servent à traduire le pronom français *il, lui, elle, le, la, les.*

83. Ipse, ipsa, ipsum, *même, lui-même, elle-même,* etc.

Singulier.	Pluriel.
N. Ipse, ipsa, ipsum.	Ipsi, ipsæ, ipsa.
G. Ipsius, *pour les trois genres.*	Ipsorum, ipsarum, ipsorum.
D. Ipsi, *pour les trois genres.*	Ipsis, *pour les trois genres.*
Ac. Ipsum, ipsam, ipsum.	Ipsos, ipsas, ipsa.
Ab. Ipso, ipsâ, ipso.	Ipsis, *pour les trois genres.*

Rᴇᴍ. Ce mot se distingue par le neutre en *um*, au lieu de *ud*. Il se compose de *is* et de *pse*. Originairement *is* se déclinait seul et *pse* restait invariable.

84. Idem, eadem, idem, *le même, la même*.

Singulier.	*Pluriel.*
N. Idem, eadem, idem.	Iidem, eædem, eadem.
G. Ejusdem, pʳ *les trois genres.*	Eorumdem, earumdem, eorumdem.
D. Eidem, *pour les trois genres.*	Iisdem (eisdem), pʳ *les trois g.*
Ac. Eumdem, eamdem, idem.	Eosdem, easdem, eadem.
Ab. Eodem, eâdem, eodem.	Iisdem (eisdem), pʳ *les trois g.*

Rᴇᴍ. *Idem* se compose de *is, ea, id* et de la syllabe *dem* ; *is* se décline, et *dem* reste invariable. Au nominatif, le masculin *idem* est pour *isdem*, et le neutre *idem* pour *iddem*.

2° Il ne faut pas confondre *idem* (le même) avec *ipse* (même) : ainsi, par exemple, *le même homme* se traduira par *idem homo*, tandis que *l'homme même* se traduira par *ipse homo*, ou *homo ipse*.

PRONOMS-ADJECTIFS POSSESSIFS.

85. Les pronoms-adjectifs possessifs sont ainsi nommés, parce qu'ils répondent à la fois, en français, aux *pronoms possessifs* et aux *adjectifs possessifs*. Ainsi, par exemple, *meus, tuus, suus*, se traduisent également par *le mien, le tien, le sien*, et par *mon, ton, son*, selon qu'ils remplacent le nom ou qu'ils l'accompagnent. (80)

Meus, mea, meum, *mon, ma, mon ; le mien, la mienne.*

Singulier.	*Pluriel.*
N. Meus, mea, meum.	Mei, meæ, mea.
V. Mi, mea, meum !	Mei, meæ, mea !
G. Mei, meæ, mei.	Meorum, mearum, meorum.
D. Meo, meæ, meo.	Meis, *pour les trois genres.*
Ac. Meum, meam, meum.	Meos, meas, mea.
Ab. Meo, meâ, meo.	Meis, *pour les trois genres.*

Déclinez ainsi, mais sans *vocatif* :

Tuus, tua, tuum, *ton, ta, ton ; le tien, la tienne, le tien* (*).
Suus, a, um, *son, sa, son, leur ; le sien, la sienne, le leur, la leur.*
Cujus, cuja, cujum, *à qui appartenant ? de qui ?*

Rᴇᴍ. * 1° Les pronoms-adjectifs *meus, tuus, suus* sont formés des génitifs des pronoms personnels correspondants *mei, tui, sui* (77, 78, 79).

_____

(*) Ou bien *votre, le vôtre, la vôtre*, si l'on dit *vous* au lieu de *toi* à la personne à qui l'on parle.

Meus fait au vocatif, par contraction, *mi* au lieu de *mee* (49).

2° *Suus* se dit en parlant d'un seul ou de plusieurs *possesseurs*; il signifie au singulier *son* et *leur*, et au pluriel *ses* et *leurs*. Cela vient de ce que le pronom réfléchi *sui*, dont est formé *suus*, s'emploie avec la même forme pour le singulier et pour le pluriel.

3° On ajoute quelquefois la particule *pte* à l'ablatif singulier de *meus*, *tuus*, *suus*, pour donner plus de force : *meâ voluntate*, par ma volonté, *meâpte voluntate*, par ma propre volonté.

4° De *cujus* (génitif de l'interrogatif *quis?*) on a formé un autre possessif *cujus*, *cuja*, *cujum*, qui signifie *de qui? à qui appartenant?* On n'en trouve que les cas suivants : N. *cujus*, *a,um*; Acc. *cujum*, *cujam*, *cujum*; Abl. fém. *cujâ*. — Pluriel féminin. N. *cujæ*; Acc. *cujas* — *Cujam vocem audio?* de qui est la voix que j'entends? qui parle là?

86. Noster, nostra, nostrum, *notre, le nôtre, la nôtre.*

Singulier.	*Pluriel.*
N. Noster, nostra, nostrum.	Nostri, nostræ, nostra.
V. Noster, nostra, nostrum!	Nostri, nostræ, nostra!
G. Nostri, nostræ, nostri.	Nostrorum, nostrarum, nostrorum.
D. Nostro, nostræ, nostro.	Nostris, *pour les trois genres.*
Ac. Nostrum, nostram, nostrum.	Nostros, nostras, nostra.
Ab. Nostro, nostrâ, nostro.	Nostris, *pour les trois genres.*

Déclinez ainsi : *vester, vestra, vestrum*, votre, le vôtre, la vôtre (sans vocatif). (*)

Rem. *Noster* et *vester* sont formés des génitifs pluriels *nostrûm*, *vestrûm* (77, 78).

87. Règle. Les pronoms-adjectifs s'accordent en *genre*, en *nombre* et en *cas* avec les noms auxquels ils sont joints : *Mon père*, pater meus; *ma mère*, mater mea; *mon bras*, brachium meum; *cet enfant*, hic puer, etc. (Comme au n° 57.)

(Voy. *Exercices Latins*, n° 195.)

PRONOMS *RELATIFS* OU *CONJONCTIFS* (**).

88. Le pronom *relatif* ou *conjonctif* est ainsi nommé parce qu'il joint au nom dont il rappelle l'idée, un membre de phrase qui sert à expliquer ou à déterminer ce nom : *Dieu*, qui *a créé le monde, est éternel; — l'enfant* qui *honore ses parents*, sera aimé de Dieu.

___

(*) *Votre, le vôtre,* quand on s'adresse à une seule personne, se traduit par *tuus*.

(**) *Relatif,* de *referre* (rapporter); *conjonctif,* de *conjungere* (joindre, unir).

En français, ce pronom est *qui, que, dont, lequel, laquelle,* et en latin *qui, quæ, quod.* C'est le seul qui se mette immédiatement après le nom dont il tient la place.

Singulier.

m.　f.　n.

N.　Qui, quæ, quod, *qui, lequel, laquelle.*
G.　Cujus (3 *genres*), *dont, de qui, duquel, de laquelle.*
D.　Cui (3 *genres*), *à qui, auquel, à laquelle.*
Acc.　Quem, quam, quod, *que, lequel, laquelle.*
Abl.　Quo, quâ, quo, *dont, de qui, par qui, par lequel.*

Pluriel.

N.　Qui, quæ, quæ, *qui, lesquels, lesquelles.*
G.　Quorum, quarum, quorum, *dont, de qui, des- quels,* etc.
D.　Quibus (*pour les trois genres*), *à qui, auxquels,* etc.
Acc.　Quos, quas, quæ, *que, lesquels, lesquelles.*
Abl.　Quibus (*pour les trois genres*), *dont, de qui, par qui, par lesquels,* etc.

Rem. 1° On trouve, surtout en poésie, *queis* et *quis* pour *quibus,* (datif et ablatif pluriels).

2° Au nominatif singulier *féminin* et au pluriel *neutre,* la terminaison est *æ* au lieu d'être *a.*

89. *Pronoms composés de* qui, quæ, quod.

Dans les composés de *qui,* on ne décline que *qui;* les autres syllabes restent les mêmes.

Singulier.

N.　Quicumque, quæcumque, quodcumque, *quiconque, qui que ce*
soit qui.

G.　Cujuscumque, *pour les trois genres.*
D.　Cuicumque, *pour les trois genres.*
Ac.　Quemcumque, quamcumque, quodcumque.
Ab.　Quocumque, quâcumque, quocumque.

Pluriel.

N.　Quicumque, quæcumque, quæcumque.
G.　Quorumcumque, quarumcumque, quorumcumque.
D.　Quibuscumque, *pour les trois genres.*
Ac.　Quoscumque, quascumque, quæcumque.
Ab.　Quibuscumque, *pour les trois genres.*

Rem. Au lieu de *quicumque,* on trouve aussi *quicunque.*

Déclinez de cette manière :

Quidam, quædam, quoddam, *et* quiddam, *certain, un certain, cer- taine chose.*

Quilibet, quælibet, quodlibet, *et* quidlibet, *qui l'on voudra.*

Quivis, quævis, quodvis, *et* quidvis, *qui vous voudrez, tout homme, toute chose.*

90. *Qui interrogatif, en latin* quis?

Singulier.

N. Quis? quæ? quid? (*et* quod? *avec un nom*), *qui? quelle? quoi?*
G. Cujus? (*pour les trois genres*).
D. Cui? (*pour les trois genres*),
Ac. Quem? quam? quid? (*et* quod? *avec un nom*).
Ab. Quo? quâ? quo? —

Pluriel.

N. Qui? quæ? quæ? *qui? quels? quelles? quelles choses?*

Tous les cas du pluriel sont les mêmes que ceux de *qui, quæ, quod* (88), excepté qu'ici *quibus* ne se remplace pas par *queïs.*

REM. 1° L'interrogatif *quis* diffère du relatif *qui* par la lettre *s* du nominatif masculin, et par le neutre *quid.*

2° Le neutre *quid* (quoi?) est pronom. — *Quod* (quel) est adjectif, puisqu'il se joint à un nom : *quid pulchrius?* quoi de plus beau? — *Quod nomen?* quel nom?

3° Quand il ne s'agit que de deux personnes ou de deux choses, on emploie *uter* (qui *ou* lequel *des deux*) au lieu de *quis* (qui *ou* lequel *d'entre tous*).

91. *Pronoms composés de* quis?

Dans ces composés, on décline seulement *quis;* les autres syllabes ne changent pas.

Singulier.	*Pluriel.*
N. Quisnam, quænam, quodnam, *et* quidnam, *qui? quel? quelle chose?*	Quinam, quænam, quænam, *qui? quels? quelles choses?*
G. Cujusnam, *pour les trois genres.*	Quorumnam, quarumnam, quorumnam.
D. Cuinam, pᵣ *les trois g.*	Quibusnam, pᵣ *les trois genres.*
Acc. Quemnam, quamnam, quodnam, *et* quidnam.	Quosnam, quasnam, quænam.
Abl. Quonam, quânam, quonam.	Quibusnam, pᵣ *les trois genres.*

Déclinez comme *quisnam* les pronoms indéfinis :

Quispiam, quæpiam, quodpiam, *et* quidpiam, *quelque, quelqu'un, quelqu'une, quelque chose.*

Quisquam, quæquam, quodquam, *et* quidquam, *ou* quicquam, *quelqu'un, quelqu'une, quelque chose.*

Quisque, quæque, quodque, *et* quidque, *chaque, chacun, chacune, chaque chose.*

92. Dans les deux composés qui suivent, *quis* est à la fin du mot et se décline encore seul. Les cas neutres, au pluriel, sont en *a.*

N. Aliquis, aliqua, aliquod, *et* aliquid, *quelque, quelqu'un, quel-*
                         qu'une, quelque chose.
G.   Alicujus, *pour les trois genres.*
D.   Alicui, *pour les trois genres.*
Acc. Aliquem, aliquam, aliquod, *et* aliquid.
Abl. Aliquo, aliquâ, aliquo.
Plur. Aliqui, aliquæ, aliqua. *G.* aliquorum, etc.

REM. Au pluriel, devant un nom de choses qui se comptent, on
dit *aliquot* (indéclinable) pour les trois genres.

N.   Ecquis, ecqua, ecquod, *et* ecquid? qui? quel? quoi? y en a-t-i
                         qui? (quand la réponse doit être négative.)
G.   Eccujus, *pour les trois genres.*
D.   Eccui, *pour les trois genres.*
Acc. Ecquem, ecquam, ecquod, *et* ecquid.
Abl. Ecquo, ecquâ, ecquo.
Plur. Ecqui, ecquæ, ecqua, etc.

92 (*bis*). Dans *unusquisque* (chacun), on décline les deux parties
unus et *quisque* :
N.   Unusquisque, unaquæque, unumquodque, *chacun, chacune,*
                         chaque chose.
G.   Uniuscujusque, *pour les trois genres.*
D.   Unicuique, *pour les trois genres.*
Acc. Unumquemque, unamquamque, unumquodque.
Abl. Unoquoque, unâquâque, unoquoque.

De même, dans le composé *quisquis*... n. *quidquid* (et non *quod-
quod*), *tout homme qui, qui que ce soit, tout ce qui* (sujet), on dé-
cline deux fois *quis* :
N.   Quisquis, *n.* quidquid.
G.   Cujuscujus (*peu usité*).
Acc. Quemquem, *qui que ce soit que,* quidquid, *tout ce que.*
Abl. *m.* Quoquo, *fém.* quâquâ (*peu usité*).
Plur. Quiqui; acc. quosquos.

Les autres cas ne sont pas usités; pour en tenir lieu, on se sert
de *quicumque*.

QUESTIONNAIRE.

Adjectifs qualificatifs.

47. Qu'est-ce que l'adjectif qua-
    lificatif? — D'où vient le mot
    adjectif?
48. A quelles déclinaisons se
    rapportent les adjectifs quali-
    ficatifs? — Comment s'obtient
    le radical dans ces mots?
49. Sur quels modèles de noms
    se décline l'adjectif *bonus, a,*

um, et tous ceux qui ont ces
trois terminaisons?
50. Sur quels modèles de noms
    doit-on décliner les adjectifs
    qui ont les terminaisons de
    niger, nigra, nigrum?
51. Qu'y a-t-il à dire sur la ter-
    minaison en *er?*
52. Qu'y a-t-il à dire sur les ad-
    jectifs de la troisième décli-
    naison? — Que remarquez-
    vous sur *vetus?* — sur l'ablat.

sing. et le plur. neutre des autres?

58. Comment se termine le génit. plur. de la plupart des adjectifs à une seule forme pour les trois genres? — l'ablatif sing.? — Quels sont, en général, ceux de ces adjectifs qui ont le génit. plur. en *ium*? — Que remarquez-vous sur les *noms-adjectifs* en *tor* et en *trix*? — Comment se terminent l'ablat. sing. et le gén. plur. de ces mots?

54. Qu'il y a-t-il à dire sur les adjectifs qui suivent la déclinaison de *fortis, forte*?

55. A quelle observation donne lieu l'ablat. en *i* dans les adjectifs comme *fortis*?

56. Quels sont les adjectifs de la 3e déclinaison qui ont trois terminaisons pour les trois genres? — Combien y en a-t-il? — Quelle est la terminaison de l'ablat. sing.? — du gén. plur.? — Que remarquez-vous sur *volucris* et *celer*?

56 (*bis*). Qu'y a-t-il à dire sur les adjectifs irréguliers tels que *nescesse, nequam, frugi*?

57. Comment s'accorde l'adjectif avec le nom? — Citez des exemples.

Degrés de qualification.

58. Combien y a-t-il de degrés de qualification dans les adjectifs? — Quels sont-ils? — Qu'est-ce que le *positif*?

59. Qu'est-ce que le *comparatif*? — A quoi le reconnaît-on?

60. Qu'est-ce que le *superlatif*?

61. A quoi reconnaît-on le *superlatif*?

62. Comment forme-t-on le comparatif? — Quelle est la terminaison de l'ablat. sing.? — Sur quels modèles se décline le comparatif? — REM. Comment forme-t-on le comparatif d'*égalité*? — le comparat. d'*infériorité*?

63. Comment forme-t-on le *superlatif*? — Sur quel modèle se décline le superlatif?

64. Comment se forme le superlatif des adjectifs en *er*? — celui des adjectifs *maturus, nuperus* et *vetus*?

65. Quels sont les adjectifs en *ilis* dont le superlatif se termine en *illimus, a, um*? — Comment forme-t-on ce superlatif? — REM. 1° Que remarquez-vous sur *imbecillis*? — 2° Sur les autres adjectifs en *ilis*?

66. D'où viennent les adjectifs en *dicus, ficus* et *volus*? — Comment en forme-t-on le comparatif et le superlatif?

67. Quels sont les quatre adjectifs dont le comparatif et le superlatif sont très-irréguliers? — Citez encore quelques-uns des adjectifs qui s'écartent des règles ordinaires pour le comparatif et le superlatif. — Que remarquez-vous sur *plures* et *complures*?

68. Qu'y a-t-il à dire sur les adjectifs en *eus, ius, uus*? — REM. Quelles sont les exceptions? — Ne peut-on pas se servir de *magis* et de *maximè* pour certains adjectifs qui semblent devoir adopter les formes ordinaires? — Y a-t-il des adjectifs qui excluent toute idée de comparaison? — Exemples.

69. Que remarquez-vous sur les adjectifs commençant par *per* ou par *præ*?

Noms ou adjectifs de nombre.

70. A quoi servent les adjectifs de nombre? — Combien y a-

t-il de sortes d'adjectifs *numé-raux* ? — Qu'est-ce que l'adjectif numéral *cardinal*? — l'adjectif numéral *ordinal*? — D'où viennent les mots *cardinal* et *ordinal*? — Rem. Que signifie *unus* joint à un nom ? — Dans quel cas *unus* prend-il des formes plurielles ?

71. 1° Qu'y a-t-il de remarquable sur les terminaisons de *duo, duæ, duo*? — Sur quel modèle se décline *tres, tria*?

72. Quels noms de nombre sont indéclinables? — 2° Que remarquez-vous sur *centum* et sur les autres centaines ? — 3° sur *mille* (mille)?

73. Lorsqu'il y a deux mots pour exprimer un nombre, lequel se met le premier? (1°, 2°, 3°? — 4°, 5°) Qu'y a-t-il à dire encore sur *mille*?

Nombres ordinaux.

73 (*bis*). Comment se forment les adjectifs numéraux ordinaux? — Quelles en sont les terminaisons? — Citez des exemples. — Dites, quand il y a deux mots pour exprimer un nombre, lequel se met le premier? (1°, 2°, 4°)— Comment exprime-t-on plusieurs *millièmes*? (5°)

Nombres distributifs.

73 (*ter*). A quelle question répondent les adjectifs distributifs? — Comment se déclinent-ils? — Citez des exemples. — Rem. 1° Outre leur emploi ordinaire, ne se joignent-ils pas aussi aux noms dont le singulier désigne un seul objet (comme *castra*)? — Quelle est la différence d'emploi de *terni* et de *trini*? — Que remarquez-vous sur *uni,*

unæ, una? — 2° Comment se termine ordinairement le génitif plur. des nombres distributifs?

Adjectifs déterminatifs.

74. Comment se déclinent les adjectifs déterminatifs ? — Quelle différence de signification voyez-vous entre *alius* et *alter*?

Du pronom.

75. Qu'est-ce que le pronom ? — D'où vient ce mot?

76. Combien y a-t-il de personnes dans le discours? — Comment nomme-t-on les pronoms qui les représentent?

77. Déclinez le pronom de la première personne.— Qu'y a-t-il à dire sur le datif?

78. Déclinez le pronom de la seconde personne.

79. Que remarquez-vous sur le pronom réfléchi de la 3e personne (*sui*)? — Rem. 1° De quel genre sont les pronoms personnels? — 2° Que dites-vous de la particule *met*? — 3° Qu'y a-t-il à dire sur *se*?

Pronoms-adjectifs.

80. Qu'entend-on par pronoms-adjectifs? — Dans quels cas sont-ils pronoms?— adjectifs? —Quand sont-ils *indicatifs* ou *démonstratifs* ? — *possessifs*? — Déclinez *is, ea, id.*

81. Que désigne *hic, hæc, hoc*? — Déclinez ce mot. — Quelle particule s'ajoute à ce mot, *quelquefois*?

82. Que désigne *ille, illa, illud*? — Déclinez ce mot. — Que remarquez-vous sur *iste, ista, istud*? — Rem. Pour quelle personne s'emploient ces di-

vers pronoms (*is, hic, ille, iste*)?

83. Que remarquez-vous sur *ipse?* — Par quoi se distingue-t-il ?

84. Déclinez *idem.* — Rem. 1° De quoi se compose ce mot ? — 2° Quelle différence de signification y a-t-il entre *idem* et *ipse?*

Pronoms-adjectifs possessifs.

85. Qu'entend-on par pronoms-adjectifs possessifs? — Déclinez *meus, a, um* — Rem. 1° D'où viennent les mots *meus, tuus, suus?* — Qu'y a-t-il à dire sur le vocatif de *meus?* — 2° Que remarquez-vous sur *suus* (*son* et *leur*)? — 3° Sur la particule *pte?* — 4° Que direz-vous du mot *cujus, a, um?*

86. Déclinez *noster.* — Rem. Que remarquez-vous sur *noster* et *vester* ?

87. Comment s'accordent les pronoms-adjectifs ?

Pronoms relatifs ou conjonctifs.

88. Qu'est-ce que le pronom *relatif* ou *conjonctif?* — Déclinez ce mot. — Rem. 1° Que remarquez-vous sur le datif et l'ablat. plur. ? — sur la terminaison du nominat. *fém.* et du pluriel *neutre?*

89. Qu'y a-t-il à dire sur les pronoms composés de *qui, quœ, quod?* — Citez-en quelques cas.

90. Déclinez l'interrogatif *quis.* — Rem. 1° En quoi ce pronom diffère-t-il de *qui, quœ, quod?* — 2° Que remarquez-vous sur le neutre *quid?* — 3° Quelle différence d'emploi voyez-vous entre *uter* et *quis?*

91. Qu'y a-t-il à observer quand *quis* est à la fin du mot, comme dans *aliquis?* — Au pluriel, quand doit-on employer *aliquot?*

92. Qu'y a-t-il à dire sur la déclinaison des composés de *quis?*

92 (*bis*). Que remarquez-vous dans *unusquisque* et dans *quisquis?*

DU VERBE (*).

93. Le *verbe* est un mot qui marque l'existence des personnes et des choses, qui unit à elles la *qualité* qu'on juge leur appartenir, ou qui exprime l'*action* qu'elles font.

Cette définition se résume en ces termes : *Le verbe est un mot qui affirme que quelqu'un ou quelque chose est, existe, ou qu'il fait une action.* Ainsi : *être, je suis,* est un verbe; *lire, je lis,* est un verbe. Dans *le Soleil éclaire le monde,* le mot *éclaire* est le verbe, parce qu'il marque l'*action* que *fait* le Soleil.

En latin, comme en français, il n'y a réellement qu'un verbe, qui est *esse* (être). On le nomme verbe *substantif,* parce qu'il subsiste par lui-même (**).

(*) Le mot *verbe* vient de *verbum* (parole); le verbe, en effet, sert à l'expression de la pensée par la *parole.*

(**) Suivant un grammairien, *esse* s'appelle verbe *substantif* (de

Les autres mots appelés *verbes* ne sont ainsi nommés, que parce qu'ils renferment en eux le verbe *être*. En effet, *lire,* est la même chose que *être lisant* (esse legens); *tu lis* équivaut à *tu es lisant* (tu es legens), etc. Ces verbes, réunissant ainsi le verbe *être* et un *adjectif* ou *attribut,* sont appelés *verbes attributifs* ou *adjectifs.*

Les verbes se divisent donc en un verbe *substantif* et en *verbes attributifs.*

Modifications du verbe.

94. On appelle *modifications* les divers changements de formes ou de terminaisons qu'éprouve le verbe dans le discours. Ces modifications sont au nombre de quatre : les *Nombres,* les *Personnes,* les *Temps* et les *Modes.*

Nombres.

95. Le *nombre* est la forme que prend le verbe pour marquer son rapport avec l'unité ou la pluralité ; de là deux nombres : le *singulier,* quand il s'agit d'un seul objet, *je suis, tu lis* (sum, legis), et le *pluriel,* quand il s'agit de plusieurs, *nous sommes, vous lisez* (sumus, legitis).

Personnes.

96. Nous avons déjà vu (76) qu'il y a trois personnes dans le discours. En français, les pronoms *je* et *nous* indiquent la première ; *tu* et *vous,* la seconde ; et un nom, ou les pronoms *il, elle, ils, elles,* marquent la troisième. En latin, on n'exprime pas ordinairement les pronoms correspondants *ego* et *nos; tu* et *vos ; ille, illa, illi, illæ ;* mais le verbe prend diverses terminaisons qui indiquent ces personnes : *je lis, tu lis, il lit,* etc., lego, legis, legit, etc.

Temps.

97. Le *temps* est la forme que prend le verbe pour indiquer à quelle partie de la durée se rapporte l'*état* ou l'*action* marquée par le verbe.

Là durée se divise en *trois* époques : le moment où l'on parle, celui qui précède et celui qui suit ; de là *trois temps* principaux :

Le *Présent,* je lis, *lego ;* le *passé* ou *parfait,* j'ai lu, *legi,* et le *futur,* je lirai, *legam.*

98. Le temps appelé *Présent* n'a qu'une forme, parce que le moment de la parole est un point indivisible.

Le *Passé* se subdivise en trois temps et se présente sous

substare, être dessous), parce que l'idée de ce verbe se trouve *sous* tous les autres (dans tous les autres).

trois formes différentes : l'*Imparfait*, je lisais, *legebam*; —
le *Parfait*, j'ai lu, *legi*, et le *Plus-que-parfait*, j'avais lu,
legeram. — En français, il y a de plus le *Passé défini* (je lus)
et le *Passé antérieur* (j'eus lu) : ces deux temps se rendent
en latin par le *Parfait* (legi).

Le *Futur*, qui marque une époque à venir, comprend deux
temps : le *Futur simple*, je lirai, *legam*, et le *Futur antérieur*, j'aurai lu, *legero*.

Modes.

99. Le *mode* (en latin *modus*) signifie manière ; ainsi le
mode, dans les verbes, signifie *manière* d'employer le verbe.

Il y a cinq modes dans les verbes latins :

1° L'*indicatif*, par lequel on affirme que la chose se fait,
qu'elle s'est faite ou qu'elle se fera ;

2° L'*Impératif*, qui marque le commandement, quelquefois
la prière ;

3° Le *Subjonctif*, mode subordonné, dépendant d'un mot
qui, en général, marque la volonté, le désir, la crainte, le
doute, l'incertitude : (*je veux que* vous fassiez cela);

4° L'*Infinitif*, qui exprime l'action d'une manière générale,
sans déterminer le *nombre*, ni la *personne*;

5° Le *Participe* (*), qui tient de la nature du verbe et de
celle de l'adjectif, en ce qu'il présente le verbe sous la forme
d'un attribut, et qu'il qualifie ainsi le nom ou pronom auquel
il se rapporte.

Supin et *Gérondif* (**). Le mode *Infinitif* comprend le *Supin* et le *Gérondif*, qui le remplacent quelquefois. Ce sont
deux noms verbaux (tirés du verbe). Le *Supin* se rapporte à
la quatrième déclinaison, dont il a l'accusatif *um* pour le sens
actif, et l'ablatif *u* pour le sens *passif*.

Le *Gérondif*, du neutre et du singulier, suit la seconde déclinaison, dont il a quatre cas : le gén. *i*, le datif et l'ablat. *o*
et l'acc. *um*.

Ces deux formes du verbe dépendent du mode *Infinitif*,
parce qu'elles ne déterminent ni le nombre, ni la personne.

Rem. 1° Le français a de plus un autre mode, le *Conditionnel*. On

---

(*) *Indicatif*, de *indicare*, indiquer ; — *Impératif*, de *imperare*,
commander ; — *Subjonctif*, de *subjungere*, mettre après, faire dépendre de ; — *Infinitif*, de *infinitus*, indéterminé, — *Participe*, de
particeps, participant.

(**) *Supin*, de *supinus* (couché, sans mouvement), parce que le
supin étant un véritable nom, n'exprime plus le mouvement de
l'action. — *Gérondif* vient de *gerundus* ou *gerendus* (*gero*), qui doit
être fait. Il marque l'action avec une idée de *nécessité*, de *devoir*.

y supplée en latin par l'*imparf.* du Subjonctif : *Je lirais,* legerem ; *j'aurais lu,* legissem.

2° Les trois premiers modes, l'*Indicatif,* l'*Impératif* et le *Subjonctif,* sont appelés modes *personnels,* parce que dans chacun d'eux la forme varie selon les personnes. Les deux autres modes, l'*Infinitif* et le *Participe,* sont des modes *impersonnels,* parce qu'ils n'admettent pas cette distinction.

100. Les temps des verbes se divisent en temps *primitifs* et en temps *dérivés.*

Les temps primitifs sont ceux qui servent à former les autres temps, c'est-à-dire les temps *dérivés* (*dérivé,* qui vient de, qui se forme de). Il y a quatre temps primitifs, savoir : le *présent de l'Indicatif,* le *parfait de l'Indicatif,* le *présent de l'Infinitif* et le *Supin* en *um.* Tous les autres temps sont *dérivés* de ceux-là.

101. Tout verbe est composé de deux éléments : le *radical* et la *terminaison.* Le *radical* est la partie invariable, celle qui représente l'attribut (93) ; la *terminaison* est la partie qui donne l'idée du verbe *être* (esse), et qui varie suivant le *nombre,* la *personne,* le *temps* et le *mode* ; elle se compose des lettres ou des syllabes qui suivent le *radical* (v. n° 110).

102. On entend par *conjuguer* un verbe (*), l'écrire ou le réciter avec les différentes inflexions et terminaisons propres à chaque nombre, à chaque personne, à chaque temps et à chaque mode.

103. Il y a en latin quatre conjugaisons, que l'on distingue par le *présent de l'Infinitif* et la seconde personne sing. du *présent de l'Indicatif.*

La *première* a l'infinitif terminé en *are,* et la seconde personne sing. du présent de l'indicatif, en *as* (am are, am as) ;

La *seconde* a l'infinitif en *ere* (e pénultième long), et la seconde personne sing. du présent de l'indicatif, en *es* (mon ere, mon es) ;

La *troisième* a l'infinitif en *ere* (e bref) (**), et la seconde personne sing. du présent de l'indicatif, en *is* (leg ere, leg is) ;

(*) *Conjuguer,* de *cum,* avec, et *jugum,* joug ; en effet, conjuguer un verbe, c'est le faire passer par tous les temps, les modes, les nombres et les personnes dont il est susceptible.

(**) Dans la seconde et dans la troisième conjugaison, la terminaison de l'infinitif est la même, mais la prononciation est différente : le premier e (de ere) est *long* dans la *seconde* (mon*ère*), tandis qu'il est *bref* dans la *troisième* (leg*ere*). Il est important que le maître habitue les élèves à distinguer ces deux infinitifs par la manière de les prononcer.

. La *quatrième* a l'infinitif en *ire,* et la seconde personne sing. du présent de l'indicatif, en *is* (aud ire, aud is).

VERBE SUBSTANTIF.

104. Le verbe *esse* (être) forme à lui seul une classe à part (93). Nous verrons plus loin que les autres verbes lui empruntent la plupart de leurs terminaisons. Il convient donc de le conjuguer le premier et de le bien connaître.

105. On le nomme verbe *substantif,* quand il marque seulement l'existence, et verbe *auxiliaire,* lorsque ses temps entrent dans la composition d'un autre verbe (*amatus sum, amatus eram,* etc.). Il est seul verbe *auxiliaire,* comme il est seul verbe *substantif.*

106. *Conjugaison du verbe* esse, *être.*

Temps primitifs : Sum, es, fui, esse. (*V.* 101, 116 *et* 117.)

INDICATIF (1er mode).

Présent.

Sum, *je suis.*
Es, *tu es.*
Est, *il est.*
Sumus, *nous sommes.*
Estis, *vous êtes.*
Sunt, *ils sont.*

Imparfait.

Eram, *j'étais.*
Eras, *tu étais.*
Erat, *il était.*
Eramus, *nous étions.*
Eratis, *vous étiez.*
Erant, *ils étaient.*

Parfait.

Fu i, *j'ai été.*
Fu isti, *tu as été.*
Fu it, *il a été.*
Fu imus, *nous avons été.*
Fu istis, *vous avez été.*
Fu erunt ou fu ère, *ils ont été.*
Autrement pour le français :
Je fus, tu fus, etc.
Ou : *J'eus été, tu eus été,* etc.

Plus-que-parfait.

Fu eram, *j'avais été.*
Fu eras, *tu avais été.*
Fu erat, *il avait été.*
Fu eramus, *nous avions été.*

Fu eratis, *vous aviez été.*
Fu erant, *ils avaient été.*

Futur.

Ero, *je serai.*
Eris, *tu seras.*
Erit, *il sera.*
Erimus, *nous serons.*
Eritis, *vous serez*
Erunt, *ils seront.*

Futur antérieur.

Fu ero, *j'aurai été.*
Fu eris, *tu auras été.*
Fu erit, *il aura été.*
Fu erimus, *nous aurons été.*
Fu eritis, *vous aurez été.*
Fu erint, *ils auront été.*

IMPÉRATIF (2e mode).

Il n'y a point de première personne au singulier.
Es *ou* esto, *sois.*
Esto (ille), *qu'il soit.*
Simus, *soyons.*
Este *ou* estote, *soyez.*
Sunto, *qu'ils soient.*

SUBJONCTIF (3e mode).

Présent.

Sim, *que je sois.*
Sis, *que tu sois.*
Sit, *qu'il soit.*
Simus, *que nous soyons.*

Aug. Br. Gr. Lat.   4

Sitis, *que vous soyez.*
Sint, *qu'ils soient.*

Imparfait.

Essem *ou* forem, *que je fusse.*
Esses *ou* fores, *que tu fusses.*
Esset *ou* foret, *qu'il fût.*
Essemus, *que nous fussions.*
Essetis, *que vous fussiez.*
Essent *ou* forent, *qu'ils fussent.*

Autrement pour le condition-
nel français : *Je serais, tu serais,*
etc.

Parfait.

Fu erim, *que j'aie été.*
Fu eris, *que tu aies été.*
Fu erit, *qu'il ait été.*
Fu erimus, *que nous ayons été.*
Fu eritis, *que vous ayez été.*
Fu erint, *qu'ils aient été.*

Plus-que-parfait.

Fu issem, *que j'eusse été.*
Fu isses, *que tu eusses été.*
Fu isset, *qu'il eût été.*
Fu issemus, *que nous eussions été.*

Fu issetis, *que vous eussiez été.*
Fu issent, *qu'ils eussent été.*

Autrement pour le conditionnel passé en français : *J'aurais
été, tu aurais été,* etc. Ou :
j'eusse été, tu eusses été, etc.

INFINITIF (4e mode).

Présent et imparfait.

Esse, *être, qu'il est ou qu'il était.*

Parf. et plus-que-parf.

Fu isse, *avoir été, qu'il a ou qu'il
avait été.*

Futur.

Fore (*indécl.*), *ou* futurum, futurum esse (*déal.*), *devoir être,
qu'il sera ou qu'il serait.*
Futur antér. (Il se décline).
Futurum, futuram fuisse, *avoir
dû être, qu'il aurait été ou
qu'il eût été.*

PARTICIPE futur (5e mode).

Futurus, futura, futurum, *devant
être, qui sera ou qui doit être.*

REMARQUES. 1° Ce verbe n'a ni le participe présent correspondant
au français *étant*, ni le participe passé correspondant à *été, ayant
été.* On verra, dans la Syntaxe (463), comment on supplée à ces
deux temps. — Le *supin* et le *gérondif* manquent également.

2° L'*impératif* n'a pas de première personne au singulier. Il n'en
a pas non plus au pluriel, mais on y supplée par la première personne du Subjonctif (*simus*, soyons). Il en est de même dans tous
les autres verbes.—A la seconde personne, la forme *esto, estote,* commande avec plus de force que *es, este.* Cette remarque s'étend à
tous les autres verbes : les secondes formes, *to, tote* (amato, ama-
tote, etc.) ont plus d'énergie que les premières (*ama, amate,* etc.).

3° A l'*imparfait* du subjonctif, les formes *forem, fores, foret,* et
au pluriel, *forent,* répondent plus particulièrement au conditionnel
français : *Je serais, tu serais,* etc.

4° Le *futur* simple, *futurum esse* et le *futur* antérieur, *futurum
fuisse* (mode infinitif), sont deux formes composées qui ne sont autre chose que l'infinitif *esse, fuisse,* joint à l'accusatif singulier du
participe futur *futurus, a, um.* Cet accusatif prend le genre et le
nombre du nom ou du pronom auquel il se rapporte.

5° *Radicaux du verbe* SUM. Les formes du verbe *esse* viennent de
deux radicaux différents *es* et *fu.* Au premier radical *es,* appartiennent toutes les formes commençant par *e,* ou par *s ;* ainsi le présent
sum est pour l'ancienne forme *esum,* dont on a supprimé l'initial,
comme dans toutes les personnes qui commencent par *s.* — L'im-

parfait *eram* et le futur *ero* sont pour *esam, eso*, par le changement de *s* en *r*, comme cela se voit dans plusieurs noms de la troisième déclinaison, où *s* devient *r*, quand elle doit se trouver entre deux voyelles, au génitif (*flos, floris*, pour *flos, flosis*).

Le radical *fu* auquel se rattachent les autres formes, vient de l'ancien verbe *fuo, fuere* (être), dont on rencontre le subjonctif *fuam, fuas*, etc. Ce radical n'est pas altéré, excepté dans *forem* pour *fuerem*. Le participe futur *futurus* est régulier (*).

107. Conjuguez sur *sum, fui, esse*, les verbes suivants, qui se composent d'une préposition et de ce même verbe *esse*. Pour conjuguer les neuf premiers sans faute, il suffit d'ajouter à la préposition toutes les formes du modèle *esse*. Quant au dernier, *prosum*, la préposition *pro* se change en *prod* aux temps et aux personnes où elle doit être suivie de la voyelle *e* : *prodes, prodest, proderam*, etc. Le *d* inséré ainsi s'appelle *d* euphonique, c'est-à-dire ajouté pour la douceur de la prononciation. Partout ailleurs il se conjugue comme les neuf premiers.

Temps primitifs (V. 101, 116 et 117) :

Absum, abes, abfui, abesse, *être absent.*
Adsum, ades, adfui, adesse, *être présent.*
Desum, dees, defui, deesse, *manquer à...*
Insum, ines, infui, inesse, *être dans...*
Intersum, interes, interfui, interesse, *assister à...*
Obsum, obes, obfui, obesse, *être nuisible, nuire à...*
Præsum, præes, præfui, præesse, *être à la tête de, présider à...*
Subsum, subes, subfui, subesse, *être dessous...*
Supersum, superes, superfui, superesse, *rester, survivre.*
Prosum, prodes, profui, prodesse, *être utile, servir à...*

REM. Les dix verbes précédents sont *attributifs*, et l'attribut est indiqué par la préposition qui entre dans la composition de chaque verbe.

(Voy. *Exercices Latins*, n°s 197 à 200.)

Le verbe *possum... posse* est aussi un verbe attributif qui appartient à la conjugaison du verbe *sum*. Il se forme de l'adjectif *potis, pote* (capable) et du verbe *sum*. Dans la conjugaison, le *t* du radical *pot*, de *potis*, se change en *s*, devant les temps du verbe *sum* qui commencent par *s* , *possum* pour *potsum, possim* pour *potsim* ; à l'imparfait du subjonctif et à l'infinitif, le verbe *esse* perd sa première syllabe : *possem* pour *potessem, posse* pour *potesse*; enfin au parfait et aux temps qui en sont formés, la lettre *f* du verbe *sum* disparaît : *potui* pour *potfui...*

(*) Voyez le *Thesaurus poeticus* de M. Quicherat, aux mots *fuo* et *siem*.

Temps primitifs (104, 116, 117) : Possum, potes, potui, posse, *pouvoir.*

INDICATIF.

Présent.

Possum, *je peux* ou *je puis.*
Potes, *tu peux.*
Potest, *il peut.*
Possumus, *nous pouvons.*
Potestis, *vous pouvez.*
Possunt, *ils peuvent.*

Imparfait.

Poteram, *je pouvais.*
Poteras, *tu pouvais,* etc.

Parfait.

Potui, *j'ai pu* ou *je pus* ou *j'eus pu.*
Potuisti,
Potuit,
Potuimus,
Potuistis,
Potuerunt *ou* potuère.

Plus-que-parfait.

Potueram, *j'avais pu.*
Potueras, *etc.*

Futur.

Potero, *je pourrai.*
Poteris, *etc.*

Futur antérieur.

Potuero, *j'aurai pu.*
Potueris, *etc.*

SUBJONCTIF.

Présent.

Possim, *que je puisse.*
Possis, *etc.*

Imparfait.

Possem, *que je pusse* ou *je pourrais.*
Posses, *etc.*

Parfait.

Potuerim, *que j'aie pu.*
Potueris, *etc.*

Plus-que-parfait.

Potuissem, *que j'eusse pu* ou *j'aurais pu.*
Potuisses, *etc.*

INFINITIF.

Présent et imparfait.

Posse, *pouvoir, qu'il peut* ou *qu'il pouvait.*

Parf. et plus-que-parfait.

Potuisse, *avoir pu, qu'il a* ou *qu'il avait pu.*

NOTA. Ce verbe n'a ni *impératif,* ni *futur de l'infinitif,* ni *participes.* Le mot *potens* (puissant), qui semble être le véritable participe présent de *possum,* n'est admis par l'usage que comme adjectif. Il en est de même des adjectifs *præsens* (présent), *absens* (absent), qui dépendent des verbes *præsum* et *absum.*

VERBES ATTRIBUTIFS.

108. Les verbes *attributifs* (93) se divisent en verbes *actifs*, verbes *passifs*, verbes *neutres*, verbes *déponents*, et verbes *impersonnels* ou *unipersonnels.*

VERBES ACTIFS.

109. En latin comme en français, on appelle verbes *actifs* ou *transitifs* (*) ceux qui expriment une action faite par le sujet, et qui ont un complément direct : *J'aime Dieu*, amo Deum.

On reconnaît mécaniquement qu'un verbe est *actif*, lorsqu'on peut placer après lui *quelqu'un* ou *quelque chose*.

Les verbes *actifs*, en latin, sont terminés en *o*, à la première personne du singulier du présent de l'indicatif, et se conjuguent comme les quatre modèles qui suivent.

PREMIÈRE CONJUGAISON.

Are, as (103).

INDICATIF (1er mode).

Présent. (117.) (**)

Am o, *j'aime* (***).
Am as,
Am at,
Am amus,
Am atis,
Am ant.

Imparfait. (119.)

Am abam, *j'aimais.*
Am abas,
Am abat,
Am abamus,
Am abatis
Am abant.

Parfait. (117.)

Amav i, *j'ai aimé.*
Amav isti,
Amav it,
Amav imus,

Amav istis,
Amav erunt *ou* amav ère.

On dit aussi pour le français :
J'aimai, tu aimas, il aima, nous aimâmes, vous aimâtes, ils aimèrent.
Ou : *J'eus aimé, tu eus aimé, il eut aimé, nous eûmes aimé, vous eûtes aimé, ils eurent aimé.*

Plus-que-parfait. (124.)

Amav eram, *j'avais aimé.*
Amav eras,
Amav erat,
Amav eramus,
Amav eratis,
Amav erant.

Futur. (120.)

Am abo, *j'aimerai.*
Am abis,
Am abit,
Am abimus,

(*) *Actif* vient de *actum*, supin de *agere* (agir, faire) ; *transitif*, de *transitum*, supin de *transire* (passer), parce que l'action *passe* du sujet sur le complément direct : *Pierre écrit une lettre.* (Petrus scribit epistolam), l'action faite par le sujet *Pierre* passe sur le complément *lettre.*

(**) A chaque temps que l'élève récite ou écrit, il doit indiquer si c'est un temps *primitif* ou un temps *dérivé.* S'il s'agit d'un temps dérivé, il dit de quel temps *primitif* il se forme et comment il en est formé.

Ex. : *Imparfait.* Il se forme du présent de l'indicatif *amo*, par le changement de *o* en *abam*, etc.

(***) L'élève a sans doute assez l'usage de sa propre langue pour n'avoir pas besoin de trouver ici le français de toutes les personnes qui correspondent au latin.

Am abitis,
Am abunt.

Futur antérieur (125.)

Amav ero, *j'aurai aimé.*
Amav eris,
Amav erit,
Amav erimus,
Amav eritis,
Amav erint.

IMPÉRATIF (2e mode. 129).
Point de 1re pers. au sing.

Présent ou *futur.*

Am a *ou* am ato, *aime.*
Am ato (ille), *qu'il aime.*
Am emus, *aimons.*
Am ate *ou* am atote, *aimez.*
Am anto, *qu'ils aiment,*

SUBJONCTIF (3e mode).

Présent. (121.)

Am em, *que j'aime.*
Am es,
Am et,
Am emus,
Am etis,
Am ent.

Imparfait. (130.)

Am arem, *que j'aimasse.*
Am ares,
Am aret,
Am aremus,
Am aretis,
Am arent.

Autrement pour le conditionnel français : *J'aimerais, tu aimerais,* etc.

Parfait. (126.)

Amav erim, *que j'aie aimé.*
Amav eris,
Amav erit,
Amav erimus,
Amav eritis,
Amav erint.

Plus-que-parfait. (127.)

Amav issem, *que j'eusse aimé.*
Amav isses,
Amav isset,
Amav issemus,
Amav issetis,
Amav issent.

Autrement pour le conditionnel passé en français : *J'aurais
aimé, tu aurais aimé,* etc. Ou :
j'eusse aimé, tu eusses aimé, etc.

INFINITIF (4e mode).

Présent et imparfait. (117.)

Am are, *aimer, qu'il aime ou
qu'il aimait.*

Parf. et plus-que-parfait. (128.)

Amav isse, *avoir aimé, qu'il a
ou qu'il avait aimé.*

Futur. (Il se décline. 131.)

Amat urum, amat uram esse,
*devoir aimer, qu'il aimera ou
qu'il aimerait.*

Futur antérieur. (Il se décline.)

Amat urum, amat uram fu isse,
*avoir dû aimer, qu'il aurait
ou qu'il eût aimé.*

GÉRONDIF. (123.)

Gén. Am andi, *d'aimer.*
Dat. Am ando, *à aimer.*
Acc. Am andum, *à ou pour ai-
mer.*
Abl. Am ando, *en aimant.*

PARTICIPE (5e mode, 122).

Présent.

Am ans, am antis, *aimant, qui
aime ou qui aimait.*

Participe futur. (132.)

Amat urus, amat ura, amat-
urum, *devant aimer, qui aimera ou qui doit aimer.*

SUPIN. (117.)

Amat um, *aimer.*

110*. 1° *Radicaux.* Dans les temps primitifs (100), il y a le plus
souvent trois radicaux : 1° le *radical* du *présent* de l'Indicatif, qui
est le même que celui de l'Infinitif ; — 2° le radical du *Parfait* ; —
3° le radical du *Supin.*

Dans tout verbe, pour connaître ces trois radicaux, il faut retrancher : 1° la terminaison du *présent* de l'Infinitif, ou celle de la seconde personne du présent de l'Indicatif (103) ; 2° i du *Parfait ;* — 3° *um* du *Supin : Am o, am as, am are*, radical *am ; Parfait amav i*, radical *amav ;* Supin *amat um*, radical *amat*. Le *Présent* donne le radical pur ; le *Parfait* et le *Supin* présentent le radical allongé et très souvent altéré.

Tous les temps dérivés (100) prennent chacun le radical du temps primitif dont ils dépendent.

2° *Terminaisons.* Pour bien conjuguer un verbe, il est donc essentiel de reconnaître d'abord le *radical* qui convient à chaque temps ; puis, ce radical une fois trouvé, il ne s'agit plus que d'y ajouter les terminaisons de la conjugaison qui sert de modèle.

3°. Il est important de remarquer que les terminaisons du *Parfait* et des temps qui en dérivent, sont celles des temps correspondants du verbe *sum* (106). Parfait *i, isti, it, imus, istis, erunt* ou *ere ;* Plus-que-parfait *eram, eras*, etc. Ces terminaisons sont communes aux quatre conjugaisons. Il en est de même de *um* au *Supin ;* de *urum* aux deux *futurs* de l'Infinitif, et de *urus, ura, urum*, au *Participe futur.*

Il n'y a donc qu'une seule conjugaison dans les verbes latins, pour les temps qui dérivent du *Parfait* et pour ceux qui dérivent du *Supin.* La différence de conjugaison n'existe que pour les temps qui se forment du *Présent* de l'Indicatif, et de l'*Infinitif.*

Verbes à conjuguer sur Am o.

TEMPS PRIMITIFS. (116, 117.)

Damn o, as, av i, at um, are, *condamner.*
Labor o, as, av i, at um, are (neutre 151), *travailler.*
Nunti o, as, av i, at um, are, *annoncer.*
Crep o, as, crepu i, crepit um, crep are (neutre), *craquer, faire du bruit.*
Dom o, as, domu i, domit um, dom are, *dompter.*
Mic o, as, micu i (sans supin), mic are (neutre), *briller, étinceler.*
Sec o, as, secu i, sect um, sec are, *couper.*
Do, das, ded i, dat um, dar e, *donner.*
Juv o, as, juv i, jut um, juv are, *aider, faire plaisir.*
St o, as, stet i, stat um, st are (neutre), *se tenir debout.*

NOTA. Lorsqu'un temps *primitif* manque, tous les temps qui en sont formés manquent également : *micare* (ci-dessus) n'ayant pas de *supin*, n'aura ni le *futur de l'infinitif*, ni le *participe futur*. Il en est ainsi dans toutes les conjugaisons. (V. *Exerc. Latins*, 201 à 204.)

114. SECONDE CONJUGAISON.

Ere, es (103).

INDICATIF (1er mode).

Présent. (117.)

Mon eo, *j'avertis.*

Mon es,
Mon et,
Mon emus,

Mon etis,
Mon ent.

Imparfait. (119.)

Mon ebam, *j'avertissais.*
Mon ebas,
Mon ebat,
Mon ebamus,
Mon ebatis,
Mon ebant.

Parfait. (117.)

Monu i, *j'ai averti.*
Monu isti,
Monu it,
Monu imus,
Monu istis,
Monu erunt *ou* monu ère.

On dit aussi pour le français : *J'avertis, tu avertis, il avertit, nous avertîmes,* etc.
Ou : *J'eus averti, tu eus averti,* etc.

Plus-que-parfait. (124.)

Monu eram, *j'avais averti.*
Monu eras,
Monu erat,
Monu eramus,
Monu eratis,
Monu erant.

Futur. (120.)

Mon ebo, *j'avertirai.*
Mon ebis,
Mon ebit,
Mon ebimus,
Mon ebitis,
Mon ebunt.

Futur antérieur. (125.)

Monu ero, *j'aurai averti.*
Monu eris,
Monu erit,
Monu erimus,
Monu eritis,
Monu erint.

IMPÉRATIF (2e mode, 129).
Point du 1re pers. au sing.

Présent ou *futur.*

Mon e *ou* mon eto, *avertis.*
Mon eto (ille), *qu'il avertisse.*
Mon eamus, *avertissons.*
Mon ete *ou* mon etote, *avertissez.*
Mon ento, *qu'ils avertissent.*

SUBJONCTIF (3e mode).
Présent. (121.)

Mon eam, *que j'avertisse.*
Mon eas,
Mon eat,
Mon eamus,
Mon eatis,
Mon eant.

Imparfait. (130.)

Mon erem, *que j'avertisse.*
Mon eres,
Mon eret,
Mon eremus,
Mon eretis,
Mon erent.

Autrement pour le conditionnel français : *J'avertirais, tu avertirais,* etc.

Parfait. (126.)

Monu erim, *que j'aie averti.*
Monu eris,
Monu erit,
Monu erimus,
Monu eritis,
Monu erint.

Plus-que-parfait. (127.)

Monu issem, *que j'eusse averti.*
Monu isses,
Monu isset,
Monu issemus,
Monu issetis,
Monu issent.

Autrement pour le conditionnel passé, en français : *J'aurais averti, tu aurais averti,* etc. Ou : *j'eusse averti, tu eusses averti,* etc.

INFINITIF (4e mode).
Présent et *imp.* (117.)

Mon ere, *avertir, qu'il avertit ou qu'il avertissait.*

Parfait et *plus-que-parf.* (128.)

Monu isse, *avoir averti, qu'il a*
   ou qu'il avait averti.

Futur. (131. *Il se décline.*)

Monit urum, monit uram esse,
   devoir avertir, qu'il avertira
   ou qu'il avertirait.

Futur antérieur. (*Il se décline.*)

Monit urum, monit uram fuisse,
   avoir dû avertir, qu'il aurait
   ou qu'il eût averti.

GÉRONDIF. (123.)

Gén. Mon endi, *d'avertir.*

Dat. Mon endo, *à avertir.*

Acc. Mon endum, *à* ou *pour*
   avertir.

Abl. Mon endo, *en avertissant.*

PARTICIPE (5ᵉ mode, 122).
Présent.

Mon ens, mon entis, *avertissant,*
   qui avertit ou *qui avertissait.*

Participe futur. (132.)

Monit urus, a, um, *devant aver-*
   tir, qui avertira ou *qui doit*
   avertir.

SUPIN. (117.)

Mon itum, *avertir.*

Verbes à conjuguer sur Mon eo.

TEMPS PRIMITIFS. (116 et 117.)

Deb eo, es, debu i, debit um, deb ere, *devoir.*
Hab eo, es, habu i, habit um, habe re, *avoir, regarder comme.*
Noc eo, es, nocu i, nocit um, noc ere (neutre), *nuire.*
Stud eo, es, studu i (*sans supin*), stud ere (neutre), *étudier.*
Doc eo, es, docu i, doct um, doc ere, *enseigner, instruire.*
Fav eo, es, fav i, faut um, fav ere (neutre), *favoriser.*
Cav eo, es, cav i, caut um, cav ere (neutre), *prendre garde.*
Aug eo, es, aux i, auct um, aug ere, *augmenter.*
Lug eo, es, lux i, luct um, lug ere (actif et neutre), *pleurer.*
Fulg eo, es, fuls i (*sans supin*), fulg ere (neutre), *briller.*
Jub eo, es, juss i, juss um, jub ere, *ordonner.*
Mordeo, es, momord i, mors um, mord ere *mordre.*
Spondeo, es, spopond i, spons um, spond ere, *promettre.*
Tond eo, es, totond i, tons um, tond ere, *tondre.*
Vid eo, es, vid i, vis um, vid ere, *voir.*
Immin eo, es (ni *parfait* ni *supin*), immin ere, *menacer.*

(Quand un verbe n'a pas de *parfait*, le *supin* manque toujours
aussi).

REMARQUE. Dans les verbes *mordeo, spondeo, tondeo,* le radical
est augmenté d'une syllabe au parfait : *momordi, spopondi, totondi ;*
ce radical est dit *redoublé.* (Voy. *Exerc. Latins,* 205 à 207.)

112. TROISIÈME CONJUGAISON.

Ere, is (103).

INDICATIF (1ᵉʳ mode).

Présent. (117.)

Leg o, *je lis.*
Leg is,
Leg it,
Leg imus,
Leg itis,
Leg unt.

4.

Imparfait. (119.)

Leg ebam, *je lisais.*
Leg ebas,
Leg ebat,
Leg ebamus,
Leg ebatis,
Leg ebant.

Parfait. (117.)

Leg i, *j'ai lu.*
Leg isti,
Leg it,
Leg imus,
Leg istis,
Leg erunt *ou* leg ere.
On dit aussi pour le français:
Je lus, tu lus, etc.
 Ou: *J'eus lu, tu eus lu,* etc.

Plus-que-parfait. (124.)

Leg eram, *j'avais lu.*
Leg eras,
Leg erat,
Leg eramus,
Leg eratis,
Leg erant.

Futur. (120.)

Leg am, *je lirai.*
Leg es,
Leg et,
Leg emus,
Leg etis,
Leg ent.

Futur antérieur. (125.)

Leg ero, *j'aurai lu.*
Leg eris,
Leg erit,
Leg erimus,
Leg eritis,
Leg erint.

IMPÉRATIF (2e mode, 129).

Point de 1re pers. au sing.

Présent ou futur.

Leg e *ou* leg ito, *lis.*
Leg ito (ille), *qu'il lise.*
Leg amus, *lisons.*
Leg ite *ou* leg itote, *lisez.*
Leg unto, *qu'ils lisent.*

SUBJONCTIF (3e mode).

Présent. (121.)

Leg am, *que je lise.*
Leg as,
Leg at,
Leg amus,
Leg atis,
Leg ant.

Imparfait. (130.)

Leg erem, *que je lusse.*
Leg eres,
Leg eret,
Leg eremus,
Leg eretis,
Leg erent.
 Autrement pour le condition-
nel français : *Je lirais, tu lirais,*
etc.

Parfait. (126.)

Leg erim, *que j'aie lu.*
Leg eris,
Leg erit,
Leg erimus,
Leg eritis,
Leg erint.

Plus-que-parfait. (127.)

Leg issem, *que j'eusse lu.*
Leg isses,
Leg isset,
Leg issemus,
Leg issetis,
Leg issent.
 Autrement pour le condition-
nel passé, en français : *J'aurais
lu, tu aurais lu,* etc. Ou: *j'eusse
lu, tu eusses lu,* etc.

INFINITIF (4e mode).

Présent et imparf. (117.)

Leg ere, *lire, qu'il lit* ou *qu'il
 lisait.*

Parf. et *plus-que-p.* (128.)

Leg isse, *avoir lu, qu'il a* ou
 qu'il avait lu.

Futur. (131. Il se décl.)

Lect urum, lect uram esse, *de-*

voir lire, qu'il lira ou qu'il lirait.

Futur antérieur. (Il se décl.)

Lect urum, lect uram fuisse, avoir dû lire, qu'il aurait ou qu'il eût lu.

GÉRONDIF. (123.)

Gén. Legendi, *de lire.*
Dat. Legendo, *à lire.*
Acc. Legendum, *à* ou *pour lire.*
Abl. Legendo, *en lisant.*

PARTICIPE (5e mode, 122).

Présent.

Leg ens, leg entis, *lisant, qui lit* ou *qui lisait.*

Participe futur. (132.)

Lect urus, a, um, *devant lire, qui lira* ou *qui doit lire.*

SUPIN. (117.)

Lect um, *lire.*

Verbes à conjuguer sur Leg o.

TEMPS PRIMITIFS. (116 et 117.)

Bib o, is, bib i, bibit um, bib ere, *boire.*
Em o, is, em i, empt um, em ere, *acheter.*
Solv o, is, solv i, solut um, solv ere, *payer, délier.*
Cred o, is, credid i, credit um, cred ere *croire.*
Lud o, is, lus i, lus um, lud ere (neutre), *jouer.*
Mitt o, is, mis i, miss um, mitt ere, *envoyer.*
Dico, is, dix i, dict um, dic ere, *dire.* } V. n° 129.
Duc o, is, dux i, duct um, duc ere, *conduire.* }
Argu o, is, argu i (sans sup in), argu ere, *accuser.*
Flu o, is, flux i, flux um, flu ere, *couler.*
Tribu o, is, tribu i, tribut um, tribu ere, *accorder.*
Fund o, is, fud i, fus um, fund ere, *répandre.*
Rump o, is, rup i, rupt um, rump ere, *rompre.*
Scrib o, is, scrips i, script um, scrib ere, *écrire.*
Pet o, is, petiv i *ou* peti i, petit um, pet ere, *demander,*
Tollo, is, sustul i, sublat um, toll ere, *élever, enlever.*
Vinc o, is, vic i, vict um, vinc ere, *vaincre.*
Parc o, is, peperc i *ou* parc i, parcit um, parc ere (neutre), *épargner.*
Curr o, is, cucurr i, curs um, curr ere (neutre), *courir.*
Ag o, is, eg i, act um, ag ere, *agir, faire, conduire, chasser.*
Relinqu o, is, reliqu i, relict um, relinqu ere, *laisser.*
Gign o, is, genu i, genit um, gign ere, *engendrer.*
Trah o, is, trax i, tract um, trah ere, *traîner, attirer.*
Stern o, is, strav i, strat um, stern ere, *étendre, renverser.*
(Voy. *Exercices Latins*, 208 à 210.)

113. QUATRIÈME CONJUGAISON.

Ire, is (103).

INDICATIF (1er mode).

Présent. (117.)

Aud io, *j'entends.*
Aud is,
Aud it,
Aud imus,
Aud itis,
Aud iunt.

Imparfait. (119.)

Aud iebam, *j'entendais.*
Aud iebas,
Aud iebat,
Aud iebamus,
Aud iebatis,
Aud iebant.

Parfait. (117.)

Aud ivi, *j'ai entendu.*
Aud ivisti,
Aud ivit,
Aud ivimus,
Aud ivistis,
Aud iverunt *ou* aud ivère.

Autrement pour le français :
J'entendis, tu entendis, etc.
Ou : *J'eus entendu, tu eus en-
tendu,* etc.

Plus-que-parfait. (124.)

Aud iveram, *j'avais entendu.*
Aud iveras,
Aud iverat,
Aud iveramus,
Aud iveratis,
Aud iverant.

Futur. (120.)

Aud iam, *j'entendrai.*
Aud ies,
Aud iet,
Aud iemus,
Aud ietis,
Aud ient.

Futur antérieur. (125.)

Aud ivero, *j'aurai entendu.*
Aud iveris,
Aud iverit,
Aud iverimus,
Aud iveritis,
Aud iverint.

IMPÉRATIF (2ᵉ mode, 129).

Point de 1ʳᵉ pers. au sing.

Présent ou *futur.*

Aud i *ou* aud ito, *entends.*
Aud ito (ille),
Aud iamus,

Aud ite *ou* aud itote,
Aud iunto.

SUBJONCTIF (3ᵉ mode).
Présent. (121.)

Aud iam, *que j'entende.*
Aud ias,
Aud iat,
Aud iamus,
Aud iatis,
Aud iant.

Imparfait. (130.)

Aud irem, *que j'entendisse.*
Aud ires,
Aud iret,
Aud iremus,
Aud iretis,
Aud irent.

Autrement pour le conditionnel français : *J'entendrais, tu
entendrais,* etc.

Parfait. (126.)

Aud iverim, *que j'aie entendu.*
Aud iveris,
Aud iverit,
Aud iverimus,
Aud iveritis,
Aud iverint.

Plus-que-parfait. (127.)

Aud ivissem, *que j'eusse entendu.*
Aud ivisses,
Aud ivisset,
Aud ivissemus,
Aud ivissetis,
Aud ivissent.

Autrement pour le conditionnel passé, en français : *J'aurais
entendu, tu aurais entendu,* etc.
Ou : *J'eusse entendu, tu eusses
entendu,* etc.

INFINITIF (4ᵉ mode).
Présent et imparfait. (117.)

Aud ire, *entendre, qu'il entend
ou qu'il entendait.*
Parfait et plus-que-parf. (128.)
Aud ivisse, *avoir entendu, qu'il
a ou qu'il avait entendu.*

Futur. (131. *Il se décl.*)

Aud iturum, aud ituram esse, *devoir entendre, qu'il entendra* ou *qu'il entendrait.*

Futur antérieur. (*Il se décl.*)

Aud iturum, aud ituram fuisse, *avoir dû entendre, qu'il aurait* ou *qu'il eût entendu.*

GÉRONDIF. (123.)

Gén. Aud iendi, *d'entendre.*
Dat. Aud iendo, *à entendre.*
Acc. Aud iendum, *à* ou *pour en-tendre.*

Abl. Aud iendo, *en entendant.*

PARTICIPE (5e mode, 122).

Présent.

Aud iens, aud ientis, *entendant, qui entend* ou *qui entendait.*

Participe futur. (132.)

Aud iturus, a, um, *devant en-tendre, qui entendra* ou *qui doit entendre.*

SUPIN. (147.)

Aud itum, *entendre.*

Verbes à conjuguer sur Aud io.

TEMPS PRIMITIFS. (116 et 117.)

Aper io, is, aper ui, apert um, aper ire, *ouvrir.*
Cond io, is, cond ivi, condit um, cond ire, *embaumer.*
Dorm io, is, dorm ivi, dormit um, dorm ire (neutre), *dormir.*
Garr io, is, garr ivi, garrit um, garr ire (neutre), *babiller, gazouiller.*
Nutr io, is, nutr ivi, nutrit um, nutr ire, *nourrir.*
Pun io, is, pun ivi, punit um, pun ire, *punir.*
Sc io, sc is, sc ivi, scit um, sc ire, *savoir.*
Sepel io, is, sepel ivi, sepult um, sepel ire, *ensevelir.*
Sent io, is, sens i, sens um, sent ire, *sentir.*
Haur io, is, haus i, haust um, haur ire, *puiser, tirer.*
Ven io, is, ven i, vent um, ven ire (neutre), *venir.*
Fer io, is (*sans parf. et sans supin*), fer ire, *battre, frapper,* etc.
(Voy. *Exercices Latins,* 214 à 216.)

114. MODÈLE DE LA 3e CONJUGAISON MIXTE.

Ere, io, is (103).

INDICATIF (1er mode).

Présent. (117.)

Accip io, *je reçois.*
Accip is,
Accip it,
Accip imus,
Accip itis,
Accip iunt.

Imparfait. (119.)

Accip iebam, *je recevais.*
Accip iebas,
Accip iebat,

Accip iebamus,
Accip iebatis,
Accip iebant.

Parfait. (117.)

Accep i, *j'ai reçu, je reçus* ou *j'eus reçu.*
Accep isti,
Accep it,
Accep imus,
Accep istis,
Accep erunt *ou* accep ère.

Plus-que-parfait. (124.)

Accep eram, *j'avais reçu.*

Accep eras, etc.

Futur. (120.)

Accip iam, *je recevrai.*
Accipi ies,
Accip iet,
Accip iemus,
Accip ietis,
Accip ient.

Futur antérieur. (125).

Accep ero, *j'aurai reçu.*
Accep eris, etc.

IMPÉRATIF (2ᵉ mode, 129).

Point de 1ʳᵉ pers. au sing.

Présent ou futur.

Accip e *ou* accip ito, *reçois.*
Accip ito (ille),
Accip iamus,
Accip ite *ou* accip itote,
Accip iunto.

SUBJONCTIF (3ᵉ mode).

Présent. (121.)

Accip iam, *que je reçoive.*
Accip ias,
Accip iat,
Accip iamus,
Accip iatis,
Accip iant.

Imparfait. (130.)

Accip erem, *que je reçusse.*
Accip eres,
Accip eret,
Accip eremus,
Accip eretis,
Accip erent.

Autrement pour le conditionnel français : *Je recevrais, tu
recevrais,* etc.

Parfait. (126.)

Accep erim, *que j'aie reçu.*

Accep eris, etc.

Plus-que-parfait. (127.)

Accep issem, *que j'eusse reçu.*
Accep isses, etc.
　　Autrement pour le conditionnel passé, en français : *J'aurais
reçu, tu aurais reçu,* etc. Ou :
j'eusse reçu, tu eusses reçu, etc.

INFINITIF (4ᵉ mode).

Présent et imparfait. (117.)

Accip ere, *recevoir, qu'il reçoit
ou qu'il recevait.*

Parf. et plus-que-p. (128.)

Accep isse, *avoir reçu, qu'il a ou
qu'il avait reçu.*

Futur. (131. Il se décl.)

Accept urum, accept uram esse,
*devoir recevoir, qu'il recevra
ou qu'il recevrait.*

Futur antérieur. (Il se décl.)

Accept urum, accept uram fuisse, *avoir dû recevoir, qu'il
aurait ou qu'il eût reçu.*

GÉRONDIF. (123.)

Gén. Accip iendi, *de recevoir.*
Dat. Accip iendo, *à recevoir.*
Acc. Accip iendum, *à ou pour
recevoir.*
Abl. Accip iendo, *en recevant.*

PARTICIPE (5ᵉ mode, 122).

Présent.

Accip iens, accip ientis, *recevant,
qui reçoit ou qui recevait.*

Participe futur. (132.)

Accept urus, a, um, *devant recevoir, qui recevra ou qui doit
recevoir.*

SUPIN. (117.)

Accept um, *recevoir.*

Verbes à conjuguer sur Accip io.

TEMPS PRIMITIFS. (116 et 117.)

Aspic io, is, aspex i, aspect um, aspic ere, *regarder.*

Cap io, is, cep i, capt um, cap ere, *prendre.*
Fac io, is, fec i, fact um, fac ere, *faire.* (129.)
Fod io, is, fod i, foss um, fad ere, *percer.*
Fug io, is, fug i, fugit um, fug ere, *fuir.*
Rap io, is, rapui, rapt um, rap ere, *ravir, entraîner.*
Cup io, is, cupiv i, cupit um, cup ere, *désirer.*
Quat io, is, quass i, quass um, quat ere, *secouer.*
Jac io, is, jec i, jact um, jac ere, *jeter.*
Sapio, is, sapu i *ou* sapiv i *(sans supin)*, sap ere (neutre), *être sage,*
avoir du goût.
Percip io, is, percep i, percept um, percip ere, *recueillir.*
Recip io, is, recep i, recept um, recip ere, *recevoir.*

Rem. 1° Ce verbe tient de la troisième et de la quatrième conjugaison ; c'est ce qu'on appelle une conjugaison *mixte* (de *mixtus,* mêlé).

Il tient de la troisième (*) par le *présent* de l'indicatif, excepté la première personne du singulier *accipio* et la troisième du pluriel *accipiunt ;* par l'impératif *accipe,* excepté la troisième personne du pluriel *accipiunto ;* par tout l'*imparfait* du subjonctif, *acciperem,* par le *présent* de l'infinitif, *accipere ;* — par le *parfait* et par le *supin.*

Il tient de la quatrième par tous les autres temps qui dérivent du *présent* (*accipio*).

2° La voyelle *i* du radical (*accip*) se change en *e* au parfait (*accep i*) et au supin (*accept um*).

3° Le participe *présent,* soit en *ans,* soit en *ens,* dans les quatre conjugaisons, se décline sur *prudens* (53) ; mais l'ablatif singulier est toujours en *e.*

4° Le participe *futur* est toujours terminé en *urus, ura, urum ;* il se décline sur *bonus, a, um.*

5° A l'actif, les verbes latins n'ont point de participe passé (comme *ayant aimé*). La syntaxe indique comment on y supplée (464).

115. *Syncopes du parfait.* Dans les parfaits en *avi, evi, ovi,* et dans les temps qui en dépendent, on retranche souvent la syllabe *vi* ou *ve,* devant *s* ou *r.* Ainsi on dit *amâsti* pour *amavisti ;* *implêsti* pour *implevisti ;* — *amâram* pour *amaveram ; implêram* pour *impleveram ;* — *cognôrant, cognôsse,* pour *cognoverant, cognovisse,* etc.

Dans les parfaits en *ivi,* on retranche très souvent le *v* seul : *audii, audiisti, audiit, audiimus,* etc., pour *audivi, audivisti, audivit, audivimus,* etc. ; *audieram* pour *audiveram,* etc. — Les deux *i* peuvent se contracter en un seul devant *s : audisti, audissem,* pour *audiisti, audiissem,* etc. (Voy. *Exerc. Lat.,* 211 à 213.)

(*) Ce qui justifie cette similitude de conjugaison, c'est que dans *accipis, accipimus, accipitis,* la voyelle *i* est brève, comme dans *legis, legimus, legitis ;* tandis qu'elle est longue dans la quatrième conjugaison, *audis, audimus, auditis.*

DES TEMPS DES VERBES.

116. Nous avons vu (100) ce qu'on entend par TEMPS PRI-MITIFS et par TEMPS DÉRIVÉS.

Il y a quatre temps *primitifs* dans la conjugaison ; tous les autres sont appelés temps *dérivés*, parce qu'ils se forment des temps *primitifs*.

117. Les quatre temps *Primitifs* sont :
1° Le Présent de l'*Indicatif*;
2° Le Parfait de l'*Indicatif*;
3° Le Présent de l'*Infinitif*;
4° Le Supin en *um*.

118. FORMATION DES TEMPS DÉRIVÉS.

119.

1° Du Présent
DE L'INDICATIF
on forme :

120.

121.

122.

123.

1° L'*imparfait de l'indicatif*, en changeant *o* en *abam*, 1ʳᵉ conjugaison : *am o, am abam*; en changeant *o* en *bam*, 2ᵉ conjugaison : *mone o, mone bam*; en changeant *o* en *ebam*, 3ᵉ et 4ᵉ conjugaison : *leg o, leg ebam; audi o, audi ebam.*

2° Le *futur de l'indicatif*, en changeant *o* en *abo*, 1ʳᵉ conjug. : *am o, am abo*; en changeant *o* en *bo*, 2ᵉ conjug. : *mone o, mone bo*; en changeant *o* en *am*, 3ᵉ et 4ᵉ conjug : *leg o, leg am; audi o, audi am.*

3° Le *présent du subjonctif*, en changeant *o* en *em*, 1ʳᵉ conjug. : *am o, am em*; en changeant *o* en *am*, pour les trois autres conjug. : *mone o, mone am; leg o, leg am; audi o, audi am.*

4° Le *participe présent*, en changeant *o* en *ans*, 1ʳᵉ conjug. : *am o, am ans*; en changeant *o* en *ns*, 2ᵉ conjug. : *mone o, mone ns*; en changeant *o* en *ens*, 3ᵉ et 4ᵉ conjug. : *leg o, leg ens; audi o, audi ens.*

5° Le *gérondif*, en changeant *o* en *andi, ando, andum*, 1ʳᵉ conjug. : *amo, am andi, am ando, am andum*; en changeant *o* en *ndi, ndo, ndum*, 2ᵉ conjug. : *mone o, mone ndi, mone ndo, mone ndum*; en changeant *o* en *endi, endo, endum*, 3ᵉ et 4ᵉ conjug. : *leg o, leg endi, leg-endo, leg endum; audi o, audi endi, audi endo, audi endum.*

124.

125.

1° Le *plus-que-parfait de l'indicatif*, en changeant *i* en *eram* dans les quatre conjug. : *amav i, amav eram; monu i, monu eram; leg i, leg eram; audiv i, audiv eram*

2° Le *futur antérieur*, en changeant *i* en *ero*

426
3° Du *Parfait*
DE L'INDICATIF
on forme :
127.

dans les quatre conjug. : *amav i, amav ero ; monu i, monu ero ; leg i, leg ero ; audiv i, audiv ero.*

3° Le *parfait du subjonctif*, en changeant *i* en *erim* dans les quatre conjug. : *amav i, amaverim ; monu i, monu erim ; leg i, leg erim*, etc.

4° Le *plus-que-parfait du subjonctif*, en changeant *i* en **issem** dans les quatre conjug. : *amav i, amav issem ; monu i, monu issem ; leg i, leg issem ; audiv i, audiv issem.*

128.

5° Le *parfait de l'infinitif*, en changeant *i* en *isse* dans les quatre conjug. : *amav i, amavisse ; monu i, monu isse ; leg i, leg isse ; audiv i, audiv isse.*

129.

3° Du *Présent*
DE L'INFINITIF
on forme :
130.

1° L'*impératif*, en retranchant la dernière syllabe *re* dans les quatre conjug. : *amare, ama ; monere, mone ; legere, lege ; audire, audi.* Trois verbes sont exceptés : *dico, duco, facio,* qui font à l'impératif : *dic, duc, fac.*

2° L'*imparfait du subjonctif*, en ajoutant *m* au présent de l'infinitif dans les quatre conjug. : *am are, am arem ; mon ere, mon erem ; leg ere, leg erem ; aud ire, aud irem.*

131.

4° Du *Supin*
on forme :
132.

1° Le *futur de l'infinitif*, en changeant *m* en *rum, ram, rum,* dans les quatre conjug. : *amat um, amat urum, amat uram, amat urum ; monit um, monit urum, monit uram, monit urum ; lect um, lect urum, lect uram, lect urum ; audit um, audit urum, audit uram,* etc. Ce *futur* n'est que l'accusatif du *participe futur* joint à l'auxiliaire *esse.*

2° Le *participe futur,* en changeant *m* en *rus, ra, rum,* dans les quatre conjug. : *amat um, amat urus, amat ura, amat urum ; monit um, monit urus, monit ura, monit urum ; lect um, lect urus, lect ura, lect urum ; audit um, auditurus, audit ura, audit urum.*

NOTA. Au moyen des *quatre temps primitifs* et des règles qu'on vient de voir sur la formation des temps *dérivés,* il n'est pas un verbe *actif* ou *neutre* qu'on ne puisse conjuguer avec facilité.

TABLEAU DE LA FORMATION DES TEMPS DÉRIVÉS.

TEMPS PRIMITIFS.

Indicatif.	Parfait.	Infinitif.	Supin.
Am o.	Amav i.	Am are.	Amat um.

TEMPS DÉRIVÉS.

Am abam.	Amav eram.	Am a.	Amat urum, am.
Am abo.	Amav ero.	Am arem.	Amat urus, a, um.

Am em. Amav erim.
Am ans, tis. Amav issem.
Am andi, o, um. Amav isse.

Mone o.	Monu i.	Mon ere.	Monit um.
Mone bam.	Monu eram.	Mon e.	Monit urum, am.
Mone bo.	Monu ero.	Mon erem.	Monit urus, a, um.
Mone am.	Monu erim.		
Mone ns, tis.	Monu issem.		
Mone ndi, o, um.	Monu isse.		

Leg o.	Leg i.	Leg ere.	Lect um.
Leg ebam.	Leg eram.	Leg e.	Lect urum, am.
Leg am.	Leg ero.	Leg erem.	Lect urus, a, um.
Leg am.	Leg erim.		
Leg ens, tis.	Leg issem.		
Leg endi, o, um.	Leg isse.		

Audi o.	Audiv i.	Aud ire.	Audit um.
Audi ebam.	Audiv eram.	Aud i.	Audit urum, am.
Audi am.	Audiv ero.	Aud irem.	Audit urus, a, um.
Audi am.	Audiv erim.		
Audi ens, tis.	Audiv issem.		
Audi endi, o, um.	Audiv isse.		

Nota. On voit par ce tableau que, dans la 3e et la 4e conjugaison, la 1re pers. sing. du *futur* et du *subjonctif* s'écrit de la même manière.

L'élève pourrait s'exercer à conjuguer dans l'ordre indiqué par les temps primitifs. (Voy. *Exerc. Lat.*, 217 à 223.)

OBSERVATIONS SUR LES FORMES DE L'ACTIF.

133*. Conjugaisons contractes. — En latin comme en grec, il n'existait d'abord qu'une seule conjugaison, la *troisième* : c'est la seule où les terminaisons primitives se soient conservées dans leur pureté. La 1re, la 2e et la 4e conjugaison ne sont donc que des formes contractées de la 3e. Ainsi, *amo, amas, amat*, etc., sont pour *ama o, ama is, ama it,* etc : l'Imparfait *amabam* est pour *ama ebam*, etc., par la contraction de *a* final du radical avec la voyelle initiale de la terminaison.

Moneo et *audio* n'éprouvent pas de contraction à la 1re personne sing. du *présent* de l'Indicatif; mais l'*e* et l'*i* du radical se contractent aux autres personnes : *mones, monet*, etc., pour *mone is, mone it*, etc. : *audis, audit*, etc. pour *audi is, audi it*, etc.—L'Imparfait *monebam* est pour *mone ebam*; — *audiebam* n'a pas de contraction; cependant *ie* se contracte quelquefois en *i* chez les poètes, qui disent *audibam*.

La connaissance de ces contractions est très importante pour l'étude de la prosodie. Là on explique pourquoi *mone* (pour *mone e*) fait *e* long, tandis que cette voyelle est brève dans la terminaison pure de *lege*; longue dans *monenem, monere* (pour *monederem*, *mone ere*), tandis qu'elle est brève dans *legerem, legere ;* — pourquoi *audis, audimus*, etc. (pour *audi is, audi imus*, etc.), font *i* long, lorsque cette voyelle est brève dans *legis, legimus*, où il n'y a pas de contraction, etc.

134. RADICAL ET TERMINAISON. — Nous avons dit (101) que les éléments de tout verbe sont le *radical* et la *terminaison*. Le radical représente l'*attribut*, et la terminaison exprime l'idée du verbe *être*. Il ne sera pas sans intérêt d'étudier comment le verbe substantif *esse* s'est uni matériellement, dans plusieurs temps, au radical des verbes attributifs.

PARFAIT. *Amavi*, par exemple, se compose du radical *ama* et de *fui*, parfait du verbe *sum*. La lettre *f* de *fui* a disparu par euphonie, comme dans *potui* pour *potfui* (107). Ensuite, comme l'*u* de *ui* se trouvait entre deux voyelles, il s'est changé en *v*, d'où est résulté *amavi* pour *amaui* (*).

Dans *monui*, l'*e* du radical *mone* est élidé devant la terminaison *ui* pour *fui*. — *Audivi* pour *audi ui* s'est formé de la même manière que *amavi*.

Dans le parfait *legi*, on ne trouve de *fui* que la désinence *i*, *isti*, etc.

Les parfaits en *si* (comme *scripsi, duxi* pour *duc si*), outre la désinence de *fui*, empruntent encore *s*, lettre radicale de *sum*.

Il résulte de là que la terminaison complète de *amavi, audivi, monui* et *scripsi*, est *vi, ui* et *si* : c'est donc seulement pour faciliter la conjugaison que nous avons considéré *v, u* et *s* (110) comme faisant partie du radical (**).

INFINITIF. — L'infinitif *esse* s'écrivait primitivement *ese*, d'où on a fait *ere*, par le changement de *s* en *r*, comme nous l'avons vu dans le génitif *floris* pour *flosis*, du mot *flos*. — *Ere*, mis ainsi pour *ese*, a servi de terminaison à l'infinitif : *Legere* est donc pour *leg esse*. — *Ere* sert également de terminaison aux infinitifs contractés : *amare* pour *ama ere ; monere* pour *mone ere ; audi re* pour *audi ere*.

CONJUGAISON DES VERBES PASSIFS.

135. Les verbes *passifs* (***) sont le contraire des verbes actifs (109) : ils marquent une action reçue, soufferte par le sujet : *Je suis aimé de Dieu* (amor a Deo).

(*) Chez les Romains, la consonne *v* s'écrivait par le même signe que la voyelle *u*.

(**) C'est par le même désir de simplification que nous avons considéré (110) seulement *um* comme terminaison du supin. La terminaison véritable et complète de tout supin est *tum* ou (plus rarement) *sum*, par le changement de *t* en *s* : *amat um, lect um, vis um*; *flex um* pour *flec sum* (de *flecto*). Quelquefois la terminaison est *itum*, par l'addition d'un *i* de liaison : *mon itum*.

(***) *Passif* vient de *pati*, souffrir.

DIVISION DES TEMPS DANS LES VERBES PASSIFS.

136. Les temps des verbes passifs se divisent en temps *simples* et en temps *composés*.

137. Les temps *simples* sont ceux qui ne sont formés que d'un mot. Ils se tirent des mêmes temps de l'actif, dont les terminaisons seules varient : on ajoute *r* à ceux qui sont terminés en *o : amo, amor* et on change *m* en *r* à ceux qui sont terminés par *m : amabam, amabar*, etc.

138. Les temps *composés* sont ceux qui se forment du *participe passé* et de l'un des temps du verbe *esse*, qui alors devient auxiliaire, comme *être* en français : *amatus sum*, j'ai été aimé.

139*. Pour conjuguer un verbe passif, il n'est donc nécessaire de connaître que deux radicaux de l'actif, le radical du *présent* pour les temps *simples*, et celui du *supin*, pour les temps composés. (Le participe passé se forme du supin.) Le participe *futur* passif étant un temps simple reçoit le radical du présent, quoique à l'actif il prenne le radical du supin.

140*. *Formation du passif pour chaque personne.*

S. 1re pers.　o se change en *or* et *m* en *r : amo, amor*, amabam, amabar.

2e p.
{
as, es en *aris, eris* ; amas, *am aris* ; mones, *mon eris.*
is en *eris* (1re, 2e, 3e conjug.) : amabis, *amab eris* ; monebis, *moneb eris* ; legis, *leg eris.*
is en *iris* (4e conjug.) : audis, *aud iris.*
}

3e p.　　*t* en *tur :* amat, *amatur* ; monet, *monetur.*
Pl.1re p.　　*mus* en *mur :* legimus, *legimur* ; audimus, *audimur.*
2e p.　　*tis* en *mini :* amatis, *amamini* ; monetis, *monemini.*
3e p.　　*t* en *tur :* legunt, *leguntur* ; audiunt, *audiuntur.*

141. L'*impératif*, à la seconde personne du singulier, est toujours semblable à l'infinitif actif.

Infinit. actif : *am are, mon ere, leg ere, aud ire* ;
Impér. passif : *am are, mon ere, leg ere, aud ire.*

NOTA. La 1re pers. plur. est empruntée, comme dans l'actif, au *présent* du subjonctif : *amemur*, etc. — La 2e pers. du plur. est toujours la même que celle du *présent* de l'indicatif : *amamini*, etc.

142. L'infinitif *passif* se forme de l'infinitif *actif* en changeant *e* final en *i* pour la 1re, la 2e et la 4e conjugaison : *amare*, amari ; *monere*, moneri ; *audire*, audiri ; — dans la 3e, en changeant *ere* en *i* : legere, *leg i.*

143. 1° Les verbes passifs n'ont pas de *participe présent*, comme le français *étant aimé, étant averti*, etc. La syntaxe fait connaître comment on y supplée en latin (465).

2° Le *participe passé* se forme du supin actif par le changement de *um* en *us, a, um :* supin *amat um,* participe passé *amat us, amat a, amat um.* Ce participe se décline sur *bonus, a, um.* Il s'emploie à tous les temps composés du passif, et varie en genre et en nombre, suivant le nom ou pronom auquel il se rapporte : M. *amatus sum,* F. *amata sum,* N. *amatum sum,* etc.

3° Le *participe futur* se forme du *gérondif,* dont on change la dernière voyelle *i* en *us, a, um :*

Gérondif : Amandi, monendi, legendi, audiendi ;

Part. fut. passé : Amand us, a, um, monend us, legend us, audiend us.

144. Le *futur de l'infinitif* se compose du *supin* actif et de *iri,* infinitif passif du verbe *ire* (aller) : *Amatum iri,* devoir être aimé ; *monitum iri,* devoir être averti, etc, — *amatum, monitum,* étant des supins, sont par conséquent toujours indéclinables.

C'est là la véritable, la seule forme du *futur* proprement dit de l'infinitif ; cependant il y a une autre forme également employée, mais dans un sens différent. Elle se compose du *participe futur* à *l'accusatif* et de l'auxiliaire *esse* : *Amandum esse, amandam esse ; amandum fuisse, amandam fuisse,* etc. Dans cette seconde forme, le participe construit avec *esse* ajoute à l'idée du futur celle de nécessité. Ainsi *monitum iri* signifie simplement *que* l'individu dont on parle *sera averti,* tandis que *monendum esse* signifie *qu'il faut* l'avertir. Dans ce cas, le verbe *devoir,* employé dans la conjugaison, équivaut à *falloir.*

145. Le *supin* passif se forme du supin actif, dont on retranche *m :* amatum, *amatu ;* monitum, *monitu,* etc.

PREMIÈRE CONJUGAISON PASSIVE.

146. Amor, aris, amatus sum, amatu, amari, *être aimé.*

INDICATIF.

PRÉSENT. (137.)

Am or, *je suis aimé ou aimée.*
Am aris *ou* am are, *tu es aimé ou aimée.*
Am atur, *il est aimé, elle est aimée.*
Am amur, *nous sommes aimés ou aimées.*
Am amini, *vous êtes aimés ou aimées.*
Am antur, *ils sont aimés, elles sont aimées.*

IMPARFAIT. (137.)

Am abar, *j'étais aimé ou aimée.*
Am abaris *ou* am abare, *tu étais aimé, aimée.*
Am abatur, *il était aimé, elle était aimée.*

Am abamur, *nous étions aimés, aimées.*
Am abamini, *vous étiez aimés, aimées.*
Am abantur, *ils étaient aimés, elles étaient aimées.*

PARFAIT. (138 et 143.)

m.	*f.*	*n.*
Am atus sum *ou* fui,	am ata sum *ou* fui,	am atum sum *ou* fui,
		j'ai été aimé, aimée.
Am atus es *ou* fuisti,	am ata es *ou* fuisti,	am atum es *ou* fuisti,
		tu as été aimé, aimée.
Am atus est *ou* fuit,	am ata est *ou* fuit,	am atum est *ou* fuit,
		il a été aimé, elle a été aimée.
Am ati sumus *ou* fuimus,	am atæ sumus,	am ata sumus,
		nous avons été aimés, aimées.
Am ati estis *ou* fuistis,	am atæ estis,	am ata estis,
		vous avez été aimés, aimées.
Am ati sunt *ou* fuerunt,	am atæ sunt,	am ata sunt,
		ils ont été aimés, elles ont été aimées.

Autrement pour le français : *Je fus aimé, tu fus aimé,* etc., ou
j'eus été aimé, aimée, tu eus été aimé, aimée, etc.

PLUS-QUE-PARFAIT. (138 et 143.)

Am atus, am ata, am atum eram *ou* fueram, *j'avais été aimé, ai-
mée* (*).
Am atus eras *ou* fueras, *tu avais été aimé.*
Am atus erat *ou* fuerat, *il avait été aimé.*
Am ati eramus *ou* fueramus, *nous avions été aimés.*
Am ati eratis *ou* fueratis, *vous aviez été aimés.*
Am ati erant *ou* fuerant, *ils avaient été aimés.*

FUTUR. (137.)

Am abor, *je serai aimé ou aimée,* etc.
Am aberis *ou* am abere, *tu seras aimé.*
Am abitur, *il sera aimé.*
Am abimur, *nous serons aimés.*
Am abimini, *vous serez aimés.*
Am abuntur, *ils seront aimés.*

FUTUR ANTÉRIEUR. (138 et 143.)

Am atus ero *ou* fuero, *j'aurai été aimé,* etc.
Am atus eris *ou* fueris *tu auras été aimé.*
Am atus erit *ou* fuerit, *il aura été aimé.*
Am ati erimus *ou* fuerimus, *nous aurons été aimés.*
Am ati eritis *ou* fueritis, *vous aurez été aimés.*
Am ati erunt *ou* fuerint, *ils auront été aimés.*

(*) Il est trop évident que le participe passé (143-2°) doit ainsi
varier selon le *genre* et le *nombre* de la personne, pour qu'il soit
nécessaire de continuer la conjugaison aux trois genres; mais il
sera bon d'y exercer les commençants.

IMPÉRATIF. (141.)

Point de première personne, au singulier.

Am are *ou* am ator; *sois aimé ou aimée, etc.*
Am ator (ille, illa, illud), *qu'il soit aimé, qu'elle soit aimée.*
Am emur, *soyons aimés.*
Am amini, *soyez aimés* (*).
Am antor, *qu'ils soient aimés.*

SUBJONCTIF.

PRÉSENT. (137.)

Am er, *que je sois aimé ou aimée, etc.*
Am eris *ou* am ere, *que tu sois aimé.*
Am etur, *qu'il soit aimé.*
Am emur, *que nous soyons aimés.*
Am emini, *que vous soyez aimés.*
Am entur, *qu'ils soient aimés.*

IMPARFAIT. (137.)

Am arer, *que je fusse aimé, etc.*
Am areris *ou* am arere, *que tu fusses aimé.*
Am aretur, *qu'il fût aimé.*
Am aremur, *que nous fussions aimés.*
Am aremini, *que vous fussiez aimés.*
Am arentur, *qu'ils fussent aimés.*
Autrement pour le conditionnel français : *Je serais aimé, tu serais aimé, etc.*

PARFAIT. (138 et 143.)

Am atus sim *ou* fuerim, *que j'aie été aimé, etc.*
Am atus sis *ou* fueris, *que tu aies été aimé.*
Am atus sit *ou* fuerit, *qu'il ait été aimé.*
Am ati simus *ou* fuerimus, *que nous ayons été aimés.*
Am ati sitis *ou* fueritis, *que vous ayez été aimés.*
Am ati sint *ou* fuerint, *qu'ils aient été aimés.*

PLUS-QUE-PARFAIT. (138 et 143.)

Am atus essem *ou* fuissem, *que j'eusse été aimé, etc.*
Am atus esses *ou* fuisses, *que tu eusses été aimé.*
Am atus esset *ou* fuisset, *qu'il eût été aimé.*
Am ati essemus *ou* fuissemus, *que nous eussions été aimés.*
Am ati essetis *ou* fuissetis, *que vous eussiez été aimés.*
Am ati essent *ou* fuissent, *qu'ils eussent été aimés.*
Autrement pour le conditionnel passé, en français : *J'aurais été aimé, tu aurais été aimé*, etc., ou : *j'eusse été aimé, etc.*

(*) Il y a une seconde forme pour la seconde personne plurielle de l'impératif : *amaminor, moneminor, legiminor, audiminor, accipiminor*; mais on la rencontre rarement.

INFINITIF.

PRÉSENT ET IMPARFAIT. (142.)

Am ari, *être aimé, qu'il est* ou *qu'il était aimé.*

PARFAIT ET PLUS-QUE-PARFAIT. (138 et 143.)

Am atum, am atam esse *ou* fuisse, *avoir été aimé, qu'il a* ou *qu'i avait été aimé.*

FUTUR. (144.)

Am atum iri *(indéclinable), ou* am andum, am andam esse *(il se décline), devoir être aimé, qu'il sera* ou *qu'il serait aimé.*

FUTUR ANTÉRIEUR. *(Il se décline,* 144.)

Am andum, am andam fuisse, *avoir dû être aimé, qu'il aurait* ou *qu'il eût été aimé.*

PARTICIPE PASSÉ. (143.)

Am atus, am ata, am atum, *aimé, ayant été aimé, qui a été aimé.*

PARTICIPE FUTUR. (143.)

Am andus, am anda, am andum, *devant être aimé, qui doit être aimé* ou *qu'il faut aimer.*

SUPIN. (145.)

Am atu, *à être aimé.*

Ainsi se conjuguent les verbes qui suivent:

Damn or, aris, damn atus sum, damn atu, damn ari, *être condamné.*
Nunti or, aris, nunti atus sum, nunti atu, nunti ari, *être annoncé.*
Dom or, aris, dom itus sum, dom itu, dom ari, *être dompté.*
Cre or, aris, cre atus sum, cre atu, cre ari, *être créé,* etc.
Tout verbe actif (109) peut ainsi se conjuguer au passif.

SECONDE CONJUGAISON PASSIVE.

147. Moneor, eris, monitus sum, monitu, moneri, *être averti.*

INDICATIF. Présent. (137.)	Imparfait. (137.)
Mon eor, *je suis averti* (*).	Mon ebar, *j'étais averti.*
Mon eris *ou* mon ere,	Mon ebaris *ou* mon ebare,
Mon etur,	Mon ebatur,
Mon emur;	Mon ebamur,
Mon emini,	Mon ebamini,
Mon entur.	Mon ebantur.

(*) Il est entendu que, pour le féminin, on dirait : *Je suis avertie.* Cette observation est applicable à toutes les autres personnes, dans tous les temps de ce verbe et des verbes passifs qui suivent.

Parfait. (*V.* 138, 143.)

Mon itus sum *ou* fui, *j'ai été averti.*

Mon itus es *ou* fuisti,
Mon itus est *ou* fuit,
Mon iti sumus *ou* fuimus,
Mon iti estis *ou* fuistis,
Mon iti sunt *ou* fuerunt.

Autrement pour le français :
Je fus averti, tu fus averti, etc.
Ou : *J'eus été averti, tu eus été averti,* etc.

Plus-que-parf. (*V.* 138, 143.)

Mon itus eram *ou* fueram, *j'avais été averti,* etc.
Mon itus eras *ou* fueras,
Mon itus erat *ou* fuerat,
Mon iti eramus *ou* fueramus,
Mon iti eratis *ou* fueratis,
Mon iti erant *ou* fuerant.

Futur. (137.)

Mon ebor, *je serai averti.*
Mon eberis *ou* mon ebere,
Mon ebitur,
Mon ebimur,
Mon ebimini,
Mon ebuntur.

Futur antérieur. (*V.* 138, 143.)

Mon itus ero *ou* fuero, *j'aurai été averti.*

Mon itus eris *ou* fueris,
Mon itus erit *ou* fuerit,
Mon iti erimus *ou* fuerimus,
Mon iti eritis *ou* fueritis,
Mon iti erunt *ou* fuerint.

IMPÉRATIF. (141.)

Point de 1re pers. au sing.

Mon ere *ou* mon etor, *sois averti.*
Mon etor (ille, illa, illud),
Mon eamur,
Mon emini,
Mon entor.

SUBJONCTIF.

Présent. (137.)

Mon ear, *que je sois averti.*
Mon earis *ou* mon eare,

Aug. Br., Gr. Lat.

Mon eatur,
Mon eamur,
Mon eamini,
Mon eantur.

Imparfait. (137.)

Mon erer, *que je fusse averti* ou *je serais averti.*
Mon ereris *ou* mon erere,
Mon eretur,
Mon eremur,
Mon eremini,
Mon erentur.

Parfait. (138, 143.)

Mon itus sim *ou* fuerim, *que j'aie été averti.*
Mon itus sis *ou* fueris,
Mon itus sit *ou* fuerit,
Mon iti simus *ou* fuerimus,
Mon iti sitis *ou* fueritis,
Mon iti sint *ou* fuerint.

Plus-que-parfait. (138, 143.)

Mon itus essem *ou* fuissem, *que j'eusse été averti,* ou *j'aurais été averti,* ou *j'eusse été averti.*
Mon itus esses *ou* fuisses,
Mon itus esset *ou* fuisset,
Mon iti essemus *ou* fuissemus,
Mon iti essetis *ou* fuissetis,
Mon iti essent *ou* fuissent.

INFINITIF.

Présent et imparfait. (142.)

Mon eri, *être averti, qu'il est* ou *qu'il était averti.*

Parf. et pl.-que-p. (138, 143.)

Mon itum, mon itam esse *ou* fuisse, *avoir été averti, qu'il a* ou *qu'il avait été averti.*

Futur. (144.)

Mon itum iri (*indécl.*), *ou* monendum, mon endam esse(*décl.*), *devoir être averti, qu'il sera* ou *qu'il serait averti.*

Futur ant. (*Il se décl.* 144.)

Mon endum, — am fuisse, *avoir*

5

dû être averti, qu'il aurait ou
qu'il eût été averti.

Participe passé. (143.)

Mon itus, mon ita, mon itum,
averti, ayant été averti, qui a
été averti.

Participe futur. (143.)

Mon endus, mon enda, mon endum, *devant être averti, qui*
doit être averti ou qu'il faut
avertir.

SUPIN. (145.)

Mon itu, *à être averti*

Ainsi se conjuguent les verbes qui suivent :

Doc eor, eris, doct us sum, doct u, doc eri, *être instruit.*
Auge or, eris, auct us sum, auct u, aug eri, *être augmenté.*
Vid eor, eris, vis us sum, vis u, vid eri, *être vu, paraître.*
Hab eor, eris, habit us sum, habit u, hab eri, *passer pour, être re-*
gardé comme...
Jub eor, eris, juss us sum, juss u, jub eri, *être ordonné, recevoir*
l'ordre.

TROISIÈME CONJUGAISON PASSIVE.

148. Legor, legeris, lectus sum, lectu, legi, *être lu.*

INDICATIF.
Présent. (137.)

Leg or, *je suis lu.*
Leg eris *ou* leg ere,
Leg itur,
Leg imur,
Leg imini,
Leg untur.

Imparfait. (137.)
Leg ebar, *j'étais lu.*
Leg ebaris *ou* leg ebare,
Leg ebatur,
Leg ebamur,
Leg ebamini,
Leg ebantur.

Parfait. (138, 143.)
Lec tus sum *ou* fui, *j'ai été lu.*
Lec tus es *ou* fuisti,
Lec tus est *ou* fuit,
Lec ti sumus *ou* fuimus,
Lec ti estis *ou* fuistis,
Lec ti sunt *ou* fuerunt.

Autrement pour le français :
Je fus lu, tu fus lu, etc. Ou :
J'eus été lu, tu eus été lu, etc.

Plus-que-parf. (138, 144.)
Lec tus eram *ou* fueram, *j'avais*
été lu.

Lec tus eras *ou* fueras,
Lec tus erat *ou* fuerat,
Lec ti eramus *ou* fueramus,
Lec ti eratis *ou* fueratis,
Lec ti erant *ou* fuerant.

Futur. (136.)

Leg ar, *je serai lu.*
Leg eris *ou* leg ere,
Leg etur,
Leg emur,
Leg emini,
Leg entur.

Futur antérieur. (138, 143.)

Lec tus ero *ou* fuero, *j'aurai*
été lu.
Lec tus eris *ou* fueris,
Lec tus erit *ou* fuerit,
Lec ti erimus *ou* fuerimus,
Lec ti eritis *ou* fueritis,
Lec ti erunt *ou* fuerint.

IMPÉRATIF. (*V.* n° 141.)

Point de 1re *pers. au sing.*
Leg ere *ou* leg itor, *sois lu.*
Leg itor (ille, illa, illud),
Leg amur,
Leg imini,
Leg untor.

SUBJONCTIF.

Présent. (137.).

Leg ar, *que je sois lu.*
Leg aris *ou* leg are,
Leg atur,
Leg amur,
Leg amini,
Leg antur.

Imparfait. (137.)

Leg erer, *que je fusse lu.*
Leg ereris *ou* leg erere,
Leg eretur,
Leg eremur,
Leg eremini,
Leg erentur.

Autrement pour le français :
Je serais lu, tu serais lu, etc.

Parfait. (138, 143.)

Lec tus sim *ou* fuerim, *que j'aie
été lu.*

Lec tus sis *ou* fueris,
Lec tus sit *ou* fuerit,
Lec ti simus *ou* fuerimus,
Lec ti sitis *ou* fueritis,
Lec ti sint *ou* fuerint.

Plus-que-parf. (138, 143.)

Lec tus essem *ou* fuissem, *que
j'eusse été lu.*
Lec tus esses *ou* fuisses,
Lec tus esset *ou* fuisset,

Lec ti essemus *ou* fuissemus,
Lec ti essetis *on* fuissetis,
Lec ti essent *ou* fuissent.

INFINITIF.

Présent et imparfait. (142.)

Leg i, *être lu, qu'il est* ou *qu'il
était lu.*

Parf. et pl.-que-p. (138, 143.)

Lec tum, lec tam esse *ou* fuisse,
avoir été lu, qu'il a ou *qu'il
avait été lu.*

Futur. (144.)

Lec tum iri (*indéclin.*) *ou* legendum, leg endam esse (*décl.*),
devoir être lu, qu'il sera ou
qu'il serait lu.

Futur antér. (*Il se décl.* 144.)

Leg endum, leg endam fuisse,
avoir dû être lu, qu'il aurait,
ou *qu'il eût été lu.*

Participe passé. (143.)

Lec tus, lec ta, lec tum, *lu,
ayant été lu, qui a été lu.*

Participe futur. (143.)

Leg endus, leg enda, leg endum,
*devant être lu, qui doit être
lu* ou *qu'il faut lire.*

SUPIN. (145.)

Lec tu, *à être lu.*

Ainsi se conjuguent les verbes qui suivent :

Em or, eris, emptus sum, emptu, em i, *être acheté.*
Solv or, eris, solutus sum, solutu, solv i, *être délié, dégagé.*
Mitt or, eris, missus sum, missu, mitt i, *être envoyé.*
Dic or, eris, dictus sum, dictu, dic i, *être dit.*
Fund or, eris, fusus sum, fusu, fund i, *être répandu.*

QUATRIÈME CONJUGAISON PASSIVE.

149. Audior, iris, auditus sum, auditu, audiri, *être entendu.*

INDICATIF.

Présent. (137.)

Aud ior, *je suis entendu.*
Aud iris *ou* aud ire,
Aud itur,

Aud imur,
Aud imini,
Aud iuntur.

Imparfait. (137.)

Aud iebar, *j'étais entendu.*

Aud iebaris *ou* aud iebare,
Aud iebatur,
Aud iebamur,
Aud iebamini,
Aud iebantur.

Parfait. (138, 143.)

Aud itus sum *ou* fui, *j'ai été en-*
tendu.

Aud itus es *ou* fuisti,
Aud itus est *ou* fuit,
Aud iti sumus *ou* fuimus,
Aud iti estis *ou* fuistis,
Aud iti sunt *ou* fuerunt.

　Autrement pour le français:
Je fus entendu, tu fus entendu,
　etc., ou: *J'eus été entendu, tu*
eus été entendu, etc.

Plus-que-parfait. (138, 143.)

Aud itus eram *ou* fueram, *j'avais*
été entendu.

Aud itus eras *ou* fueras,
Aud itus erat *ou* fuerat,
Aud iti eramus *ou* fueramus,
Aud iti eratis *ou* fueratis,
Aud iti erant *ou* fuerant.
　　　Futur. (137.)
Aud iar, *je serai entendu.*
Aud ieris *ou* aud iere,
Aud ietur,
Aud iemur,
Aud iemini,
Aud ientur.

Futur antérieur. (138, 143.)

Aud itus ero *ou* fuero, *j'aurai*
-été entendu.

Aud itus eris *ou* fueris,
Aud itus erit *ou* fuerit,
Aud iti erimus *ou* fuerimus,
Aud iti eritis *ou* fueritis,
Aud iti erunt *ou* fuerint.

IMPÉRATIF. (141.)

Point de 1re pers. au sing.

Aud ire *ou* auditor, *sois entendu,*
Aud itor (ille, illa, illud),
Aud iamur,
Aud imini,
Aud iuntor.

SUBJONCTIF.

Présent. (137.)

Aud iar, *que je sois entendu.*
Aud iaris *ou* aud iare,
Aud iatur,
Aud iamur,
Aud iamini,
Aud iantur.

Imparfait. (137.)

Aud irer, *que je fusse entendu.*
Aud ireris *ou* aud irere,
Aud iretur,
Aud iremur,
Aud iremini,
Aud irentur.

　Autrement pour le français:
Je serais entendu, tu serais en-
tendu, etc.

Parfait. (138, 143.)

Aud itus sim *ou* fuerim, *que j'aie*
été entendu.

Aud itus sis *ou* fueris,
Aud itus sit *ou* fuerit,
Aud iti simus *ou* fuerimus,
Aud iti sitis *ou* fueritis,
Aud iti sint *ou* fuerint.

Plus-que-parfait. (138, 143.)

Aud itus essem *ou* fuissem, *que*
j'eusse été entendu.

Aud itus esses *ou* fuisses,
Aud itus esset *ou* fuisset,
Aud iti essemus *ou* fuissemus,
Aud iti essetis *ou* fuissetis,
Aud iti essent *ou* fuissent.

INFINITIF.

Présent et imparfait. (142.)
Aud iri, *être entendu, qu'il est,*
qu'il était entendu.

Parf. et pl.-que-p. (138, 143.)

Aud itum, aud itam esse *ou*
fuisse, *avoir été entendu, qu'il*
a été ou qu'il avait été entendu.

Futur. (144.)

Aud itum iri (*indéclin.*) *ou* aud-
iendum, aud iendam esse

(*déclin.*), *devoir être entendu, qu'il sera* ou *qu'il serait entendu.*

Futur ant. (*Il se décline.* 144.)

Aud iendum, aud iendam fuisse, *avoir dû être entendu, qu'il aurait* ou *qu'il eût été entendu.*

Participe passé. (143.)

Aud itus, aud ita, aud itum, *en-*

tendu, ayant été entendu, qui a été entendu.

Participe futur. (143.)

Aud iendus, aud ienda, aud-iendum, *devant être entendu, qui doit être entendu* ou *qu'il faut entendre.*

SUPIN. (145.)

Aud itu, *à être entendu.*

Ainsi se conjuguent les verbes suivants :

Aper ior, iris, aper tus sum, aper tu, aper iri, *être ouvert.*
Nutri or, iris, nutri tus sum, nutri tu, nutr iri, *être nourri.*
Sepel ior, iris, sepul tus sum, sepul tu, sepel iri, *être enseveli.*
Haur ior, iris, haus tus sum, haus tu, haur iri, *être puisé, tiré.*

TROISIÈME CONJUGAISON PASSIVE mixte.

150. Accip ior, eris, acceptus sum, acceptu, accipi, *être reçu* (*).

INDICATIF.

Présent. (137.)

Accip ior, *je suis reçu.*
Accip eris *ou* accip ere,
Accip itur,
Accip imur,
Accip imini,
Accip iuntur.

Imparfait. (137.)

Accip iebar, *j'étais reçu.*
Accip iebaris *ou* accip iebare,
Accip iebatur,
Accip iebamur,
Accip iebamini,
Accip iebantur.

Parfait. (138, 143.)

Accep tus sum *ou* fui, *j'ai été reçu.*
Accep tus es *ou* fuisti, etc.

Plus-que-parfait. (138, 143.)

Accep tus eram *ou* fueram, *j'avais été reçu.*
Accep tus eras *ou* fueras, etc.

Futur. (137.)

Accip iar, *je serai reçu.*
Accip ieris *ou* accip iere,
Accip ietur,
Accip iemur,
Accip iemini,
Accip ientur.

Futur antér. (138, 143.)

Accep tus ero *ou* fuero, *j'aurai été reçu.*
Accep tus eris *ou* fueris, etc.

IMPÉRATIF. (141.)

Point de 1re *pers. au sing.*

Accip ere *ou* accip itor, *sois reçu.*
Accip itor (ille),
Accip iamur,
Accip imini,
Accip iuntor.

SUBJONCTIF.

Présent. (137.)

Accip iar, *que je sois reçu.*
Accip iaris *ou* accip iare,
Accip iatur,
Accip iamur,

(*) Ce passif suit la troisième et la quatrième conjugaison aux mêmes temps que l'actif (114, *Rem.*).

Accip iamini,
Accip iantur.

Imparfait. (137.)

Accip erer, *que je fusse reçu.*
Accip ereris *ou* accip erere,
Accip eretur,
Accip eremur,
Accip eremini,
Accip erentur.

Parfait. (138, 143.)

Accep tus sim *ou* fuerim, *que
j'aie été reçu.*
Accep tus sis *ou* fueris, etc.

Plus-que-parfait. (138, 143.)

Accep tus essem *ou* fuissem, *que
j'eusse été reçu.*
Accep tus esses *ou* fuisses,* etc.

INFINITIF.

Présent et *imparfait:* (142.)

Accip i, *être reçu, qu'il est ou
qu'il était reçu.*
Parf. et *pl.-que-p.* (138, 143.)

Accep tum, accep tam esse *ou*
fuisse, *avoir été reçu, qu'il a
ou qu'il avait été reçu.*

Futur. (144.)

Accep tum iri (*indécl.*) *ou* accip iendum, accip iendam
essse, *devoir être reçu, qu'il
sera ou qu'il serait reçu.*

Futur antérieur. (144.)

Accip iendum, accip iendam
fuisse, *avoir dû être reçu,
qu'il aurait ou qu'il eût été
reçu.*

Participe passé. (143.)

Accep tus, a, um, *reçu, ayant
été reçu.*

Participe futur. (143.)

Accip iendus, a, um, *devant être
reçu, qui doit être reçu ou
qu'il faut recevoir.*

SUPIN. (145.)

Accep tu, *à être reçu.*

Ainsi se conjuguent les verbes suivants:

Aspic ior, eris, aspectus sum, aspectu, aspici, *être regardé.*
Cap ior, eris, captus sum, captu, capi, *être pris.*
Jac ior, eris, jactus sum, jactu, jaci, *être jeté.*
(V. *Exerc. Latins,* 224 à 228.)

* *Observation importante.* Il arrive souvent en français qu'on
emploie le *présent* de l'indicatif *passif* pour exprimer une action entièrement passée. Ainsi quand on dit *ce livre est lu,* il est évident
qu'on veut faire entendre non que l'action de lire dure encore, mais
qu'elle est accomplie, passée. Dans ce cas, en latin, il faut se servir
du *parfait,* et dire *hic liber lectus est.* — Dans le même sens, on
emploie le plus-que-parfait latin pour l'imparfait français; ainsi
votre maison était bâtie, quand vous êtes arrivé, se traduit par *domus tua œdificata erat...*

Si, dans le premier cas, on employait *legitur,* on ferait entendre
que l'action de *lire* dure encore au moment où l'on parle; dans le
second cas, l'imparfait *œdificabatur* signifierait que l'action de *bâtir* durait encore, quand vous êtes arrivé.

Souvent on traduit le *passif* latin par l'*actif* français, avec le
pronom indéfini *on* pour sujet, sans que l'idée qu'on veut exprimer
soit changée: *amor,* on m'aime, ou je suis aimé; *virtus amatur,*
on aime la vertu, ou la vertu est aimée; *monebaris,* on t'avertissait, ou tu étais averti, etc.

Dans d'autres circonstances, on emploie un verbe pronominal en français : *hæc domus ædificabatur*, cette maison se bâtissait, ou on bâtissait cette maison, etc.

VERBES NEUTRES.

151. Les verbes *neutres* ou *intransitifs* (*) sont ceux qui expriment l'état ou l'action du sujet, mais qui ne peuvent avoir de complément direct : *je dors, je cours* (dormio, curro).

En français, on reconnaît mécaniquement qu'un verbe est *neutre*, quand on ne peut pas le faire suivre immédiatement de l'un des mots *quelqu'un, quelque chose*.

En latin, les verbes neutres se conjuguent exactement comme les verbes actifs ; mais ils n'ont point de passif. Nous avons indiqué plusieurs verbes neutres dans les listes des quatre conjugaisons ci-dessus (109 à 114).

L'usage enseignera que certains verbes, *neutres* en latin, sont *actifs* en français, comme *favere*, favoriser ; *satisfacere*, satisfaire ; *studere*, étudier, etc.

VERBES DÉPONENTS.

152. On appelle *déponents* certains verbes qui ont la terterminaison passive en *or*, avec la signification active ou neutre. Leur nom vient de *deponere*, déposer, parce qu'ils ont déposé la terminaison active en *o*, pour prendre la terminaison passive en *or*.

153. Les verbes déponents se conjuguent exactement comme les verbes passifs ; seulement, à l'infinitif, ils ont plusieurs formes qui appartiennent à la conjugaison active ; telles sont : 1° le *supin* en *um ;* 2° le *gérondif ;* 3° le *participe présent* en *ans* ou en *ens ;* 4° le *participe futur* en *urus, ura, urum.*

154. Les verbes déponents offrent aussi des formes avec la signification passive ; tels sont le *participe futur passif* et le *supin* en *u : imitandus*, devant être imité ; *imitatu*, à être imité.

Il y a des verbes déponents de chacune des quatre conjugaisons.

(*) *Neutre*, de *neutrum* (ni l'un ni l'autre), c'est-à-dire, ni *actif*, ni *passif ; intransitif* de *in* négatif, et de *transire* (passer), parce que l'action ne passe pas sur un complément direct, mais reste dans le sujet (*je cours*).

VERBE DÉPONENT DE LA Ire CONJUGAISON,

sur *Amor*.

155. Imit or, aris, atus sum, imit atum, imit ari, *imiter*.

INDICATIF.

Présent.

Imit or, *j'imite*,
Imit aris *ou* imitare,
Imit atur,
Imit amur,
Imit amini,
Imit antur.

Imparfait.

Imit abar, *j'imitais*.
Imit abaris *ou* imit abare (*).

Parfait.

Imit atus sum *ou* fui, *j'ai imité*.
Imit atus es *ou* fuisti, etc. (**).
Autrement pour le français :
J'imitai, tu imitas, etc.
Ou : *J'eus imité, tu eus imité*,
etc.

Plus-que-parfait.

Imit atus eram *ou* fueram, *j'a-
vais imité*.
Imit atus eras *ou* fueras, etc.

Futur.

Imit abor, *j'imiterai*.
Imit aberis (re), etc.

Futur antérieur.

Imit atus ero *ou* fuero, *j'aurai
imité*.
Imit atus eris *ou* fueris, etc.

IMPÉRATIF.

Point de 1re pers. au sing.
Imit are *ou* imit ator, *imite, etc.*

SUBJONCTIF.

Présent.

Imit er, *que j'imite*.
Imit eris (re), etc.

Imparfait.

Imit arer, *que j'imitasse ou j'i-
miterais*.
Imit areris (re), etc.

Parfait.

Imit atus sim *ou* fuerim, *que
j'aie imité*.
Imit atus sis *ou* fueris, etc.

Plus-que-parfait.

Imit atus essem *ou* fuissem, *que
j'eusse imité*.
Imit atus esses *ou* fuisses, etc.
Autrement pour le français :
J'aurais imité, tu aurais imité.
etc., ou *j'eusse imité*, etc.

INFINITIF.

Présent et imparfait.

Imit ari, *imiter*.

Parfait et plus-que-parfait.

Imit atum, imit atam esse *ou*
fuisse, *avoir imité*.

Futur.

Imit aturum, imit aturam esse,
devoir imiter.

Futur antérieur.

Imit aturum, imit aturam fuisse,
avoir dû imiter.

(*) Nous supposons l'élève assez exercé à la conjugaison passive,
pour nous borner à donner ici la 1re et la 2e pers. du sing. de chaque temps : l'élève dira ou écrira les autres en conjuguant.

(**) Pour le *féminin*, on dit *imitata sum ou fui*, etc. et pour le
neutre, *imitatum sum ou fui*, etc. — Cette observation s'étend aux
autres temps composés de ce verbe, et à ceux des trois autres conjugaisons.

GÉRONDIF.

Gén. Imit andi, *d'imiter.*
Dat. Imit ando, *à imiter.*
Acc. Imit andum, *à ou pour imi-*
ter.
Abl. Imit ando, *en imitaut.*

PARTICIPE.
Présent.

Imit ans, antis, *imitant.*
Part. passé.

Imit atus, a, um, *ayant imité.*

Part. futur actif.

Imit aturus, a, um, *devant imi-*
ter.

Part. futur passif.

Imit andus, a, um, *devant être*
imité, qu'il faut imiter.

SUPIN.

Actif, Imit atum, *imiter.*
Passif, Imit atu, *à être imité.*

Nota. * Les verbes déponents neutres ne pouvant prendre la si-gnification passive, n'ont ni participe futur en *dus,* ni supin en *u.* Cependant l'usage fera connaître quelques exceptions à cette règle (*fruendus,* dont on doit jouir : *fungendus,* dont on doit s'acquitter; *utendus,* dont on doit se servir, etc.).

Ainsi se conjuguent les verbes suivants :

Miror, aris, atus sum, miratum, mirari, *admirer.*
Adulor, aris, atus sum, atum, ari, *flatter.*
Hortor, aris, atus sum, atum, ari, *exhorter.*
  recor, aris, atus sum, atum, ari, *supplier.*
Recordor, aris, atus sum, atum, ari, *se souvenir.*
Veneror, aris, atus sum, atum, ari, *révérer, honorer.*
Arbitror, aris, atus sum, arbitr ari (neutre), *penser.*

VERBE DÉPONENT DE LA IIᵉ CONJUGAISON,

sur *Moneor.*

456. Polliceor, eris, pollicitus sum, pollicitum, polliceri, *pro-mettre.*

INDICATIF.
Présent.

Pollic eor, *je promets.*
Pollic eris (re), etc.

Imparfait.

Pollic ebar, *je promettais.*
Pollic ebaris (re), etc.

Parfait

Pollic itus sum *ou* fui, *j'ai pro-*
mis.
Pollic itus es *ou* fuisti, etc.

Plus-que-parfait.

Pollic itus eram *ou* fueram, *j'a-*
vais promis.
Pollic itus eras *ou* fueras, etc.

Futur.

Pollic ebor, *je promettrai.*
Pollic eberis (re), etc.

Futur antérieur.

Pollic itus ero *ou* fuero, *j'aurai*
promis.
Pollic itus *ou* fueris, etc.

IMPÉRATIF.

Point de 1ʳᵉ *pers. au sing.*

Pollic ere *ou* pollic etor, *pro-*
mets, etc.

SUBJONCTIF.
Présent.

Pollic ear, *que je promette.*
Pollic earis (re), etc.

5.

Imparfait.

Pollic erer, *que je promisse.*
Pollic ereris (re), etc.

Parfait.

Pollic itus sim ou fuerim, *que
j'aie promis.*
Pollic itus sis ou fueris, etc.

Plus-que-parfait.

Pollic itus essem ou fuissem, *que
j'eusse promis.*
Pollic itus esses ou fuisses, etc.

INFINITIF.
Présent et imparfait.

Pollic eri, *promettre.*
Parfait et plus-que-parfait.
Pollic itum, pollic itam esse ou
fuisse, *avoir promis.*

Futur.

Pollic iturum, pollic ituram esse,
devoir promettre.

Futur antérieur.

Pollic iturum, pollic ituram

fuisse, *avoir dû promettre.*

GÉRONDIF.

Gén. Pollic endi, *de promettre.*
Dat. Pollic endo, *à promettre.*
Acc. Pollic endum, *à ou pour
promettre.*
Abl. Pollic endo, *en promettant.*

PARTICIPE.
Présent.

Pollic ens, entis, *promettant.*

Part. passé.

Pollic itus, a, um, *ayant promis.*

Part. futur actif.

Pollic iturus, a, um, *devant promettre.*

Part. futur passif.

Pollic endus, a, um, *devant être
promis, qu'il faut promettre.*

SUPIN.

Pollic itum, *promettre.*
Pollic itu, *à être promis.*

Ainsi se conjuguent les verbes suivants :

Tueor, eris, tuitus sum, tuitum, tueri, *voir, protéger.*
Vereor, eris, veritus sum, veritum, vereri, *craindre.*
Fateor, eris, fassus sum, fassum, fateri, *avouer.*
Reor, reris, ratus sum, reri (neutre), *croire, penser.*
Misereor, eris, misertus sum, misertum, misereri, *avoir pitié.*

VERBE DÉPONENT DE LA IIIᵉ CONJUGAISON,

sur *Legor.*

157. — Utor, eris, usus sum, usum, uti, *se servir.*

INDICATIF.
Présent.

Ut or, *je me sers.*
Ut eris ou utere, etc.

Imparfait.

Ut ebar, *je me servais.*
Ut ebaris ou ut ebare, etc.

Parfait.

Us us sum ou fui, *je me suis servi,*
Us us es ou fuisti, etc.

Plus-que-parfait.

Us us eram ou fueram, *je m'étais
servi.*
Us us eras ou fueras, etc.

Futur.

Ut ar, *je me servirai.*
Ut eris ou ut ere, etc.

Futur antérieur.

Us us ero ou fuero, *je me serai
servi.*
Us us eris ou fueris, etc.

IMPÉRATIF.

Point de 1re *pers. au sing.*
Ut ere *ou* ut itor, *sers-toi,* etc.

SUBJONCTIF.

Présent.

Ut ar, *que je me serve.*
Ut aris *ou* ut are, etc.

Imparfait.

Ut erer, *que je me servisse ou je*
me servirais.
Ut ereris *ou* ut erere, etc.

Parfait.

Us us sim *ou* fuerim, *que je me*
sois servi.
Us us sis *ou* fueris, etc.

Plus-que-parfait.

Us us essem *ou* fuissem, *que je*
me fusse servi.
Us us esses *ou* fuisses, etc.

INFINITIF.

Présent et imparfait.

Ut i, *se servir.*

Parf. et plus-que-parf.

Us um, us am esse *ou* fuisse,
s'être servi.

Futur.

Us urum, us uram esse, *devoir*
se servir.

Futur antérieur.

Us urum, us uram fuisse, *avoir*
dû se servir.

GÉRONDIF.

Gén. Ut endi, *de se servir.*
Dat. Ut endo, *à se servir.*
Acc. Ut endum, *à* ou *pour se*
servir.
Abl. Ut endo, *en se servant.*

PARTICIPE.

Présent.

Ut ens, entis, *se servant.*

Part. passé.

Us us, a, um, *s'étant servi.*

Part. futur actif.

Us urus, a, um, *devant se servir.*

Part. futur passif.

Ut endus, a, um, *dont on doit se*
servir, qu'il faut employer.

SUPIN.

Us um, *se servir.*
Us u, *à être employé.*

Ainsi se conjuguent les verbes suivants :

Fungor, eris, functus sum, fungi, *s'acquitter de.*
Labor, eris, lapsus sum, labi (neutre), *tomber.*
Loquor, eris, locutus sum, loqui (neutre), *parler.*
Obliviscor, eris, oblitus sum, oblivisci, *oublier.*
Sequor, eris, secutus sum, sequi, *suivre, poursuivre.*
Fruor, eris, fruitus *ou* fructus sum, frui, *jouir de.*
Queror, eris, questus sum, queri, *se plaindre.*

VERBE DÉPONENT DE LA IVᵉ CONJUGAISON,

sur *Audior.*

158. Blandior, iris, blanditus sum, blanditum, blandiri, *flatter.*

INDICATIF.

Présent.

Bland ior, *je flatte.*
Bland iris *ou* bland ire, etc.

Imparfait.

Blan iebar, *je flattais.*
Bland iebaris (re), etc.

Parfait.

Bland itus sum *ou* fui, *j'ai flatté.*
Bland itus es *ou* fuisti, etc.

Plus-que-parfait.

Bland itus eram *ou* fueram, *j'a-
vais flatté.*
Bland itus eras *ou* fueras, etc.

Futur.

Bland iar, *je flatterai.*
Bland ieris *ou* bland iere, etc.

Futur antérieur.

Bland itus ero *ou* fuero, *j'aurai
flatté.*
Bland itus eris *ou* fueris, etc.

IMPÉRATIF.

Point de 1ʳᵉ pers. au sing.
Bland ire *ou* bland itor, *flatte,* etc.

SUBJONCTIF.

Présent.

Bland iar, *que je flatte.*
Bland iaris *ou* bland iare, etc.

Imparfait.

Bland irer, *que je flattasse ou je
flatterais.*
Bland ireris (re), etc.

Parfait.

Bland itus sim *ou* fuerim, *que
j'aie flatté.*
Bland itus sis *ou* fueris, etc.

Plus-que-parfait.

Bland itus essem *ou* fuissem, *que
j'eusse flatté.*

Bland itus esses *ou* fuisses, etc.

INFINITIF.

Présent et *imparfait.*

Bland iri, *flatter.*
Parf. et *plus-que-parfait.*
Bland itum, itam esse *ou* fuisse,
avoir flatté.

Futur.

Bland iturum, ituram esse, *devoir flatter.*

Futur antérieur.

Bland iturum, ituram fuisse,
avoir dû flatter.

GÉRONDIF.

Gén. Bland iendi, *de flatter.*
Dat. Bland iendo, *à flatter.*
Acc. Bland iendum, *à* ou *pour
flatter.*
Abl. Bland iendo, *en flattant.*

PARTICIPE.

Présent.

Bland iens, tis, *flattant.*

Participe passé.

Bland itus, a, um, *ayant flatté.*

Part. futur actif.

Bland iturus, a, um, *devant flatter.*
(Sans participe *passif,* parce
qu'il est *neutre.*)

SUPIN.

Bland itum, *flatter.*
Bland itu, *à être flatté.*

Ainsi se conjuguent les verbes suivants :

Exper ior, iris, exper tus sum, exper iri, *éprouver.*
Larg ior, iris, larg itus sum, larg iri, *donner.*
Met ior, iris, men sus sum, met iri, *mesurer.*
Ment ior, iris, ment itus sum, ment iri (neutre), *mentir.*
Or ior, iris, or tus sum, or iri (neutre), *naître, s'élever.*
Pot ior, iris, pot itus sum, pot iri, *s'emparer de, posséder.*

Rem. Orior fait, au participe futur, orit urus, a, um.

VERBE DÉPONENT DE LA 3e CONJUGAISON mixte,
EN *ior*, sur *Accipior* (150).

159. Pat ior, pat eris, pass us sum, pass um, pat i, *souffrir*.

INDICATIF.
Présent.
Pat ior, *je souffre.*
Pat eris *ou* pat ere, etc.
Imparfait.
Pat iebar, *je souffrais.*
Pat iebaris *ou* pat iebare, etc.
Parfait.
Pass us sum *ou* fui, *j'ai souffert.*
Pass us es *ou* fuisti, etc.
Plus-que-parfait.
Pass us eram *ou* fueram, *j'avais souffert.*
Pass us eras *ou* fueras, etc.
Futur.
Pat iar, *je souffrirai.*
Pat ieris *ou* pat iere, etc.
Futur antérieur.
Pass us ero *ou* fuero, *j'aurai souffert.*
Pass us eris *ou* fueris, etc.

IMPÉRATIF.
Point de 1re *pers. au sing.*
Pat ere *ou* pat itor, *souffre,* etc.

SUBJONCTIF.
Présent.
Pat iar, *que je souffre.*
Pat iaris *ou* pat iare, etc.
Imparfait.
Pat erer, *que je souffrisse* ou je *souffrirais.*
Pat ereris *ou* pat erere, etc.
Parfait.
Pass us sim *ou* fuerim, *que j'aie souffert.*
Pass us sis *ou* fueris, etc.

Plus-que-parfait.
Pass us essem *ou* fuissem, *que j'eusse souffert* ou *j'aurais souffert.*
Pass us esses *ou* fuisses, etc.

INFINITIF.
Présent et *imparfait.*
Pat i, *souffrir.*
Parfait et *plus-que-parf.*
Pass um, pass am esse *ou* fuisse, *avoir souffert.*
Futur.
Pass urum, am esse, *devoir souffrir.*
Futur antérieur.
Pass urum, am fuisse, *avoir dû souffrir.*

GÉRONDIF.
Gén. Pat iendi, *de souffrir.*
Dat. Pat iendo, *à souffrir.*
Acc. Pat iendum, *à* ou *pour souffrir.*
Abl. Pat iendo, *en souffrant.*

PARTICIPE.
Présent.
Pat iens, tis, *souffrant.*
Participe passé.
Pass us, a, um, *ayant souffert.*
Participe futur actif.
Pass urus, a, um, *devant souffrir.*
Participe futur passif.
Pat iendus, a, um, *devant être souffert, qu'il faut souffrir.*

SUPIN.
Pass um, *souffrir.*
Pass u, *à être souffert.*

Ainsi se conjuguent les verbes suivants :

Grad ior, eris, grass us sum, grass um, grad i (neutre), *marcher.*

Aggred ior, eris, aggress us sum, agress um, aggred i, *attaquer*.
Egred ior, eris, egress us sum, egress um, egred i (neutre), *sortir*.
Ingred ior, eris, ingress us sum, ingress um, ingred i (neut.), *entrer*.
Mor ior, eris, mort uus sum, mor i (neutre), *mourir* (part. futur

morit urus, a, um.

(Voy. *Exercices Latins*, 228 à 230).

REM. *1° Presque tous les verbes déponents expriment une action du sujet sur lui-même, et répondent ainsi aux verbes pronominaux du français : *con or*, *con ari*, s'efforcer; *record or*, *record ari*, se souvenir; *fung or*, *fung i*, s'acquitter; *irasc or*, *irasc i*, s'irriter; *quer or*, *quer i*, se plaindre; *poti or*, *pot iri*, se rendre maître de, *etc.*

Plusieurs, qui semblent purement actifs (ayant un complément direct), peuvent se ramener à une signification analogue : *imit or*, *imit ari*, imiter, se modeler sur; *pollic cor*, *pollic eri*, promettre, s'engager à; *miser eor*, *miser eri*, avoir pitié, s'apitoyer; *amplect or*, *amplect i*, embrasser, se plier autour de; *comit or*, *comit ari*, accompagner, se rendre compagnon; *larg ior*, *larg iri* (de *targ us*, libéral), donner avec largesse, se montrer libéral, *etc.*, *etc.*

On est donc amené à penser que le verbe déponent est originairement destiné à exprimer une action réfléchie, comme les verbes de la voix moyenne en grec, ou comme les verbes pronominaux en français.

2° Suivant la règle établie pour les verbes passifs (143 et 145), le participe passé et le supin des verbes déponents ont le même radical, et ce radical se retrouve encore au *participe futur actif*. Cependant trois verbes font exception, et présentent ce temps comme dérivé du présent : *mor ior*, je meurs; *nasc or* et *or ior*, je nais; participe futur actif : *morit urus*, *nascit urus*, *orit urus*.

3° Nous avons vu (114. — REM. 5°) que les verbes actifs n'ont pas de participe passé actif, pour répondre au français *ayant aimé*, *ayant averti*, etc. Les verbes déponents ont ce participe; ainsi on peut rendre directement, et par un seul mot, *ayant imité*, *ayant promis*, etc., *imitatus*, *pollicitus*, etc.

4° Cependant les participes passés des verbes déponents se rencontrent quelquefois avec le sens passif; mais il vaut mieux, lorsqu'on les emploie, leur conserver le sens actif. Voici les plus usités :

Participes déponents pris dans le sens passif.

Adeptus, *acquis*.	Interpretatus, *interprété*.
Comitatus, *accompagné*.	Meditatus, *médité*.
Confessus, *avoué*.	Oblitus, *oublié*.
Eblanditus, *obtenu par flatterie*.	Opinatus, *présumé*.
Emensus, *parcouru*.	Pactus, *convenu*.
Expertus, *éprouvé*.	Testatus, *attesté*, *éprouvé*.

CONJUGAISON PÉRIPHRASTIQUE (*) OU COMPOSÉE.

159 * (*bis*). — 1° *Forme active*. Avec le *participe futur actif*, joint

(*) *Périphrastique*, adjectif venant de *périphrase*, nom tiré de

à *sum*, *eram*, *ero*, etc., on compose une conjugaison active qui s'appelle *périphrastique*. Elle équivaut au verbe *devoir*, exprimant l'avenir.

Lego va nous servir d'exemple pour la forme *active*, et *legor* pour la forme *passive*.

INDICATIF.

Prés.   Lectur us (a, um) sum, *je dois lire, je vais lire, je suis sur le point de lire.*

Imparf.   Lectur us eram, *je devais lire*, lectur us eras, etc.

Parf.   Lectur us fui, *j'ai dû lire*, et ainsi pour le *pl.-q.-parf.*, le *fut.* et le *fut. antér.* (Point d'impér.).

SUBJONCTIF.

Prés.   Lectur us sim, *que je doive lire*, lectur us sis, etc.

Imparf.   Lectur us essem, *que je dusse lire.*

Parfait.   Lectur us fuerim, *que j'aie dû lire.*

Pl.-q.-parf. Lectur us fuissem, *que j'eusse dû lire.*

INFINITIF.

Prés.   Lectur us (a, um) esse, *devoir lire.*

Pl.-q.-parf. Lectur us... fuisse, *avoir dû lire.*

Futur.   Lectur us... fore, *devoir être dans la disposition de lire.*

2°*. *Forme passive*. Avec le *participe futur passif*, réuni aux mêmes temps que ci-dessus du verbe *esse*, on forme une conjugaison composée qui, par sa signification, équivaut au verbe *devoir* dans le sens du futur, et aussi dans le sens d'*obligation*, de *nécessité*. Dans cet emploi elle répond au verbe *falloir*.

INDICATIF.

Prés.   Legend us (a, um) sum, *je dois être lu ; on doit, il faut me lire.*

Imparf.   Legend us eram, *je devais être lu ; on devait, il fallait me lire.*

Parf.   Legend us fui, *j'ai dû être lu ; on a dû, il a fallu me lire.*

Pl.-q.-parf. Legend us fueram, *j'avais dû être lu*, etc.

Fut.   Legend us ero, *je devrai être lu ; on devra, il faudra me lire.*

Fut. ant.   Legend us fuero, *j'aurai dû être lu*, etc.

SUBJONCTIF.

Prés.   Legend us sim, *que je doive être lu ; qu'on doive me lire, qu'il faille me lire.*

---

deux mots grecs qui signifient proprement *parler autour*. La *périphrase* est une circonlocution, un tour de paroles, une expression développée et substituée à l'expression naturelle : *lectur us sum* (je dois lire), pour *leg am* (je lirai), mais avec un sens différent.

Imparf.   Legend us essem, *que je dusse être lu; qu'on dût me lire, qu'il fallût me lire.*

Parf.   Legend us fuerim, *que j'aie dû être lu; qu'on ait dû me lire, qu'il ait fallu me lire.*

Pl.-q.-parf. Legend us fuissem, *que j'eusse dû être lu; qu'on eût dû me lire, qu'il eût fallu me lire.*

INFINITIF.

Prés.   Legend us esse, *devoir être lu.*

Parf.   Legend us fuisse, *avoir dû être lu.*

Futur   Legend us fore, *devoir être lu, dans la nécessité d'être lu.*

NOTA. C'est à cette conjugaison qu'on emprunte les futurs *lecturum esse, lecturum fuisse, legendum esse, legendum fuisse.*

VERBES SEMI-DÉPONENTS.

160. Quelques verbes latins ont la forme active dans leurs temps simples (137), et la forme passive dans leurs temps composés (138) : on les appelle, pour cette raison, *semi-déponents* (de *semi*, à moitié).

Trois appartiennent à la seconde, et un à la troisième conjugaison, ainsi que ses composés.

Gaudeo, es, gavisus sum, gavisum, gaudere, *se réjouir.*

INDICATIF.

Présent.

Gaud eo, *je me réjouis.*
Gaud es, etc.

Imparfait.

Gaud ebam, *je me réjouissais.*
Gaud ebas, etc.

Parfait.

Gav isus sum *ou* fui, *je me suis réjoui.*
Gav isus es *ou* fuisti, etc.

Plus-que-parfait.

Gav isus eram *ou* fueram, *je m'étais réjoui.*
Gav isus, eras *ou* fueras, etc.

Futur.

Gaud ebo, *je me réjouirai.*
Gaud ebis, etc.

Futur antérieur.

Gav isus ero *ou* fuero, *je me serai réjoui.*
Gav isus eris *ou* fueris, etc.

IMPÉRATIF.

Gaud e *ou* gaud eto, *réjouis-toi,* etc.

SUBJONCTIF.

Présent.

Gaud eam, *que je me réjouisse.*
Gaud eas, etc.

Imparfait.

Gaud erem, *que je me réjouisse.*
Gaud eres, etc.

Parfait.

Gav isus sim *ou* fuerim, *que je me sois réjoui.*

Plus-que-parfait.

Gav isus essem *ou* fuissem, *que je me fusse réjoui.*

Gav isus esses *ou* fuisses, etc.

INFINITIF.

Présent et imparfait.

Gaud ere, *se réjouir.*

Parf. et *plus-que-parfait.*

Gavisum, gav isam esse *ou* fuisse,
s'être réjoui.

Futur.

Gav isurum, gav isuram esse,
devoir se réjouir.

Futur antérieur.

Gav isurum, gav isuram fuisse,
avoir dû se réjouir.

GÉRONDIF.

G. Gaud endi, *de se réjouir.*

D. Gaud endo, *à se réjouir.*

Ac. Gaud endum, *à* ou *pour se réjouir.*

Ab. Gaud endo, *en se réjouissant.*

PARTICIPE.

Présent.

Gaud ens, tis, *se réjouissant.*

Participe passé.

Gav isus, a, um, *s'étant réjoui.*

Participe futur actif.

Gav isurus, a, um, *devant se réjouir.*

SUPIN.

Gav isum, *se réjouir.*

Gav isu, *à se réjouir.*

Ainsi se conjuguent les verbes suivants :

Audeo, es, ausus sum, audere (actif), *oser.*
Soleo, soles, solitus sum, solere *(neutre), avoir coutume.*
Rem. Audeo a deux formes au présent du subjonctif : une régulière, *audeam*, et une irrégulière, *ausim, ausis, ausit*, etc.

Troisième conjugaison :

Fid o, fid is, fis us sum, fid ere, *se fier.*
Confid o, is, confis us sum, confid ere, *se confier.*
Diffid o, is, diffis us sum, diffid ere, *se défier.*

VERBES IRRÉGULIERS.

161. On appelle verbes *irréguliers*, ceux qui, à certains temps et à certaines personnes, ne suivent pas exactement les formes des quatre conjugaisons modèles (*amo, moneo, lego, audio*).

Comme les terminaisons des temps qui dérivent du *parfait* et du *supin*, sont les mêmes dans tous les verbes, sans exception, les irrégularités ne peuvent jamais tomber que sur les temps qui dépendent du *présent*.

Nous avons déjà vu *sum*, le plus remarquable de tous les verbes irréguliers ; voici la conjugaison des autres.

VERBE IRRÉGULIER DE LA 3ᵉ CONJUGAISON.

Fero, fers, tuli, latum, ferre, *porter.*

INDICATIF.
Présent.

Fero, *je porte.*
Fers,

Fert,
Ferimus,
Fertis,
Ferunt.

Imparfait.

Ferebam, *je portais.*
Ferebas, etc.

Parfait.

Tuli, *j'ai porté.*
Tulisti, etc.

Plus-que-parfait.

Tuleram, *j'avais porté.*
Tuleras, etc.

Futur.

Feram, *je porterai.*
Feres, etc.

Futur antérieur.

Tulero, *j'aurai porté.*
Tuleris, etc.

IMPÉRATIF.

Fer ou *ferto, porte.*
Ferto (ille), *qu'il porte.*
Feramus, *portons.*
Ferte ou *fertote, portez.*
Ferunto, *qu'ils portent.*

SUBJONCTIF.

Présent.

Feram, *que je porte.*
Feras, etc.

Imparfait.

Ferrem, *que je portasse.*
Ferres, etc.

Parfait.

Tulerim, *que j'aie porté.*
Tuleris, etc.

Plus-que-parfait.

Tulissem, *que j'eusse porté.*
Tulisses, etc.

INFINITIF.

Présent et *imparfait.*

Ferre, *porter.*

Parf. et plus-que-parfait.

Tulisse, *avoir aporté.*

Futur.

Laturum, laturam esse, *devoir porter.*

Futur antérieur.

Laturum, laturam fuisse, *avoir dû porter.*

GÉRONDIF.

G. Ferendi, *de porter.*
D. Ferendo, *à porter.*
Ac. Ferendum, *à* ou *pour porter.*
Ab. Ferendo, *en portant.*

PARTICIPE.

Présent.

Ferens, tis, *portant.*

Participe futur.

Laturus, a, um, *devant porter.*

SUPIN.

Latum, *porter.*

Conjuguez de cette manière les composés de *fero* :

Offero, offers, obtuli, oblatum, offerre, *offrir.*
Differo, differs, distuli, dilatum, differre, *différer.*
Affero, affers, attuli, allatum, afferre, *apporter.*
Aufero, aufers, abstuli, ablatum, auferre, *emporter,* etc.

Feror, *passif de* Fero, *je porte.*

162. Feror, ferris, latus sum, latu, ferri, *être porté.*

INDICATIF.

Présent.

Feror, *je suis porté.*
Ferris ou *ferre,*
Fertur,
Ferimur,
Ferimini,
Feruntur.

Imparfait.

Ferebar, *j'étais porté.*
Ferebaris ou ferebare, etc.

Parfait.

Latus sum ou fui, *j'ai été porté.*
Latus es ou fuisti, etc.

Plus-que-parfait.

Latus eram *ou* fueram, *j'avais été porté.*

Latus eras *ou* fueras, etc.

Futur.

Ferar, *je serai porté.*

Fereris *ou* ferere, etc.

Futur antérieur.

Latus ero *ou* fuero, *j'aurai été porté.*

Latus eris *ou* fueris, etc.

IMPÉRATIF.

Ferre ou *fertor, sois porté.*

Fertor (ille), *qu'il soit porté.*

Feramur, *soyons portés.*

Ferimini, *soyez portés.*

Feruntor, *qu'ils soient portés.*

SUBJONCTIF.

Présent.

Ferar, *que je sois porté.*

Feraris *ou* ferare, etc.

Imparfait.

Ferrer, que je fusse porté.

Ferreris ou *ferrere*, etc.

Parfait.

Latus sim *ou* fuerim, *que j'aie été porté.*

Latus sis *ou* fueris, etc.

Plus-que-parfait.

Latus essem *ou* fuissem, *que j'eusse été porté.*

Latus esses *ou* fuisses, etc.

INFINITIF.

Présent et imparfait.

Ferri, être porté.

Parf. et plus-que-parfait.

Latum, latam esse *ou* fuisse, *avoir été porté.*

Futur.

Latum iri *ou* ferendum, ferendam esse, *devoir être porté.*

Futur antérieur.

Ferendum, ferendam fuisse, *avoir dû être porté.*

Participe passé.

Latus, lata, latum, *porté, ayant été porté.*

Participe futur.

Ferendus, ferenda, ferendum, *devant être porté.*

SUPIN.

Latu, *à être porté.*

Conjuguez de cette manière les verbes :

Afferor, afferris, allatus sum, allatu, afferri, *être apporté.*

Offeror, offerris, oblatus sum, oblatu, offerri, *être offert.*

Inferor, inferris, illatus sum, illatu, inferri, *être apporté dans.*

Conferor, conferris, collatus sum, collatu, conferri, *être assemblé, apporté.*

Differor, differris, dilatus sum, dilatu, differri, *être différé.*

REM. 1° A l'actif, *i* se supprime au présent de l'indicatif : *fers, fert, fertis,* pour *feris, ferit, feritis,* et à l'impératif : *ferto, ferte* ou *fertote,* pour *ferito, ferite* ou *feritote.* — *E* est supprimé à l'impératif : *fer,* pour *fere ;* à l'imparfait du subjonctif *ferrem,* pour *fererem,* et à l'infinitif *ferre,* pour *ferere.*

2° Au passif, les mêmes voyelles (*i, e*) sont supprimées aux terminaisons correspondantes, excepté à la deuxième personne plurielle du présent de l'*indicatif* et de l'*impératif,* où *i* se conserve : *ferimini.*

3° Le parfait *tuli* est pour *tetuli,* ancien parfait de *tollo.* — Le supin *latum* est pour *tlatum*, de *tlaô* (*), inusité et dérivé du grec.

AUTRE VERBE IRRÉGULIER DE LA 3ᵉ CONJUGAISON.

163. *Edo, edis* ou *es, edi, esum, edere* ou *esse*, manger.

INDICATIF.

Présent.

Edo, *je mange.*
Edis *ou* es,
Edit *ou* est,
Edimus,
Editis *ou* estis,
Edunt.

Imparfait.
Edebam, *je mangeais.*
Edebas, etc.

Parfait.
Edi, *j'ai mangé.*
Edisti, etc.

Plus-que-parfait.
Ederam, *j'avais mangé.*
Ederas, etc.

Futur.
Edam, *je mangerai.*
Edes, etc.

Futur antérieur.
Edero, *j'aurai mangé.*
Ederis, etc.

IMPÉRATIF.

Ede *ou* edito, es *ou* esto, *mange.*
Edito *ou* esto (ille), *qu'il mange.*
Edamus, *mangeons.*
Edite *ou* editote, este *ou* estote, *mangez.*
Edunto, *qu'ils mangent.*

SUBJONCTIF.

Présent.

Edam, *que je mange.*
Edas, etc.

Imparfait.
Ederem *ou* essem, *que je man-geasse.*
Ederes *ou* esses,
Ederet *ou* esset,
Ederemus *ou* essemus,
Ederetis *ou* essetis,
Ederent *ou* essent.

Parfait.
Ederim, *que j'aie mangé.*
Ederis, etc.

Plus-que-parfait.
Edissem, *que j'eusse mangé.*
Edisses, etc.

INFINITIF.

Présent.
Edere *ou* esse, *manger.*

Parf. et plus-que-parfait.
Edisse, *avoir mangé.*

Futur.
Esurum, am esse, *devoir manger.*

Futur antérieur.
Esurum, am fuisse, *avoir dû manger.*

GÉRONDIF.

Gén. Edendi, *de manger.*
Dat. Edendo, *à manger.*
Acc. Edendum, *à* ou *pour manger.*
Ab. Edendo, *en mangeant.*

Participe présent.
Edens, tis, *mangeant.*

Participe futur.
Esurus, a, um, *devant manger.*

SUPIN.
Esum, *manger.*

(*) *Tlaô* en grec signifie *je supporte*; c'est de là que vient le mot *Atlas*, nom de ce roi de Mauritanie qui, selon la fable, portait le ciel sur ses épaules.

REMARQUE. On trouve quelquefois, au subjonctif, *edim, edis, edit, edimus, editis, edint,* au lieu de *edam, edas,* etc.

NOTA. Ce verbe est *actif,* conséquemment il a régulièrement le *passif* edor, eris, esus sum, esu, edi, *être mangé.* La seule observation à faire, c'est qu'au *présent* de l'*indicatif,* troisième personne du singulier, on trouve quelquefois *estur* pour *editur.*

Ainsi se conjugue : *comedo, comedis* ou *comes, comedi, comesum, comedere* manger.

VERBE IRRÉGULIER DE LA 3ᵉ CONJUGAISON, EN *io.*

164. Fio, fis, factus sum, factu, fieri, *devenir, être fait.*

Fio sert de passif à *facio, is, feci, factum, facere* (faire), qui n'en a pas d'autre. Il se conjugue passivement aux temps composés ; les autres temps suivent la conjugaison de l'actif *accipio,* sauf quelques différences.

INDICATIF.
Présent.

Fio, *je deviens* ou *je suis fait.*
Fis, *tu deviens* ou *etc.*
Fit, *il devient.*
Fimus, *nous devenons.*
Fitis, *vous devenez.*
Fiunt, *ils deviennent.*

Imparfait.

Fiebem, *je devenais.*
Fiebas, etc.

Parfait.

Factus sum *ou* fui, *je suis devenu.*
Factus es *ou* fuisti, etc.

Plus-que-parfait.

Factus eram *ou* fueram, *j'étais devenu.*
Factus eras *ou* fueras, etc.

Futur.

Fiam, *je deviendrai.*
Fies, etc.

Futur antérieur.

Factus ero *ou* fuero, *je serai devenu.*
Factus eris *ou* fueris, etc.

IMPÉRATIF.
Fi *ou* fito, *deviens.*

Fito (ille),
Fite *ou* fitote,
Fiunto.

SUBJONCTIF.
Présent.

Fiam, *que je devienne.*
Fias, etc.

Imparfait.

Fierem, *que je devinsse.*
Fieres, etc.

Parfait.

Factus sim *ou* fuerim, *que je sois devenu.*
Factus sis *ou* fueris, etc.

Plus-que-parfait.

Factus essem *ou* fuissem, *que je fusse devenu.*
Factus esses *ou* fuisses, etc.

INFINITIF.
Présent et imparfait.

Fieri, *devenir.*

Parf. et pl.-que-parfait.

Factum, factam esse *ou* fuisse, *être devenu.*

Futur.

Factum iri, *ou* faciendum, faciendam esse, *devoir devenir.*

Futur antérieur.

Faciendum, faciendam fuisse, *avoir dû devenir.*

Participe passé.

Factus, a, um, *étant devenu ou ayant été fait.*

Participe futur.

Faciendus, a, um, *devant être fait.*

SUPIN.

Factu, *à faire ou à être fait.*

Rem. * 1° De tous les temps simples, l'infinitif *fieri* est le seul qui ait la forme passive.

2° *Fio* fait *i* long, même devant une voyelle, parce qu'il résulte d'une contraction : *Fio* pour *fi io*, comme *cap io*; *fiebam* pour *fi-iebam*. Il faut excepter *fierem* et l'infinitif *fieri*, où *i* est bref, parce qu'il n'y a pas de contraction.

VERBE IRRÉGULIER DE LA 4ᵉ CONJUGAISON, EN *eo*.

165. Eo, is, ivi *ou* ii, itum, ire (neutre), *aller.*

INDICATIF.

Présent.

Eo, *je vais.*
Is, *tu vas.*
It, *il va.*
Imus, *nous allons.*
Itis, *vous allez.*
Eunt, *ils vont.*

Imparfait.

Ibam, *j'allais.*
Ibas, *tu allais, etc.*

Parfait.

Ivi, *je suis allé.*
Ivisti, etc.

Plus-que-parfait.

Iveram, *j'étais allé.*
Iveras, etc.

Futur.

Ibo, *j'irai.*
Ibis, etc.

Futur antérieur.

Ivero, *je se serai allé.*
Iveris, etc.

IMPÉRATIF.

I *ou* ito, *va.*
Ito (ille), *qu'il aille.*
Eamus, *allons.*

Ite *ou* itote, *allez.*
Eunto, *qu'ils aillent.*

SUBJONCTIF.

Présent.

Eam, *que j'aille.*
Eas, etc.

Imparfait.

Irem, *que j'allasse.*
Ires, etc.

Parfait.

Iverim, *que je sois allé.*
Iveris, etc.

Plus-que-parfait.

Ivissem, *que je fusse allé.*
Ivisses, etc.

INFINITIF.

Présent et imparfait.

Ire, *aller.*

Parfait et plus-que-parfait.

Ivisse, *être allé.*

Futur.

Iturum, ituram esse, *devoir aller.*

GÉRONDIF.

Gén. Eundi, *d'aller.*
Dat. Eundo, *à aller.*
Acc. Eundum, *à ou pour aller.*

Abl. Eundo, *en allant.*

Participe futur.

Iturus, a, um, *devant aller.*

PARTICIPE.

Présent.

Iens, euntis, *allant.*

SUPIN.

Itum, *aller.*
Itu, *à aller.*

REM. * 1° Le radical de ce verbe est *i*, d'où on a le supin *i tum*. Cet *i* se change en *e* devant une voyelle : *eo, eunt, eam, euntis*; il faut excepter seulement le nominatif du participe présent *iens*.

2° Ce verbe suit la conjugaison de *audio*; cependant à l'imparfait, au lieu de faire *iebam*, comme *audiebam*, il contracte *ie* en *i*; — de même le futur est en *bo* au lieu d'être en *am*.

3° Le génitif *euntis* du participe présent est également à remarquer.

Conjuguez ainsi les composés de *eo* :

Ab eo, is, ab ii *ou* ab ivi, ab itum, ab ire, *s'en aller.*
Ex eo, ex is, ex ii *ou* ex ivi, ex itum, ex ire, *sortir.*
Per eo, is, ii, itum, ire, *périr.*
Red eo, is, ii, itum, ire, *revenir.*
Ad eo, is, ii *ou* ivi, itum, ire, *aller trouver, aborder.*
Trans eo, is, ii *ou* ivi, itum, ire, *passer.*
Præter eo, is, ii *ou* ivi, itum, ire, *passer, omettre.*
In eo, in is, in ii *ou* ivi, in itum, in ire, *entrer dans, commencer.*

NOTA. Les quatre derniers de ces verbes sont *actifs* et peuvent se conjuguer au passif : *adeor, adiris, aditur, adimur, adimini, adeuntur,* etc.

Ces composés font bien plus souvent le parfait en *ii* qu'en *ivi*; on ne dit même jamais *perivi, redivi.*

Eo se trouve encore dans ces deux composés :

1° *Ambio* (de l'ancienne préposition *ambi*, autour, des deux côtés), *amb is, amb ivi* ou *ii, amb itum, amb ire,* aller autour, ambitionner.

Ce verbe est actif et se conjugue exactement sur *audio.*

2° *Ven eo* (de *venum* et de *eo*), *ven is, ven ii, ven ire* (être vendu). Il suit la conjugaison de *eo : ven ibam, ven ibo.* (On trouve aussi dans Cicéron *veniebam* et *veniam*.)

Queo, *je puis,* ou *je peux.*

166. *Queo, quis, quivi, quire,* pouvoir.

Ce verbe, composé des lettres *qu* et de *eo*, se conjugue régulièrement sur *ire* (eo...); seulement il n'a ni *participes*, ni *supin.*

INDICATIF.

Présent.

Qu eo, *je puis* ou *je peux.*
Qu is, *tu peux.*

Qu it, *il peut.*
Qu imus, *nous pouvons.*
Qu itis, *vous pouvez.*
Qu eunt, *ils peuvent.*

Imparfait.

Qu ibam, *je pouvais.*
Qu ibas, etc.

Parfait.

Qu ivi, *j'ai pu.*
Qu ivisti, etc.

Plus-que-parfait.

Qu iveram, *j'avais pu.*
Qu iveras, etc.

Futur.

Qu ibo, *je pourrai.*
Qu ibis, etc.

Futur antérieur.

Qu ivero, *j'aurai pu.*
Qu iveris, etc.

SUBJONCTIF.
Présent.

Qu eam, *que je puisse.*
Qu eas, etc.

Imparfait.

Qu irem, *que je pusse.*
Qu ires, etc.

Parfait.

Qu iverim, *que j'aie pu.*
Qu iveris, etc.

Plus-que-parfait.

Qu ivissem, *que j'eusse pu.*
Qu ivisses, etc.

INFINITIF.
Présent et imparfait.

Qu ire, *pouvoir.*

Parf. et plus-que-parf.

Qu ivisse, *avoir pu.*

Ainsi se conjugue le verbe :

Nequ eo, is, nequ ivi, nequ ire, *ne pouvoir pas.*

VERBES DÉFECTIFS.

Il y a en latin, comme en français, des verbes auxquels il manque certaines personnes ou certains temps ; on les appelle pour cela *verbes défectifs* (de *deficere,* manquer).

167. *Volo, vis, volui, velle,* vouloir.

INDICATIF.

Présent.

Volo, *je veux.*
Vis, *tu veux.*
Vult, *il veut.*
Volumus, *nous voulons.*
Vultis, *vous voulez.*
Volunt, *ils veulent.*

Imparfait.

Volebam, *je voulais.*
Volebas, etc.

Parfait.

Volui, *j'ai voulu.*
Voluisti, etc.

Plus-que-parfait.

Volueram, *j'avais voulu.*

Volueras, etc.

Futur.

Volam, *je voudrai.*
Voles, etc.

SUBJONCTIF.

Présent.

Velim, *que je veuille.*
Velis,
Velit,
Velimus,
Velitis,
Velint.

Imparfait.

Vellem, *que je voulusse.*
Velles, etc.

Parfait.

Voluerim, *que j'eusse voulu.*
Volueris, etc.

Plus-que-parfait.

Voluissem, *que j'eusse voulu.*
Voluisses, etc.

INFINITIF.
Présent et *imparfait.*
Velle, *vouloir.*
Parf. et *plus-que-parfait.*
Voluisse, *avoir voulu.*
Participe présent.
Volens, tis, *voulant, qui veut.*

Rem. * 1° *Vis* est pour *vol is*, par la suppression de *l* du radical, et la contraction de *oi* en *i* ; — *vult, vultis* sont pour *vol it, vol itis*, par le changement de *o* du radical en *u*, et le retranchement de *i* de la terminaison. — A l'infinitif, *vel le* pour *vol ere* (3ᵉ conjugaison), *o* du radical s'est changé en *e* ; l'*e* initial de la terminaison a été syncopé, puis *r* est devenu *l*. Ces altérations du radical et de la terminaison ont passé à l'imparfait du subjonctif *vel lem*.

2° Le présent du subjonctif est en *im*, comme celui de *sum* ; *velim, velis, velit* ; *sim, sis, sit*, etc.

3° *Volo* n'a ni l'*impératif*, ni le *gérondif*, ni le *supin*, ni les temps qui en dérivent.

Nolle, *ne vouloir pas.*

168. *Nolo, nonvis, nolui, nolle,* ne vouloir pas.

INDICATIF.
Présent.
Nolo, *je ne veux pas.*
Nonvis,
Nonvult,
Nolumus,
Nonvultis,
Nolunt.

Imparfait.
Nolebam, *je ne voulais pas.*
Nolebas, etc.

Parfait.
Nolui, *je n'ai pas voulu.*
Noluisti, etc.

Plus-que-parfait.
Nolueram, *je n'avais pas voulu.*
Nolueras, etc.

Futur.
Nolam, *je ne voudrai pas.*
Noles, etc.

Futur antérieur.
Noluero, *je n'aurai pas voulu.*
Nolueris, etc.

IMPÉRATIF.
Noli *ou* nolito, *ne veuille pas.*

Nolito (ille),
Nolite *ou* nolitote,
Nolunto.

SUBJONCTIF.
Présent.
Nolim, *que je ne veuille pas.*
Nolis, etc.

Imparfait.
Nollem, *que je ne voulusse pas.*
Nolles, etc.

Parfait.
Noluerim, *que je n'aie pas voulu.*
Nolueris, etc.

Plus-que-parfait.
Noluissem, *que je n'eusse pas voulu.*
Noluisses, etc.

INFINITIF.
Présent.
Nolle, *ne vouloir pas.*
Parf. et *plus-que-parf.*
Noluisse, *n'avoir pas voulu.*
Participe présent.
Nolens, tis, *ne voulant pas.*

Rem. 1° *Nolo* est formé de *non* et de *volo*. Ces deux mots se trouvent même distinctement dans trois personnes du présent : *non vis, non vult , non vultis;* partout ailleurs *no* (pour *non*) remplace *vo* ou *ve : nolebam* pour *non volebam,* etc.

2° *Nolo* a, de plus que *volo,* l'impératif.

Malle, *aimer mieux.*

169. *Malo, mavis, malui, malle,* aimer mieux.

INDICATIF.

Présent.

Malo, *j'aime mieux.*
Mavis,
Mavult,
Malumus,
Mavultis,
Malunt.

Imparfait.

Malebam, *j'aimais mieux.*
Malebas, etc.

Parfait.

Malui, *j'ai aimé mieux.*
Maluisti, etc.

Plus-que-parfait.

Malueram, *j'avais aimé mieux.*
Malueras, etc.

Futur.

Malam, *j'aimerai mieux.*
Males, etc.

Futur antérieur.

Maluero, *j'aurai aimé mieux.*

Malueris, etc.

SUBJONCTIF.

Présent.

Malim, *que j'aime mieux.*
Malis, etc.

Imparfait.

Mallem, *que j'aimasse mieux.*
Malles, etc.

Parfait.

Maluerim, *que j'aie aimé mieux.*
Malueris, etc.

Plus-que-parfait.

Maluissem, *que j'eusse aimé mieux.*

Maluisses, etc.

INFINITIF.

Présent.

Malle, *aimer mieux.*

Parf. et *plus-que-parfait.*

Maluisse, *avoir aimé mieux.*

Participe présent.

Malens, tis, *aimant mieux.*

Rem. *Malo* vient de *magis volo. Ma* se joint au verbe dans les trois personnes du présent, *ma vis, ma vult, ma vultis;* partout ailleurs, *ma* remplace *vo* ou *ve.*

---

170. Quelques verbes ne sont usités qu'au *parfait* et aux temps qui en dépendent. Dans ces verbes le parfait a la signification du *présent;* le plus-que-parfait, celle de l'*imparfait;* le futur antérieur, celle du *futur simple,* etc. Tel est *meminisse,* ainsi que ceux qui en suivent la conjugaison.

Memini, *je me souviens ;* meminisse, *se souvenir.*

INDICATIF.

Parfait.

Memini, *je me souviens.*
Meministi,
Meminit,
Meminimus,
Meministis,
Meminuerunt *ou* meminêre.

Plus-que-parfait.

Memineram, *je me souvenais.*
Memineras, etc.

Futur antérieur.

Meminero, *je me souviendrai.*
Memineris,
Meminerit,
Meminerimus,
Memineritis,
Meminerint.

IMPÉRATIF.

Memento, *souviens-toi.*
Memento (ille), *qu'il se souvienne.*
Mementote, *souvenez-vous.*

SUBJONCTIF.

Parfait.

Meminerim, *que je me souvienne.*
Memineris,
Meminerit,
Meminerimus,
Memineritis,
Meminerint.

Plus-que-parfait.

Meminissem, *que je me souvinsse.*
Meminisses, etc.

INFINITIF.

Parfait.

Meminisse, *se souvenir.*

Ainsi se conjuguent, mais sans impératif :

Cœpi, *je commence ou j'ai commencé,* cœpisse, *commencer.*
Novi, *je connais,* novisse, *connaître.*
Odi, *je hais,* osus sum *ou* fui, *j'ai haï,* odisse, *haïr.*

REM. 1° *Memini.* L'impératif *memento,* mementote est le seul en latin qui soit ainsi formé d'un parfait.

2° *Cœpi* vient de l'ancien verbe *cœpio, cœptum, cœpere* (commencer). *Cœpi* signifie *j'ai commencé.* Si l'on a besoin du *présent* et des temps qui en sont formés, on se sert du verbe complet *incipio... incipere* (commencer). — *Cœpisse* a un fut. de l'infinitif *cœpturum esse* et un part. fut. *cœpturus, a, um.*

Cœpi a aussi le parfait déponent *cœptus sum,* et les autres temps composés, *cœptus eram,* etc.; mais ces formes passives ne s'emploient qu'avec un infinitif passif, et retiennent la signification active : *Pons institui cœptus est* (Cæs.), le pont commença d'être établi. — Cependant le participe passé *cœptus* a la signification passive : *cœptum bellum,* guerre commencée.

3° *Novi,* comme parfait venant de *nosco, novi, notum, noscere,* signifie aussi *j'ai connu.*

4° *Odi,* comme *cœpi,* a un parfait déponent, *osus sum* (j'ai haï), et les autres temps composés *osus eram,* etc. — Infinit. *odisse ;* Fut. *osurum esse ;* Part. fut. *osurus, a, um.* — Le part. passé passif *osus* (haï) est peu usité, mais il forme les deux composés *exosus* (haïssant) et *perosus* (détestant).

171. Aio, *je dis, j'affirme, je dis oui.*

INDICATIF.
Présent.

Aio, *je dis.*
Ais, *tu dis.*
Ait, *il dit.*
Aiunt, *ils disent.*

Imparfait.

Aiebam, *je disais.*
Aiebas,
Aiebat,
Aiebamus,
Aiebatis,
Aiebant.

Parfait.

Aisti, *tu as dit.*
Aistis, *vous avez dit.*

SUBJONCTIF.
Présent.

Aias, *que tu dises.*
Aiat, *qu'il dise.*
Aiant, *qu'ils disent.*

Participe présent.

Aiens, aientis, *disant.*

172. Inquam, *dis-je.*

INDICATIF.
Présent.

Inquam, *dis-je.*
Inquis, *dis-tu.*
Inquit, *dit-il.*
Inquimus, *disons-nous.*
Inquitis, *dites-vous.*
Inquiunt, *disent-ils.*

Imparfait.

Inquiebat, *disait-il.*
Inquiebant, *disaient-ils.*

Parfait.

Inquisti, *as-tu dit.*

Inquit, *a-t-il dit,* ou *dit-il.*
(*Passé défini.*)
Inquistis, *avez-vous dit.*

Futur.

Inquies, *diras-tu.*
Inquiet, *dira-t-il.*

IMPÉRATIF.

Inque, inquito, *dis.*

SUBJONCTIF.

Inquiat, *qu'il dise.*

REM. Ce verbe ne peut jamais commencer une phrase; il s'emploie toujours comme le français *dis-je, dis-tu, dit-il,* après un ou plusieurs mots.

173 *. Quelques verbes dont voici les plus importants, ne sont d'usage qu'à un très petit nombre de temps et de personnes.

1° *Faxo,* futur formé à la manière des Grecs (*), de *facere* (faire) :

Faxo, *je ferai,* faxis, *tu feras,* faxit, *il fera.*

Subjonct. Faxim, *que je fasse,* faxis, faxit, faximus, faxitis, faxint.
Exemple : Di faxint! *fassent les Dieux!*

2° Fari, *parler.*

INDIC. *Prés.* Fatur, *il parle.*
IMPÉRATIF. Fare, *parle!*

GÉR. Fando, *en parlant.*
PART. Fatus, a, um, *ayant parlé.*

(*) Burn., *Gr. grecq.,* § 119.

3° Aveo, avere, *désirer ardemment.*

En ce sens on trouve le pluriel *avent* (ils désirent...); mais le principal emploi de ce verbe est à l'impératif, comme formule de salutation (*être salué*) :

Sing.   *Ave* ou *aveto ;* plur. *avete,* bonjour! salut! portez-vous bien!

4° *Salvere,* être en bonne santé (de *salus,* salut, santé).

Futur. Salvebis, *tu te porteras bien,* ou *porte-toi bien.*

Impér. Salve *ou* salveto, *porte-toi bien! bonjour! salut!*

    Salvete *ou* salvetote, *portez-vous bien! bonjour! salut!*

Nota. *Ave* et *salve* s'emploient surtout pour saluer le matin ou à l'arrivée, quelquefois au départ.

5° Valeo, es, ui, itum, ere, *se porter bien, être fort, puissant, valoir.*

En ce sens, *valeo* est complet et se conjugue en entier ; mais dans le sens de *dire adieu,* il n'a que l'impératif :

Sing. *Vale* ou *valeto, adieu! porte-toi bien! bonsoir!*

Plur. *Valete* ou *valetote, adieu! portez-vous bien! bonsoir!*

Nota. Cet impératif ne se dit qu'au départ ou le soir.

    6° Quæso (de *quæro,* en changeant *r* en *s*).

Indicat. *Prés.* Quæso, *je vous prie* ; quæsumus, *nous vous prions.*

Il se met au milieu ou à la fin d'une phrase : *Reficite vos, quæso, judices* (Cic.), Juges, renouvelez votre attention, je vous prie. — *Ubinam est, quæso?* (Ter.) où est-il, dites-le-moi.

7° *Cedo,* forme abrégée de *cedito* (impér. de *cedere,* céder), plur. *cede,* pour *cedite :* dis, dites; donnez; tenez; voyons!

8° *Infit* (il commence à parler), mot poétique composé de *in-flo;* il n'est usité qu'à cette troisième personne.

9° *Sis* pour *si vis* ; plur. *sultis* pour *si vultis,* et *sodes* pour *si audes,* sont d'usage seulement dans le discours familier, pour inviter avec politesse : *cape sis* (quelquefois *capesis*), prenez, je vous prie; *dic, sodes,* dites, s'il vous plaît. (Voy. *Exerc. Lat.,* 234 à 236.)

VERBES IMPERSONNELS *ou* UNIPERSONNNELS.

174. On appelle verbes *impersonnels* ou *unipersonnels,* ceux qui ne s'emploient qu'à la troisième personne du singulier.

Oportet, *il faut;* oportere, *falloir.*

INDICATIF.	Futur.
Présent.	Oportebit, *il faudra.*
Oportet, *il faut.*	*Futur antérieur.*
Imparfait.	Oportuerit, *il aura fallu.*
Oportebat, *il fallait.*	SUBJONCTIF.
Parfait.	*Présent.*
Oportuit, *il a fallu.*	Oporteat, *qu'il faille.*
Plus-que-parfait.	*Imparfait.*
Oportuerat, *il avait fallu.*	Oporteret, *qu'il fallût.*

Parfait.	**INFINITIF.**
	Présent.
Oportuerit, *qu'il ait fallu.*	Oportere, *falloir.*
Plus-que-parfait.	*Parfait.*
Oportuisset, *qu'il eût fallu.*	Oportuisse, *avoir fallu.*

Nota. Les verbes unipersonnels n'ont ni impératif, ni gérondif, ni participes, ni supin.

Ainsi se conjuguent les verbes suivants :

1ʳᵉ*conjug.* : ⎰ Fulgurat, *il éclaire* ou *il fait des éclairs*, fulgurare (*).
⎱ Grandinat, *il grêle*, grandinavit, grandinare.
Tonat, *il tonne*, tonuit, tonare.

2ᵉ *conjug.* : ⎰ Decet, *il convient*, decuit, decere.
⎱ Dedecet, *il ne convient pas*, dedecuit, dedecere.
Licet, *il est permis*, licuit, licere.
Libet, *il plaît*, libuit, libere.

Rem. 1° *Licet* et *libet* ont un second parfait de forme passive : *licitum est, libitum est.*

2° *Decet* et *dedecet* s'emploient aussi à la 3ᵉ pers. du plur.

3° On trouve les participes présents *decens, licens, libens ;* mais ils sont toujours employés comme adjectifs.

3ᵉ *conjug.* : ⎰ Pluit, *il pleut*, parf. pluit, pluere.
⎱ Ningit, *il neige*, ninxit, ningere.

175. Plusieurs verbes unipersonnels se tirent de verbes qui ont leur conjugaison complète, mais s'emploient le plus souvent dans un autre sens. Tels sont les suivants :

Sur *sum* :   Interest, *il importe*, interfuit interesse.

1ʳᵉ*conjug.* : ⎰ Constat, *il est constant*, constitit, constare.
⎱ Præstat, *il vaut mieux*, præstitit, præstare.
Juvat, *il plaît*, *il fait plaisir*, juvit, juvare.

2ᵉ *conjug.* : ⎰ Liquet, *il est clair (parf. subj.* liquerit), liquere.
⎱ Patet, *il est évident*, patuit, patere.
Placet, *il plaît*, on trouve bon, placuit *ou* placitum est, placere.

3ᵉ *conjug.* : ⎰ Accidit, *il arrive* (malheur), accidit, accidere.
⎱ Conducit, *il est avantageux*, conduxit, conducere.
Contingit, *il arrive* (bonheur), contigit, contingere.
Fit, *il se fait*, *il arrive*, factum est, fieri.
Refert, *il importe*, retulit, referre (sur feto, ferre).

4ᵉ *conjug.* : ⎰ Convenit, *il convient*, convenit, convenire.
⎱ Evenit, *il arrive* (du *bien* ou du *mal*), evenit, evenire.
Expedit, *il est avantageux*, expediit, expedire.

(*) Les verbes qui expriment les phénomènes de la nature sont *impersonnels* ou *essentiellement unipersonnels*, parce que leur sujet est renfermé en eux-mêmes : *Il grêle*, c.-à-d. *la grêle* tombe; *il*

176. VERBES UNIPERSONNELS

Conjugués avec les pronoms accusatifs me, te, illum, illam (*ou un nom à* l'accusatif), *au singulier; et* nos, vos, illos, illas (*ou un* nom), *au pluriel.*

Me pœnitet, *je me repens ;* pœnitere, *se repentir.*

INDICATIF.

Présent.

Me pœnitet, *je me repens.*
Te pœnitet,
Illum, illam pœnitet,
Nos pœnitet,
Vos pœnitet,
Illos, illas pœnitet (*).

Imparfait.

Me pœnitebat, *je me repentais.*
Te pœnitebat, etc.

Parfait.

Me pœnituit, *je me suis repenti.*
Te pœnituit, etc.

Plus-que-parfait.

Me pœnituerat, *je m'étais repenti.*
Te pœnituerat, etc.

Futur.

Me pœnitebit, *je me repentirai.*
Te pœnitebit, etc.

Futur antérieur.

Me pœnituerit, *je me serai repenti.*
Te pœnituerit, etc.

SUBJONCTIF.

Présent.

Me pœniteat, *que je me repente.*

Te pœniteat, etc.

Imparfait.

Me pœniteret, *que je me repentisse.*
Te pœniteret, etc.

Parfait.

Me pœnituerit, *que je me sois repenti.*
Te pœnituerit, etc.

Plus-que-parfait.

Me pœnituisset, *que je me fusse repenti.*
Te pœnituisset, etc.

INFINITIF.

Présent.

Pœnitere, se repentir.

Parf. et plus-que-parfait.

Pœnituisse, *s'être repenti.*

GÉRONDIF.

Pœnitendi, *de se repentir.*
Pœnitendo, *à se repentir.*
Pœnitendum, *à ou pour se repentir.*
Pœnitendo, *en se repentant.*

Participe présent.

Pœnitens, tis, *se repentant.*

Part. futur passif.

Pœnitendus, a, um, *dont il faut se repentir.*

tonne (le *tonnerre* gronde); *il éclaire* ou *il fait des éclairs* (des *éclairs* brillent).

Les autres verbes, ainsi employés à la 3e pers. seulement, sont *unipersonnels* ou *accidentellement impersonnels*, parce que leur sujet se trouve ou peut se trouver hors d'eux-mêmes : *Il faut travailler*, c.-à-d. *travailler* est (une chose) *nécessaire; il arrivera un malheur* (un *malheur* arrivera).

(*) Et avec un nom : *Puerum pœnitet,* l'enfant se repent ; *pueros pœnitet,* les enfants se repentent.

Conjuguez de cette manière :

> Me pudet, *j'ai honte*, pudere, *avoir honte.*
> Me piget, *je suis fâché*, pigere, *être fâché.*
> Me tœdet, *je m'ennuie*, tœdere, *s'ennuyer.*
> Me miseret, *j'ai pitié*, miserere, *avoir pitié.*

Ce dernier verbe fait au parfait de l'indicatif :

> Me misertum (*ou* miseritum) est, *j'ai eu pitié.*

Et aux temps qui en sont formés :

> Me misertum (*ou* miseritum) erat, *j'avais eu pitié.*
> Me misertum (*ou* miseritum) erit, *j'aurai eu pitié.*

Rem. * 1° Après *pœnitet*, le verbe *pudet* est le seul qui ait les participes, que l'on n'emploie, du reste, que comme adjectifs : *Pudens, tis*, honnête, réservé, qui a de la pudeur; *pudendus, a, um*, honteux, dont on doit rougir. — De *tœdet*, on tire aussi le participe passé *pertœsus*, ennuyé de.

Il n'y a pas non plus de gérondif.

2° L'accusatif (*nom* ou *pronom*) qui précède ces verbes en est le complément *direct*. Le sujet est compris dans le verbe même; on peut l'expliquer ainsi : *Me pœnitet, pœnitentia tenet me* (le repentir me tient). Le verbe renferme donc tout à la fois le nom *sujet* et le verbe actif (*tenet*), qui exige l'accusatif.—Les quatre autres verbes s'expliquent de la même manière :

> Me pudet *pour* pudor me tenet, *la honte me tient.*
> Me piget *pour* pigredo me tenet, *le chagrin, le regret me tient.*
> Me tœdet *pour* tœdium me tenet, *l'ennui me tient.*
> Me miseret *pour* miseratio me tenet, *la pitié me tient.*

VERBES UNIPERSONNELS PASSIFS.

177. On forme les *unipersonnels passifs* avec la troisième personne du singulier des temps passifs tirés des verbes actifs. Le verbe latin ainsi employé répond au verbe français précédé du pronom indéfini *on*.

INDICATIF.

Présent.
Dicitur, *on dit.*

Imparfait.
Dicebatur, *on disait.*

Parfait.
Dictum est *ou* fuit, *on a dit.*

Plus-que-parfait.
Dictum erat *ou* fuerat, *on avait dit.*

Futur.
Dicetur, *on dira.*

Futur antérieur.
Dictum erit *ou* fuerit, *on aura dit.*

SUBJONCTIF.

Présent.
Dicatur, *qu'on dise.*

Imparfait.
Diceretur, *qu'on dît.*

Parfait.
Dictum sit *ou* fuerit, *qu'on ait dit.*

Plus-que-parfait.
Dictum esset *ou* fuisset, *qu'on eût dit.*

Conjuguez de cette manière :

(*Narrare*), narratur, *on raconte*, narratum est, etc.
(*Videre*), videtur, *on voit*, visum est, etc.
(*Credere*), creditur, *on croit*, creditum est, etc.
(*Tradere*), traditur, } *on rapporte*, { traditum est, etc.
(*Ferre*), fertur, } { latum est, etc.

NOTA. La syntaxe enseignera que ces verbes ont toujours pour *sujet* réel, logique, un infinitif ou une proposition entière,: *Pluere dicitur*, on dit qu'il pleut, etc.

178. Quoique les verbes neutres n'aient pas de *passif*, plusieurs peuvent cependant prendre cette forme et devenir ainsi *unipersonnels passifs*, comme les verbes actifs :

(*Certare.*) Certatur, *on combat*, certatum est, *on a combattu*.
(*Pugnare.*) Pugnatur, *on combat*, pugnatum est, *on a combattu*.
(*Favere.*) Favetur, *on favorise*, fautum est, *on a favorisé*.
(*Currere.*) Curritur, *on court*, cursum est, *on a couru*.
(*Ire.*) Itur, *on va*, itum est, *on est venu*, ibitur, *on ira*.
(*Venire.*) Venitur, *on vient*, ventum est, *on est venu*, etc.
(V. *Exerc. Lat.*, 237 à 239.)

Désinences remarquables de certains verbes.

179. * Plusieurs verbes, dérivés de verbes plus courts (ayant une syllabe de moins), prennent certaines terminaisons qui modifient la signification de leurs primitifs (*cantare*, chanter, *cantitare*, chanter souvent).

Les plus remarquables de ces verbes sont les *inchoatifs*, les *fréquentatifs*, les *diminutifs* et les *désidératifs*.

1° Verbes inchoatifs, en sco.

Les verbes terminés en *sco* expriment le commencement ou l'accroissement d'une action. On les appelle, pour cela, *inchoatifs* (de *inchoare*, commencer). Ils sont tous de la 3ᵉ conjugaison, et se tirent de la seconde pers. du sing. du présent de l'indicatif du verbe primitif, à laquelle on ajoute *co* : tremo, is, *je tremble ;* tremisco, *je commence à trembler.*

(Labare, *chanceler*), labasco, labascere, *s'ébranler.*
(Ardere, *être en feu*), ardesco, ardescere, *s'enflammer.*
(Gemere, *gémir*), gemisco, gemiscere, *commencer à gémir, soupirer.*
(Dormire, *dormir*), dormisco, dormiscere, *s'endormir.*

Il y a aussi des *inchoatifs* qui viennent d'un nom ou d'un adjectif :

(Puer, *enfant*), puerasco, puerascere, *faire l'enfant.*
(Dulcis, e, *doux*), dulcesco, dulcescere, *s'adoucir.*

Quelques autres sont terminés en *ico*, *icare*, et appartiennent à la 1ʳᵉ conjugaison :

(Albere, *être blanc*), albico, albicare, *devenir blanc.*
(Niger, *noir*), nigrico, nigricare, *faire devenir noir*, etc.

6.

2° *Verbes fréquentatifs*, en *ito, itare.*

Les verbes terminés en *ito, itare* marquent la fréquence, la répétition de l'action ; c'est pourquoi on les nomme *fréquentatifs.* Ils sont tous de la 1re conjugaison. Ils sont formés du supin des verbes d'où ils dérivent (*).

(Clamare, *crier*), clamito, clamitare, *crier à plusieurs reprises.*
(Dicere, *dire*), dictito, dictitare, *dire souvent, répéter.*
(Facere, *faire*), factito, factitare, *faire souvent.*
(Dormire, *dormir*), dormito, dormitare, *dormir souvent.*
(Ire, *aller*), ito, itare, *aller fréquemment.*
(Vertere, *tourner*), verso, versare, *tourner en tous sens.*
(Minari, *menacer*), minitor, minitari, *menacer souvent*, etc.

En voici un qui appartient à la 3e conjugaison :

(Videre... visum, *voir*), viso, visere, *visiter.*
(*Et* visito, visitare, *visiter, voir souvent.*)

3° *Verbes diminutifs*, en *llo, llare.*

Il y a aussi quelques verbes en *llo, llare* qui marquent diminution ou lenteur dans l'action, et qu'on appelle *diminutifs.* Ils sont de la 1re conjugaison :

(Cantare, *chanter à haute voix*), cantillo, cantillare, *chanter à voix basse, fredonner.*
Oscillo, oscillare, *aller et venir lentement, osciller*, etc.

4° *Verbes désidératifs*, en *urire.*

Les verbes terminés en *urire* (de *urere*, brûler), expriment un désir vif et ardent, un besoin pressant de faire l'action. Ils sont tous de la 4e conjug., et se forment du supin passif de leurs primitifs, auquel on ajoute *rio :*

(Canere... cantum, *chanter*), canturio, canturire, *avoir grande envie de chanter.*
(Edere... esum, *manger*), esurio, esurire, *avoir grand désir de manger, avoir faim.*
[Parere... partum, *enfanter*), parturio, parturire, *être sur le point d'enfanter.*

Noms français tirés de supins latins.

180. Un grand nombre de noms français dérivent de supins latins. En voici seulement quelques-uns, que nous tirons de supins divers, afin que les élèves s'exercent à en chercher d'autres :

Ago... actum, *acteur, action.*	Colo... cultum, *culture.*
Amo... amatum, *amateur.*	Dico... dictum, *diction, dictée.*
Capio... captum, *capture.*	Do... datum, *datif.*

(*) Il y en a qui ont une terminaison autre que *itare.* Il faut surtout, pour les reconnaître, voir s'ils dérivent du supin d'un verbe plus court : *Missiculo, missiculare*, envoyer souvent ; *viso, visere,* visiter, etc. (de *mitto* et de *video*).

Doceo... doctum, *docteur.*
Faveo... fautum, *fauteur.*
Fingo... fictum, *fiction.*
Frico... frictum, *friction.*
Lego... lectum, *lecture.*
Moveo... motum, *moteur.*
Peto... petitum, *pétition.*
Punio... punitum, *punition.*
Sepelio... sepultum, *sépulture.*
Solvo... solutum, *solution.*
Sto... statum, *station.*
Torqueo... tortum, *torture.*

Voco... vocatum, *vocatif.*

—

Rideo... risum, *risée.*
Video... visum, *vision.*
Mitto... missum, *mission.*
Mordeo... morsum, *morsure.*
Tondeo... tonsum, *tonsure.*
Verto... versum, *version.*

—

Flecto... flexum, *flexion.*
Reflecto... reflexum, *réflexion.*
Fluo... fluxum, *fluxion,* etc.

Rem. La plupart des supins sont terminés en *tum.*

LE PARTICIPE.

181. Le *participe* (de *particeps,* participant) est ainsi appelé parce qu'il tient du verbe et de l'adjectif. Comme *verbe,* il a un complément : *aimant Dieu, aimé de Dieu;* comme *adjectif,* il qualifie les noms : *un homme aimant, la vertu aimée.* En latin, le participe se décline et prend le genre du nom ou du pronom auquel il se rapporte : *amans, tis; amatus, amata, amatum* (homo *amans,* virtus *amata*).

182. Il y a trois participes, pour répondre aux trois époques (97) : le participe *présent,* le participe *passé* et le participe *futur.*

183. Tous les participes *présents* se déclinent sur *prudens* (53); les participes *passés* et les participes *futurs,* sur *bonus, a, um* (49).

184. Les verbes *actifs* ont deux participes seulement : le participe *présent,* comme *amans, monens, legens, audiens,* et le participe *futur,* comme *amaturus, moniturus, lecturus, auditurus.*

185. Les verbes *passifs* n'ont également que deux participes : le participe *passé,* comme *amatus, monitus, lectus, auditus,* et le participe *futur,* comme *amandus, monendus, legendus, audiendus.*

186. Les verbes *déponents* seuls ont les trois participes, avec signification active : Part. présent : *imitans, pollicens, utens, blandiens;* part. futur : *imitaturus, polliciturus, usurus, blanditurus;* part. passé de signification active : *imitatus,* ayant imité; *pollicitus,* ayant promis; *usus,* s'étant servi; *blanditus,* ayant flatté.

Plusieurs de ces verbes ont encore un participe futur pas-

sif, comme *imitandus, pollicendus, utendus.* (Nous avons vu (155-Nota), que les verbes déponents à sens *neutre* n'ont pas ce participe futur passif.)

187. Rem. Deux de ces participes, le participe *présent* et le participe *passé*, peuvent, lorsqu'ils sont employés comme adjectifs, prendre les trois degrés de qualification (58 et suiv.) : *amans, amantior, amantissimus; — paratus, paratior, paratissimus,* etc. (V. *Exerc. Lat.*, 239.)

188. QUESTIONNAIRE.

Du verbe.

93. Qu'est-ce que le *verbe*? d'où vient ce mot? combien y a-t-il de verbes en réalité? — Comment s'appelle le verbe *esse*? — D'où vient que les autres mots appelés *verbes* sont ainsi nommés? — Comment divise-t-on les verbes?

Modifications du verbe.

94. Qu'entend-on par *modifications* du verbe?

95 Qu'est-ce que le *nombre* dans le verbe? — Combien y a-t-il de nombres? expliquez-les.

96. Qu'est-ce que la *personne* dans le verbe? combien y a-t-il de personnes? expliquez-les.

97. Qu'est-ce que le *temps* dans un verbe? — En combien d'époques divise-t-on la durée? — Combien y a-t-il de temps principaux?

98. Combien y a-t-il de formes pour le temps appelé *présent*? — pour le *passé*? — pour le *futur*?

99. Qu'est-ce que le *mode*? — Combien y a-t-il de modes en latin? — Quels sont-ils et que signifient-ils? — Qu'est-ce que le *supin* et le *gérondif*? — De quel mode dépendent-ils? — Quel mode existe en français et manque en latin? — Par quoi y supplée-t-on? — Qu'en-

tend-on par modes *personnels*? — par modes *impersonnels*?

100. Comment divise-t-on les temps des verbes? — qu'entendez-vous par temps *primitifs*? — par temps *dérivés*?

101. Qu'est-ce que le *radical* d'un verbe? — Qu'est-ce que la *terminaison*?

102. Qu'entend-on par *conjuguer* un verbe?

103. Combien y a-t-il de conjugaisons? — Par quoi les distingue-t-on? — Expliquez la *première*, — la *seconde*, — la *troisième*, — la *quatrième*.

Verbe esse.

104. Que remarquez-vous sur le verbe *esse*?

105. Dans quel cas le nomme-t-on verbe *substantif*? — verbe *auxiliaire*?

106. * Que remarquez-vous sur l'*impératif* de ce verbe? sur la forme *forem, fores, foret, forent*? — sur le *futur* simple et le futur antérieur de l'indicatif? — *Quels sont les radicaux du verbe *sum*?

107. Quels verbes suivent la conjugaison de *sum*? — De quoi se composent-ils? — Que suffit-il de faire pour les conjuguer facilement et sans fautes? — Qu'y a-t-il à remarquer sur *prosum* et *possum*?

Verbes attributifs.

108. Quels sont les différents verbes *attributifs ?*

Verbes actifs.

109. Qu'est-ce que le verbe *actif ?* — A quoi le reconnaît-on en français ? — Comment se terminent les verbes actifs ?

110. Combien compte-t-on de radicaux dans les temps primitifs ? — Que faut-il faire pour les reconnaître ? — Quel est le radical des temps dérivés ? — De quel verbe viennent les terminaisons des temps formés du *parfait ?* — Ces terminaisons sont-elles les mêmes dans toutes les conjugaisons ? — Qu'arrive-t-il lorsqu'un temps primitif manque ? — — Comment se forme la 3e pers. de l'*impératif ?*

111. Conjugaison de *moneo.* — Qu'est-ce que le radical redoublé ?

112. Conjugaison de *lego.*

113. Conjugaison de *audio.*

114. Conjugaison de *accipio.* En quels points ce verbe tient-il de la 3e et de la 4e conjugaison ? *(1° et 2°).*

3° Sur quel modèle se décline le participe *présent* des verbes actifs ? — 4° Quelle est la terminaison du part. *futur,* et quel modèle suit ce participe ? — 5° De quel participe manquent les verbes actifs ?

115 A quel temps fait-on une syncope ? — Comment se fait-elle ?

Des temps des verbes.

116. Combien y a-t-il de temps primitifs ?

117. Dites quels sont les temps primitifs.

118. Formation des temps dérivés.

119 à 123. Quels temps dérivent du *présent* de l'indicatif, et comment se forment-ils ?

124 à 128. Quels temps sont dérivés du *parfait* de l'indicatif, et comment se forment-ils ?

129, 130. Quels temps dérivent du *présent* de l'infinitif, et comment se forment-ils ?

131, 132. Quels temps dérivent du *supin,* et comment se forment-ils ?

133 *. Dans le principe il n'y avait qu'une seule conjugaison ; quelle était-elle ? — Que sont les autres conjugaisons relativement à celle-là ? — Expliquez, pour chacune, les contractions dont il s'agit.

134. Que représente le *radical ?* — la terminaison ? — Expliquez comment le verbe *esse* se trouve uni au radical dans les verbes attributifs.

Verbes passifs.

135. Qu'est-ce que le verbe *passif ?* — D'où vient le mot *passif ?*

136. Comment divise-t-on les temps des verbes passifs ?

137. Qu'entend-on par temps *simples ?*

138. Qu'entend-on par temps *composés ?*

139. Quels sont les deux radicaux à connaître pour conjuguer un verbe passif ? — D'où se forme le participe passé ?

140. Expliquez comment se forme le passif pour chaque personne.

141. A quel mode de l'actif est semblable l'impératif passif ? — A quelle personne est semblable la 2e pers. plur. de l'impératif ?

142. Comment se forme l'infinitif passif dans les quatre conjugaisons ?

143. Les verbes passifs ont-ils un

participe *présent* comme le
français *étant aimé*, etc. ? —
D'où se forme le participe
passé? — le part. *futur?*
144. De quoi se compose le *futur*
de l'infinitif? — Qu'y a-t-il à
observer sur la double forme
de ce temps?
145. D'où se tire le supin passif?
146. Première conjugaison passive (*amor*).
147. Seconde conjug. passive
(*moneor*).
148. Troisième conjug. passive
(*legor*).
149. Quatrième conjug. passive
(*audior*).
150. Troisième conjug. passive
mixte (*accipior*).
* Citez des cas où le *présent* passif en français se rend par le
passé en latin ; l'*imparfait* par
le *plus-que-parfait*, etc. —
N'y a-t-il pas des cas où le passif latin se traduit par l'actif
français, sans que l'idée qu'on
veut exprimer soit changée ?
Donnez et expliquez des exemples.

Verbes neutres.

151. Qu'est-ce que les verbes
neutres? — Comment se conjuguent ces verbes?

Verbes déponents.

152. Qu'entend-on par verbes
déponents?
153. Comment conjugue-t-on les
verbes déponents?
154. Quels temps peuvent avoir
la signification passive? — Y
a-t-il des verbes déponents
des quatre conjugaisons?
155. Première conjugaison (*imitor*).
156. Seconde conjug. (*polliccor*).
157. Troisième conjug. (*utor*).
158. Quatrième conjug. (*blandior*).

159. Troisième conjug. mixte
(*patior*).
REM. 1° A quels verbes français
répondent les verbes *déponents*, en général? 2° Quels
sont les trois verbes déponents
dont le part. futur actif se tire
d'un autre temps que du *supin* (*morior, nascor* et *orior*)?
— 3° Quel est le part. que
l'on trouve dans les verbes déponents et qui manque dans
les verbes actifs? — 4° Citez
pourtant des exemples de
part. passés ayant le sens passif.
Conjugaison périphrastique.
159 * *bis*. Qu'est-ce que la conjugaison *périphrastique?* Expliquez-en quelques temps
avec la forme *active* et avec
la forme *passive*.

Verbes semi-déponents.

160. Qu'entend-on par verbes
semi-déponents? à quelles conjugaisons appartiennent-ils?

Verbes irréguliers.

161. Qu'entendez-vous par verbes irréguliers? — Sur quels
temps se portent les irrégularités? — Pourquoi?
162. Conjugaison du passif *feror*. Expliquez les irrégularités de *fero*, tant à l'actif qu'au
passif.
163. Conjugaison du verbe *edo*.
A quelles observations ce verbe
donne-t-il lieu?
164. Conjugaison de *fio*. Que
remarquez-vous sur ce verbe?
165. Qu'y a-t-il à dire sur le
verbe *eo* (radical, conjugaison,
etc.)?
166. De quoi se compose le verbe
queo? sur quel modèle se con-
jugue-t-il?

Verbes défectifs.

167. Qu'est-ce qu'un verbe *dé-*

fectif? — Expliquez les altérations du radical et de la terminaison dans le verbe *volo*. — Quels temps manquent à ce verbe?

468. A quelles observations donne lieu le verbe *nolo*?

469. Qu'y a-t-il à dire sur le verbe *malo*?

470. Que remarquez-vous sur le verbe *memini*? sur les verbes *cœpi, novi* et *odi*?

471. Qu'y a-t-il à dire sur le verbe *aio*?

472. Sur le verbe *inquam*?

473. Citez quelques-uns des verbes qui ne s'emploient qu'à un très petit nombre de temps et de personnes. — Qu'y a-t-il à observer en particulier sur l'emploi des impératifs, *ave, salve, vale*?

Verbes unipersonnels.

474. Qu'est-ce qu'un verbe *unipersonnel* ou *impersonnel* (oportet)? — Dans quel cas un verbe est-il *impersonnel* ou *essentiellement unipersonnel?* — Dans quel cas est-il *unipersonnel* ou *accidentellement impersonnel?*

475. Citez quelques verbes qui viennent d'une conjugaison complète, et qui changent de signification en devenant *unipersonnels*. (Interest, constat, præstat, etc.)

476. Qu'y a-t-il à dire sur les unipersonnels *pœnitet, pudet, piget, tœdet*, et *miseret*? Quels sont les deux qui seuls aient les participes? D'où vient que le nom ou pronom qui précède ces verbes se met toujours à l'accusatif?

477. Comment se forment les verbes unipersonnels *passifs?* — A quoi répond en français

le verbe latin ainsi employé (*dicitur*)?

478. Les verbes neutres peuvent-ils avoir un passif? — Citez des exemples.

Désinences remarquables de certains verbes.

479. Qu'entend-on par verbes *inchoatifs?* — Quelle en est la terminaison? — De quelle conjugaison sont-ils, et comment se forment-ils? — Citez-en qui viennent d'un *nom* ou d'un *adjectif.* — A quelle conjugaison appartiennent ceux qui sont terminés en *ico?* — 2° Qu'est-ce que les verbes *fréquentatifs?* — Quelle en est la terminaison? — De quelle conjugaison sont-ils, et d'où se tirent-ils? — Citez celui qui est de la troisième conjugaison. — 3° Qu'entendez-vous par verbes *diminutifs?* — Quelle en est la terminaison, et à quelle conjugaison appartiennent-ils? — 4° Que signifient les verbes *désidératifs?* Comment sont-ils terminés? De quelle conjugaison sont-ils, et comment se forment-ils?

480. Citez des noms français tirés des *supins* des verbes latins.— Quelle est la terminaison la plus fréquente des supins?

Du participe.

481. Que signifie le mot *participe?* — Qu'y a-t-il à dire sur ce mot?

482. Combien y a-t-il de participes? — Quels sont-ils?

483. A quelles déclinaisons appartiennent les divers participes?

484. Combien les verbes *actifs* ont-ils de participes?— Dites-les.

185. Combien les verbes *passifs* en ont-ils?

180. Combien en ont les verbes *déponents?* — Expliquez-les.

187. Quels participes peuvent prendre les trois degrés de qualification?

MOTS INVARIABLES. (V. n° 1.)

DE L'ADVERBE.

189. L'*adverbe* est un mot invariable qui modifie l'action exprimée par le verbe, auprès duquel il se place ordinairement; c'est de là que lui vient son nom d'*adverbe* (ad-verbum) : *il parle éloquemment*. Il peut aussi se joindre aux adjectifs, aux noms qui expriment une qualité, et même aux adverbes : *Vraiment sage, vraiment roi, assez prudemment* (*verè* sapiens, *verè* rex, *satis* prudenter).

190. Il y a différentes sortes d'adverbes.

191. *Adverbes de temps.*

(Questions *quandò, quandiù*.)

Quandò, *quand?*	Nunc, *maintenant.*
Hodiè, *aujourd'hui.*	Manè, *le matin.*
Heri, *hier.*	Vesperè, *le soir.*
Cras, *demain.*	Interdiù, *le jour.*
Perindiè, *après demain.*	Noctù, *de nuit.*
Pridiè, *la veille.*	Olim,) *autrefois, jadis,*
Postridiè, *le lendemain.*	Quondam,) *un jour.*
Mox, *bientôt.*	Diù, *longtemps.*
Tùm, tunc, *alors.*	Quandiù, *combien de temps?*
Semper, *toujours.*	Nunquàm, *jamais,* etc., etc.

192. *Adverbes de lieu.*

Ces adverbes expriment quatre circonstances différentes : le lieu où l'*on est*, le lieu d'où l'*on vient*, le lieu par où l'*on passe*, et le lieu où l'*on va*.

1° *Lieu où l'on est.*

Ubi, *où?*
Ibi, *là, y, en ce lieu.*
Hic, *ici* (*où je suis*).
Istic, *là* (*où tu es*).
Illic, *là* (*où il est*), etc.

2° *Lieu d'où l'on vient.*

Undè, *d'où?*
Indè, *de là.*
Hinc, *d'ici* (*où je suis*).
Istinc, *de là* (*où tu es*).
Illinc, *de là* (*où il est*), etc.

3° *Lieu par où l'on passe.*

Quà, *par où?*
Eà, *par là.*
Hàc, *par ici* (*où je suis*).
Istàc, *par là* (*où tu es*).
Illàc, *par là* (*où il est*), etc.

4° *Lieu où l'on va, où l'on vient.*

Quò, *où?*
Eò, *là, y, vers ce lieu.*
Hùc, *ici* (*où je suis*).
Istùc, *là* (*où tu es*).
Illùc, *là* (*où il est*), etc.

Nota. Plusieurs autres adverbes de lieu sont indiqués à la syn-
táxe des adverbes.

193. Rem. La première classe de ces adverbes s'emploie avec un
verbe d'*état*, et les trois autres avec un verbe de *mouvement*.

194. *Adverbes de manière.*

Les adverbes de *manière* répondent à la question *comment?...* Ils dérivent, pour la plupart, d'adjectifs qualificatifs,
et se forment de la manière suivante :

1° En changeant *i* du génitif en *è* dans les adjectifs de la
seconde déclinaison :

Doctus, docti, *savant ;* doctè, *savamment.*
Malus, mali, *mauvais ;* malè, *mal.*
Piger, pigri, *paresseux ;* pigrè, *lentement.*
Miser, miseri, *malheureux ;* miserè, *malheureusement.*
Excepté *bonus, i* (bon), qui fait *benè,* bien.

2° Dans les adjectifs de la troisième déclinaison, en changeant *is* du génitif en *iter :*

Celeber, celebris, *célèbre ;* celebriter, *avec célébrité.*
Felix, felicis, *heureux ;* feliciter, *heureusement.*
Fortis, fortis, *courageux ;* fortiter, *courageusement.*
Cependant *audax, audacis* (hardi), fait *audacter,* hardiment.

3° Dans les adjectifs en *ans* et en *ens,* dont le génitif se
termine toujours par *tis,* on forme l'adverbe en changeant *is*
en *er :*

Constans,-antis, *constant ;* constanter, *constamment.*
Prudens,-entis, *prudent ;* prudenter, *prudemment.*

4° Plusieurs adverbes d'ordre, de rang, de manière ne sont
autre chose que l'*ablatif* ou l'*accusatif neutre* des adjectifs :

Ablatif : Primò, *premièrement,* de *primus,* premier.
Falsò, *faussement,* de *falsus,* faux.
Citò, *rapidement,* de *citus,* rapide.
Brevì, *bientôt,* de *brevis,* court.
Accusatif : Primùm, *premièrement,* de *primus,* premier.
Dulcè, *doucement,* de *dulcis,* doux.
Facilè, *facilement,* de *facilis,* facile.
Recens, *récemment,* de *recens,-tis,* récent.

5° Plusieurs autres se terminent en *tim* et en *sim :*

Furtìm, *furtivement.* Cursìm, *en courant.*
Raptìm, *rapidement.* Vicissìm, *tour-à-tour.*

COMPARATIF ET SUPERLATIF DANS LES ADVERBES.

195. Les adverbes de manière, formés d'adjectifs, ont,
comme ceux-ci, un *comparatif* et un *superlatif.*

Ils prennent pour *comparatif*, le comparatif *neutre* des adjectifs :

Doctus, a, um, *savant;* comp. neut. *doctius*, plus savant; adv. doctiùs, *plus savamment.*

Le superlatif se tire de celui de l'adjectif par le changement de *i* du génitif en *è : doctissimus, i, très savant*, doctissimè, *très savamment.*

Positif.	Comparatif.	Superlatif.
Doctè,	Doctiùs,	Doctissimè.
savamment,	*plus savamment,*	*très savamment.*
Miserè,	Miseriùs,	Miserrimè.
malheureusement,	*plus malheureusement,*	*très malheureusement.*
Fortiter,	Fortiùs,	Fortissimè.
courageusement,	*plus courageusement,*	*très courageusement.*
Citò,	Citiùs,	Citissimè.
vite,	*plus vite,*	*très vite.*
Benè,	Meliùs,	Optimè.
bien,	*mieux,*	*très bien.*
Malè,	Pejùs,	Pessimè.
mal,	*plus mal,*	*très mal.*
Maturè,	Maturiùs,	Maturissimè *ou* Maturrimè.
promptement,	*plus tôt,*	*très promptement* (64-2°).

Rem. Quelques adverbes qui ne dérivent point d'adjectifs, ont aussi un comparatif et un superlatif, ou l'un des deux seulement.

Sæpè,	Sæpiùs,	Sæpissimè.
souvent,	*plus souvent,*	*très souvent.*
Diù,	Diutiùs,	Diutissimè.
longtemps,	*plus longtemps,*	*très longtemps.*
Satis,	Satiùs,	(sans superl.)
assez,	*mieux, plutôt.*	
Nuper,	(sans comp.)	Nuperrimè.
récemment,		*très récemment.*
(sans positif),	Potiùs,	Potissimè.
	plutôt,	*principalement.*

Rem. Certains adverbes commençant par *per* comme certains adjectifs (69), expriment aussi un superlatif : *perfacilè*, très facilement; *perlibenter*, très volontiers, etc.

196. Adverbes de quantité.

Quotiès, *combien de fois?*	Quinquiès, *cinq fois.*
Totiès, *tant, autant de fois.*	Quantùm, *combien?*
Semel, *une fois.*	Aliquantùm, *quelque peu.*
Bis, *deux fois.*	Tantùm, *tant, autant.*
Ter, *trois fois.*	Multùm, *beaucoup.*
Quater, *quatre fois.*	Parùm, *peu, trop peu.*

Paulùm, *peu, un peu.*
Plùs, ampliùs, *plus, davantage.*
Minùs, *moins.*

Satis, *assez.*
Nìmis, nimiùm, *trop, etc.*

197. *Adverbes d'interrogation.*

An,
Ne,
Anne, } *est-ce que?*

Annon,
Nonne, } *n'est-ce pas que?*

Nùm, *est-ce que? (nùm* suppose une réponse négative).

Cur,
Quarè,
Quî, quid ? } *pourquoi?*

Quomodò,
Quî? } *comment ?*

Quandò, *quand?*
Ubi, *où?*

198. *Adverbes d'affirmation.*

Ità, *ainsi, oui.*
Etiam, *même, oui.*
Næ, certè, sanè,
Profectò (pro facto), } *certaine-ment, cer-tes.*

Quidem, } *à la vérité,*
Equidem, } *sans doute.*
Nimirùm (nil mi-rum), } *sans doute.*

Scilicet (scire li-cet),
Videlicet (videre licet), } *c'est-à-dire, sans doute.*

Hoc est,
Id est, } *c'est-à-dire.*

En,
Ecce, } *voici, voilà.*

Aux adverbes d'*affirmation* se rattachent certaines expressions par lesquelles les Latins prenaient en quelque sorte les dieux à témoin.

Hercles, herculè, herclè,
Mehercules, meherculè, meherclè,
Medius fidius (*), } *par Hercule, certes, certaine-ment, je le jure.*

Pol *pour* Pollux, *par Pollux.*
Edepol *ou* Ædepol, *par le temple de Pollux.*
Ecastor *ou* me Castor (Ter.), *par Castor.*
Eccere (Plaut), *par Cérès.*

199. *Adverbes de négation.*

Non, *non, ne... pas.*
Haud, *ne... point...*
Nec, *et... ne pas.*
Ne... quidem, *ne pas même.*

Nequaquàm,
Haudquaquàm,
Neutiquàm,
Minimè. } *nullement, pas du tout, en au-cune façon.*

200. *Adverbes de doute.*

Fortassè, *peut-être, probablement.*

(*) *Dius fidius* est pour *Deus fidei,* le dieu de la bonne foi (Hercule). — *Me Hercules* est pour *me* (acc.) *Hercules,* sous-entendu *adjuvet* (qu'Hercule me soit en aide). — *Me Herculè,* pour *me* (acc.) *Hercule* (abl.), sous-entendu *adjuvante* (Hercule m'étant en aide). — *Herclè,* pour *Herculè,* même explication, etc.

Forsitan (fors sit an),   } *peut-être, il se pourrait que.*
Forsan (fors an),
Fortè, *par hasard.*

201. *Adverbes de comparaison, de ressemblance.*

Sic,
Ità,
Item,   } *ainsi, de même.*
Perindè,

Pariter, *pareillement.*
Quoque, *aussi.*
Quemadmodùm (ad quem modum), *comme, de même.*

202. *Adverbes d'union, d'assemblage.*

Simul, unà, *ensemble.*
Conjunctìm, *conjointement.*

Universatìm, } *généralement,*
Universè,   } *en général.*

203. *Adverbes de division.*

Alioqui, alioquin, *d'ailleurs.*
Aliter, *autrement.*

Privatìm, *séparément.*
Seorsìm, *à part.*

204. *Adverbes d'intensité.*

On appelle adverbes d'*intensité* ceux qui expriment l'étendue de l'action ou de la qualité, et qui répondent à la question *jusqu'à quel point?* Tels sont les suivants :

Quantoperè (quanto opere), *jusqu'à quel point? combien?*
Quatenùs, *jusqu'à quel point?*
Magnoperè,
(magno opere), } *beaucoup.*
Valdè,
Adeò, *tant, jusqu'à ce point.*
Tàm, *tant, si, tellement.*

Duntaxat, } *seulement.*
Modò,   }
Hactenùs, *jusqu'ici.*
Omninò, prorsùs, *tout-à-fait.*
Partìm (*acc.* de pars), *en partie.*
Ferè, fermè, *presque, d'ordinaire.*
Pœnè, propemodùm, *presque.*
Saltem, certè, *du moins.*
Vix, *à peine.* (V. *Exerc. Lat.* 240.)

DE LA PRÉPOSITION.

205. La *préposition* est un mot invariable qui sert à lier et à mettre en rapport deux termes d'une phrase.

Ainsi quand on dit : *mourir* pour *la patrie* (mori *pro* patriâ), le mot *pour* unit ensemble les deux termes *mourir... patrie,* et fait voir, par sa propre signification (*en faveur de*), le rapport qui existe entre eux : ce mot *pour* est donc une préposition.

Nous allons vers *la ville* (imus *ad* urbem) : ici la préposition est le mot *vers*; en unissant les deux termes *allons... ville,* elle marque aussi le rapport de *tendance* qui existe entre eux.

La signification même de la préposition indique l'espèce de rapport qui existe entre les deux termes qu'elle unit.

Le mot qui suit la préposition, qui en complète le sens, en est le *complément*. La préposition (de *præpositus*, placé devant) est ainsi appelée, parce qu'elle précède ordinairement son complément.

206. Parmi les prépositions, *trente* veulent leur complément à l'*accusatif* :

Ad, *à, vers, pour, chez*.
Adversùm, ⎫
Adversùs, ⎬ *contre, vis-à-vis de*.
Antè, *avant, devant*.
Apud, *chez, devant, auprès de*.
Circà, *aux environs de*.
Circùm, *autour de*.
Cis, ⎫
Citrà, ⎬ *deçà, en deçà de*.
Contrà, *contre, vis-à-vis de*.
Ergà, *envers, à l'égard de*.
Extrà, *hors de, excepté*.
Infrà, *sous, au-dessous de*.
Inter, *entre, parmi*.
Intrà, *au-dedans de*.
Juxtà, *auprès de, selon*.

Ob, *pour, devant, à cause de*.
Penès, *en la puissance de*.
Per, *par, pendant, au travers de*.
Ponè, *après, derrière*.
Post, *après, depuis*.
Præter, *excepté, au-delà de*.
Propè, *près, auprès de*.
Propter, *pour, à cause de*.
Secundùm, *le long de, selon, après* (de sequi, suivre).
Secùs, *auprès de, le long de*.
Suprà, *sur, au-dessus de*.
Trans, ⎫
Ultrà, ⎬ *au-delà de*.
Versùs, *vers, du côté de*.

Rem. *Versùs* se place après son complément : *Orientem versùs*, vers l'Orient.

207. *Douze* prépositions veulent leur complément à l'*ablatif* :

A, ab, abs, *de, par, depuis*.
Absque, *sans*.
Clàm, *à l'insu de*.
Coràm, *devant, en présence de*.
Cum, *avec*.
De, *de, sur, touchant*.
E, ex, *de, depuis, par*.

Palàm, *devant, en présence de*.
Præ, *devant, à cause de, en comparaison de*.
Pro, *pour, au lieu de, selon, devant*.
Sine, *sans*.
Tenùs, *jusqu'à*.

208. Rem. 1° *à* se place toujours devant une consonne : *vacuus à curis*, exempt de soucis ; — *ab* se met plus particulièrement devant les voyelles : *ab ejus morte* (depuis sa mort) ; on rencontre quelquefois *ab* avant les consonnes *d, j, l, n, r, s*. — *Abs* s'emploie rarement, excepté devant le pronom *te* (*abs te*), et dans les verbes composés, comme *abscondere* (cacher).

2° *Cum* se met après l'ablatif des pronoms *ego, tu, suî, nos, vos*, et *qui, quæ, quod* : *mecum*, avec moi ; *tecum*, avec toi,... *vobiscum*, avec vous ;... *quocum*, avec lequel ; *quibuscum*, avec lesquels, etc. Dans les autres cas, *cum* se place avant son complément.

3° *È* se place toujours devant une consonne : *ex*, devant plusieurs consonnes et devant toutes les voyelles.

4° *Clàm* et *palàm* sont rarement employés comme *prépositions*, mais souvent comme *adverbes*.

5° *Tenùs* se place toujours après son complément : *capulo tenùs* (jusqu'à la poignée). — Si le complément est du pluriel, *tenùs* le veut au *génitif*, en poésie surtout : *crurum tenùs* (jusqu'aux jambes); *aurium tenùs* (jusqu'aux oreilles).

209. *Quatre* prépositions veulent leur complément à l'*accusatif*, après un verbe qui marque mouvement, déplacement, et à l'*ablatif*, si le verbe exprime l'état et non le mouvement :

In, *en, dans, sur, contre.*   Subter, *au-dessous de.*

Sub, *sous.*   Super, *sur, au-dessus de.*

Exempl.: Eo in urbem , *je vais* dans *la ville;*
          Sum *in* urbe, *je suis* dans *la ville.*

Sub : *Sæpè est sub palliolo sordido sapientia* (Cic.), souvent la sagesse se trouve *sous* un manteau malpropre ;
Rabiosi canes caudam sub alvum reflectunt (Plin.), les chiens enragés replient leur queue *sous* le ventre.

Rem. *Subter* et *super* se rencontrent quelquefois avec l'*accusatif*, même après un verbe qui ne marque pas mouvement :
Grues dormiunt capite subter *alam condito* (Plin.), les grues dorment la tête cachée *sous* l'aile ;
Super aspidem assidere (Curt.), s'asseoir *sur* un aspic.

210. Plusieurs des prépositions ci-dessus s'emploient sans complément, et alors elles deviennent *adverbes : antè, auparavant; post, ensuite;* circùm, *à l'entour;* subter, *par-dessous;* super, *par-dessus;* clàm, *en secret;* palàm, *ouvertement, en public;* circiter, *environ,* etc. (Ces trois derniers mots surtout sont presque toujours *adverbes.*)

D'autres mots, au contraire, qui sont essentiellement adverbes, deviennent *prépositions*, quand ils ont un complément; tels sont : *citra,* contre, vis-à-vis de ; *circà,* en deçà de ; *contrà,* contre, vis-à-vis de ; *juxtà,* à côté de ; *ponè,* derrière ; *supra,* au-dessus de; *ultrà,* au-delà de, etc.

Ces mots peuvent s'appeler *prépositions-adverbes,* en raison de leur double emploi, et les mots français qui y répondent sont exactement dans le même cas.

Comparatifs et superlatifs tirés de prépositions.

211. Quelques prépositions et certains adjectifs venant eux-mêmes de prépositions servent à former des comparatifs et des superlatifs.

Prépos.	Comp.	Superl.
Citrà,	citerior, *citérieur,*	citimus, *le plus en deçà.*
De,	deterior, *moins bon, pire* et deterrimus, *le pire.*	

Ex (exter ou *exterus*), exterior, *extérieur,* extremus et extimus, *extrême, le dernier.*

In, infrà, inferior, *inférieur,* infimus et imus, *le plus bas.*

In, intrà, interior, *intérieur,* intimus, *le plus en dedans, intime.*

Post (poster ou *posterus*), posterior, *postérieur,* postremus, *le dernier.*

Præ, prior, *le premier des deux,* primus, *le premier de tous.*

Propè, propior, *plus proche,* proximus, *le plus proche.*

Super (*superus*), superior, *supérieur*, supremus *et* summus, *le plus haut.*

Ultrà, ulterior, *ultérieur,* ultimus, *le dernier, le plus éloigné.*

DE LA CONJONCTION.

212. La *conjonction* (de *conjungere,* joindre ensemble) est un mot invariable qui sert à lier entre elles deux propositions, ou deux parties d'une même proposition : *Je ne sais si vous écoutez* (nescio *an* audias); — l'histoire *et la géographie sont utiles* (hist⊃ria *et* geographia sunt utiles).

Dans le premier exemple, deux propositions sont liées par la conjonction *si*; dans le second, deux sujets le sont par la conjonction *et*.

Voici la liste des principales conjonctions :

Français.	Latin.
Au reste,	*cæterùm.*
Et,	*ac, atque, et, que* (que après un mot).
Ou (ou bien),	*aut, ve, vel.*
Ni,	*nec, neque.*
Mais,	*at, autem, sed, verò, verùm.*
Car,	*enim, etenim, nam, namque, nempè, quippè.*
Cependant,	*tamen, attamen, verumtamen.*
C'est pourquoi,	*ideò, itaque, quamobrem, quapropter, quarè.*
Donc,	*ergò, igitur, itaque.*
Et cependant,	*atqui.*
Or,	*atqui, porrò, autem, verò.*
Afin que,	*ut* (*quò* avec un comparatif).
A moins que,	*nisi,* et par contraction *ni.*
Après que,	*postquàm, posteaquàm.*
Aussitôt que,	*simul ac, statim ut.*
Avant que,	*antequàm, priusquàm* (ou *ante... quàm; priùs... quàm*).
Comme,	*ut, uti, sicut, sicuti, velut, veluti, tanquàm.*
Comme si,	*quasi, perindè ac si.*
De peur que,	*ne.*
Depuis que,	*ut, ex quo* (sous-ent. *tempore*).
De quelque manière que,	*ut ut, utcunque, quomodocunque.*
Dès que,	*ut, ut primùm, ubi primùm, simul ac* ou *atque.*
En tant que,	*ut, utpotè.*
Jusqu'à ce que,	*donec,* quelquefois *dùm.*
Lorsque,	*quùm* ou *cùm, quandò.*
Mais si,	*sin, sin autem, sin verò.*
Parce que,	*quia, quoniam, quòd.*

Pourvu que,	dùm, dummodò, si modò.
Puisque,	quùm ou cùm, quandoquidem.
Que,	ut, et dans une comparaison, quàm.
Que... ne,	quin, quominùs.
Quoique, bien que,	etsi, etiamsi, tametsi, quamvis, quanquàm.
Si,	si; entre deux verbes an, nùm, utrùm.
Sinon,	si non, si minùs, sin minùs, sin aliter.
Soit que,	sive, et par contraction, seu.
Tandis que,	dùm.

213. Rem. 1° *Ac* ne se met guère devant une consonne.

2° *Que* se place toujours après le second des deux mots qu'il unit, et fait corps avec lui : *pater* et *filius*, ou *pater filiusque*, le père et le fils.

3° *Ve* se place également après le second des deux mots qu'il unit : *bis terve*, deux ou trois fois.

4° *Autem* et *verò* se placent toujours après un mot : *ille autem, tu verò*.

5° Lorsque l'expression qui sert de conjonction est formée de plusieurs mots séparés, comme *si modò*, pourvu que; *simul atque* (dès que), etc., on la nomme *locution conjonctive*, comme en français. (V. *Exerc. Lat.*, 242.)

DE L'INTERJECTION (*).

214. L'*interjection* est un mot invariable qui exprime les mouvements vifs et subits de l'âme.

Les principales interjections sont les suivantes :

	Latin	Français.
Joie.	Io! evax! evohe!	*oh! ah! bien! bravo!*
Douleur.	Ah! hei! heu! eheu!	*ah! hélas!*
Indignation.	Proh ! Phui! Apage!	*fi! ho! ah!* *fi! fi donc!* *loin, loin !*
Menace.	Væ!	*malheur à...*
Surprise.	O! papæ! hui! hem!	*oh! oh! ô!*
Pour appeler.	Ohe! heus! eho! ehodum!	*holà! ho!*
Pour encourager.	Eia! euge! age! macte!	*bien! or ça! courage!*

Rem. 1° *Age* fait au plur. *agite*, comme impératif du verbe *agere*. On y joint quelquefois *dum : agedum! agitedum!* allons donc ! courage!

2° *Macte* fait au plur. *macti*. Ce sont des vocatifs de l'ancien adjectif *mactus*, formé lui-même de *magis* et de *auctus* (augere) :

___

(*) L'*interjection* (de *interjacere*, jeter au milieu) est ainsi appelée parce que, sans dépendre d'aucune des autres parties de la phrase, elle s'y mêle, elle s'y jette brusquement, pour lui donner plus d'expression.

macte est donc pour *magis aucte* (esto) ; *macti* pour *magis aucti* (estote), *allons, courage !*

3° Dans certains cas, on emploie comme *interjections* les formules d'invocation aux Dieux, indiquées à la suite des adverbes d'affirmation (n° 198) ci-dessus. (V. *Exerc. Lat.*, 243.)

RACINES, INITIALES ET DÉSINENCES.

215. La connaissance de tous les termes de la langue latine (comme de toute autre langue) dépend de ces trois éléments : *racines, initiales* et *désinences.* L'étude de ces éléments et l'habitude d'y réfléchir peuvent seules faire connaître la valeur et l'analogie des mots , et conduire à l'appréciation exacte de la langue.

DES RACINES.

216. On appelle *racines*, certaines syllabes ou mots primitifs qui servent de base à tous les mots d'une langue.

Toute la nomenclature latine repose sur environ *deux mille cinq cents* racines. Nous en donnons quelques-unes pour mettre l'élève sur la voie de cette étude importante.

217. *Principales racines primitives.*

1° La racine primitive *ac* désigne ce qui est *piquant, pointu, acide, aigre, tranchant :*

Acus, aiguille ; *acumen*, pointe ; *acidus*, acide, aigre ; *acer*, âpre, aigre ; *acies*, pointe, tranchant, etc., etc.

2° Les racines *al, il, ol, ul*, marquent *hauteur, élévation :*

Altus, haut, élevé ; *altare*, autel ; *ilex*, chêne vert ; — *olea*, olivier ; *adolescere*, croître, grandir ; *ulmus*, ormeau.

3° Les racines *cap, cep, cip* (comme dans *accipio, accepi*), *cop, cup,* marquent la *capacité*, l'*abondance*, l'action de *prendre :*

Capax, capable ; *capacitas*, capacité ; — *copa*, hôtellerie ; *copia,* abondance ; — *cupa*, coupe ; *cupiditas*, cupidité , désir de prendre, etc.

4° La racine *fl* annonce l'écoulement d'un *fluide* quelconque, une *exhalaison*, etc. :

Flamen, vent, souffle ; *flamma*, flamme ; *flere*, pleurer ; *flos*, fleur; *fluctus*, flot, vague ; *flumen* ou *fluvius*, fleuve, etc.

5° Les racines *fra, fre, fri, fru,* annoncent un *bruit subit,* une *rupture :*

Fragor, fracas, bruit éclatant ; *fractus* (de *frango*), brisé ; — *fremere*, frémir, faire grand bruit ; — *friare*, mettre en miettes; *fricare*, frotter ; — *frustum*, morceau, fragment ; *frumentum*, froment, etc.

6° Les racines *mel, mol, mul*, désignent ce qui est *doux, mou;* ce qui adoucit : *mel*, miel ; — *mollitia*, délicatesse, mollesse ; — *mulcere*, adoucir ; *mulier*, femme, etc.

7° Les racines *sca, scu, scro, scru,* marquent ce qui est *creux,* ou l'action de *creuser*, de *pénétrer :*

Aug. Br., *Gr. Lat.*   7

Scapha, barque ; *scalpere*, graver en creux ; — *sculpere*, graver, sculpter ; — *scrabs*, fosse ; *scutum*, bouclier ; — *scrutari*, sonder, etc.

8° Les racines *sta, ste, sto, stu*, indiquent la *fixité*, l'*immobilité*, ce qui ne change point d'*état*, etc. :

Stare, être debout ; *statuere*, établir, fixer ; *statua*, statue ; — *stella*, étoile ; *stirps*, tronc, souche ; — *stoïcus*, stoïcien, inébranlable dans ses principes ; — *stupere*, rester immobile ; *stupidus*, stupide, interdit ; *studere*, s'attacher à, etc.

218. Rem. Il ne faut pas confondre les *racines* avec les *radicaux*, dont il a été question aux déclinaisons et aux conjugaisons. Les *radicaux* sont des racines *secondaires* qui ont pour base des racines *primitives*, et qui servent à indiquer seulement la partie *invariable* d'un mot déclinable ou d'un verbe. Dans le mot *statua*, par exemple, *statu* est le radical, tandis que la racine *primitive* est *st* ou *sta*, parce que c'est là la partie qui marque la *stabilité*, l'*immobilité* de l'objet représenté par *statua*.

DES INITIALES.

219. Les *initiales* sont des mots placés au commencement d'autres mots qui, pour cette raison, sont appelés *mots composés*. Les initiales de ces mots sont des *prépositions*, des *adverbes*, des *noms* même, et certaines *particules* qui viennent d'adverbes, ou qui en ont la signification.

Prépositions dans les mots composés.

Parmi les prépositions, il y en a vingt-deux qui peuvent se placer au commencement d'autres mots pour former des *composés*. Souvent, dans ces mots composés, la deuxième lettre de la préposition s'altère ou s'efface devant le mot suivant ; souvent aussi, lorsque cette lettre finale est une *consonne*, elle se change en une consonne pareille à celle du mot suivant (*afferre* pour *adferre*). C'est à cette dernière circonstance que se rapportent la plupart des mots à *doubles consonnes*, en français comme en latin. Les prépositions qui occasionnent les doubles consonnes sont *ad, circùm, cum, ex, in, inter, ob, per, sub, super*, et la particule *dis*.

Nous allons indiquer toutes les modifications que les prépositions peuvent recevoir, et les divers sens qu'elles ajoutent aux mots qu'elles précèdent.

1. La préposition *à, ab, abs*, exprime l'idée d'*emporter*, d'*éloigner*, de *priver*. — *Abs* se change quelquefois en *as* par la suppression du *b*, et *ab* devient *au* devant *f* :

Avertere (vertere à), *détourner*, *éloigner de*.
Abesse, absum, abfui (esse ab), *être absent, être éloigné de*.
Abstrahere (trahere abs), *séparer de*.
Asportare (portare abs), *emporter, porter au loin*.
Auferre, abstuli, ablatum (ferre abs *ou* ab), *emporter*, etc.

2. *Ad* est le contraire de *à, ab*, et exprime l'idée de *réunir*, de

rapprocher, d'*aller vers*. Le *d* de *ad* se change en *c*, *f*, *g*, *l*, *n*, *p*, *r*, *s*, *t*, quand le mot suivant commence par une de ces consonnes ; il se change en *c* avant *q*, et se supprime devant la lettre *s* suivie d'une autre consonne :

Accurrere (currere ad), *accourir*, *venir vite*.
Adducere (ducere ad), *conduire vers, amener*.
Afferre, attuli, allatum (ferre ad), *apporter*.
Aggredi, aggredior (gradior ad), *marcher vers, attaquer*.
Allidere (lædere ad), *heurter contre, briser*.
Annuntiare (nuntiare ad), *annoncer, faire savoir à*.
Apponere (ponere ad), *poser, placer auprès*.
Arripere (rapere ad), *enlever à, ravir, prendre*.
Assidere (sedere ad), *se placer auprès*.
Attrahere (trahere ad), *tirer à soi; attirer, entraîner*.
Acquiescere (quiescere ad), *s'appuyer sur, se reposer sur*.
Ascribere (scribere ad), *joindre à, attribuer à*.
Aspicere (spicere ad), *porter les yeux vers, voir*.

2. *Ante* (devant), devient quelquefois *anti* (avant, contre) :
Anteire (ire ante), *aller devant, surpasser*.
Anticipare (capere ante), *prendre d'avance, anticiper*.

4. *Circùm* (autour). Plus de deux cents mots latins commencent par *circùm*. La lettre *m* se conserve partout, excepté dans quelques personnes du verbe *circumire*, et dans quelques noms qui en dérivent :
Circumire (ire circùm), *aller autour, faire le tour*.
Circuitus (ire circùm), *circuit, enceinte*.
Circumvenire (venire circùm), *envelopper, tromper*.
Circummunire (munire circùm), *fortifier à l'entour, munir*, etc.

5. *Contrà* (contre), marque opposition, contrariété. L'*a* final se change quelquefois en *o* :
Contradicere (dicere contrà), *contredire, objecter*.
Controversari (versari contrà), *être en différend, disputer*, etc.

6. *Cum* (avec, ensemble), se change souvent en *co, col, con, com, cor* et désigne la *réunion, l'assemblage* :

Cogere, coegi, coactum (agere cum), *réunir, forcer*.
Colligere (legere cum), *rassembler, recueillir*.
Concertare (certare cum), *combattre, se battre avec un autre*.
Commutare (mutare cum), *changer avec quelqu'un*.
Corrumpere (rumpere cum), *détruire, corrompre*, etc.

7. *De* (de, entièrement, hors de, etc.). Cette préposition a trois significations : 1° elle renferme l'idée d'*ôter*, de *séparer* :
Deducere (ducere de), *tirer de, conduire hors de*.
Deferre (ferre de), *transporter, déférer*.
Dejicere (jacere de), *renverser, jeter en bas*, etc.

2° Elle ajoute l'idée d'*achever*, de *faire entièrement* :

Dealbare, blanchir, rendre tout-à-fait blanc.
Deambulare (ambulare de), *se promener à son aise*.

Debellare (bellare de), *vaincre entièrement,* etc.

3° Elle marque aussi le contraire d'une action :

Debere, *devoir,* contraire de *habere,* avoir.

Demolire, *démolir,* contraire de *moliri,* entreprendre.

Desperare, *désespérer,* contraire de *sperare,* espérer, etc.

8. *È, ex*, de, dehors, pleinement, tout-à-fait. Dans *ex*, l'*x* se change en *f* devant *f :*

Ebibere (bibere è), *boire entièrement..*

Educere (ducere è), *mettre dehors, faire sortir.*

Expellere (pellere ex), *pousser dehors, chasser.*

Efferre, extuli (ferre ex), *porter dehors, emporter.*

9. *Extrà,* hors, hors de, au-delà :

Extraordinarius (ordinarius extrà), *extraordinaire.*

Extraneus (natus extrà), *étranger.*

Extremus (imus extrà), *extrême, le dernier.*

10. *In* (en, dans, dedans), se change en *im* devant *b, m, p,* et en *il* ou en *ir* devant *l* ou *r :*

Incarcerare (in carcere), *mettre en prison.*

Incidere (cadere in), *tomber dans ou sur, arriver.*

Imbibere (bibere in), *absorber, s'abreuver, s'imbiber.*

Immittere (mittere in), *mettre dans, lancer, inspirer.*

Impellere (pellere in), *pousser dans, déterminer.*

Illidere (lædere in), *froisser contre, briser.*

Irruere (ruere in), *se jeter, se précipiter dans ou sur,* etc.

11. *Inter* (entre, parmi). La finale *r* se conserve partout, excepté dans *intelligere :*

Intercipere (capere inter), *prendre au passage, intercepter.*

Intercludere (claudere inter), *fermer le passage, boucher.*

Intelligere (legere inter), *concevoir, comprendre,* etc.

12. *Ob* (devant, contre, en face). Le *b* se change en *c, f, g, p,* devant les mêmes consonnes ; il reste invariable devant les autres lettres, et quelquefois même devant *f* (*obfui*) :

Obsidere (sedere ob), *se tenir devant, assiéger.*

Obesse, obfui (esse ob), *être opposé, nuire à.*

Occurrere (currere ob), *aller, venir au-devant de.*

Offerre (ferre ob), *porter devant, offrir.*

Oggerere (gerere ob), *mettre devant, présenter, offrir.*

Opponere (ponere ob), *mettre devant, opposer,* etc.

13. *Per* (par, parmi). Dans la composition, cette préposition ajoute l'idée de *traverser* et celle de faire *entièrement, tout-à-fait.* La finale *r* demeure partout la même, excepté devant *l :*

Percurrere (currere per), *courir parmi, parcourir.*

Perficere (facere per), *achever, accomplir.*

Pellucere et *perlucere,* briller au travers, etc.

14. *Post* (après, moins) :

Postferre (ferre post), *estimer après, moins.*

Posthabere (habere post), *faire moins de cas*, etc.

15. *Præ*, avant, hors, au-dessus :

Præsidere (sedere præ), *être au-dessus, présider.*
Prædicere (dicere præ), *dire d'avance, prédire.*
Præcedere (cedere præ), *aller devant, précéder,* etc.

REM. Lorsque *præ* (comme *per*) est placé devant un adjectif au positif, il lui donne la valeur d'un superlatif absolu :
Præaltus (altus præ), *très élevé.*
Prædives (dives præ), *très riche,* etc.

16. *Præter*, au-delà, outre, par-dessus, etc. :

Præterire (ire præter), *passer outre, aller au-delà.*
Prætermittere (mittere præter), *laisser passer, omettre,* etc.

17. *Pro*, pour, en avant, devant, à la place :
Proconsul (consul pro), *pour le consul, proconsul.*
Procedere (cedere pro), *marcher en avant, s'avancer.*
Proclamare (clamare pro), *publier devant tous, proclamer,* etc.

18. *Sine*, sans (cette préposition marque privation) :

Simplex (sine plicà), *sans pli, simple.*
Sincerus (sine cerussà), *sans fard, sincère.*
Securus (sine curà), *sans crainte, tranquille.*
Segnis (sine igne), *sans feu, lent, paresseux.*
Socors ou *secors* (sine corde), *sans cœur, lâche,* etc.

19. *Sub,* sous, dessous, presque, un peu.
Cette préposition, jointe à un adjectif, en diminue la signification et se traduit par *un peu.* — Le *b* se change en *c, f, g, p,* devant ces mêmes lettres, en *s* devant *t,* et quelquefois en *m* devant *m* :

Subire (ire sub) *se mettre sous, subir.*
Submittere (mittere sub), *mettre dessous, soumettre.*
Subabsurdus, un peu absurde, *presque ridicule.*
Subamarus, un peu amer.
Succedere (cedere sub), *aller sous, entrer, succéder.*
Sufferre, sustuli, sublatum (ferre sub), *souffrir, supporter, soutenir.*
Suggerere (gerere sub), *substituer, suggérer.*
Supponere (ponere sub), *mettre dessous, soumettre, supposer.*
Summovere ou *submovere* (movere sub), *éloigner,* etc.

20. *Subter,* sous, en dessous, par dessous :

Subterducere, retirer par dessous, dérober.
Subterfugere, s'enfuir secrètement, etc.

21. *Super*, sur, dessus, par dessus :

Superfluere (fluere super), *couler par dessus, déborder.*
Superesse, être de reste, surpasser, survivre, etc.

22. *Trans* (au-delà de, par delà, outre). Cette préposition se change souvent en *tra* :

Transferre (ferre trans), *porter au-delà, transférer.*
Transire (ire trans), *traverser, passer outre.*

Tradere (dare trans), *remettre, livrer, donner.*
Traducere (ducere trans), *faire passer au-delà, traduire, etc.*

219 (bis). ADVERBES EMPLOYÉS COMME INITIALES.

1° *Benè*, bien; *malè*, mal; *intrò*, dedans, au-dedans; *retrò*, en arrière; *satis*, assez, *etc.*
Benefacere (facere benè), *faire du bien.*
Maledicere (dicere malè), *dire du mal, médire.*
Introducere (ducere intrò), *conduire au-dedans, introduire.*
Retrocedere (cedere retrò), *reculer, se retirer.*
Satisfacere (facere satis), *satisfaire,* etc.

2° *Noms* servant d'initiales :
Belligerere (gerere bellum), *faire la guerre.*
Calefacere (facere calorem), *échauffer, irriter.*
Manumittere (mittere manu), *affranchir, mettre en liberté.*

PARTICULES INSÉPARABLES.

220. On appelle *particules inséparables*, certaines syllabes qui se placent au commencement des mots pour en modifier la significa-tion, et qui ne se trouvent jamais isolées ni détachées de ces mots :

1° *Amb*, autour, des deux côtés, primitivement *ambi* (dérivé d'une préposition grecque qui se prononce *amphi*). Cette particule ne con-serve le *b* que devant les voyelles; elle devient *am* devant *p*, et *an* devant les autres consonnes :
Ambire (ire amb), *aller autour, de tous côtés, ambitionner.*
Amputare (putare amb), *couper tout autour, amputer.*
Anquirere (quærere amb), *chercher de tous côtés, s'informer.*

2° *Dis*, de côté et d'autre (dérivé d'une préposition grecque qui se prononce *dia*). Cette particule marque *séparation, division, op-position*. — Elle perd *s* devant certaines consonnes, et change *s* en *f* devant *f* :
Discurrere, courir de côté et d'autre, discourir.
Dissimulare, simuler le contraire, dissimuler.
Divulgare, publier partout, divulguer.
Differre, distuli, dilatum, disperser, séparer, être différent, *différer.*

3° *Re*, de *retrò, rursùs*, en arrière, de nouveau, *et quelquefois*, effet contraire (comme en français). *Re* se change en *red* devant une voyelle simple :
Refluere, couler en arrière, refluer.
Reædificare, bâtir de nouveau, réédifier.
Recludere, ouvrir (contraire de *claudere*, fermer).
Redire, retourner sur ses pas, revenir.

4° *Se* (de *scorsùm*), à part, à l'écart, séparément :
Seponere, mettre à part, en réserve, écarter, séparer.
Seducere, tirer à l'écart, séduire.
Secludere, enfermer séparément, etc.

5° *Sus*. Cette particule dérive probablement de *sub* et exprime direction de *bas en haut* :

Suspicere, regarder en haut, respecter.
Suspendere, attacher en haut, suspendre.

6° *In*. Cette particule est négative en latin comme en français : (*juste, injuste*). Elle se joint principalement aux adjectifs et rarement aux verbes. La lettre *n* se change en *m* devant *b, m, p,* en *l* devant *l*, en *r* devant *r*; elle disparaît devant *g* :

Injustus, injuste (de *justus*, juste).
Infans, qui ne parle pas, enfant (*fari*, parler).
Imbellis, non belliqueux, lâche (*bellicosus*, belliqueux).
Immemor, qui ne se souvient pas (*memor*, qui se souvient).
Improbus, méchant, corrompu (*probus*, probe).
Illicitus, non permis, illicite (*licitus*, permis).
Irreparabilis, irréparable (*reparabilis*, réparable).
Ignarus, ignorant (*gnarus*, qui sait).

7° *Ne*. Cette particule est négative comme *in* :
Nefas, ce qui n'est pas permis, crime (*fas*, ce qui est permis).
Nescio, je ne sais pas (*scio*, je sais), etc.
Nemo (pour *ne homo*), non quelqu'un, personne.

Quelquefois *e* final s'élide (disparaît), devant une voyelle :
Nullus, aucun, pour *ne-ullus*;
Nunquàm, jamais, pour *ne-unquàm*.

D'autres fois *e* se contracte :
Nolo, je ne veux pas, pour *ne-volo*.

Enfin, *ne* s'augmente de la consonne *g* dans :
Negligere, négliger, pour *ne-legere* (ne pas recueillir).
Negotium, affaire, pour *ne-otium*.

8° *Ve* marque *privation, manque* :
Vecors, sans cœur, lâche (*cor, cordis*, cœur).
Vesanus, insensé, fou (*sanus*, sain, ayant son bon sens).

DÉSINENCES OU TERMINAISONS.

224. On entend ici par *désinences* ou *terminaisons*, les syllabes qui terminent les mots, et qui ajoutent à une même *racine* diverses nuances de signification. Ces désinences sont indépendantes de celles que nous avons étudiées dans les *déclinaisons* et dans les *verbes*, attendu que ces dernières ne changent rien à la valeur des mots.

1° *Désinences dans les noms.*

Les désinences *ator, atrix, tor, trix*, désignent celui ou celle qui fait l'action, ou qui a l'habitude de la faire :
Adulator, adulatrix, flatteur, flatteuse.
Ultor, ultrix, vengeur, vengeresse, etc., etc.

arius désigne celui qui exerce l'art, qui a soin de :
Argentarius, argentier, caissier.
Statuarius, statuaire, sculpteur, etc., etc.

men, mentum (de l'ancien verbe *minere,* être), expriment l'*effet* d'une action, et ont la même valeur que le mot *res* :

Flumen (men *ou* res quæ fluit), *le fleuve*.
Alimentum (mentum quod alit), *aliment*.
Monumentum (mentum quod monet), *monument*, etc.

tio, sio, atio, etio, itio, annoncent l'action et son effet général, ou son habitude :

Actio (agere, actum), *action, mouvement*.
Destructio (destruere), *destruction*.
Confusio (confundere), *confusion, mélange*.
Adulatio (adulari), *adulation, action de flatter*.
Completio (complere), *achèvement*.
Traditio (tradere), *tradition, transmission*, etc.

itas, itia, ities, ia, or, marquent en général la *qualité* des personnes ou des choses :

Æquitas, *équité, qualité de l'homme juste*.
Amicitia, *amitié, tendresse*.
Segnities, *paresse, lenteur*.
Audacia, *audace, présomption*.
Terror (terrere), *terreur*, etc., etc.

tudo exprime l'état actuel d'une personne ou d'une chose :

Beatitudo, *béatitude, bonheur*.
Sollicitudo, *inquiétude, soin, chagrin*, etc.

antia, entia, marquent la disposition habituelle de l'âme dans les *personnes*, et la manière dans les *choses* :

Constantia, *constance*; amentia, *folie*.
Elegantia, *élégance*; frequentia, *assemblée*, etc.

tus marque l'effet, le résultat *actuel* d'une action; c'est par là que cette terminaison diffère de *tio* (voyez plus haut), qui marque un effet *général, ordinaire* :

Æmulatus, *émulation* (résultat actuel).
Æmulatio, *émulation* (effet ordinaire, général).
Arbitratus, *volonté, fantaisie*.
Fremitus, *frémissement*; fluctus, *flot*, etc.

tus désigne aussi une fonction, ou la personne qui la remplit :

Consulatus, *consulat*; magistratus, *magistrat*, etc.

sura, tura, expriment le résultat apparent ou visible d'une action, d'un travail :
Captura (capere), *capture, prise*.
Tonsura (tondere), *tonsure*; cultura, *culture*, etc.

arium, orium, désignent ordinairement le lieu où se passe une action, le moyen préparé pour tel dessein, tel objet :

Alvearium, *ruche d'abeilles*.
Aviarium, *volière*; auditorium, *salle d'audience*.
Refectorium, *réfectoire, lieu où l'on mange*, etc.

etum marque la collection, le lieu où se trouvent réunis plusieurs objets de même espèce :

Arboretum (arbor), *lieu planté d'arbres.*
Olivetum (oliva), *lieu planté d'oliviers,* etc.

ellus, ella; illus, illa; olus, ola; ulus, ula; culus, cula, désignent en général ce qui est petit, et les mots que ces désinences terminent s'appellent *diminutifs* :
Agellus (de ager), *petit champ.*
Tabella (tabula), *petite planche, tablette.*
Lapillus (lapis), *petite pierre.*
Alveolus (alveus), *petit canal, petite auge.*
Areola (area), *petite place, petite cour.*
Puerulus (puer), *petit enfant.*
Animula (anima), *petite âme, chère âme.*
Amiculus (amicus), *petit ami, tendre ami.*
Arbuscula (arbor), *arbuste, arbrisseau,* etc.

ficium vient de *facere* et désigne l'art de *faire* ou l'objet *fait* :
Artificium (ars), *artifice, action par ruse.*
Ædificinm (ædes), *bâtiment achevé, édifice.*
Sacrificium, *sacrifice, offrande,* etc., etc.

2° *Désinences des adjectifs.*

Les désinences *abilis, ibilis,* marquent la qualité de ce qui est possible, de ce qui est digne d'être fait, ou propre à l'être :
Amabilis, *digne d'être aimé, aimable.*
Credibilis, *croyable, qu'on peut croire,* etc.

ibilis se change quelquefois en *ilis* : facilis, *facile, qu'on peut faire;* difficilis, *difficile, mal aisé* (dis facilis), etc.
alis, ilis, marquent ce qui a rapport à, ce qui tient à :
Legalis (lex), *qui concerne la loi, légal.*
Puerilis (puer), *puéril, d'enfant.*
Virilis (vir), *viril, mâle, généreux,* etc.

anus, inus, ensis, marquent le lieu, la patrie, l'origine :
Romanus, *de Rome, romain.*
Vicinus (vicus), *du même canton, voisin.*
Atheniensis, *d'Athènes, athénien.*
Adamantinus, *de diamant, dur comme le diamant,* etc.

aris, arius, orius, désignent ce qui a la forme de, ce qui tient lieu de, ce qui concerne une chose, ce qui en rappelle l'idée :
Angularis, *fait en angle, angulaire.*
Honorarius, *fait pour honorer, honoraire.*
Militarius, *militaire, qui rappelle l'idée de la guerre.*
Adulatorius, *qui concerne la flatterie,* etc., etc.

estris, atus, marquent ce qui a la qualité de, la propriété de :
Silvestris (silva), *qui est des bois, sauvage.*
Acutatus (acus), *aiguisé, aigu,* etc., etc.
ivus, itius (de eo... ire), expriment ce qui va, ce qui tend à :
Activus, *qui va à l'action, qui agit, actif.*

7.

Factitius, *fait par l'art, artificiel*, etc., etc.

ax, idus, osus, undus, expriment l'abondance, la plénitude, la force, l'excès :
Audax, *plein d'audace, audacieux, hardi.*
Ferax, *qui rapporte beaucoup, fertile.*
Loquax, *qui parle beaucoup, bavard.*
Avidus, *plein de désirs, avide.*
Herbidus, *abondant en herbe.*
Animosus, *plein de courage, de force.*
Facundus, *plein d'éloquence*, etc., etc.

fer, ger (fero, gero), annoncent ce qui porte, ce qui produit :
Lucifer (lux), *qui porte la lumière, étoile du matin.*
Thurifer (thus), *qui porte, qui produit de l'encens.*
Armiger (arma), *qui porte les armes, écuyer.*
Laniger (lana), *qui porte de la laine, agneau,* etc., etc.

stus (de *sto* V. 217-8°) marque stabilité habituelle :
Justus (in jure stans), *juste.*
Scelestus (in scelere stans), *scélérat.*
Modestus (in modo stans), *modeste*, etc.

ficus (de *facio*), signifie produire, causer :
Béneficus, *qui fait le bien, bienfaisant.*
Honorificus, *qui rapporte de l'honneur, honorable*, etc.

eus exprime ce qui est formé de, ou ce qui concerne :
Aureus (aurum), *d'or, fait avec de l'or.*
Arboreus, *d'arbre, qui concerne les arbres*, etc.

ior, ius, terminent les comparatifs : *sanctior, sanctius*, plus saint; *fortior, fortius,* plus courageux, etc.

issimus, errimus, illimus, imus, emus, sont les terminaisons des superlatifs : *sanctissimus,* très saint, le plus saint; *pulcherrimus,* très beau, le plus beau; *facillimus,* très facile; *maximus,* très grand; *supremus,* très haut, suprême, etc.

On peut encore ajouter les désinences qui suivent :
Cida, de *cædere,* tuer : *homicida,* homicide, etc.
Ceps, de *caput,* tête : *princeps,* prince, le premier; *præceps,* qui se précipite la tête en avant, etc.

cola, de *colere,* cultiver : *agricola,* qui cultive les champs; *publicola,* qui aime le peuple, etc.

gena, de *genitus,* engendré, né : *alienigena,* né dans un autre pays, étranger, etc. L'usage enseignera les autres terminaisons.

3° Désinences des verbes.

Voyez la fin des conjugaisons (n° 179).

FIN DE LA PREMIÈRE PARTIE.

SECONDE PARTIE.

SYNTAXE LATINE.

Notions préliminaires.

Avant de passer aux règles de la syntaxe, il est essentiel de se bien pénétrer des notions qui suivent, et qui sont d'une grande utilité aux élèves pour la construction et l'analyse des parties du discours.

DE LA PROPOSITION.

222. En latin comme en français, on entend par *proposition* l'énonciation d'un jugement, l'expression de la pensée par le *verbe*.

La *proposition* se manifeste par un verbe employé à un mode *personnel* (99 *rem*. 2°).

223. Dans une phrase, il y a autant de *propositions* qu'il y a de verbes à un *mode personnel* :

Le temps, qui *donne* à tout le mouvement et l'être,
Change tout dant les cieux, sur la terre et dans l'air ;
Produit, accroît, détruit, fait mourir, *fait* renaître ;
L'âge d'or, à son tour, *suivra* l'âge de fer. (Hénault.)

Cette phrase contient *huit propositions*, parce qu'il y a *huit* verbes à un *mode personnel*. Les deux autres verbes *mourir* et *renaître* ne forment pas de propositions distinctes, parce qu'ils sont à un *mode impersonnel*, c'est-à-dire à l'*infinitif* (99 *rem*. 2°).

224. Les parties constitutives ou élémentaires de la *proposition* sont au nombre de trois : le SUJET, le VERBE et l'ATTRIBUT.

DU SUJET.

225. On appelle *sujet*, dans une proposition, le mot employé pour représenter la personne, l'objet qui *est* ou qui *fait* ce qu'annonce le verbe.

Dieu est éternel ; la *terre* le publie.

On reconnaît mécaniquement le *sujet* dans le mot qui répond à la question *qui est-ce qui....?* pour les personnes, et à la question *qu'est-ce qui...?* pour les choses :

Qui est-ce qui *est éternel?* Réponse : *Dieu* (sujet).
Qu'est-ce qui *le publie?* Réponse : *la terre* (sujet).

226. Le *sujet* se représente par trois sortes de mots : par un *nom*, par un *pronom*, ou par un *infinitif* (232).

DE L'ATTRIBUT.

227. L'*attribut* est le mot qui exprime la qualité, la manière d'être qu'on attribue au sujet :

Dieu est *éternel ;* la terre le *publie.*

Dans la première proposition, *éternel* est l'attribut ; dans la seconde, c'est le participe présent *publiant (publie,* comme on le sait, signifie *est publiant,* — 93).

228. L'*attribut* se représente par cinq sortes de mots : par un *nom,* par un *adjectif qualificatif,* par un *pronom,* par un *participe présent,* par un *participe passé* (232).

L'*attribut* exprime toujours l'état ou l'action du *sujet.*

DU VERBE.

229. Le *verbe,* comme nous l'avons déjà dit (93), est le mot qui exprime l'*affirmation,* c'est-à-dire qui assure que la qualité marquée par l'*attribut* convient ou ne convient pas au *sujet.*

230. Le *verbe* est donc le mot principal, le mot par excellence dans la proposition ; c'est lui qui unit l'*attribut* au *sujet,* qui marque la convenance de l'un avec l'autre : d'où l'on voit qu'il n'y a point de proposition sans *verbe,* exprimé ou sous-entendu.

231. Pour l'intelligence de la *proposition,* il ne faut considérer qu'un seul *verbe,* qui est *être,* soit distinct, comme dans *Dieu* est *immortel ;* soit combiné avec un *participe,* comme dans le *soleil brille* (pour : le *soleil* est *brillant*).

Résumé des trois parties de la proposition.

232. Dans ce résumé, nous indiquons chaque partie par un chiffre : 1. SUJET. — 2. VERBE. — 3. ATTRIBUT.

1.	2.	3.	1.	2.	3.
L'homme	est	mortel.	Homo	est	mortalis.

1.	2.3.	1.	2.	3.	1.	2.3.	1.	2.	3.
Tu,	liras,	tu	seras	lisant.	Tu	leges,	tu	eris	legens.

1.	2.	3.	1.	2.	3.
Mentir	est	un péché.	Mentiri	est	culpa.

1.	2.	3.	1.	2.	3.
Ta lettre	a été	lue.	Tua epistola	fuit	lecta.

1.	2.	3.	1.	2.	3.
Ce livre	est	le mien.	Hic liber	est	meus.

DU COMPLÉMENT.

233. On entend par *complément,* tout mot ou toute réunion de mots qui sert à *compléter* la signification d'un autre mot.

Le livre de Pierre est utile. Liber Petri est utilis.

Sujet incomplet *le livre ;* sujet complet *le livre de Pierre.*

Scipion vainquit (... fut vainquant) Annibal. Scipio vicit (... *fuit vincens*) Annibalem.

Attribut incomplet : *vainquant ;*
Attribut complet : *vainquant Annibal.*

Mourir (être mourant) *pour la patrie.* Mori (*esse moriens*) pro patriâ.

Attribut incomplet : *mourant ;*
Attribut complet : *mourant pour la patrie.*

234. Comme on le voit, le *complément* n'est autre chose que l'objet qui détermine, qui précise, qui restreint la signification d'une expression précédente. C'est ainsi que le mot *patrie* est lui-même *complément* de la préposition *pour*, bien que la réunion des mots *pour la patrie* soit nécessaire pour former le complément total de l'attribut *mourant.*

235. Le *verbe*, qui est toujours *être*, le seul qu'il faille considérer dans la proposition, n'a jamais de *complément*, parce qu'il a une signification *complète* par lui-même ; c'est de marquer l'existence du sujet.

236. Il n'y a que le *sujet* et l'*attribut* de la proposition qui puissent avoir un complément. Ainsi, quand on dira désormais qu'un mot est *complément* d'un verbe *attributif*, il faudra toujours entendre que ce complément appartient à l'*attribut* compris dans ce verbe.

237. On distingue trois sortes de compléments : le complément *direct*, le complément *indirect* et le complément *circonstanciel.*

238. 1° *Complément direct.* Le complément *direct* est celui sur lequel se porte immédiatement, *directement* l'action marquée par le verbe (et mieux, par l'*attribut*) :

J'aime Dieu. (Amo Deum) ;
Nous admirons la vertu. (Miramur *virtutem*).

Le complément *direct* répond à la question *qui ?* (quem ?) pour les personnes, et à la question *quoi ?* (quid ?) pour les choses :

J'aime *qui ?* Réponse : *Dieu* (complément direct).
Nous admirons *quoi ?* Réponse : *la vertu* (complém. direct).

239. 2° *Complément indirect.* Le complément *indirect* est celui qui complète la signification du verbe (de l'*attribut*) à l'aide d'une *préposition*, exprimée ou sous-entendue :

Je suis aimé de Dieu. (Amor à Deo.)
Je donne un habit au pauvre. (Do vestem *pauperi*.)

De Dieu, complément indirect de *suis aimé*, dans le 1er exemple ; *du pauvre*, complément indirect du verbe *donne*, dans le second.

Rem. En latin, quatre cas d'un nom sont toujours *compléments* ; savoir : le *génitif*, le *datif*, l'*accusatif*, et l'*ablatif* ; ces deux derniers sont quelquefois accompagnés d'une préposition.

Le *nominatif* est toujours *sujet* ou *attribut*.

Le *vocatif* n'est ni *sujet*, ni *attribut*, ni *complément*. Il est uniquement employé comme *apostrophe*, c'est-à-dire pour nommer la personne ou la chose, en même temps qu'on lui adresse la parole :

> *Mon* fils, *écoute*. (Audi, *fili mi*.)

240. 3° *Complément circonstanciel.* Le complément *circonstanciel* est celui qui n'a de rapport à l'action du verbe que pour marquer une *circonstance* de *temps*, de *lieu*, de *manière*, d'*affirmation*, de *négation*, etc.

Dieu créa le monde en six jours.
(Deus creavit mundum *intrà sex dies*.)

En six jours (intrà sex dies) est un complément circonstanciel de *temps*, etc.

Voici la plupart des questions qui peuvent être faites sur une proposition :

Sujet. Qui ? qui est-ce qui ? qu'est-ce qui agit ? — *Quis ?*
Complément direct. Quoi ? que fait-on ? — *Quid ?*
Complément indirect. A qui ? pour qui ? à quoi ? etc. — *Cui ?* etc.
Complément circonstanciel. Quand ? en quel temps ? *Quandò ?* — Où ? en quel lieu ? *Ubi ?* — Combien de fois ? *Quotiès ?* — Comment ? de quelle manière ? par quel moyen ? *Quomodò ?* — Pourquoi ? à quelle occasion ? *Cur ? quare ?*

241. *Modificatifs.* On appelle *modificatifs* ou *compléments modificatifs*, les mots qui expriment la qualité, la manière d'être du nom *sujet*, *attribut* ou *complément* ; c'est parce qu'ils en *modifient* ainsi la signification, qu'on les appelle *modificatifs*.

> *Un bon père aime tous ses enfants.*

L'adjectif *bon* est modificatif du sujet *père* ;
Les deux adjectifs *tous* et *ses* sont modificatifs du complément direct *enfants*.

242. Nous voyons dès à présent que, pour faire passer en latin une phrase française, il faut bien distinguer : 1° le *sujet* et tous ses modificatifs ; 2° le *verbe* ; 3° l'*attribut* et ses divers compléments. On applique ensuite à chaque partie de la proposition, la règle qui lui convient : c'est là l'objet de la syntaxe.

Nota. Quoique les principes qui précèdent sur l'analyse de la proposition, soient communs au français et au latin, il nous a paru. nécessaire de les rappeler ici, en raison de leur importance. Quant. à ce qui nous resterait à dire sur les différentes sortes de *propositions* et sur le rôle qu'elles jouent dans le discours, nous renvoyons l'élève à cette même partie de la grammaire française.

DE LA SYNTAXE LATINE.

(*Syntaxe* vient d'un mot grec qui signifie *ordre, arrangement, disposition.*)

243. La *syntaxe* est la manière de joindre ensemble les mots d'une phrase ou d'une proposition, et les propositions entre elles, suivant certaines règles.

244. Il y a deux *syntaxes* : la SYNTAXE des *mots* et la SYNTAXE des *propositions*. La première s'appelle SYNTAXE d'*accord* ou de *coordination*, parce qu'elle règle l'accord de deux ou plusieurs mots en *genre*, en *nombre* et en *cas ;* la seconde est appelée SYNTAXE de *complément* ou de *subordination*, parce qu'elle fixe les conditions de dépendance. des mots entre eux, c'est-à-dire qu'elle indique comment un mot en exige un autre à tel *cas*, à tel *temps*, à tel *mode*, etc.

SYNTAXE D'ACCORD ou de COORDINATION.

Accord de deux noms.

245. Augustus *imperator.*

Quand deux noms désignent une même personne, une même chose, le premier est qualifié par le second, comme par un adjectif, et tous deux se mettent au même cas.

Ce rapprochement de deux noms au même cas se nomme *apposition* (de *apponere*, placer auprès). *Exemples :*

Auguste empereur, *Augustus imperator.*
Ésope auteur, *Æsopus auctor.*
D'Ésope auteur, *Æsopi auctoris.*

L'*apposition* a lieu lors même que le nombre et le genre des noms sont différents :

Paris, capitale de la France, *Lutetia, caput Galliæ.*
Les soldats Grecs, principal espoir de Darius, *Græci milites, præcipua spes Darii.*

246. Urbs *Roma.*

Le mot *de* entre deux noms, n'empêche pas le second de se

mettre au même cas que le premier, quand ils désignent le même objet. Il y a là encore *apposition*, et on le reconnaît mécaniquement quand on peut tourner le mot *de* par *qui s'appelle* — Exemples :

La ville de Rome, *urbs Roma* (c.-à-d. la ville *qui s'appelle* Rome).
Le fleuve du Rhin, *flumen Rhenum.*
A la forêt des Ardennes, *sylvæ Arduennæ,*
Au mois de février, *mensi februario.*

On trouve aussi, dans les bons auteurs, le second nom au génitif :

La ville d'Antioche, *oppidum Antiochiæ.* (Cic.)

(Voy. le vol. des *Exercices Latins*, 2e part., *chap.* 1er.)

Accord de l'adjectif avec le nom.

247. Deus *sanctus.*

L'adjectif ou le participe s'accorde en *genre,* en *nombre* et en *cas* avec le nom ou le pronom auquel il se rapporte.

Exemples :

Dieu saint, *Deus sanctus.*
Vierge sainte, *Virgo sancta.*
Temple saint, *templum sanctum.*
Du temple saint, *templi sancti.*

248. Pater et filius *boni.*

Quand un adjectif ou un participe se rapporte à plusieurs noms de même genre, il se met au pluriel avec ce genre (deux singuliers valent un pluriel). *Exemples :*

Le père et le fils bons, *pater et filius boni.*
Le père et le fils morts, *pater et filius mortui.*
La lune et la terre sont rondes, *luna et terra rotundæ sunt.* (Cic.)

249. Pater et mater *boni.*

Quand un qualificatif se rapporte à plusieurs noms de différents genres et d'*êtres animés,* ce qualificatif prend le pluriel du genre qui a la priorité. (Le masc. a la priorité sur le fém., et celui-ci sur le neutre.) *Exemples :*

Le père et la mère bons, *pater et mater boni.*
Les femmes et les esclaves pris, *feminæ et mancipia captæ.*

250. Virtus et vitium *contraria.*

Quand les noms de différents genres ne désignent que des choses, c'est-à-dire des objets *inanimés,* le qualificatif qui s'y rapporte se met au pluriel *neutre*, parce qu'alors on sous-entend le nom pluriel neutre *negotia*, choses. *Exemple :*

La vertu et le vice contraires, *virtus et vitium contraria* (negotia contraria, *choses contraires*).

251. *Accord du pronom relatif.*

Le pronom relatif ou conjonctif *qui, quæ, quod*, s'accorde en genre et en nombre avec son antécédent, c'est-à-dire avec le nom ou pronom dont il est précédé et auquel il se rapporte. *Exemples :*

Le père qui, *pater qui ;* la mère qui, *mater quæ ;* le temple qui, *templum quod ;* du père qui, *patris qui*, etc.

Si le relatif a plusieurs antécédents à la fois, il suit, pour le genre et le nombre, les règles des adjectifs (248 à 250). *Ex. :*

Le père et la mère qui... *pater et mater qui...*

(*Qui* est au pluriel, à cause des deux antécédents, et du *masculin*, parce que l'un d'eux est masculin et qu'ils désignent des êtres animés.)

La femme et l'esclave qui... *mulier et mancipium quæ...* (féminin pluriel 249.)

La vertu et le vice qui... *virtus et vitium quæ...* (250)

(Voy. *Exerc. Lat.*, 2ᵉ part., chap. II.)

Accord du verbe avec le sujet.

252. Ego *audio.*

Le *sujet* d'un verbe à un mode personnel se met toujours au *nominatif*, et le verbe latin s'accorde avec ce sujet en *nombre* et en *personne*. Exemples :

J'écoute, *ego audio.*	Nous écoutons, *nos audimus.*
Vous enseignez, *tu doces.*	Les élèves lisent, *discipuli legunt.*
Il lit, *ille legit.*	

Audio est au singulier et à la 1ʳᵉ personne, parce que le sujet *ego* est du sing. et de la 1ʳᵉ personne, etc.

253. REM. 1° On sous-entend ordinairement les pronoms sujets *ego, tu, ille, nos, vos, illi*, et l'on dit simplement *audio, doces, legit, audimus*, etc., parce que la terminaison du verbe indique facilement la personne.

2° Cependant on exprime le pronom *sujet*, quand il y a deux verbes dont le sens est opposé, ou quand la phrase contient quelque chose de vif, comme dans ces *exemples :*

Vous riez, moi, je pleure, *tu rides, ego fleo.*

Vous osez parler ainsi? *tu loqui sic audes?*

254. D'après les derniers exemples *tu rides, tu loqui sic audes,* il faut observer qu'en français on dit *vous* quelquefois, lors même qu'on s'adresse à une seule personne; en latin on dit toujours *tu* dans ce cas. Ce n'est que lorsqu'on parle à plusieurs personnes que l'on dit *vos,* et qu'on met le verbe à la seconde personne du pluriel. *Exemples :*

Mon frère, vous jouez, *mi frater, ludis.*
Mes frères, vous jouez, *mei fratres, luditis.*

255. Petrus et Paulus *ludunt.*

Quand un verbe a plusieurs mots pour sujet, on met ce verbe au pluriel, comme en français. *Exemple :*

Pierre et Paul jouent, *Petrus et Paulus ludunt.*

256. Ego et tu *valemus.*

Si les mots qui forment le sujet sont de différentes personnes, le verbe prend la personne qui a la priorité. (La *première* personne a la priorité sur la *seconde,* et celle-ci sur la *troisième.*) Exemples :

Vous et moi nous nous portons bien, *ego et tu valemus.* (*Valemus* est au pluriel parce qu'il a pour sujet deux mots; il est à la première personne, parce que l'un des deux mots est de la première personne.)

Vous et votre frère vous causez, *tu fraterque garritis.* (*Tu* est de la seconde personne, *frater* est de la troisième ; *garritis* est et doit être à la seconde personne du pluriel.)

257. Rem. En français, la première personne se nomme après les autres; c'est le contraire en latin, comme on vient de le voir dans *ego et tu valemus.*

258. Turba *ruit* ou *ruunt.*

Quand le sujet est un nom *collectif,* on peut mettre le verbe au pluriel ou au singulier. (On appelle *collectif* un nom qui, quoiqu'au singulier, désigne plusieurs personnes ou plusieurs choses.) *Exemples :*

La foule se précipite, *turba ruunt,* ou *turba ruit.*

Une grande partie furent tués ou blessés, *magna pars vulnerati aut occisi sunt.* (Sall.)

Rem. En latin, les noms *collectifs* les plus usités sont : *turba, multitudo, pars, magnus numerus, parvus numerus, plebs, vulgus* (peuple), *exercitus.*

Le dernier exemple *magna pars vulnerati,* etc., fait voir que l'*attribut* (adjectif ou participe), ainsi que le verbe, doit s'accorder avec l'objet principal de la pensée (comme en français) et non pas toujours avec le collectif.

PRONOM RELATIF ou CONJONCTIF
Employé comme SUJET.

259. Deus, *qui* regnat, est æternus.

Lorsque le pronom relatif *qui* (en latin, *qui, quæ, quod*) est sujet, le verbe est toujours de la même personne que l'antécédent de ce pronom (251). *Exemple :*

Dieu, qui règne, est éternel, *Deus, qui regnat, est æternus.*

Il y a dans cette phrase deux propositions : *Deus est æternus,* et *qui regnat.*

Les deux sujets sont *Deus* et *qui;* les deux attributs sont *æternus* et *regnans.* Le sujet *qui* est de la 3ᵉ pers. et du sing., parce que son antécédent *Deus* est de la 3ᵉ pers. et du sing.

Les hommes, les femmes et les esclaves qui avaient étaient pris, *viri, feminæ et mancipia, qui capti erant.* (255)

Les phrases suivantes s'expliquent de la même manière; il faut observer seulement que le verbe dont l'antécédent est sujet n'est pas exprimé: on peut le suppléer facilement.

Moi qui avertis, *ego qui moneo...*
Toi qui avertis, *tu qui mones...*
Nous qui avertissons, *nos qui monemus,* etc.

Le pronom relatif, on le voit, est le sujet du premier verbe exprimé, comme en français.

260. Ego et tu qui *valemus, laboramus.*

Si l'antécédent se compose de mots de différentes personnes, le pronom relatif et le verbe prennent la personnne qui a la priorité (256). *Exemples :*

Vous et moi qui nous portons bien, nous travaillons, *ego et tu qui valemus, laboramus.*
Vous et votre frère qui causez, *tu et frater qui garritis...*
Mon frère et moi qui jouons, *ego et meus frater qui ludimus...*

261. *Quis* vocavit? — *Quis* redemit?

Lorsque le pronom interrogatif *quis?* est employé comme sujet, le verbe se met toujours à la troisième personne, parce que ce pronom signifie *quelle est la personne qui? quelle est la chose qui?* et qu'ainsi l'antécédent est toujours un objet dont on parle, c'est-à-dire une troisième personne. *Exemples :*

Qui a appelé? *quis vocavit?*

Qui a racheté? *quis redemit?*
(Voy. *Exerc. Lat.,* 2ᵉ part., *chap. III.*)

Accord de l'attribut avec le SUJET. •

262. Deus est *sanctus.*

1° L'*attribut* et tout qualificatif de l'attribut se mettent toujours au *même cas* que le *sujet* de la proposition (247). *Ex. :*

Dieu est saint, *Deus est sanctus.*
Le lion est un animal dangereux, *leo est animal periculosum.*
(Leo, *sujet,* animal, *attribut,* periculosum, *qualificatif* de l'attribut.)

2° Lorsqu'un adjectif ou un nom suit immédiatement certains verbes *neutres,* certains verbes *déponents* à sens *neutre,* et certains verbes *passifs,* cet adjectif ou ce nom s'accorde encore en *cas* avec le sujet, comme après *esse. Exemples :*

Le geai revint tout chagrin, *graculus rediit mœrens.* (Phèdre.)
Aristide mourut pauvre, *Aristides mortuus est pauper.*
Je m'appelle lion, *ego nominor leo.* (Phèdre.)

REM. Les principaux verbes *neutres, déponents* et *passifs* auxquels cette règle s'applique, sont :

Ambulare, *se promener ;* evadere, exsistere, *devenir ;* manere, *rester ;* abire, *s'en aller ;* redire, *revenir ;* vivere, *vivre.* — Nasci, *naître ;* mori, *mourir ;* egredi, *sortir,* etc. — Appellari, vocari, *être appelé ;* creari, *être créé ;* credi, putari, *être regardé comme ;* dici, *être dit, être appelé ;* existimari, judicari, *être considéré comme ;* designari, *être désigné ;* eligi, *être élu ;* fieri, *devenir ;* haberi, *passer pour ;* videri, *paraître.*

Infinitif employé comme SUJET. (225, 232.)

263. *Turpe* est mentiri.

Quand une des expressions *il est, c'est,* est suivie d'un adjectif et d'un infinitif, c'est l'*infinitif* qui est le véritable sujet de la proposition, et non pas le pronom vague *il* ou *ce.* Dans ces sortes de phrases, l'infinitif français se traduit par l'infinitif latin, et l'adjectif qui sert d'*attribut* se met au *neutre.* Exemples :

Il est honteux de mentir (*tournez :* mentir est honteux), *turpe est mentiri.*
C'est une chose très malheureuse que de craindre, *miserrimum est timere.* (Sén.)
(*Que de* est une expression explétive qui ne se traduit pas en latin.)

Rᴇᴍ. Les infinitifs sont considérés comme des *noms neutres* indéclinables : voilà pourquoi *turpe* et *misserrimum*, qui servent d'attributs à des infinitifs, sont du genre *neutre*.

D'ailleurs voici un exemple où l'infinitif, en latin comme en français, n'est pas autre chose qu'un nom.

Ton savoir n'est rien, *scire tuum nihil est*. (Perse).

264. *Culpa* est mentiri.

Quelquefois c'est un *nom* qui sert d'attribut à l'infinitif sujet :

C'est un péché que de mentir (*tournez :* mentir est un péché), *culpa est mentiri*.

265. DE L'ELLIPSE.

On entend par *ellipse* la suppression d'un ou de plusieurs mots dans une phrase. Cette suppression peut avoir lieu toutes les fois que le sens des mots exprimés supplée facilement aux mots sous-entendus.

Ellipse du ɴᴏᴍ.

266. *Omnes* agunt. — *Omnia* pereunt.

Tout le monde ou *tous les hommes* s'exprime par *omnes* (sous-entendu *homines*).

Tout, toutes choses, se traduit par *omnia* (sous-entendu *negotia*). Exemples :

Tout le monde agit, *omnes agunt*.
Tout périt, *omnia pereunt*.

Rᴇᴍ. 1° Quelquefois l'adjectif est pris substantivement, comme en français ; tel est *sapiens* (le sage), pour *vir sapiens :*

Le sage seul est heureux, *solus sapiens beatus est*.

2° *Homines* est souvent sous-entendu devant un grand nombre d'adjectifs qui, alors, sont considérés comme des noms : *cœteri*, les autres ; *divites*, les riches ; *docti*, les savants ; *pauperes*, les pauvres, etc. ; — *nonnulli*, quelques-uns ; *multi*, beaucoup ; *pauci*, peu ; *plerique*, la plupart.

3° Lorsque le mot *chose* est joint à un adjectif, il ne se traduit pas en latin, et l'adjectif correspondant se met au *neutre*, parce qu'on sous-entend *negotium*, pour le singulier, et *negotia*, pour le pluriel :

Toutes les choses injustes sont honteuses, *omnia injusta turpia sunt*. (Burn.)

4° On peut aussi exprimer le mot *chose* par *res, rei*, ou par *id :* cette chose *ea res* ou *id* ; ces choses, *eœ res* ou *ea*. — A tout autre cas qu'au *nominatif* et à l'*accusatif*, on doit même se servir de *res*, avec un adjectif démonstratif : *de cette chose*, ejus rei, hujus rei ; à cette chose, *ei rei*, ou *huic rei*.

267. *Verè* sapientes.

L'adjectif français se traduit quelquefois par un adverbe, quand il est suivi d'un autre adjectif tenant lieu d'un nom. *Ex.* :

Les vrais sages, *verè sapientes* (homines verè sapientes).

Cette construction a lieu surtout avec les participes latins qui peuvent tenir lieu d'un nom : *acta*, actions, faits ; *factum*, fait, action ; *dictum*, parole ; *responsum*, réponse, etc.

Les belles actions, } *præclarè facta.* (c.-à-d. *negotia* facta præclarè.)
Les hauts faits,

268. *Ellipse du pronom.*

Presque toujours on fait ellipse du pronom sujet dans les verbes latins (253), parce que la personne est suffisamment indiquée par la terminaison du verbe. *Exemple :*

Je suis venu, j'ai vu, j'ai vaincu, *veni, vidi, vici.* (Cæs.)

Ellipse du verbe.

269. Justitia, omnium regina virtutum.

On fait ellipse du verbe toutes les fois qu'il est facile de le suppléer. *Exemples :*

La justice est la reine de toutes les vertus, *justitia, omnium regina virtutum.* (Cic.)
Mais Éole de son côté répondit : *At contrà Æolus:* (Virg.)
Et moi, je me mis à nier, *et ego negare.* (Tér. s. -ent. *cœpi.*)
Savoir parler latin, *scire latinè.* (Cic. s.-ent. *loqui.*)

Ellipse de l'attribut.

270. *Meum* est loqui.

Après les expressions *il appartient à, c'est à,* les pronoms personnels *moi, toi, nous, vous* (1re et 2e pers.), se traduisent par l'adjectif possessif neutre *meum, tuum, nostrum, vestrum,* parce qu'on sous-entend toujours le nom neutre *negotium, munus,* ou *officium,* qui est l'*attribut.* Exemples :

C'est à moi de parler, *ou* à parler, *meum est loqui* (c'est-à-dire *loqui est meum negotium* ou *officium.*)

Nota. * Pour la 3e personne, on se sert, dans ce cas, du génitif *ejus* ou *illius* (voy. 311).—On n'emploie *suum* que dans une proposition infinitive, lorsqu'il se rapporte au sujet du verbe principal : *Mon frère vous a dit que c'est à lui à parler,* frater meus tibi dixit *suum esse loqui.* (Voir la proposition *infinitive* à la syntaxe des *conjonctions.*) (Voy. *Exerc. Lat.,* 2e part., *chap.* IV).

271. *Observation.* Avant de passer à la syntaxe de *complément,* il est très important que l'élève se rende bien compte de tout ce qui précède sur la *proposition,* et sur la *syntaxe d'accord* (222 à 270).

SYNTAXE DE COMPLÉMENT OU DE SUBORDINATION.

COMPLÉMENT DES NOMS.

272. Liber *Petri.*

Lorsque le mot *de* est placé entre deux noms qui désignent deux objets différents, le second se met au *génitif,* comme complément du premier. *Exemples* :

Le livre de Pierre, *liber Petri.*
La bonté de Dieu, *bonitas Dei.*

Rem. On reconnaît mécaniquement que le second des deux noms doit être au *génitif,* quand *de* ne peut pas se tourner par *qui s'appelle.*

273. Souvent, au lieu du génitif latin, il est plus élégant d'employer un adjectif qui ait la même valeur. *Exemples* :

La bonté de Dieu, *tournez,* la bonté divine, *bonitas divina.*
Le sénat de Rome, *tournez,* le sénat romain, *senatus romanus.*

274. Puer egregiâ indole, ou *egregiæ indolis.*

Quand le nom qui suit *de* est accompagné d'un adjectif qualificatif, on met l'un et l'autre au *génitif* ou à l'*ablatif.* Exemples :

Un enfant d'un bon naturel, *puer egregiâ indole, ou egregiæ indolis.*

Un enfant d'un mauvais naturel, *puer pravâ indole,* ou *pravæ indolis.*

Rem. Si le nom qui suit *de* exprime à lui seul la qualité, la manière d'être du nom précédent, on le tourne par l'*adjectif* correspondant. *Exemples* :

Un homme de bien, *vir bonus.* (Cic.)
Un homme d'esprit, *vir ingeniosus.*
Un habit de roi, *vestis regia.*

275. Tempus *legendi*.

Lorsque le mot *de* se trouve entre un nom d'objet inaniné et un infinitif, cet infinitif, complément du nom, se rend en latin par le gérondif en *di*, qui est un vĕritable génitif. *Exemples :*

Le temps de lire, *tempus legendi.*
La sagesse est l'art de bien vivre, *sapientia ars benè vivendi est.* (Cic.)

276. Tempus *legendœ historiœ.*

Si le verbe latin peut avoir un passif, il est mieux d'employer le participe futur en *dus, da, dum,* que l'on fait accorder avec le nom, en *genre,* en *nombre,* et en *cas.* Exemple :

Le temps de lire l'histoire, *tournez :* le temps de l'histoire devant être lue, *tempus legendœ historiœ.*

277. Deus, *cujus* providentia est mirabilis.

Les pronoms personnels *moi, toi, nous, vous, lui, elle, eux, elles ;* les pronoms démonstratifs *celui-ci, celle-ci, ceux-ci, celles-ci, celui-là, celle-là, ceci, cela ;* les pronoms relatifs *en, dont,* peuvent aussi être employés comme compléments du nom. *Exemples :*

Dieu, dont la providence est admirable, *Deus, cujus providentia est mirabilis.* (*Cujus* est complém. de *providentia.*)

La meilleure partie de nous-mêmes est immortelle, *pars nostri melior immortalis est.* (Sén.)

(Voy. *Exerc. Lat.,* 2ᵉ part., *chap.* V.)

COMPLÉMENTS DES ADJECTIFS.

278. *Adjectifs dont le complément se met au* GÉNITIF.

Avidus *laudum.*

Les adjectifs *avidus,* avide ; *cupidus,* qui désire, désireux ; *studiosus,* qui a du goût pour ; *peritus,* habile dans ; *expers,* qui manque ; *patiens,* qui souffre ; *rudis,* qui ne sait pas ; *memor,* qui se souvient ; *immemor,* qui ne se souvient pas ; *plenus,* plein, etc., veulent leur complément au génitif. *Exemples :*

Avide de louanges, *avidus laudum.*
Habile dans la musique, *peritus musicœ.*
Plein de vin, *plenus vini.* (Ce dernier veut aussi l'ablatif : *plenus vino,* voyez 289.)
L'art dont il ne se souvient pas, *ars cujus immemor est.*

Autres adjectifs qui veulent leur complém. au génitif :

Abundans, *abondant.*

Amans, *qui aime,* etc., et autres adjectifs verbaux, c'est-à-dire qui viennent des verbes, comme *colens,* adorateur; *appetens,* désireux de; *diligens,* soigneux de, etc.

Amator, *amateur, ami,* etc.

Avarus, *avare de...*

Compos, *maître de...*

Conscius, *qui sait, complice de...*

Consultus, *habile dans...*

Imperitus, *inhabile dans...*

Impatiens, *qui ne souffre pas, impatient de...*

Impos, *qui n'est pas maître de...*

Impotens, *qui n'est pas maître de, impuissant.*

Parcus, *ménager de...*

Particeps, *qui prend part à.*

Securus, *tranquille au sujet de...*

Trepidus, *épouvanté.*

279. Cupidus *videndi.*

Quand les adjectifs qui veulent *le génitif* ont pour complément un infinitif, cet infinitif se rend en latin par le gérondif en *di,* qui est un véritable génitif. *Exemple :*

Curieux de voir, *cupidus videndi.*

280. Cupidus *videndæ* urbis.

Si le verbe latin a un passif, au lieu d'employer le gérondif en *di,* on se sert très souvent du participe en *dus, da, dum,* que l'on met au *génitif,* en le faisant accorder avec le nom. *Exemples :*

Curieux de voir la ville, *tournez :* curieux de la ville devant être vue, *cupidus videndæ urbis.*

Le sage n'est point avide d'amasser des richesses, *non divitiarum parandarum avidus est sapiens.* (Sén.)

Mais on dira avec le gérondif : *Auditor* cupidus *studendi* musicæ, *élève qui désire étudier la musique,* parce que le verbe *studeo* n'a point de passif.

(Voy. *Exerc. Lat.,* chap. VI).

281. *Adjectifs qui veulent leur complément au* DATIF.

Id mihi *utile* est.

Les adjectifs *utilis,* utile à; *commodus,* avantageux à; *infensus, iratus,* irrité contre; *assuetus,* accoutumé à; *aptus idoneus,* propre à, etc., veulent leur complément au *datif.* Exemples :

Cela m'est utile, *id mihi utile est.*

L'enfant à qui cela est utile, *puer cui id utile est.*

Corps accoutumé au travail, *corpus assuetum labori.*

L'envie est partout, la vertu même y est exposée, *ubique est invidia, ei etiam obnoxia est virtus.* (Sén.)

Autres adjectifs qui veulent leur complém. au DATIF :

Carus, *cher à.*	Obnoxius, *exposé à, sujet à.*
Gratus, *agréable à.*	Obvius, *qui va au-devant de.*
Jucundus, *agréable à.*	Proximus, *proche de.*
Noxius, *nuisible à.*	Superstes, *qui survit à*, etc.

282. Corpus assuetum *tolerando* labori.

Quand les adjectifs qui veulent le *datif* ont pour complément un verbe à l'infinitif, on tourne cet infinitif par le participe futur passif en *dus, da, dum*, que l'on fait accorder avec le nom complément de l'infinitif français. *Exemple :*

Corps accoutumé à supporter le travail, *tournez :* corps accoutumé au travail devant être supporté, *corpus assuetum tolerando labori.*

On trouve rarement le gérondif en *do*, après les adjectifs ci-dessus, excepté après *aptus, idoneus* et *par*, propre à, capable de :

Les membres des grenouilles sont propres à la natation (à nager), *apta natando ranarum crura.* (Ovid.)

Crassus n'était pas en état de discuter, *Crassus disserendo par non erat.* (Cic.)

283. REM. Après *assuetus*, on emploie aussi le présent de l'infinitif :

Le polype est accoutumé à sortir de la mer, *polypus assuetus exire è mari.* (Plin.)

(V. *Exerc. Lat.*, chap. VI, *suite*).

284. Adjectifs avec complément au GÉNITIF ou au DATIF.

Similis *patris* ou *patri.*

Les adjectifs *similis*, semblable ; *æqualis*, par, égal ; *impar*, inégal ; *affinis*, allié, etc., veulent leur complément au *génitif* ou au *datif.* Exemples :

Semblable à son père, *similis patris* ou *patri.*
Allié au prince, *affinis principis* ou *principi.*

Autres adjectifs qui suivent la même règle :

Amicus, *ami de.*	Inimicus, *ennemi de.*
Dissimilis, *différent.*	Proprius, *propre, particulier à.*
Communis, *commun à, avec.*	Dispar, *différent, inégal.*

285. Adjectifs avec complément à l'ACCUSATIF.

Populabundus *agros.*

Les adjectifs terminés en *bundus*, comme *mirabundus* (de

mirari), *populabundus* (de *populari*), *vitabundus* (de *vitare*), veulent leur complément à l'*accusatif*, quand ils viennent de verbes qui exigent ce cas. *Exemples :*

Ravageant les campagnes, *populabundus agros.*
Voulant éviter les vices, fuyez-les, *vitabundus vitia, fuge.* (Sén.)
Félicitant la patrie, *gratulabundus patriæ.* (Just. — au dat. 324.)

286. *Adjectifs dont le complém. est à l'*ACCUSATIF *avec* ad.

Propensus *ad lenitatem.*

Les adjectifs *propensus, pronus, proclivis,* porté à…., et tous les adjectifs qui marquent un penchant, une inclination vers quelque chose, veulent leur complément à l'accusatif avec la préposition *ad.* Exemples :

Porté à la douceur, *propensus ad lenitatem.*
Porté à toute sorte de crimes, *pronus ad omne nefas.* (Luc.)

Autres adjectifs qui suivent la même règle :

Aptus, *propre à.*	Idoneus, *propre à.*
Accommodatus, *accommodé à, propre à.*	Intentus, *attentif, attaché à.*
	Natus, *né pour.*
Celer, *prompt à.*	Necessarius, *nécessaire à.*
Docilis, *docile à.*	Paratus, *prêt, disposé à,* etc.

Rem. Tous ces adjectifs, excepté *propensus,* peuvent aussi avoir leur complément au datif : *aptus militiæ,* ou *aptus ad militiam,* propre à la guerre ; *natus armis,* ou *natus ad arma,* né pour les armes, etc.

287. Pronus *ad irascendum.*

Quand les adjectifs ci-dessus sont suivis d'un infinitif français, on met en latin cet infinitif au gérondif en *dum,* qui est un véritable accusatif. *Exemple :*

Prompt à se mettre en colère, *pronus ad irascendum.*
Rem. On rencontre quelquefois l'infinitif latin après *paratus :* disposé à entendre, *paratus audire.* (Cic.)

288. Docilis *ad excipiendam doctrinam.*

Si l'infinitif français qui suit ces adjectifs a un complément direct, il est plus élégant de remplacer le gérondif par le participe en *dus, da, dum,* que l'on fait accorder comme il a été dit. *Exemple :*

Docile à recevoir de l'instruction, *tournez :* docile à l'instruction devant être reçue, *docilis ad excipiendam doctrinam.* (Cic.)
(V. *Exerc. Lat.,* chap. VI, *suite*).

289. *Adjectifs qui veulent leur complément à l'*ABLATIF.

Præditus *virtute.*

Les adjectifs *præditus*, doué de ; *dignus*, digne de ; *indignus*, indigne de ; *contentus*, content de, etc., veulent leur complément à l'ablatif. *Exemples :*

Jeune homme doué de vertu, *adolescens virtute præditus* (*).
Digne de louange, *dignus laude.*
Content de son sort, *contentus suâ sorte.*
La récompense dont vous êtes digne, *merces quâ dignus es.*

Autres adjectifs qui suivent la même règle :

Alienus, *étranger à, éloigné de.*	Orbus, *privé de.*
Fecundus, *fécond en, rempli de.*	Plenus, *plein de.*
Fessus, *fatigué de.*	Clarus, *illustre, célèbre par.*
Integer, *entier, qui n'a point été*	Creber, *fréquent, peuplé de.*
touché de.	Superbus, *orgueilleux de.*
Liber, *libre, dégagé de.*	Tutus, *à l'abri de.*
Lætus, *joyeux, content de.*	Viduus, *vide de, etc.*

REM. 1° *Alienus, immunis, liber* et *tutus* veulent souvent l'ablatif avec *à* ou *ab :*

à sapientiâ alienus, éloigné de la sagesse; *immunis à periculo,* exempt de danger; *liber à metu,* libre de crainte.

2° *Dignus* et *indignus* se rencontrent aussi avec le génitif, surtout en poésie.

290. Après les adjectifs *digne* et *content*, l'infinitif français ne peut pas se rendre en latin par le gérondif ablatif en *do* : il faut recourir aux tournures suivantes :

Il est digne de commander, *tournez :* qu'il commande, *dignus est ut imperet,* ou mieux *qui imperet (qui* pour *ut ille.* — V. *mériter,* n° 662); ou, avec un nom : *dignus imperio.*

Content de partir, *tournez :* content de cela, qu'il part, *contentus eo, quòd proficiscitur.*

291. Mirabile *visu.*

Après les adjectifs *admirable à..., facile à..., difficile à...,* etc., l'infinitif complément se rend en latin par le supin en *u.* Exemples :

Chose admirable à voir, *tournez :* à être vue, *mirabile visu,* ou *res visu mirabilis.*

(*) L'exemple *puer egregiâ indole*, de la règle 274, trouve plutôt ici sa justification qu'à la place qu'il occupe; car *egregiâ indole* est réellement le complément de l'adjectif *præditus*, sous-entendu. Il y a ellipse du qualificatif.

Chose facile à dire, *res dictu facilis*, ou *facile dictu.*
(Quand on n'exprime pas le mot *res* (chose), on sous-entendu *negotium*, et l'adjectif latin se met au *neutre*.)

Rɛм. Le supin passif s'emploie encore après les mots *fas*, *nefas* et le verbe *pudet*. Exemples :

S'il est permis de le dire, *si hoc fas est dictu*. (Cic.)
Cela fait honte à dire! *pudet dictu!* (Tac.)

Autres adjectifs qui suivent la même règle :

Fœdus, *honteux, dégoûtant.*
Gratus, *agréable.*
Honestus, *honorable.*
Incredibilis, *incroyable.*
Intolerabilis, *insupportable.*

Jucundus, *agréable.*
Molestus, *pénible.*
Optimus, *excellent.*
Pessimus, *très mauvais.*
Turpis, *honteux.*

292. Jucundum est *studere* historiæ.

Si le verbe latin n'a pas de supin, on tourne la phrase de cette manière, avec le genre *neutre* pour l'adjectif :

L'histoire est agréable à étudier, *dites :* il est agréable d'étudier l'histoire, *jucundum est studere historiæ* (263).

Rɛм. On peut employer cette dernière tournure, lors même que le verbe a un supin, et au lieu de *res dictu facilis*, on dit fort bien aussi *facile est rem dicere* (il est facile de dire la chose).

On peut encore tourner par le passif : *res facile dicitur,* la chose se dit facilement. Enfin, on trouve dans Cicéron (*De off.*, l. 3, c. 6) :

Hæc *ad judicandum* sunt facillima, *ces questions sont très faciles à résoudre.*

(Voy. *Exerc. Lat.*, chap. VI, *suite*).

SYNTAXE DES COMPARATIFS.

293. Doctior *Petro.*

Après un comparatif exprimé par un seul mot latin, on ne rend pas le *que* français, mais on met le nom suivant à l'ablatif. *Exemples :*

Plus savant que Pierre, *doctior Petro.*
La vertu est plus précieuse que l'or, *virtus est pretiosior auro* (sous-entendu, *præ* en comparaison de...).
Rien jusqu'ici n'a été plus célèbre que cette bataille, *quâ pugnâ nihil adhuc est nobilius*. (C. Nɛр.)

294. Paulus est doctior *quàm* Petrus.

On peut aussi, après le comparatif, exprimer *que* par *quàm*, et mettre après, le même cas qu'avant cette conjonction. *Exemples :*

Paul est plus savant *que* Pierre, *Paulus est doctior* quàm *Petrus.*

Je ne connais personne plus savant que Paul, *neminem novi doctiorem* quàm *Paulum* (315).

Rem. * Pour mettre après *quàm* le même cas qu'avant, il faut absolument qu'on puisse sous-entendre, dans le second membre de la comparaison, le verbe qui est exprimé dans le premier membre. Ainsi dans le dernier exemple, *Paulum* est à l'accusatif, parce qu'il est complément de *novi* sous-entendu.

Mais si le même verbe ne peut pas être sous-entendu, on met le second terme au *nominatif* avec le verbe *sum.* Exemples :

Vous ne trouverez personne plus convenable que moi, *magis idoneum quàm ego* sum *reperies neminem.* (Cic.)

J'ai vu la cour d'un roi plus riche que Crésus, *aulam vidi regis ditioris quàm fuit Cresus.*

Il faut toujours employer cette tournure, lorsque le premier terme de la comparaison est à tout autre cas qu'au *nominatif* ou à l'*accusatif.*

295. Felicior *quàm* prudentior. — Feliciùs *quàm* prudentiùs.

Quand, après un comparatif, la conjonction *que* est suivie d'un adjectif ou d'un adverbe, cet adjectif ou cet adverbe se met aussi au comparatif, et le second adjectif doit être au même genre, au même nombre et au même cas que le premier. *Exemples :*

Il est plus heureux que prudent, *felicior est* quàm *prudentior.*

Il envoyèrent un général plus hardi qu'habile, *miserunt ducem audaciorem* quàm *peritiorem* (315).

Les Romains firent quelques guerres avec plus de courage que de bonheur (c'est-à-dire plus *courageusement* qu'*heureusement*), Romani bella quædam *fortiùs quàm feliciùs* gesserunt. (T.-Liv.)

Rem. Cependant, si le premier adjectif ou le premier adverbe est accompagné de *magis,* on ne doit employer que le *positif* après *quàm.* Exemples :

Maîtriser ses passions est plus glorieux que difficile, *continere cupiditates præclarum* magis *est quàm difficile.* (Cic.)

Chez les anciens Romains, les dieux étaient honorés avec plus de piété que de magnificence, *apud veteres Romanos, dii colebantur magis piè quàm magnificè.* (T.-Liv.)

296. *Magis* pius est *quàm* tu.

Quand l'adjectif latin n'a de comparatif qu'avec le secours d'un autre mot (68), on rend *plus* par *magis,* et la conjonction *que* par *quàm.* Exemple :

Il est plus pieux que vous, *magis pius est quàm tu.*

297. Rem. 1° Si l'adjectif ou l'adverbe est précédé de *moins,* on exprime *moins* par *minùs* avec le positif, et *que* par *quàm* :

Il est *moins* habile qu'heureux, *minùs est peritus quàm felix.*

Il est moins pieux que vous, *minùs pius est quàm tu.* (62, *Rem.*)

2° Lorsque l'adjectif ou l'adverbe est précédé du mot *aussi*, on rend *aussi* par *tàm*, et *que* également par *quàm*. Exemples :

Il est aussi heureux qu'habile, *tàm est felix quàm peritus.*

Il est aussi pieux que vous, *tàm pius est quàm tu.* (62, *Rem.*)

298. *Majori virtute* præditus (289).

Quand l'adjectif français se rend en latin par deux mots (un adjectif et un nom), on exprime *plus* par *major, majus*, et *moins* par *minor, minus*, que l'on fait accorder avec le nom. *Exemples* :

Plus vertueux, c'est-à-dire, doué d'une plus grande vertu, *majori virtute præditus.*

Moins vertueux, c'est-à-dire, doué d'une moindre vertu, *minori virtute præditus.*

Plus instruit, *majori scientiâ ornatus*, et non pas *magis virtute præditus, magis scientiâ ornatus.*

299. Doctior est *quàm* putas.

Si le comparatif est suivi d'un verbe, ce verbe se met au même temps que dans le français, et le *que* s'exprime toujours par *quàm*. Exemples:

Il est plus savant que vous ne pensez, *doctior est quàm putas.*

Rien n'est plus honteux que de mentir, *nihil turpius est quàm mentiri.* (Le *ne* français ne se rend pas en latin.)

300. Quand la forme ordinaire du comparatif n'est pas suivie du second terme de comparaison, on la traduit par *trop*, et quelquefois par *un peu* avec le positif :

Morbus gravior est, la maladie est trop grave...

Senectus est naturâ loquacior (Cic.), la vieillesse est naturellement un peu causeuse (un peu trop causeuse).

301. On emploie le comparatif, au lieu du positif qui est en français, quand il ne s'agit que de deux objets, dont la comparaison est supposée :

Entre la grande et la petite Phrygie, *inter Phrygiam majorem et minorem.* (T. Liv.)

La haute Mœsie, la basse Mœsie, *Mœsia superior, Mœsia inferior.* (Eut.)

REM. C'est en ce sens qu'on traduit :

Le *premier* par *prior*, pour *primus.*	*Premièrement* par *priùs*, pour *primò.*
Le *second* par *posterior*, pour *postremus.*	*Secondement* par *posteriùs*, pour *postremò.*

Le premier riait toujours, le second pleurait sans cesse, *prior semper ridebat, posterior indesinenter flebat.*

SYNTAXE DU SUPERLATIF.

302. En français, nous avons deux superlatifs : le superlatif *absolu*, qui marque une qualité portée à un très haut degré, mais sans aucun rapport avec d'autres objets (*très juste*), et le superlatif *relatif*, qui exprime une qualité portée au plus haut degré, *relativement* aux autres individus ou objets mis en comparaison (*le plus juste*).

En latin, cette distinction existe comme en français, mais il n'y a qu'une seule forme pour les deux superlatifs (*justissimus*, v. 60).

Le nom qualifié par le superlatif *absolu* n'a pas besoin de complément : *Ille vir justissimus est* (cet homme est très juste) ; le nom qualifié par le superlatif *relatif* a toujours un complément, comme l'indique la nature même de ce superlatif : *Aristides omnium Atheniensium justissimus fuit* (Aristide fut le plus juste de tous les Athéniens, — fut le plus juste Athénien de tous les Athéniens).

303. *Superlatif relatif.*

Altissima *arborum*, ou *ex arboribus*, ou *inter arbores.*

Quand le superlatif est suivi d'un nom pluriel, il le veut au *génitif*, ou bien à l'*ablatif* avec *è, ex*, ou à l'accusatif avec *inter*. Exemple :

Le plus haut des arbres, *altissima arborum*, ou *ex arboribus*, ou *inter arbores.*

Le superlatif est toujours du même genre que le nom pluriel qui suit, parce que le nom sous-entendu qu'il qualifie est nécessairement de ce genre. En effet, l'expression *le plus haut des arbres* est mise pour *l'arbre le plus haut des arbres.*

304. *Ditissimus* urbis.

Si le nom qui suit le superlatif est du singulier, il se met au génitif seulement. Dans ce cas, le genre du superlatif et celui du nom qui le suit peuvent être différents. *Exemple :*

Le plus riche de la ville, *ditissimus urbis.*

Ici *homo* ou *incola* est sous-entendu à côté du superlatif; c'est comme s'il y avait : *homo ditissimus urbis.*

305. Unus *militum*, ou *ex militibus*, ou *inter milites.*

Les mots qu'on appelle *partitifs*, c'est-à-dire qui marquent une partie de plusieurs individus ou de plusieurs objets, comme *unus, quis, aliquis, nemo, nullus,* etc., suivent la même règle que le superlatif (303). *Exemples :*

Un des soldats, *unus militum,* ou *ex militibus,* ou *inter milites.* — Qui de vous ? *quis vestrûm,* ou *ex vobis,* ou *inter vos ?*

Rᴇᴍ. On dit *quis nostrûm, quis vestrûm,* en ce sens, et non pas *nostrî, vestrî,* parce qu'on n'emploie ces deux derniers mots qu'après un verbe ou un substantif, c.-à-d. dans un sens général, comme dans cet exemple : *La meilleure partie de nous-mêmes est immortelle,* pars nostri melior immortalis est. (Sᴇ́ɴ.)

306. *Maximè* omnium conspicuus.

Quand l'adjectif latin n'a pas de superlatif (68), on se sert de *maximè* avec le positif. *Exemple :*

Le plus remarquable de tous, *maximè omnium conspicuus.*

Si l'adjectif se rend en latin par deux mots, comme au n° 298, l'expression *le plus* se rend par *maximus, a, um :*

Le plus vertueux, *maximâ virtute prædutus* (c.-à-d. doué de *la plus grande vertu).*

307. Optimus *quisque...*

Si un superlatif pluriel en français n'a pas de complément marqué par *de,* on se sert de *quisque,* que l'on joint au superlatif latin. *Exemples :*

Les plus honnêtes gens..., *optimus quisque* (sous-ent. *homo).* Les plus méchants, *pessimus quisque* (idem). Les plus vieilles amitiés, *veterrimæ quæque amicitiæ.* Les meilleures choses sont les plus rares, *optimum quidquid rarissimum est.* (Cic.)

308. *Validior* manuum.

Quand on ne parle que de deux objets, au lieu du superlatif qui est en français, on emploie le comparatif en latin, et le mot *deux* ne s'exprime pas. *Exemple :*

La plus forte des deux mains , *validior manuum.*

Rᴇᴍ. C'est par l'application de cette règle qu'on traduit *l'aîné, le plus âgé,* par *major natu; le plus jeune, le plus petit,* par *minor natu.*

Souvent même on supprime *natu :*

Caton l'ancien, *Cato major ;* Caton le jeune, *Cato minor* (*).

(V. *Exerc. Lat.,* chap. VII.)

_____

(*) Après la syntaxe des verbes, qui suit, l'élève trouvera celle de quelques autres adjectifs et celle des pronoms. (380 et suiv.)

8.

COMPLÉMENTS DES VERBES.

308 (*bis*). Nous avons déjà vu que le verbe *esse* n'a jamais de complément. Ainsi, dans toutes les règles qui suivent sur ce verbe, il faut observer que les mots qui se présentent sous la forme d'un complément sont celui d'un attribut sous-entendu.

309. Est *mihi* liber.

Au lieu de *habere*, on emploie souvent *esse* pour signifier *avoir*; alors le nom de la personne, c.-à-d. le nom possesseur, se met au *datif*. Exemple:

J'ai un livre, tournez : un livre est à moi, *liber est mihi* (c'est-à-dire, un livre est *appartenant* à moi).

Rem. Les verbes *s'appeler, se nommer, avoir le nom de*, se traduisent aussi par *esse* avec le *datif* pour le mot possesseur, et le *nominatif* ou le *datif* (très rarement le *génitif*) pour le nom propre :

Je m'appelle *ou* on m'appelle Caius, *est mihi nomen Caius*, ou *est mihi nomen Caio*.

310. Hoc erit *tibi dolori*.

Les verbes *causer, procurer* et autres de signification analogue, se rendent en latin par *esse*, avec deux *datifs* :

Cela vous causera de la douleur, tournez : cela sera à douleur à vous, *hoc erit tibi dolori*.

Cela vous fait honneur, *hoc tibi est honori*.

Mon frère prendra soin (*ou* s'occupera) de cette affaire, *hæc res fratri meo curæ erit*.

311. Est *adolescentis*.

On emploie le verbe *sum* pour rendre les expressions *il est de, c'est à, c'est le devoir, l'affaire de, le propre de*; le nom qui suit le verbe *sum* se met toujours au *génitif*, et l'on sous-entend *officium, munus* ou *proprium*. Exemples:

Il est d'un jeune homme de respecter les vieillards, *est adolescentis majores natu vereri* (sous-entendu *officium*, c'est-à-dire, respecter les vieillards est *le devoir* d'un jeune homme).

C'est à Dieu à pardonner, *ignoscere est Dei* (sous-ent. *munus* ou *proprium*).

312. Les verbes *être à, appartenir à, être au pouvoir de*, se traduisent encore par le verbe *esse* ou par *fieri* avec le nom suivant au *génitif*, toutes les fois que le nom sujet est précédé d'un adjectif déterminatif tel que *ce, cet, cette, tout*, etc., ou suivi d'un autre *nom*. Exemples:

C'est à lui à prévoir, *illius est prævidere.*

Ces livres sont *ou* appartiennent à Pierre, *hi libri sunt Petri* (c'est-à-dire, *hi libri sunt* libri *Petri*, 272).

Toute la Syrie était au pouvoir des Macédoniens, *tota Syria Macedonum erat.* (Q. Curt.) (c'est-à-dire, *erat* res *Macedonum*).

L'île de Mégare appartenait aux Athéniens, *Megarensium insula Atheniensium fiebat* (c'est-à-dire, *fiebat* res *ou* insula Atheniensium).

313. Hic liber est *meus.*

Si ces mots *à moi, à nous, à toi, à vous* (1re et 2e pers.) précédés du verbe *être* ou du verbe *appartenir,* peuvent se tourner par *le mien, le tien, le nôtre, le vôtre,* on les rend en latin par *meus, tuus, noster, vester,* que l'on fait accorder avec le nom exprimé. Exemples :

Ce livre est à moi, *tournez :* ce livre est le mien, *hic liber est meus.*

Ces livres sont à nous, *hi libri sunt nostri.*

Nota. Pour la troisième personne, il faut employer *ejus* ou *illius* (311), dans ce cas. — Pour *suus, a, um,* voyez n° 270.

314. Mihi opus est *amico.*

On se sert de l'impersonnel *opus est* (besoin est) pour signifier *avoir besoin ;* dans ce cas, le nom de la personne qui a besoin se met au *datif,* et celui de la chose dont elle a besoin, à l'*ablatif.* Exemples :

J'ai besoin d'un ami, *tournez :* besoin est à moi d'un ami, *mihi opus est amico.*

Le maître qui a besoin, *c'est-à-dire,* auquel besoin est, *magister cui opus est.*

Nota. L'objet dont on a besoin peut aussi être le sujet de la proposition, et le mot *opus* l'attribut. *Exemple :* Nous avons besoin d'un général, *dux nobis opus est.* (Cic.)

(V. *Exerc. Lat.,* chap. VIII.)

COMPLÉMENT DIRECT DES VERBES.

315. Amo *Deum.*

Tout verbe actif (ou *transitif*) veut son complément direct à l'*accusatif.* Exemples :

J'aime Dieu, *amo Deum.*
Vous pratiquez la vertu, *colis virtutem.*
Scipion vainquit Annibal, *Scipio vicit Annibalem.*

316. Imitor *patrem.*

Plusieurs verbes déponents ont la force des verbes actifs

et veulent leur complément direct à *l'accusatif*. Ils sont alors *déponents actifs*. Exemples :

J'imite mon père, *imitor patrem*.
Nous admirons la vertu, *miramur virtutem*.

317. Musica *me juvat* ou *delectat*.

On rend en latin *faire plaisir, réjouir*, par *juvare, delectare* ; *être réservé à*, attendre, par *manere* ; convenir, par *decere* ; ne pas convenir, par *dedecere*, quand ces verbes ont pour sujet un nom de *chose* ; les verbes latins, *juvare, delectare*, etc., ayant la signification active, veulent le nom de la *personne* à *l'accusatif*. Exemples :

La musique me fait plaisir, *mot à mot :* me réjouit, *musica me juvat* ou *delectat*.
Beaucoup d'hommes se plaisent dans les camps, *mot à mot :* les camps réjouissent beaucoup d'hommes, *multos castra juvant*. (Horace.)
Une gloire éternelle nous est réservée, *mot à mot :* nous attend, *gloria æterna nos manet*.

(Quand *attendre* a pour sujet un nom de personne, on le rend par *expectare* ou *exspectare*, v. 553.)

318. Multa nos *fugiunt, fallunt, prætereunt*.

Le verbe *ignorer* se rend souvent par un des trois verbes *fugio, fallo, prætereo*, que l'on emploie à la troisième personne ; pour cela, on prend le nom de *chose*, qui est complément en français, pour en faire le *sujet* du verbe latin, et le nom de la personne, qui était sujet, devient *complément*. Ex. :

Nous ignorons bien des choses, *tournez :* bien des choses nous fuient, nous trompent, nous passent, *multa nos fugiunt, fallunt, prætereunt*.
Vous savez cela, *ou* vous n'ignorez pas cela, *id te non fugit, fallit, præterit*.

Le verbe *latere*, être caché, secret, ignoré ; échapper à, suit la même règle :

Rien ne lui échappe, *nihil illum latet*. (Ov.)

318 (*bis*). Spartam Eurotas amnis *circumfluit*.

Plusieurs verbes neutres, composés d'une préposition qui exige *l'accusatif*, veulent aussi leur complément à ce cas. *Exemples :*

Le fleuve l'Eurotas entoure Sparte, *Spartam Eurotas amnis circumfluit*, (Sén.)

Annibal aborda en Afrique avec cinq vaisseaux, *Annibal cum quinque navibus Africam accessit.* (C. Nép.)

Aborder quelqu'un, } *adire aliquem.*
Aller trouver quelqu'un,

Aller au sénat, se rendre au sénat, *adire Senatum.*

(V. *Exerc. Lat.*, chap. VIII.)

COMPLÉMENT INDIRECT DES VERBES.

Les verbes actifs et plusieurs verbes déponents, peuvent avoir, outre le complément direct, un complément indirect. (239)

319. Do vestem *pauperi.*

Les verbes qui signifient *donner, dire, promettre, devoir, présenter,* etc., soit à l'*actif,* soit au *passif,* veulent au *datif* leur complément indirect, indiqué par la préposition *à* en français. *Exemples :*

Je donne un habit au pauvre, *do vestem pauperi.*
Dieu promet une vie éternelle au juste, *Deus vitam æternam justo promittit.*
Un habit est donné au pauvre, *datur vestis pauperi;* une vie éternelle a été promise au juste, *vita æterna justo promissa est.*

320. *Crimini* dedit *mihi* meam fidem.

On se sert des verbes *do, verto, tribuo, habeo, duco,* dans le sens de *faire un crime, un reproche, faire gloire, faire honneur* à quelqu'un de quelque chose ; *imputer à crime, à déshonneur* quelque chose à quelqu'un. Dans ce cas, le verbe latin veut à l'*accusatif* comme complément, ou au *nomin.* comme *sujet,* le nom de la chose dont on fait un crime ou un sujet d'éloge, et au *datif* les deux autres compléments. *Ex.* :

Il m'a fait un crime de ma bonne foi, *crimini dedit mihi meam fidem* (mot à mot : il a donné ma bonne foi *à crime à moi*).
Blâmer quelqu'un de quelque chose, *vitio vertere aliquid alicui* (mot à mot : tourner quelque chose *à défaut à quelqu'un*).
Il lui fit un sujet de gloire de sa trahison, *proditionem illi gloriæ dedit.* (T. Liv.)

321. Minari *mortem alicui.*

Les verbes déponents *minari, minitari,* menacer; *gratulari,* féliciter, veulent le nom de la chose (complément indir.) à l'*accusatif,* et le nom de la personne (compl. dir.) au *datif.* Exemples :

Menacer quelqu'un de la mort, *minari mortem alicui.*
Féliciter quelqu'un d'une victoire, *gratulari victoriam alicui.*

Rᴇᴍ.* Le datif de la personne s'explique par la décomposition du verbe latin :

Minari, minas dare *alicui* secundùm *mortem; gratulari*, gratula-tionem afferre *alicui* secundùm *victoriam,*

322. Scribo *ad te* ou *tibi* epistolam.

Les trois verbes actifs *scribo*, j'écris ; *mitto*, j'envoie ; *fero*, je porte, ainsi que les composés et le passif de ces verbes, veulent leur complément indirect à l'*accusatif*, avec *ad*, ou au *datif*. Exemple :

Je vous écris une lettre, *scribo ad te* ou *tibi epistolam.*

323. Hæc via ducit *ad virtutem.*

Quand le verbe signifie quelque mouvement, comme *con-duire à, diriger vers...* ou une inclination vers quelque chose, comme *exhorter à..., exciter à..., entraîner à...*, ou *vers...* le complément indirect se met à l'*accusatif* avec *ad*. Ex. :

Ce chemin conduit l'homme à la vertu, *hæc via ducit hominem ad virtutem.*

Je vous exhorte au travail, *te hortor ad laborem.*

Verbes qui suivent la même règle :

Allicere, *attirer à, vers,*	Trahere, *attirer à, entraîner*
Hortari, *exhorter à.*	*vers.*
Incitare, *inciter à, pousser à.*	Vocare, etc., *appeler à, attirer*
Informare, *former à.*	*à, etc.*

324. Virtutem divitiis *præferre.*

1° La plupart des verbes composés des prépositions *ante, inter, ob, post, præ* et *sub*, veulent leur complément indirect au datif. *Exemples :*

Nous devons préférer la vertu aux richesses, *virtutem divitiis præferre debemus.*

J'ai sacrifié aux jeux des occupations sérieuses, *posthabui seria ludo.* (Virg.)

Entrer dans une grotte, *succedere antro.* (Virg.)

2° Adjungere tauros *aratro*, ou *ad aratrum.*

Plusieurs des verbes composés des prépositions *ad, cum* et *in* veulent, comme les précédents, leur complément indirect au *datif*; mais on peut aussi répéter la préposition qui entre dans le verbe, et mettre le nom au cas qu'exige cette préposition. *Exemples :*

Atteler des bœufs à la charrue, *adjungere tauros aratro,* ou *ad aratrum.*

Comparer César à Alexandre, *Cæsarem Alexandro conferre*, ou *cum Alexandro conferre*.

3° Illudere *alicui*, ou *aliquem*.

Les verbes suivants, composés également d'une préposition, veulent le nom de la personne au *datif* ou à l'accusatif :

Anteire,		Illudere, *jouer, se jouer de*.
Antecedere,	*devancer, sur-*	Præcedere, *précéder*.
Antecellere,	*passer*.	Præcellere, *prévenir, surpasser*.
Antevenire,		Præstolari, *attendre*.
Adulari, *flatter*,		Præstare, *l'emporter sur*.

Exemples :

Se louer, se moquer de quelqu'un, *illudere alicui*, ou *aliquem*.
Il l'emporte sur vous en sagesse, *tibi ou te sapientia præstat*.

4° Donare *præmium alicui*, ou *aliquem præmio* donare.

Plusieurs verbes veulent le nom de la personne ou de l'objet principal au *datif*, et le nom de la chose à *l'accusatif* ; ou bien le nom de la personne à *l'accusatif*, et le nom de la chose à *l'ablatif*. Cette double tournure existe en français comme en latin, et vient du double sens attaché au verbe. *Exemples :*

Donner une récompense à quelqu'un, *donare præmium alicui*.
Gratifier quelqu'un d'une récompense, *aliquem præmio donare*.
Se mettre un habit, *induere sibi vestem*. (Plaut.)
Se vêtir d'un habit, *induere se veste*. (Cic.)

Verbes qui suivent la même règle :

Aspergere, *répandre sur*, — *arroser de*.
Circumdare, *mettre autour*, — *entourer de*.
Exuere, *ôter... à*, — *dépouiller de*.
Intercludere, *fermer à*, — *priver de*.

325. Pater et mater *quos* amos.

Tous les pronoms compléments suivent les mêmes règles que les noms, c'est-à-dire qu'ils se mettent toujours au cas qu'exige le verbe latin dont ils dépendent. *Exemples :*

Le père et la mère que j'aime, *pater et mater quos amo*. (315.)
Dieu, que j'aime, est immortel, *Deus, quem amo, immortalis est*. (315.)
Je vous ai promis un livre, je vous le donnerai, *tibi promisi librum, hunc tibi dabo*. (315, 319.)
Je ne le ferai pas, tournez : je ne ferai pas cela, *hoc non agam*. Vous lui direz, *dices ei* (319). Je leur écrirai une lettre (*leur* pour *à eux*), *epistolam illis* ou *ad illos scribam*. (315, 322.)

: L'homme à qui vous avez confié votre affaire, *homo cui negotium tuum commisisti.* (315, 319.)

326. Mitte *quem voles.*

Le pronom relatif *qui* se tourne quelquefois par *celui que*; en ce sens, il devient complément, et se met au cas qu'exige le verbe dont il dépend. *Exemple :*

Envoyez qui vous voudrez, c'est-à-dire, *celui que* vous voudrez, *mitte quem voles* (sous-entendu *mittere*).

327. Quem *vocas?* Quid *agis?*

Quand le pronom interrogatif *qui?* peut se tourner par *qui est celui que?...* il est complément et se met au cas qu'exige le verbe; le pronom interrogatif *que* (mis pour *quelle chose*) suit la même règle ; mais si le verbe veut un autre cas que l'*accusatif*, on rend en latin le mot *chose* (res). *Exemples :*

Qui appelez-vous? c'est-à-dire, *qui est celui que* vous appelez? *quem vocas?*

Que faites-vous? c'est-à-dire, *quelle chose* faites-vous? *quid agis?*

Que vous faut-il? c'est-à-dire, de quelle chose avez-vous besoin? *quâ re tibi opus est?* (314.) — Qu'étudiez-vous? *cui rei studes?*

328. Doceo *pueros grammaticam.*

Les verbes actifs *docere*, instruire; *rogare*, prier, demander; *celare*, cacher, etc., veulent deux accusatifs, le nom de la personne et celui de la chose. *Exemple :*

J'enseigne la grammaire aux enfants, *doceo pueros grammaticam.* (On sous-entend la préposition *ad* ou *secundùm*, c'est-à-dire : *ad* ou *secundùm grammaticam*, j'instruis les enfants sur la grammaire.)

Rem. Si le verbe est au passif, le nom de la personne se met toujours au nominatif, comme sujet, et celui de la chose, à l'accusatif, comme complément de la préposition sous-ent. : *Pueri docentur grammaticam*, les enfants sont instruits sur la grammaire.

La grammaire qui est enseignée ou qu'on enseigne aux enfants, *grammatica* quam *pueri docentur.*

Demandez à Dieu un bon esprit, *roga Deum bonam mentem.*
(Sén.)

Verbes qui suivent la même règle :

Dedocere, *faire oublier.*	Interrogare, *interroger.*
Edocere, *enseigner, instruire.*	Orare, *prier, demander.*
Erudire, *instruire.*	Poscere, *demander.*
Flagitare, *demander, importuner, accuser.*	Exposcere, Reposcere, } *réclamer.*

329. Accepi litteras *à patre meo.*

Plusieurs verbes, tels que *recevoir*, accipere; *deman-*

der, petere ; *acheter,* emere ; *emprunter,* mutuari ; *attendre,* exspectare ; *obtenir,* impetrare, etc., veulent en latin leur complément indirect de personne à l'*ablatif,* avec la préposition *à* ou *ab.* L'emploi de l'ablatif se reconnaît ici mécaniquement, quand la préposition française *à* ou *de* peut se tourner par *venant de la part de.* Exemples :

J'ai reçu une lettre de mon père, *accepi litteras à patre meo.*

Il a demandé une grâce à l'empereur, *petivit beneficium ab imperatore.*

330. Accepi magnam voluptatem *ex tuis litteris.*

Si le complément indirect des verbes précédents est une chose *inanimée,* on le met à l'*ablatif* avec la préposition *è* ou *ex.* Les verbes *allumer à, pendre à, juger à, puiser à,* etc., suivent la même règle. *Exemples :*

J'ai reçu une grande joie de votre lettre, *accepi magnam voluptatem ex tuis litteris.*

Puiser de l'eau à une fontaine, *haurire aquam ex fonte.*

Il alluma un flambeau à l'autel de Jupiter, *lucernam ex arâ Jovis accendit.* (Phæd.)

331. Id audivi *ex amico,* ou *ab-amico-meo.*

Les verbes *audire,* apprendre ; *quærere,* s'informer ; *percontari, sciscitari,* s'enquérir, interroger, demander, et autres de signification analogue, veulent leur complément indirect à l'*ablatif,* avec la préposition *à* ou *ab, è* ou *ex ;* mais, après *cognoscere,* apprendre, c'est toujours *è* ou *ex. Exemples :*

J'ai appris cela de mon ami, *id audivi ex,* ou *ab amico meo.*

J'ai connu par votre lettre, *ex litteris tuis cognovi.*

332. Christus redemit hominem *à morte.*

Les verbes actifs *redimere,* racheter ; *liberare,* délivrer ; *removere,* éloigner ; *divellere,* arracher, etc.; *orior, nascor,* naître, sortir de, et, en général, tous les verbes qui marquent *éloignement* ou *séparation,* veulent leur complément indirect à l'*ablatif* avec *à* ou *ab, è* ou *ex, de,* et quelquefois sans préposition. *Exemples :*

Jésus-Christ a racheté l'homme de la mort, *Christus redemit hominem à morte.*

Délivrer quelqu'un de la servitude, *eximere aliquem à servitute,* ou *ex servitute,* ou *servitute* (sans préposition).

Verbes qui suivent la même règle :

Abdicare (avec *se*), *se démettre de.*	Abstinere, *s'abstenir de.*
	Abstrahere, *séparer de.*
Absterrere, *détourner de.*	Arcere, *éloigner, écarter de.*

Auferre, *ôter de.*
Avertere, *détourner de.*
Avocare, *détourner, éloigner de.*
Deterrere, *détourner de.*
Disjungere,
Divellere, } *séparer de.*

Ejicere, *chasser, faire sortir de.*
Excludere, *exclure de.*
Prohibere, *éloigner de.*
Sejungere, *détacher de.*
Vindicare, *délivrer, affranchir de,* etc.

Remarquez les prépositions *à, ab, é, ex* et *de,* placées au commencement de la plupart de ces verbes.

333. Admonui eum *periculi,* ou *de periculo.*

1° Les verbes actifs *monere, admonere, commonere,* avertir ; *facere certiorem* (informer), et le passif de ces verbes, veulent leur complément indirect, marqué par *de,* ou à l'ablatif avec *de,* ou au *génitif* (par ellipse de *de re*). Exemples :

Je l'ai averti du danger, *admonui eum periculi,* ou *de periculo.*
Plût à Dieu que j'eusse été informé de votre dessein ! *utinam factus essem tui consilii certior !*

2° Si l'un de ces verbes a pour complément indirect un autre verbe, mettez celui-ci au gérondif en *do* avec *de,* et si ce second verbe a lui-même un complément direct, employez le participe *futur passif.* Exemple :

Vous m'avez averti *de conserver* la faveur de Sextius, *tu me de retinendâ Sextii gratiâ monuisti.* (Cic.)

334. Hoc eos moneo.

Si *moneo* et ses composés ont pour complément indirect un des mots, *ceci, cela, une chose,* au lieu du *génitif* ou de l'ablatif, on emploie bien aussi l'*accusatif* neutre *hoc, id, illud, unum.* Exemples :

Je les avertis de cela, *hoc eos moneo* (328).
Je les avertis d'une chose, *unum eos moneo* (sous-entendu *negotium,* 265).

335. Implere dolium *vino.*

Les verbes actifs qui marquent *don, abondance, disette* ou *privation,* tels que *implere,* remplir ; *cumulare,* combler ; *donare,* gratifier ; *orbare, nudare,* priver, etc., ainsi que le *passif,* veulent leur complément indirect à l'*ablatif* sans préposition. *Exemples :*

Remplir un tonneau de vin, *implere dolium vino.*
Combler quelqu'un de bienfaits, *cumulare aliquem beneficiis.*
Priver quelqu'un de secours, *nudare aliquem præsidio.*
REM. En général, le complément indirect de ces verbes, marqué par *de* en français, indique à lui seul l'*ablatif* latin (s.-ent. *cum* ou *de*).

336. Insimulare aliquem *furti.*

1° Les verbes actifs *accusare, arguere, insimulare,* accuser ; *damnare, condemnare*, condamner, trouver coupable ; *absolvere*, absoudre ; *convincere*, convaincre, etc., veulent le nom du délit, de la faute, au génitif (sous-ent. *de re*, de *crimine*) (*). Exemples :

Accuser quelqu'un de larcin, *insimulare aliquem furti* (sous-ent. *de re*).

Absoudre quelqu'un d'un crime, *absolvere aliquem sceleris* (s.-ent. *de crimine*).

Quelquefois aussi on met l'ablatif avec *de* :

Vous pouvez m'accuser de négligence, *me accusare de negligentiâ potes*. (Cic.)

2° Omne humanum genus *morte* damnatum est.

Avec *damnare, condemnare, multare* ou *mulctare* (condamner) et *absolvere* (absoudre), le nom de la *peine*, désignant la mort, l'exil ou l'amende, se met à l'*ablatif*. Exemple :

Tout le genre humain est condamné à mourir (à mort), *omne humanum genus morte damnatum est*. (Sén.)

Le mot *caput*, signifiant *peine capitale, peine de mort*, se met indifféremment au *génitif* (sous-ent. *de pœnâ*), ou à l'*ablatif*. Exemples :

Socrate fut condamné à mort, *Socrates capitis* ou *capite fuit damnatus*.

Miltiade fut absous de la peine de mort, mais puni d'une amende, *Miltiades capitis absolutus, pecuniâ multatus est*. (C. N.)

337. Damnare aliquem *ad triremes*.

Après le verbe *damnare*, condamner, le nom de l'instrument du supplice se met à l'*accusatif* avec la préposition *ad*. Exemples :

Condamner quelqu'un aux galères, *damnare aliquem ad triremes*. — A tourner la meule, *ad molam*.

338. Arguitur *prodidisse* rempublicam.

Les verbes *accuser, condamner*, suivis d'un infinitif, s'expriment, *accuser* par *arguere, insimulare*, et *condamner* par *jubere*, avec l'infinitif latin. *Exemples :*

Il est accusé d'avoir trahi la république, *arguitur prodidisse rempublicam*.

Il fut condamné à sortir de la ville (*tournez :* il reçut ordre de sortir de la ville), *jussus est ab urbe discedere*.

(*) *Crimen* ne signifie pas *crime* (scelus) en ce sens, mais *accusation, grief*.

339. Interdico tibi *domo meâ.*

1° Avec le verbe *interdicere* (interdire), le nom de la personne se met au *datif*, et celui de la chose à l'*ablatif*, sous-entendu *de.* Exemple :

Je vous interdis ma maison, *interdico tibi domo meâ.*

Rem. Le complément *direct* est compris dans ce verbe, qui signifie *interdictionem facere,* prononcer l'interdiction, l'exclusion, faire défense.

Quelquefois on exprime la préposition *de* :

Je vous ai interdit l'usage des médecins, *interdixi tibi de medicis.* (Cat.)

Aquâ et igne nobis *interdicebatur.*

2° Au passif, le verbe *interdicere* n'est employé que comme verbe *unipersonnel,* à la 3° personne du singulier, et son participe, dans les temps composés, est *neutre* (comme *misereor, misertum est).* Exemples :

L'eau et le feu nous étaient interdits, *ou* on nous interdisait l'eau et le feu, *aquâ et igne nobis interdicebatur.* (Cic.)

L'eau et le feu furent interdits à Lentulus, *aquâ et igne Lentulo interdictum est.*

Avec *interdicere,* quelques auteurs sous-entendent *uti* (se servir de), au lieu de la préposition *de.*

(Voy. *Exerc. Lat.,* chap. X.)

COMPLÉMENTS DES VERBES PASSIFS.

340. Amor *à Deo.*

Le verbe passif veut son complément à l'*ablatif* avec la préposition *à* ou *ab,* quand ce complément est un nom ou pronom de personne, ou d'être animé. *Exemples :*

Je suis aimé de Dieu, *amor à Deo.*

Romulus, par qui Rome fut fondée, *Romulus, à quo Roma condita fuit...*

341. M*œrore* conficior.

Quand le complément du verbe passif est un nom ou pronom d'objet *inanimé,* on le met à l'*ablatif* sans préposition. *Exemples :*

Je suis accablé de chagrin *ou* par le chagrin, *mœrore conficior.*

Le monde est gouverné par la providence divine, *Dei* providentiâ *mundus administratur.* (Cic.)

Le colombe apporta un rameau d'olivier, *par lequel* la fin du déluge était annoncée, *columba attulit ramum olivæ, quo finis diluvii significabatur.*

REM. Quelquefois le verbe *actif* se change en *passif*, quand le sujet français est un nom de chose :

La crainte n'abat point le sage, *tournez :* le sage n'est point abattu..., *sapiens non metu frangitur.* (Cic.)

342. Hæc sententia neque *nobis*, neque *illi* probatur.

Avec les verbes passifs *probor, improbor, videor*, etc., et les participes en *dus, da, dum,* on met plutôt le complément au *datif* qu'à l'*ablatif.* Exemples :

Ce sentiment n'est approuvé ni de lui, ni de nous, *hæc sententia neque nobis, neque illi probatur.* (Cic.)

Je dois pratiquer la vertu, *mihi colenda est virtus* (c'est-à-dire, la vertu est *pour* moi devant être pratiquée).

Cette règle s'applique à plusieurs autres verbes passifs :

Audior, *je suis écouté, je suis entendu.*	Intelligor, *je suis compris.*
Cernor, *je suis vu.*	Laudor, *je suis loué.*
Habeor, *je passe pour...*	Quæror, *je suis cherché, je suis acquis,* etc., etc.

(Voy. *Exerc. Lat.*, chap. X.)

COMPLÉMENTS DES VERBES DÉPONENTS.

343. Miserere *pauperum.*

Le verbe déponent *misereri*, avoir pitié, veut son complément au *génitif.* Exemple :

Ayez pitié des pauvres, *miserere pauperum.*

REM. Ce *génitif* s'explique très bien par le nom compris dans le verbe (*misericordiam* habere).

344. *Vivorum* memini, nec *mortuorum* oblivisci possum.

Les verbes *oblivisci*, oublier ; *recordari, meminisse* (se souvenir), veulent leur complément au *génitif* ou à l'*accusatif.* Exemples :

Je me souviens des vivants, et je ne puis oublier les morts, *vivorum memini, nec mortuorum oblivisci possum.* (Cic.)

Nous devons nous rappeler les bienfaits, *beneficia meminisse debemus.* (Cic.)

345. Homo irascitur *mihi.*

Les verbes déponents *irasci*, se fâcher contre ; *blandiri,* flatter ; *opitulari*, secourir ; *minari*, menacer, etc., veulent leur complément au *datif*. Exemples :

Cet homme se fâche contre moi, *homo irascitur mihi.*
Il me menace, *minatur mihi.* — (Voy. 346, 324.)

346. Fruor *otio.*

Les sept verbes déponents qui suivent et leurs composés veulent leur complément à l'*ablatif*. Exemples :

Je jouis du repos, *fruor otio.*
Je m'acquitte du devoir, *fungor officio.*
Je suis maître de la ville, *potior urbe.*
Je me nourris de pain, *vescor pane.*
Je me sers de livres, *utor libris.*
Se glorifier des avantages d'autrui, *gloriari alienis bonis.* (Phæd.)
Je me réjouis de cela, *lætor hâc re.*

347. REM. 1° Avec *potiri*, le mot *res* s'emploie toujours au *génitif*, dans le sens de *posséder le souverain pouvoir :*

Avoir la domination,
Être maître du pouvoir,   } *potiri rerum.* (Cic.)

2° On trouve aussi, même dans les bons auteurs, des noms à l'accusatif avec les sept verbes ci-dessus ; mais ce n'est point à imiter :

Devant se rendre maître de la ville, *urbem potiturus.* (Cic.)
Pour jouir du plaisir, *ad perfruendas voluptates.* (Cic.)
S'étant acquitté de son devoir, *functus officium.* (Ter.)
Se réjouir des maux, *lætari malorum.* (Virg. avec le *gén.*)

348. *Illum* omnes admirantur.

Quand un verbe passif en français est *déponent* en latin, on change le *passif* en *actif*, en prenant le complément du verbe passif pour en faire le sujet du verbe déponent, et le sujet pour en faire le complément. *Exemple :*

Il est admiré de tout le monde, *tournez :* tout le monde l'admire, *illum omnes admirantur.*

349. S'il n'y a pas de complément en français, on met le verbe déponent à la troisième personne du pluriel (en sous-entendant *homines*). Exemple :

Cicéron était admiré quand il parlait, *admirabantur Ciceronem quùm diceret.*

REM. S'il y a plusieurs verbes en français, il faut les tourner tous par la forme active, quand même un de ces verbes aurait un passif en latin. *Exemple :*

Cicéron était loué et admiré *de tout le monde*, omnes *laudabant admirabanturque* Ciceronem (266).

(Voy. *Exerc. Lat.*, chap. X.)

COMPLÉMENTS DES VERBES NEUTRES.

350. Sudeo *grammaticæ.*

La plupart des verbes neutres veulent leur complément au *datif*. Exemples :

J'étudie la grammaire, *studeo grammaticæ.*
Nous favorisons la vertu, *favemus virtuti.*
Il a contenté le maître, *satisfecit præceptori.*
La grammaire que j'étudie, *grammatica cui studeo.*
Épargner quelqu'un, *parcere alicui.*

Les verbes suivants se rattachent à la même règle :

Benedicere, *bénir, donner sa bé-* | Obtemperare, *obéir, consentir à.*
nédiction à. | Occurrere, *aller au-devant.*
Consulere, *pourvoir à.* | Officere, *nuire à, s'opposer à.*
Invidere, *porter envie à.* | Parere, *obéir à.*
Maledicere, *médire.* | Servire, *servir.*
Nocere, *nuire à.* | Succedere, *succéder à.*
Nubere, *se marier, épouser.* | Succumbere, etc., *succomber*
Obedire, *obéir à.* | *à, etc.*

REM. 1° *Nubere* (de *nubes,* voile), qui signifie proprement *prendre le voile,* ne se dit que de la femme. *Se marier, épouser,* quand il s'agit de l'homme, se rend par *ducere uxorem.*

2° Comme on le voit, plusieurs de ces verbes, neutres en latin, sont actifs en français ; mais le complément *indirect* marqué par le *datif* s'explique très bien par la décomposition du verbe :

Studere   signifie *studium dare,* donner son étude à, etc.
Favere   —   *favorem dare,* accorder faveur à.
Satisfacere   —   *satis facere,* faire assez pour.
Benedicere   —   *bonum dicere,* dire, souhaiter du bien à, etc.

351. *Mihi* favet *fortuna.*

Quand un verbe passif en français est *neutre* en latin, on donne au verbe la forme active, en mettant le complément à la place du *sujet,* et le *sujet* à la place du complément, comme au n° 348. *Exemple :*

Je suis favorisé de la fortune, *tournez :* la fortune me favorise *mihi favet fortuna.*

REM. S'il n'y a pas de complément, on tourne comme au n° 349 : Alors la vertu était favorisée, *tùm virtuti favebant.*

352. Defuit *officio.*

Les verbes neutres dans la composition desquels entre le verbe *esse,* comme *deesse,* manquer à ; *adesse,* être présent à ; *interesse,* assiter à ; *obesse,* nuire à ; *præesse,* présider à ;

subesse, être dessous; *inesse, prodesse, superesse* (107), veulent aussi leur complément au *datif,* excepté *abesse* (353). *Exemples :*

Il a manqué à son devoir, *defuit officio.*
Il était présent à ce spectacle, *aderat huic spectaculo.*

353. *Abes à foro.*

Le verbe *abesse* (être éloigné de), et les autres verbes neutres qui, comme celui-là, marquent *éloignement* ou *séparation,* tels que *differre, distare, discrepare, abhorrere* (différer, être éloigné de); *dissentire, dissidere* (être de sentiment opposé, différer); *aberrare* (s'écarter, s'éloigner de); *recedere* (reculer, se retirer de) ; *redire* (revenir de) ; veulent leur complément à l'ablatif avec *à* ou *ab.* Exemples :

Vous êtes éloigné du marché, *abes à foro.*
Je reviens de mes terres, *redeo ab agris.*

354. Magna calamitas *tibi* imminet, impendet, instat.

Les trois verbes neutres *imminere, impendere, instare,* menacer, veulent leur complément au *datif.* Exemple :

Un grand malheur vous menace, *magna calamitas tibi imminet, impendet, instat.*

Rem. Ces trois verbes ne s'emploient que lorsqu'ils ont pour *sujet* un nom de chose; on se sert de *minari* avec un nom de personne (345).

355. Id *mihi* accidit, evenit, contingit.

Les verbes *accidit, evenit, contingit,* il arrive ; *conducit, expedit,* il est avantageux ; *placet, libet,* il plaît ; *licet,* il est permis, veulent aussi leur complément au *datif.* Exemples :

Cela m'est arrivé, *id mihi accidit.*
Cela vous est avantageux, *hoc tibi expedit.*

Rem. *Accidit* s'emploie pour les événements malheureux; *contigit,* pour les événements heureux; *evenit,* pour l'un ou l'autre cas indifféremment (175).

356. Hoc *ad me* pertinet.

Les trois verbes neutres *pertinere,* appartenir ; *attinere, spectare,* regarder, avoir rapport à, veulent leur complément à l'*accusatif* avec *ad.* Exemples :

Cela me regarde *ou* m'appartient, *hoc ad me pertinet* ou *spectat.*
Pour ce qui me regarde, *quod ad me attinet.*

Rem. *Pertinere* ici ne marque pas possession : il signifie *regarder quelqu'un, l'intéresser.* Pour la possession, on emploie *esse* (309).

357. Abundat *divitiis, nullá re* caret.

Les verbes neutres qui signifient *abondance*, *abundare*; *affluere* (regorger de), ou *disette*, *carere* (manquer de) ; *egere* (avoir besoin) ; *vacare* (être privé de), et quelques autres, tels que *florere*, être florissant; *gaudere*, aimer, se réjouir de ; *superbire*, s'enorgueillir de, etc., veulent leur complément à l'*ablatif*, sans préposition. *Exemples* :

Il regorge de biens, *abundat divitiis* (V. 335).
Il ne manque de rien, *nullá re caret.*
Se réjouir du bonheur d'autrui, *gaudere felicitate aliená*

Il faut observer cependant que les deux verbes *egere* et *indigere*, avoir besoin, s'emploient aussi avec le *génitif*:

Le feu a besoin d'aliment, *ignis pastûs indiget.* (Sén.)

358. Deus amat *virum bonum, illique* favet.

1° Quand deux verbes français n'ont qu'un seul et même mot pour complément, et qu'en latin ils veulent leurs compléments à différents cas, il faut donner à chaque verbe latin le complément qui lui convient; pour cela, on donne au premier verbe le complément désigné, et l'on se sert de l'un des pronoms *is, ille, ipse*, que l'on met au cas qu'exige le second verbe. *Exemple* :

Dieu aime et favorise l'homme de bien, *tournez :* Dieu aime l'homme de bien, et le favorise, *Deus amat virum bonum, illique favet.*

Amat veut son complément à l'*accusatif* (315); le verbe neutre *favet* ne peut avoir qu'un complément *indirect*, et le veut au *datif* (350).

2° Si le complément des verbes français est un *pronom*, on l'exprime deux fois, en le mettant au cas qu'exige chaque verbe latin. *Exemple :*

Les pauvres que nous devons aimer et secourir, *pauperes* quos *amare* et quibus *opitulari debemus.*

Quos est le complément de *amare* (315), et le datif *quibus* est celui de *opitulari* (345). (*V. Exerc. Lat.*, chap. X.)

COMPLÉMENTS DES VERBES UNIPERSONNELS.

359. Me pœnitet *culpæ meæ.*

Les cinq verbes unipersonnels *pœnitet, pudet, piget, tædet, miseret*, de *pœnitere*, se repentir; *pudere*, avoir honte; *pigere*, être fâché, *tædere*, s'ennuyer ; *miserere*, avoir pitié veulent le nom ou pronom qui précède à l'*accusatif*, et celui qui suit au *génitif.* Exemples :

Je me repens de ma faute, *me pœnitet culpœ meœ* (c.-à-d. *pœna culpœ meœ tenet me*).

Ils ont pitié de cet homme, *eos miseret hominis hujus* (c.-à-d. *miseratio hominis hujus tenet eos*).

L'enfant qui se repent, *puer quem pœnitet.*

Rem. Nous avons expliqué, à la conjugaison de ces verbes (176), comment le sujet français devient complément direct en latin, et comment le véritable sujet se trouve dans le verbe. En effet,

Pœnitet signifie *pœna* ou *pœnitentia tenet*, le repentir tient.

Pudet, c.-à-d. *pudor tenet*, la honte tient, etc.

Ainsi dans la phrase : *me pœnitet culpœ meœ*, on obtient cette construction régulière : *pœna* ou *pœnitentia meœ culpœ tenet me*, la peine ou le repentir de ma faute me tient.

360. Incipit *me* pœnitere *culpœ meœ.*

A l'exception des verbes *volo*, *nolo*, *malo*, *audeo*, *cupio*, *amo*, et autres semblables, les verbes qui sont avant *pœnitet*, *pudet* etc., ne s'emploient qu'à la troisième personne du singulier, parce qu'ils ont pour *sujet* le substantif *pœna*, *pudor*, etc., compris dans le verbe unipersonnel. *Exemples :*

Je commence à me repentir de ma faute, *incipit me pœnitere culpœ meœ* (*pœna culpœ meœ incipit tenere me*).

Vous devez avoir honte de votre paresse, *debet te pudere tuœ negligentiœ* (*pudor... debet tenere te*).

Les verbes *volo*, *nolo*, *malo*, etc., ont toujours pour sujet un nom ou pronom de personne, et conséquemment s'emploient à toutes les personnes des deux nombres. On ne peut donc jamais leur donner ou leur supposer pour *sujet*, un des mots *pœna*, *pudor*, etc., compris dans le verbe unipersonnel, attendu qu'on ne peut attribuer à *une chose* la *volonté*, le *désir*, etc., qu'expriment les verbes *volo*, *nolo*, *malo*, *cupio*, etc. *Exemples :*

Je veux me repentir, *volo me pœnitere* (volo pœnam tenere me) (628).

Tu aimeras mieux te repentir, *males te pœnitere* (628).

Rem. 1° Si un autre verbe avant *pudet*, etc., est à un temps composé, il faut l'employer à la troisième personne du sing. et au *neutre.* Exemples :

Tu as paru te repentir, *te visum est pœnitere* (628).

Vous auriez paru vous repentir, *visum esset vos pœnitere*, etc.

(Quel que soit le temps, le verbe ici est *unipersonnel*.)

2° Il ne faut pas confondre l'unipersonnel *me miseret* avec le déponent *misereor*, dont il a été question au n° 343. L'unipersonnel seul veut le nom ou pronom qui précède, à l'*accusatif :*

J'ai eu pitié de lui, *me ejus misertum est.* (PLAUT.) ·
Avec *misereri,* on dirait, dans ce cas, *ejus misertus sum.*

361. Refert, interest *reipublicæ.*

Les verbes unipersonnels *refert, interest* (il importe à, il est de l'intérêt de) veulent au *génitif* le nom de la personne ou de la chose personnifiée qui suit le verbe français *il importe.* Exemples:

Il importe à la république, *refert* ou *interest reipublicæ.*
Le jeune homme à qui il importe, *adolescens cujus interest.*

REM. Le génitif *reipublicæ* est le complément de l'ablatif *re* (de *res*) qui entre dans la composition de *refert :*
fert re reipublicæ. Re est sous-entendu avec *interest :* interest *re reipublicæ.*

362. Refert, interest *meâ, tuâ, nostrâ, vestrâ, suâ.*

Avec les verbes *refert, interest,* ces pronoms, *me, te, nous, vous,* s'expriment par *meâ, tuâ, nostrâ, vestrâ.* Exemples :

Il m'importe, *refert, interest meâ.*
Il vous importe, *refert, interest tuâ.*
Il m'importe à moi qui enseigne, *refert meâ qui doceo.*

REM. 1° Les ablatifs *meâ, tuâ,* etc., s'accordent avec *re* compris dans *refert,* et sous-entendu avec *interest : tuâ refert, tuâ re interest.*

2° Pour la 3° personne, les pronoms *lui, leur* se rendent par *ejus* ou *illius, eorum* ou *illorum,* quand il n'y a qu'une proposition :
Il lui importe *ou* il est de son intérêt, *illius interest.*

On n'emploie *suâ* que dans une proposition infinitive, où *lui* se rapporte au sujet du verbe principal:
Il sait qu'il lui importe, *scit suâ referre* (617).

363. Interest *tuâ unius.*

Si, après *il importe,* ces pronoms *à moi, à toi, à lui, à nous, à vous,* sont suivis d'un nom ou d'un adjectif, on met ce nom ou cet adjectif au *génitif.* Exemples:

Il vous importe à vous seul, *interest tuâ unius.*
Il importe à moi César, *refert meâ Cæsaris.*

Mais le nom de la personne à qui l'on adresse la parole reste au *vocatif:*

Il vous importe, mon fils, *tuâ refert, fili mi...*

364. Ces phrases, *il nous importe à tous deux, il vous importe à tous deux, il leur importe à tous deux,* se tournent ainsi :

Il importe à l'un et à l'autre de nous, de vous, d'eux, *utriusque nostrûm, vestrûm, illorum interest.* (Cɪc.)

365. *Ad honorem nostrum interest.*

Lorsque les verbes *refert, interest,* ont pour complément un nom de chose inanimée, on met ce nom à *l'accusatif* avec *ad.* Exemple:

Il importe à notre honneur, *ad honorem nostrum interest.* (Cɪc.) (V. *Exerc. Lat.,* chap. X.)

VERBE COMPLÉMENT D'UN AUTRE VERBE.

366. Amat *ludere.*

Quand un verbe a pour complément un autre verbe, ce second verbe se met au présent de l'*infinitif* en latin, pourvu que le premier ne marque pas mouvement. *Exemples:*

Il aime à jouer, *amat ludere.*
Il cessa de parler, *desiit loqui.*
Il importe à tout le monde de bien faire, *interest omnium rectè facere.* (Cɪc.)
Tu sais vaincre, Annibal, tu ne sais pas profiter de ta victoire, *vincere scis, Annibal, victoriâ uti nescis.* (T. Lɪv.)

367. Eo *lusum.*

Si le premier verbe signifie mouvement pour *aller* ou pour *venir* en quelque lieu, on met le second au supin en *um.* Exemples:

Je vais jouer, *eo lusum.*
Je viens jouer, *venio lusum.*

Au lieu du *supin,* on peut aussi employer,

le gérondif en *di* : venio *ludendi causâ;*
le gérondif en *dum* avec *ad* : venio *ad ludendum;*
le subjonctif avec *ut* : venio *ut ludam;*
le part. fut. *actif* : venio *lusurus;* Mamercus était venu aider les tyrans, *Mamercus tyrannos adjuturus venerat* (C. Nᴇᴘ.);
le part. fut. passif avec *ad* : *Mamercus ad tyrannos adjuvandos venerat* (604).

368. Venio *ad studendum,* ou *ut studeam.*

Quand le second verbe n'a pas de *supin,* on le suppose toujours précédé en français de la préposition *pour,* que l'on rend en latin par *ad* avec le gérondif en *dum,* par *causâ* avec le gérondif en *di,* ou par *ut* avec le subjonctif. *Exemple:*

Je viens étudier, *tournez :* pour étudier, *venio ad studendum,* — *venio studendi causâ,* — ou *venio ut studeam.*

(Le verbe *studeo* n'a point de supin.)

369. Redeo *ab ambulando.*

Lorsque deux verbes sont de suite et que le premier signifie mouvement pour *venir* de quelque lieu, ou renferme une idée d'éloignement, de départ, on met le second au gérondif en *do,* avec *à* ou *ab.* Exemples :

Je reviens de me promener, *redeo ab ambulando.*

La vieillesse ne détourne pas le sage d'apprendre, *à discendo senectus sapientem non deterret.*

370. Redibam *ab agris invisendis.*

Si le second verbe a un complément et qu'il le veuille à *l'accusatif,* il est mieux de se servir du participe futur passif en *dus, da, dum.* Exemple :

Je revenais de visiter mes terres, *redibam ab agris invisendis* (472).

371. Vidi eum *ingredientem.*

Après les verbes *voir, sentir, écouter, entendre, admirer,* et autres de signification analogue, l'infinitif français se rend en latin par le participe présent, que l'on fait accorder avec le complément du premier verbe. *Exemples :*

Je l'ai vu entrer, *tournez :* je l'ai vu entrant, *vidi eum ingredientem.*

Vous l'entendrez parler, *illum loquentem audies.*

372. Si cependant l'infinitif français se rend en latin par un verbe passif, ce verbe passif doit être mis au présent de l'infinitif, avec le même cas après qu'avant.

Il faut suivre la même règle pour le verbe *être.* Ex. :

J'ai vu Méris devenir loup, *vidi Mœrim fieri lupum.*

Je désire n'être point réputé menteur, *cupio me non putari mendacem.*

Il ne m'est pas permis d'être paresseux, *mihi non licet esse pigro.*

Rem. Avec ce même verbe *licet,* on met l'*accusatif,* si le nom ou le pronom n'est pas exprimé : *Non licet esse pigrum.*

373. Si le nom ou le pronom qui précède l'infinitif était au *génitif* ou à l'*ablatif,* il faudrait mettre l'adjectif suivant à l'*accusatif.* Exemple :

Il importe à un jeune homme d'être laborieux, *refert adolescentis esse impigrum.*

Rem.* Cet accusatif de l'adjectif (*impigrum*) est exigé par le pronom (*eum, se, ipsum*) sous-entendu.

Il vous importe d'être modeste, *tuâ interest esse modestum.*

Ces exemples, ainsi que *cupio me non putari mendacem* (372), se justifient par les règles de la proposition infinitive (628).

374. Te hortor *ad legendum.*

1° Après les verbes qui signifient *mouvement* vers quelque lieu, ou *inclination* vers quelque chose, comme *pousser à, exhorter, à*, etc., on exprime *à* par *ad*, et le second verbe se met au gérondif en *dum* (323). Exemples :

Je vous exhorte à lire, *te hortor ad legendum.*
— A lire l'histoire, *ad legendum historiam.*

375. 2° Si le second verbe a un complément et qu'il le veuille à *l'accusatif*, il est mieux de se servir du participe en *dus, da, dum,* que l'on met à *l'accusatif* avec *ad*, en le faisant accorder. *Exemple :*

Je vous exhorte à lire l'histoire, *te hortor ad legendam historiam.*

376. Consumit tempus *legendo.*

Lorsque la préposition *à* placée avant un infinitif peut se tourner par *en* et le participe présent, on met l'infinitif au gérondif en *do*, avec ou sans la préposition *in*. Exemples :

Il passe son temps à lire, *tournez :* en lisant, *consumit tempus legendo.*
— — — à lire l'histoire, *legendo historiam*, et mieux *in legendâ historiâ.*

377. Dedit mihi *libros legendos.*

Si la préposition *à*, placée avant un infinitif, peut se tourner par *pour* avec l'infinitif passif, on se sert en latin du participe en *dus, da, dum*, que l'on fait accorder avec le nom qui précède. *Exemple :*

Il m'a donné des livres à lire, *c'est-à-dire,* pour être lus, *ou* devant être lus, *dedit mihi libros legendos.*

378. Mais si le second verbe n'a pas de passif en latin, on tourne la préposition par la conjonction *ut*, ou par *qui, quæ, quod*, avec le subjonctif. *Exemple :*

Il m'a donné des livres à étudier, *dedit mihi libros, ut eis studeam,* — ou *quibus studeam (quibus* pour *ut eis*, 662).
(V. *Exerc. Lat.*, chap. X.)

RÉSUMÉ DES DEUX SYNTAXES (de 245 à 378).

379. *Emploi des six cas.*

1° NOMINATIF. Le mot *nominatif* vient du verbe *nominare*, nom-

mer. Il sert en effet à *nommer* la personne ou la chose qui *est* ou qui *agit*. Ce cas est toujours le signe du *sujet* et de l'*attribut* dans une proposition. *Exemples : Deus est sanctus* (262); *ego audio* ou *ego sum audiens* (252); *Petrus et Paulus ludunt*. Il en est ainsi de toute proposition (245 à 378).

2° Vocatif. Le *vocatif* (de *vocare*, appeler) est le signe de l'apostrophe, c'est-à-dire que c'est à ce cas que l'on met le nom de la personne à laquelle on adresse la parole. Le *vocatif* n'est ni *sujet* ni *complément*. Seulement si le verbe est à la seconde personne, le *vocatif* est en rapport avec le sujet *tu* ou *vos*, sous-entendu : *mi frater, ludis : mei fratres, luditis* (254); *vincere scis*, Annibal, *victoriâ uti nescis* (366), etc.

Souvent le *vocatif* est sous-entendu, quand le verbe est à la seconde personne : *ne insulta*, ou *noli insultare miseris* (456), etc. Le *vocatif* du nom qui répond à la *seconde personne* est sous-entendu ainsi dans tous les temps d'un verbe.

3° Génitif. Le mot *génitif* vient du verbe *gigno, is, genui, genitum*, gignere, *engendrer*. C'est en effet ce cas qui aide à former les autres, excepté le *nominatif* et le *vocatif*. On l'emploie quand il y a une idée de *possession*, d'*appartenance*, de *dépendance*.

Il est complément du *substantif*, comme dans *liber Petri* (272); *tempus legendi* (275); *altissima* (arbor) *arborum* (302), etc., etc.

Il est complément de l'*adjectif*, comme dans *avidus laudum* (278), *cupidus videndi* (279), etc.

Il est quelquefois complément du *verbe*, comme dans *admonui eum periculi* (333); *insimulare aliquem furti* (336); *miserere pauperum* (343); *vivorum memini* (344), etc., etc. Mais on peut expliquer que ce *génitif* est réellement le complément d'un *substantif* compris dans le verbe.

4° Datif. Ce cas vient du verbe *do, das, dedi, datum*, dare, *donner*. Il marque le *but* auquel se rapporte une action, le *terme* où elle aboutit, et répond au mot français précédé de la préposition *à* ou *pour*, avec l'idée de *donner*, d'*accorder*, et quelquefois celle d'*enlever à*, d'*ôter à*. Il est complément de l'*adjectif* ou complément *indirect* des *verbes*.

Complément de l'*adjectif*, comme dans *id mihi utile est* (281); *corpus assuetum tolerando labori* (283); *similis patri* (284), etc;

Complément *indirect* du *verbe*, comme dans *do vestem* pauperi, — *datur vestis* pauperi (319). — *Homo irascitur* mihi (345); *studeo* grammaticæ (350); *mihi favet fortuna* (351); *defuit* officio (352), etc., etc.

5° Accusatif. L'*accusatif* (de *accusare*, accuser) s'emploie quand il y a, dans la proposition, l'idée de *mouvement*, de *tendance*, de *direction* vers un lieu, contre, vers quelqu'un ou quelque chose; et, par analogie, l'idée de *tendance* vers un *but* ou un *résultat*.

L'*accusatif* est complément du *verbe*, de la *préposition* et de l'*adjectif*.

Il est complément *direct* du verbe *actif*, comme dans *amo Deum* (315); *imitor patrem* (316); *musica me juvat* ou *delectat* (317); *pater et mater* quos *amo* (325), etc.

L'*accusatif* s'emploie après une des prépositions indiquées au n° 206 : alors il est dit *complément* de la préposition (205) :... *ad lenitatem* (286);... *ad irascendum* (287);... *inter arbores* (303), etc.

L'*accusatif* et la *préposition* forment le *complément indirect* des verbes, comme dans *scribo ad te* (322) ; *hæc via ducit ad virtutem* (323); *damnare aliquem ad triremes* (337); *hoc ad me pertinet* (356); *te hortor ad legendum* (374), etc.

Quelquefois la préposition est sous-entendue pour le complément *indirect*, comme dans *doceo pueros grammaticam* (328); *hoc eos moneo* (334), etc.

L'*accusatif* et la *préposition* peuvent aussi être le complément d'un adjectif, comme dans *propensus ad lenitatem* (286); *pronus ad irascendum* (287), etc.

6° ABLATIF. L'*ablatif* (de *aufero... ablatum, auferre*, enlever, écarter) s'emploie quand il y a idée d'*extraction*, d'*origine*, de *sortie*, de *départ*, de *séparation*, d'*éloignement ;* d'*abondance*, de *disette*, de *privation*, etc. Ce cas se rapporte principalement à la préposition *de* ou *par* en français.

L'*ablatif*, avec ou sans préposition, est complément *indirect* des verbes, comme dans *accepi litteras a patre meo* (329); *id audivi ex amico* ou *ab amico meo* (331); *Christus redemit hominem a morte* (332); *admonui eum de periculo* (333) ; *implere dolium vino* (335) ; *amor a Deo* (340); *mœrore conficior* (341); *fruor otio* (346); *a es a foro* (353); *abundat divitiis, nulla re caret* (357); *redeo ab ambulando* (369); *redibam ab agris invisendis* (370), etc., etc.

L'*ablatif* peut être aussi le complément d'un adjectif : *præditus virtute* (289); *mirabile visu* (291), etc. Dans les expressions de *qualité*, comme celle-ci : *puer egregia indole* (274), l'ablatif est le complément d'un *adjectif* (præditus) sous-entendu, et non celui du substantif (puer). — On en peut dire autant de *altissima ex arboribus* (302), signifiant évidemment *arbor altissima* extracta *ex arboribus ;* de l'exemple *unus ex militibus* (305), qui signifie *unus miles* extractus *ex militibus;* de *vas ex auro* (562), ce qui veut dire *vas* factum *ou* extractum *ex auro*, etc.

REM. Ainsi, le *nominatif* est toujours *sujet* ou *attribut*; le *vocatif* n'est ni *sujet*, ni *attribut*, ni *complément ;* — les quatre autre cas (*génitif, datif, accusatif* et *ablatif*), sont toujours *compléments*.

RÈGLES PARTICULIÈRES

sur quelques adjectifs et *quelques* pronoms.

Noms et adjectifs de nombre.

380. *Mille* homines; *mille* hominum.

1° Nous avons vu (73) que le mot latin *mille* s'emploie comme adjectif et comme nom de nombre. Considéré comme adjectif, il est invariable :

Mille hommes, *mille homines ;* mille étoiles, *mille stellæ.*

2° Considéré comme nom de nombre, *mille* répond au français *un millier.* Dans ce cas, le nom qui le suit se met au génitif, et le verbe peut être au singulier :

Il vint un millier d'hommes de la part des Platéens, *mille hominum à Plateensibus venit.*

3° Le pluriel *millia* est toujours un nom : *duo millia, duorum millium ; centum millia,* etc.

Si *millia* n'est pas suivi d'un autre nombre, il faut mettre au génitif le nom des objets comptés :

Deux mille fantassins, ou deux milliers de fantassins, } *duo millia peditum.*

Quand *millia* est suivi d'un nombre plus petit, c'est avec ce dernier que l'accord se fait :

Deux mille trois cents fantassins, *duo millia et trecenti pedites.*

Quelquefois, dans les poètes surtout, *mille* se multiplie par les adverdes *bis, ter, quater,* etc. :

Deux mille, *bis mille ;* trois mille, *ter mille.*

Nombre, cardinal en français, ordinal en latin.

381. *Ludovicus quartus decimus.*

En français, on emploie le nombre *cardinal* au lieu du nombre *ordinal,* pour désigner le rang ou le n° d'ordre des hommes du même nom, dans l'histoire. La même chose a lieu pour les années, les jours, les heures. En latin, on se sert toujours du nombre ordinal dans ce cas. *Exemples :*

Louis Quatorze, *pour* Louis le Quatorzième, *Ludovicus quartus decimus.* L'an mil huit cent deux, *annus millesimus octingentesimus secundus.* Le dix-sept septembre, *dies septimus decimus mensis septembris.* Il est huit heures, *octava hora est.*

382. Quota hora est ? — *Septima.*

L'adjectif *quel, quelle ?* signifiant *le quantième ?* (à quel rang ?) se rend en latin par *quotus, quota, quotum,* et la réponse se fait encore par le nombre *ordinal.* Exemple :

Quelle heure est-il ? — Sept heures, *quota hora est ? — Septima.*

(Pour les démonstratifs *hic, ille, iste,* v. nᵒˢ 81 et 82.)

383. Pater amat *suos* liberos.

Il y a deux manières de rendre en latin la possession indiquée en français par *son, sa, ses, leur, leurs.*

1° Par l'adjectif *suus, sua, suum ;*

9.

2° Par le génitif des pronoms *is, ille, iste,* c.-à-d. par *ejus, illius* (ou *istius*), *eorum, earum.*

Première manière. Quand l'objet *possesseur* et l'objet *possédé* se trouvent dans la même proposition en français, on rend *son, sa, ses, leur, leurs,* par *suus, a, um.* Exemples :

  1   2

Un père aime ses enfants, *pater amat suos liberos* (1).
(Objet possesseur *père ;* objet possédé *enfants.*)

  2 1

Sa modestie le rend recommandable, *sua eum commendat modestia.*

  1   2

L'enfant que sa modestie rend recommandable, *puer quem sua modestia commendat...*

   2   1

L'ambition de cet homme le perdra, *tournez :* son ambition perdra cet homme, *sua hominem perdet ambitio.*

    1   2

J'ai rendu à César son épée, *suum Cæsari gladium restitui.*

   1   2

Avertissez-les de leurs devoirs, *admone eos de suis officiis.*

Rem. *Suus* se met également avant *quisque :*

  1   2

Chacun est victime de sa folie, *nocet* sua *cuique stultitia.* (Sén.)

   2   1

Le penchant de chacun l'entraîne, *trahit sua quemque voluptas.*
                 (Virg.)

  384. Mater te orat tu filiolo ignoscas *suo.*

Quand il y a deux verbes à un mode personnel, c.-à-d. deux propositions, et que l'objet *possesseur* est *sujet* de l'une des deux propositions, tandis que l'objet *possédé* se trouve dans la proposition subordonnée, on emploie encore *suus, a, um.* Exemples :

  1   2

La mère vous prie de pardonner à son fils, *c.-à-d.* afin que vous pardonniez..., *mater te orat ut filiolo ignoscas suo.*

  1   2

J'écris à mon ami de me confier son affaire, *c.-à-d.* afin qu'il me confie son affaire, *ad amicum scribo ut mihi negotium committat suum.*

  385. Pater amat *suos* liberos, at *eorum* vitia odit.

Seconde manière. Lorsque l'objet *possesseur* et l'objet

---

(1) Le chiffre 1, placé au-dessus d'un mot, indique l'objet *possesseur,* et le chiffre 2, l'objet possédé. C'est un moyen de vérifier la règle.

possédé se trouvent dans deux propositions indépendantes l'une de l'autre, on rend *son, sa, ses, leur, leurs,* par le génitif *ejus, illius, eorum, illorum.* Exemple :

Un père aime *ses* enfants, mais il hait *leurs* défauts, *pater amat suos liberos, at eorum vitia odit.*

La première proposition contient l'objet *possesseur* (père) et l'objet *possédé* (enfants) ; aussi emploie-t-on *suos* en latin.

Mais la seconde proposition, *il hait leurs défauts,* ne présentant que l'un des deux (*défauts*), le génitif *eorum* est indispensable.

Je vous prierai de prendre *ses* intérêts, *c.-à-d.* afin que vous preniez (les intérêts *de lui*), *te rogabo ut illius commodis inservias.*

Son caractère est excellent, *ejus indoles est optima.*
(L'objet *possesseur* dépend d'une proposition antérieure.)

386. Supplicium sumptum est de Lentulo et *ejus* sociis.

Si l'objet possesseur et l'objet possédé sont unis par la conjonction *et,* il faut employer *ejus, eorum,* parce que la phrase peut alors se ramener à deux propositions indépendantes, comme au n° 385 :

On livra au supplice Lentulus et *ses* complices, *supplicium sumptum est de Lentulo et* ejus *sociis.* (Sall.)

Tibérius Gracchus et *son* frère furent tués, *Tiberius Gracchus ejusque frater occisi sunt.*

(On peut faire deux propositions distinctes de chacune de ces phrases : *On livra Lentulus au supplice, — on y livra ses complices.*

— *Tibérius Gracchus fut tué, —* son *frère fut tué.*)

Rem. Quand on a besoin d'employer *suus,* mais que l'emploi de ce mot donne lieu à une équivoque, on se sert de *ipsius* ou *ipsorum,* qui a la même valeur. *Exemple :*

Narbazane et Bessus priaient Artabaze de défendre *leur* cause, *Narbazanes et Bessus Artabazum orabant ut causam* ipsorum *tueretur.* (Q. Curce.)

Suivant la règle 384, il faudrait *suam ;* mais comme ce possessif pourrait se rapporter à Artabaze aussi bien qu'à Narbazane et Bessus, il faut préférer *ipsorum,* qui ne permet pas l'équivoque.

Moyen mécanique sur l'emploi de suus *et de* ejus.

Voici, sur l'emploi de *suus* et de *ejus,* une règle mécanique qui peut être de quelque utilité :

1° On emploie *suus, a, um,* lorsque *son, sa, ses, leur, leurs,* ne peuvent pas se tourner par *de celui-ci, de ceux-ci :*

Un père aime ses enfants.

Si l'on tourne *ses* par *de celui-ci*, on fera entendre que le père aime les enfants d'un autre que de lui, ce qui n'est pas dans la pensée.

2° On se sert de *ejus*, *eorum*, etc., lorsque *son*, *sa*, *ses*, *leur*, *leurs*, peuvent se tourner par *de celui-ci*, *de ceux-ci* :

... mais il hait leurs défauts, etc.

387. In eloquentiæ studio ætatem consumpsi.

On ne rend pas en latin les mots *mon*, *ton*, *son*, *notre*, etc., quand le sens permet de les suppléer sans équivoque. *Ex.* :

J'ai passé *ma* vie dans l'étude de l'éloquence, *in eloquentiæ studio ætatem consumpsi*. (Cic.)

Bannissez *vos* alarmes, *secludite curas*.

(Voy. *Exerc. Lat.*, chap. XI.)

TEL QUE..... TELLE QUE...

388. Non *is* sum *qui* tu.

Tel que, *telle que*, se tournent par *celui qui*, *celui que*, *celle qui*, *celle que* ; alors *tel*, *telle* s'expriment par *is*, *ea*, *id*, et *que*, par *qui*, *quæ*, *quod*, que l'on met au nominatif avant le verbe *sum*, quand il n'est pas à l'infinitif, et à l'*accusatif*, quand le verbe *sum* est à l'infinitif. *Exemples* :

Je ne suis pas tel que vous, *tournez* : je ne suis pas celui *lequel* vous êtes, *non is sum qui tu* (sous-entendu *es*).

Il n'est pas tel que vous pensez, *c'est-à-dire*, il n'est pas celui *que* vous pensez lui être, *non is est quem putas* (sous-entendu *eum esse*).

389. *Quales* sumus, *tales* esse videamur.

En latin *qualis* est le corrélatif de *talis*, et tient lieu du *que* français. On emploie aussi *talis*, *qualis*, dans une comparaison, comme ci-dessus :

Montrons-nous *tels que* nous sommes, *quales sumus*, *tales esse videamur*. (Cic.)

Il était *tel que* je vous vois, *talis erat*, *qualem te esse video*. (Cic.)

390. *Is* ou *talis* fuit pater meus.

Tel, quand il n'est pas suivi de *que*, s'exprime par *is*, *hic* ou *talis*. Exemple :

Tel a été mon père, *is* ou *talis fuit pater meus*.

391. *Quidam* hodiè rident, *qui* cras flebunt.

Lorsque *tel*, au commencement d'une phrase, est suivi de

qui, sujet d'une autre proposition, on tourne *tel* par *quelques-uns, quidam*, ou par *il y en a qui…, sunt qui.* Exemple :

Tel rit aujourd'hui, qui pleurera demain, *tournez :* quelques-uns rient aujourd'hui, etc., *quidam hodiè rident, qui cras flebunt.*

392. *Qui* pater est, *is* est filius.

Quand *tel* est répété, le premier se rend *qui, quæ, quod,* et le second par *is, ea, id;* ou bien le premier par *qualis,* et le second par *talis.* Exemple :

Tel père, tel fils, *qui pater est, is est filius,* ou bien, *qualis pater est, talis filius.*

C'est comme s'il y avait : *le fils est tel que le père,* mais la phrase est renversée.

393. *Ea* esse debet liberalitas, *ut* nemini noceat.

Quand *tel,* suivi de *que,* peut se tourner par *si grand, si petit, si bon, si mauvais,* etc., on rend le *que* par la conjonction *ut,* avec le verbe suivant au subjonctif. *Exemples* :

La libéralité doit être telle, qu'elle ne nuise à personne, *ea esse debet liberalitas, ut nemini noceat.* (Cic.)

La force de la vertu est telle, que nous l'aimons même dans un ennemi, *ea vis est probitatis, ut illam vel in hoste diligamus.* (Cic.)

394. *Quis hujus modi* puerulos non amet ?

Quand *tel* peut se tourner par *de cette sorte,* on l'exprime par *ejus modi* ou *hujus modi,* soit en bonne part, soit en mauvaise part, et par *istius modi,* en mauvaise part. *Ex.* :

Qui n'aimerait de tels enfants ? *quis hujus modi puerolos non amet?*

Qui ne haïrait de telles gens? *quis istius modi homines non oderit?*

Quelquefois on se sert de *cujus,* pour *ut ejus,* toujours avec le subjonctif :

L'événement est *tel,* qu'on peut en prévoir l'issue, *est res ejus modi, cujus exitus providéri possit.* (Cic.)

Rem. On tourne de la même manière les adjectifs *pareil* et *semblable.* — (V. *Exerc. Lat.,* chap. XII.)

LE MÊME que, *idem qui,* ou *ac, atque.*

395. Non *idem* es ergà me, *qui* fuisti olim.

Le même, la même s'expriment par *idem, eadem, idem,* et le *que* suivant par *qui, quæ, quod,* que l'on met au cas

qu'exige le verbe suivant. On peut aussi rendre le *que* par *ac*
ou *atque*. Exemples :

Vous n'êtes pas le même à mon égard que vous avez été autrefois, *non idem es ergà me, qui* (ou *ac, atque*) *fuisti olim.*

Ma mère n'est pas aujourd'hui la même que je l'ai vue autrefois,
non eadam est hodiè mater mea, quam vidi olim (sous-entendu *eam
esse*).

Je me sers des mêmes livres que vous, *iisdem libris utor, quibus
tu* (sous-entendu *uteris*).

Rᴇᴍ. Enfin, on peut encore rendre le *que* français par *et*, s'il est
suivi d'un nom ou d'un pronom :

La règle de l'utile est la même que celle de l'honnête, *eadam uti-
litatis et* (ou *atque*) *honestatis est regula.* (Cic.) — C'est comme si
l'on disait : *la règle de l'utile et celle de l'honnête sont la même
règle.*

396. Homo *ipse.*

Même après un nom ou un pronom, s'exprime par *ipse,
ipsa, ipsum.* Exemples :

L'homme même, *homo ipse* ; moi-même, *ego ipse* ; vous-même, *tu
ipse* ; la femme même, *mulier ipsa,* etc.

397. Avarus sibi *ipse* nocet.

Lorsque *même* se rapporte au sujet du verbe, il se met au
nominatif en latin, quoiqu'en français il soit joint au complément. *Exemple :*

L'avare se nuit à lui-même, *avarus sibi ipse nocet.* (Phæd.)

398. Mais si le mot *même* ne se rapporte pas au sujet du
verbe, on le fait accorder avec le complément. *Exemple :*

Le temps ronge le fer même, *vetustas ferrum ipsum exedit.*

399. Eum *ne* vidi *quidem.*

Ne pas même s'exprime par *ne quidem,* que l'on sépare en
en mettant un mot entre *ne* et *quidem.* Exemple :

Je ne l'ai pas même vu, *eum ne vidi quidem.*

400. Illum *perindè* amo *ac si* esset frater meus.

De même que si, signifiant *comme si,* se rend par *quasi,
ut si, perindè ac si, tanquàm si, velut si,* ou simplement,
tanquàm et *velut,* et le verbe se met toujours au subjonctif.
Exemple :

Je l'aime de même que s'il était mon frère, *illum perindè amo
ac si esset frater meus.*

En général on emploie le *présent* du subjonctif, après ces

conjonctions, quand le verbe de la proposition principale est au présent ou au futur :

Il faut régler nos pensées *comme* si quelqu'un *pouvait* lire au fond de notre cœur, *sic cogitandum est* tanquam *aliquis in pectus intimum inspicere* possit. (Sén.)

On emploie l'*imparfait* ou le *plus-que-parfait* du subjonctif, selon le cas, si le verbe de la proposition principale est à un temps passé :

Nous regrettions Rufion, comme si c'était un de nous, *Rufio ità desiderabatur, ut si* esset *unus è nobis.* (Cic.)

401. Caducæ sunt divitiæ, *virtus* non *item.*

De même, lorsqu'il n'est pas suivi de *que*, se rend par *item*, et le nom qui suit se met au même cas que le premier terme de la comparaison. *Exemples :*

Les richesses sont périssables, il n'en est pas de même de la vertu, *caducæ sunt divitiæ, virtus non item* (s.-ent. *est caduca*).
Il n'en est pas de même des Romains, *de Romanis non item.*
Rem. *Item,* dans ce cas, se met à la fin de la phrase.

402. Totâ die scribo, *quin etiàm* noctibus.

Et même s'exprime par *imò, quin, quin imò, quin etiàm.* Exemples :

J'écris tout le jour, et même la nuit, *totâ die scribo, quin etiàm noctibus.* (Cic.)
Je leur ai donné un empire sans bornes, *et même* la cruelle Junon prendra des sentiments plus modérés, *imperium sine fine dedi, quin aspera Juno consilia in melius referet.* (Virg.)

403. Quidquid honestum est, *idem* est utile.

Même se traduit par *idem* et s'emploie élégamment dans le second membre de la phrase, quand il peut se tourner par *en même temps, également, aussi.* Exemple :

Tout ce qui est honnête, est en même temps avantageux, *quidquid honestum est,* idem *est utile.* (Cic.)

404. Timeo Danaos, *et* dona ferentes.

Même se traduit par *et, vel* ou *etiàm,* lorsqu'on veut affirmer avec plus de force. *Exemples :*

Je crains les Grecs, même lorsqu'ils font des présents, *timeo Danaos, et dona ferentes.* (Virg.)
Les bienfaits triomphent même des méchants, *merita vincunt vel malos.* (Sén.)

Je me souviens même des choses dont je ne voudrais pas me souvenir, *memini etiàm quœ nolo.* (Cic.)

(Voy. *Exerc. Lat.*, chap. XII.)

AUTRE, autrement que....., *alius, aliter quàm..... ac.....*
atque..... et.....

405. Non *alius* est *quàm* erat olim.

Autre s'exprime par *alius, alia, aliud, autrement* par *aliter,* et le *que* par *ac, atque, et* ou *quàm.* Exemples :

Il n'est pas autre qu'il était autrefois, *non alius est quàm erat olim* (ou *atque erat olim*).

La question de justice n'est point autre pour un seul esclave que pour plusieurs, *non alia causa est œquitatis in uno servo, et in pluribus.* (Cic.)

C'est comme s'il y avait : *la question de justice pour un seul esclave et pour plusieurs, n'est point différente.*

Il parle autrement qu'il ne pense, *aliter loquitur ac* ou *atque sentit.*

(En latin, on n'exprime pas le mot *ne* après *autre, autrement.*)

406. *Alius* est pater, *alia* progenies.

Au lieu des conjonctions *et, ac, atque,* on répète élégamment *alius, aliter.* Exemples :

Autre est le père, autres sont les enfants, *alius est pater, alia progenies.*

Il parle autrement qu'il ne pense, *aliter loquitur, aliter sentit,* ou *alia sentit, alia loquitur.* (Cic.)

407. Nihil *aliud* nisi togam sumpsit.

On rend en latin *rien autre chose,* ou *ne... que* ayant la même signification, par *nihil aliud* ou *non aliud; qu'est-ce autre chose?* par *quid est aliud,* et le *que* par *nisi* ou *quàm.* Exemples :

Il n'a pris *que* sa robe (... rien autre chose que...) *nihil aliud nisi togam sumpsit.*

Il ne manqua rien autre chose à Eumène qu'une bonne naissance, *non aliud Eumeni defuit quàm generosa stirps.* (C. Nep.)

La philosophie, qu'est-ce autre chose qu'un présent des dieux? *philosophia quid est aliud, nisi donum deorum?* (Cic. *Tusc.* I, 28.)

408. *Quivis alius* populus ac romanus despondisset animum.

Lorsque *tout autre* signifie *quelque autre que ce soit,* on l'exprime par *quivis alius, quilibet alius.* Exemple :

Tout autre peuple que le peuple romain eût perdu courage, *quivis alius populus ac romanus despondisset animum.* (T. LIV.)

409. *Longè alius es atque eras.*

Mais si *tout autre* signifie *tout différent*, et si *tout autrement* peut se tourner par *tout différemment*, on rend *tout autre* par *longè alius*, et *tout autrement* par *longè aliter.* Exemples :

Vous êtes tout autre (*tout différent*) que vous n'étiez, *longè alius es atque eras.*

La chose est arrivée tout autrement (c'est-à-dire, tout différemment), *longè aliter res evenit.*

410. *Quære uter utri insidias fecerit.*

Après *lequel des deux* (en latin *uter*), le mot *autre* s'exprime aussi par *uter, utra, utrum.* Exemple :

Examinez lequel des deux a dressé des embûches à l'autre, *quære uter utri insidias fecerit.* (Cic.)

411. *Alii ludunt, cantant alii.*

L'un... l'autre, les uns... les autres, quand on parle de plus de deux, s'expriment par *alius, alia, aliud,* que l'on répète. *Exemple :*

Les uns jouent, les autres chantent, *alii ludunt, cantant alii.*

412. *Alter ou unus ait, negat alter.*

Mais si l'on ne parle que de deux, on rend *l'un, l'autre* par *alter* répété, ou par *unus, alter.* C'est aussi dans ce sens qu'on emploie *prior* et *posterior* (v. 301). Exemple :

L'un dit oui, l'autre dit non, *alter ou unus ait, negat alter.*

413. *Uterque virtute regnum adeptus est.*

1° Les expressions *l'un et l'autre, chacun des deux, tous deux,* se rendent en latin par *uterque* avec le verbe au singulier :

L'un et l'autre parvinrent à la royauté par leur mérite, *uterque virtute regnum adeptus est.* (C. Nep.)

2° Cependant le verbe se met au pluriel, quand il s'agit de deux partis, de deux peuples, de deux classes d'individus :

L'un et l'autre font marcher leur armée, *uterque exercitum educunt.* (Cæs.)

3° Quelquefois enfin, dans le sens de ce qui vient d'être dit, *uterque* et le verbe se mettent au pluriel :

Les uns et les autres, les deux partis (celui des *grands* et celui du *peuple*) usaient cruellement de la victoire, *utrique victoriam crudeliter exercebant.* (Sall.)

414. *Alii aliis* rebus delectantur.

Quand *l'un* est répété, et que *l'autre* l'est aussi, on les tourne par l'adjectif *différent*, et on les traduit par *alius, alia, aliud* répété, de manière à ne faire en latin qu'une seule proposition des deux qui sont en français. *Exemples :*

Les uns aiment une chose, les autres une autre, *tournez*, différentes personnes aiment différentes choses, *alii aliis rebus delectantur.*

Les uns s'en allèrent d'un côté, les autres d'un autre, *alii alio dilapsi sunt.*

Les uns vivent d'une manière avec leurs parents, les autres d'une autre, *aliter alii cum suis vivunt.* (Cic. *ad Brut.*)

415. *Neuter alterum* amat.

Quand le verbe annonce qu'il y a réciprocité, *ni l'un ni l'autre* se rend par *neuter, neutra, neutrum*, que l'on fait suivre ordinairement de *alter ;* il en est de même du pronom *l'un l'autre*, que l'on traduit par *uterque.* Le pronom français *se* disparaît en latin. *Exemples :*

Ils ne s'aiment ni l'un ni l'autre, *neuter alterum amat.*
Ils se haïssaient l'un l'autre, *uterque alterum oderat.*

Quand le sujet se compose de deux noms, on tourne *l'un l'autre* par *réciproquement (invicem) :*

Pierre et Paul se haïssent l'un l'autre, *Petrus et Paulus sese invicem oderunt.*

Rem. Quand il n'y a pas réciprocité, *neuter* ne peut être suivi de *alter :*

Ni l'un ni l'autre ne fut élu général, *neuter dux electus fuit.* (C. Nep.)

416 *Alterutrum* ad te mittam.

L'un des deux, l'un ou l'autre, s'expriment par *alteruter, alterutra, alterutrum.* Exemple :

Je vous enverrai l'un ou l'autre, *alterutrum ad te mittam.*

417. *Cœpit* vesci *singulas.*

Les expressions *l'un après l'autre, chacun*, s'expriment par *singuli, singulæ, singula.* Exemple :

Il se mit à les manger les unes après les autres, *cœpit vesci singulas.* (Phèdre.)

418. *Uter* demutaverit, pecuniâ mulctabitur.

Celui des deux qui s'exprime par *uter, utra, utrum* :

Celui des deux qui se dédira paiera l'amende, *uter demutaverit, pecuniâ mulctabitur.* (V. *Exerc. Lat.,* chap. XII.)

PRONOM *SE.*

419. Superbus *se* laudat, *sibi* blanditur.

Le pronom réfléchi *se* s'exprime en latin par *suî, sibi, se* (79) :

1° On se sert de ce pronom toutes les fois que le sujet est un être animé qui fait sur lui-même l'action marquée par le verbe. *Exemples :*

L'orgueilleux se loue, *superbus se laudat.*
Il se flatte, *sibi blanditur.*

Homo doctus divitias in *se* habet.

2° Les pronoms *il, elle, le, la, les, lui, leur, lui-même, eux-mêmes,* etc., se rendent par *suî, sibi, se,* quand le nom qu'ils représentent figure dans la même proposition. *Ex. :*

L'homme instruit porte en lui un trésor, *homo doctus divitias in se habet.* (Phèdre.)
Vous rendrez trois frères à eux-mêmes, *sibi tres fratres condonabis.* (Cic.)

Cæsar, ut veniam ad *se*, rogat,

3° Dans une proposition subordonnée, ces mêmes pronoms *il, le, lui,* etc., se rendent par *suî, sibi, se,* quand ils se rapportent sans équivoque au sujet de la proposition principale. *Exemple :*

César me prie de me rendre près de *lui* (... afin que je me rende...), *Cæsar, ut veniam ad se, rogat.* (Cic.)

Rem. On emploie toujours *suî, sibi, se,* quand on peut tourner le pronom, *il, lui, leur,* etc., par un des mots *lui-même, elle-même,* etc.

420. Vox illa *invenitur* apud Phædrum.

Quand le pronom *se* a rapport à un sujet de chose, ou même d'être animé, qui ne fait pas sur lui-même l'action marquée par le verbe, on tourne ce verbe par le passif. *Exemples :*

Ce mot se trouve dans Phèdre, c'est-à-dire, ce mot est trouvé..., *vox illa invenitur apud Phædrum.*
Il ne s'ébranle pas de vos menaces, c'est-à-dire, il n'est pas ébranlé..., *minis non movetur tuis.*

421. Cependant, dans les trois phrases qui suivent, les sujets sont regardés comme des êtres animés, et suivent la règle 419. *Exemples :*

Le poison se glisse dans les veines, *venenum sese in venas insinuat.*

Si l'occasion se présente, *si se dederit occasio.*

Si la chose se passe ainsi, *si res itá se habeat.*

422. Petrus et Joannes *se invicem* laudant.

Quand le pronom *se* a rapport à deux sujets qui font l'un sur l'autre l'action marquée par le verbe, on ajoute la préposition *inter* ou *invicem* au pronom *sui, sibi, se.* Exemples :

Pierre et Jean se louent, *Petrus et Joannes se invicem laudant.*

Ils se battent, *inter se pugnant.*

Les jeunes Cicérons s'aiment entre eux, *Cicerones pueri amant inter se.* (Cic.)

Rem. 1° La préposition *inter* est indispensable dans ce cas, car s'il y avait seulement *se laudant, se amant,* on ferait entendre qu'ils se louent, qu'ils s'aiment *eux-mêmes,* et non qu'ils se louent *l'un l'autre,* etc. (V. 689.)

2° Quand le verbe peut être employé sans préposition, on se sert de l'adverbe *invicem* (mutuellement) ; ainsi on dit fort bien :

Petrus et Joannes se invicem *laudant ;* mais on ne peut se servir de *invicem* avec *pugnare.* — (V. *Exerc. Lat.,* chap. XII.)

QUEL, QUELLE.

423. *Quæ* ou *quænam* mater liberos suos non amat?

L'adjectif interrogatif *quel, quelle,* s'exprime par *quis, quæ, quod,* ou *quisnam, quænam, quodnam* (quelquefois *ecquis*) et s'accorde avec le nom suivant en genre, en nombre et en cas. *Exemples :*

Quelle mère n'aime pas ses enfants? *Quæ* ou *quænam mater liberos suos non amat?*

Quel avantage y a-t-il dans la vie? *Quod commodum habet vita?* Et mieux : *Quid commodi habet vita?* (Cic.)

(*Quel,* suivi d'un nom de chose, se rend mieux par *quid* avec le génitif. Il en est ainsi après *nihil, aliud, aliquid,* etc.)

Quel homme parle ici? *ecquis homo hic loquitur?* (Plaut.)

424. *Quanta* nobis instat pernicies!

Quand les mots *quel, quelle,* peuvent être suivis du mot *grand,* on les exprime par *quantus, quanta, quantum.* Ex. :

Quel malheur nous menace! *c'est-à-dire*, quel *grand* malheur!...
quanta nobis instat pernicies!

Quel, quelle, suivis de que, quicumque, quantuscumque.

425. *Quantacumque est* ejus memoria, multa tamen obliviscitur.

Quel que, quelle que, qui que, s'expriment par *quicumque,
quæcumque, quodcumque*, ou par *quivis, quævis, quodvis*;
et, si la chose peut se dire *grande*, par *quantuscumque,
quantacumque*, etc., qui renferme la conjonction *que*, et veut
ordinairement l'*indicatif.* Cependant on emploie le subjonctif
à la suite d'un infinitif, ou bien quand l'idée du premier verbe
tient du doute, de l'incertitude. *Exemples :*

Quelle que soit sa mémoire, il oublie cependant bien des choses,
quantacumque est ejus memoria, multa tamen obliviscitur · (c'est-
à-dire, toute grande qu'elle est).

Qui que vous soyez, aidez vos semblables, *quicumque es*, homines adjuva. (Cic.)

2° Si la chose peut se dire *petite* ou *de courte durée, quel
que, quelle que* se rend par *quantuluscumque*, etc. Ex. :

Quelle que soit la vie, elle suffit au sage, *quantulacumque* sit
vita, sapienti sufficit. (Sén.)

426. *Utracumque* pars vicerit, tamen perituri sumus.

Qui que ce soit... qui, s'exprime par *quicumque, quæcumque*, etc., ou *quilibet quælibet*, etc. ; mais si l'on ne parle
que de deux choses, on le rend par *utercumque, utracumque.*
Exemple :

Qui que ce soit des deux partis qui remporte la victoire, nous
périrons, *utracumque pars vicerit, tamen perituri sumus.* (Phæd.)

QUELQUE... que, *avec un Nom.*

427. *Quodcumque* consilium capias.

Quelque.... que, suivi d'un nom singulier, s'exprime par
quicumque, ou *qualiscumque....* et, si la chose peut se dire
grande, on le rend par *quantuscumque, quantacumque*, etc.
Exemples :

Quelque parti que vous preniez, *quodcumque consilium capias.*

Quelque diligence que vous apportiez, *c'est-à-dire*, quelque
grande..., *quantamcumque diligentiam adhibeas*, et mieux, *quidquid adhibeas diligentiæ* (423).

428. *Quotcumque* apud ingratum officia posueris, nunquàm satis multa contuleris.

S'il est question de plusieurs choses, *c'est-à-dire* de choses qui se comptent, on exprime *quelque... que* par *quotcumque* ou par *quantùmvis multi, æ, a*. Exemple :

Quelques services que vous rendiez à un ingrat, vous ne lui en rendrez jamais assez, *quotcumque apud ingratum officia posueris, nunquàm satis multa contuleris*. (Cic.)

QUELQUE... que, *avec un Adjectif.*

429. *Quantùmvis* sit doctus, multa tamen ignorat.

Si entre *quelque* et *que* il y a un adjectif, un adverbe ou un participe, on exprime *quelque... que* par *quamvis, licèt,* et plus rarement par *quantùmvis,* avec le subjonctif; et si c'est le participe d'un verbe de prix, on emploie *quanticumque*. Ex. :

Quelque savant qu'il soit, il ignore cependant bien des choses, *quantùmvis sit doctus, multa tamen ignorat*. (Sén.)

Quelque estimable que soit la science....., *quanticumque æstimanda sit doctrina*.

Quelque active que vous supposiez la crainte, l'espérance va encore plus vite, *licèt strenuum metum putes esse, velocior tamen spes est*. (Q. Curt.)

REM. *Quelque grand que...,* se rend par *quantuscumque, quantacumque...* (425.)

Quelque petit que... se rend par *quantuluscumque, quantulacumque*. (V. 425, dernier exemple.) (V. *Exerc. Lat.,* chap. XII.)

Celui, ceux, celle, celles.

430. Animi dotes corporis *dotibus* longè præstant.

1° Quand le pronom *celui, celle,* est employé pour un nom précédent, on ne se sert que rarement de *ille, illa, illud,* mais on répète mieux le nom qui précède. *Exemples :*

Les qualités de l'âme sont bien préférables *à celles* du corps, *animi dotes corporis dotibus longè præstant*.

La vie des hommes est plus courte que *celle* des corneilles, *brevior est vita hominum quàm cornicum vita*.

2° Cependant on ne répète pas le nom, quand il doit être mis au même cas, et l'on dit *brevior est hominum quàm cornicum vita*.

PRONOM RÉLATIF *qui, que, dont*.

431. Is *per quem* veniam impetravi.

Quand le pronom relatif *qui*, précédé de la préposition *par*, signifie *par le moyen duquel*, on se sert de la préposition *per*, avec l'*accusatif* du pronom relatif. *Exemple :*

Celui *par qui* j'ai obtenu ma grâce, *is per quem veniam impetravi*.

432. Animal *quem* vocamus leonem.

Le pronom *qui, quæ, quod*, entre deux noms auxquels il se rapporte également, prend plutôt le genre du second. *Ex. :*

L'animal que nous appelons lion, *animal quem vocamus leonem*.
Thèbes, qui est la capitale de la Béotie, *Thebæ, quod caput Beotiæ est*. (T.-Liv.)

433. *Quas* scripsisti litteras, *eæ* mihi fuerunt jucundissimæ.

Il est quelquefois élégant de n'exprimer l'antécédent qu'après le pronom relatif *qui, quæ, quod*, et alors on met l'antécédent au même cas que le pronom relatif. Ainsi, dans cette phrase :

La lettre que vous m'avez écrite m'a été très agréable ; au lieu de dire : *litteræ quas scripsisti, mihi fuerunt jucundissimæ*, on dit mieux :
Quas scripsisti litteras, eæ mihi fuerunt jucuudissimæ.
La ville que je bâtis est à vous, *urbem quam statuo vestra est*. (Virg.)
Les hommes mangent des herbes que ne mangent pas les animaux, *quas herbas pecudes non edunt, homines edunt*. (Plaut.)

434. Le relatif *qui, quæ, quod*, servant à lier deux propositions, renferme toujours en lui la valeur d'une *conjonction* et d'un autre *pronom*. Les conjonctions qu'il remplace le plus souvent sont *et, ut*. (Quelquefois *autem, sed, enim, tamen, ergo*.)

1° *Qui*, pour *et is, is enim*, etc.

Cæsar misit legatos, *qui dixerunt*, César envoya des députés qui dirent (*qui dixerunt* pour *et ii dixerunt*).
Alexander in Ægypto condidit urbem, *cui* Alexandriæ nomen indidit, *Alexandre fonda une ville en Égypte*, et lui donna le nom d'Alexandrie (ici *cui* est pour *et ei*).
Alcibiades ad Pharnabazum in Asiam transiit; *quem* quidem sua cepit humanitate. (C. Nep.) *Alcibiade passa en Asie auprès de Pharnabaze, et il le captiva par ses manières séduisantes* (*quem* pour *et eum*).

2° *Qui* pour *ut is, ut ille, ut ego, ut tu,* etc.

Ranæ regem petiêre, *qui* dissolutos mores compesceret.

Après certains verbes, tels que *créer, choisir, demander, donner, envoyer, établir, recevoir, trouver,* etc., les mots *qui, afin que,* suivis du subjonctif, et *pour* avec un infinitif, se tournent en latin par *qui, quæ, quod,* avec le verbe au subjonctif. Dans ce cas, *qui* est mis pour *ut is, ut ille, ut ego, ut tu,* etc. Exemples :

Les grenouilles demandèrent un roi qui réprimât leurs mœurs déréglées, *ranæ regem petiêre,* qui *dissolutos mores compesceret.* (Phæd. *qui* pour *ut ille.*)

Artaxerxès demanda un général aux Athéniens, *pour* le mettre (ou *afin qu'il* le mît) à la tête de son armée, *Artaxerxes ab Atheniensibus petivit ducem,* quem *præficeret exercitui* (C. Nep. *quem* pour *ut eum.*)

Rem. Quelquefois *qui* tient lieu de *quùm* (puisque), *quia* (parce que), *quamvis* (quoique) : *O fortunate adolescens,* qui *tuæ virtutis Homerum præconem inveneris !* (Cic.) O ! heureux jeune homme, qui as trouvé un Homère pour chanter ta gloire ! — *ou bien :* Que tu es heureux, ô jeune homme, d'avoir trouvé..... puisque tu as trouvé... (*quùm tu inveneris*). (V. *Exerc. Lat.,* chap. XII.)

PRONOM on, l'on.

Il n'y a pas de nom latin qui corresponde exactement au pronom français *on* ou *l'on ;* pour y suppléer, on a recours aux diverses constructions qui suivent.

435. Virtus *amatur.*

1° Lorsque le verbe qui suit *on, l'on,* est actif, on le tourne par le passif en prenant le complément direct pour en faire le sujet. *Exemples :*

On aime la vertu, *tournez :* la vertu est aimée, *virtus amatur.*
On me regarde comme un esclave, *ego servus existimor.* (Cic.)

436. Adolescentibus non modò non *invidetur,* verùm etiàm favetur.

2° S'il n'y a pas de complément direct dont on puisse faire le sujet du verbe passif, on met néanmoins le verbe à la troisième personne du singulier passif ; plusieurs verbes neutres ont cette troisième personne. *Exemples :*

Non-seulement on ne porte pas envie aux jeunes gens, mais on leur est même favorable, *adolescentibus non modò non invidetur, verùm etiàm favetur.*

On vit bien de peu, *vivitur parvo benè*. (Hor.)
On raconte, *narratur*. — On rapporte, *fertur*. — On va, *itur*.—
On est venu, *ventum est*, etc. (177, 178.)

437. *Mirantur* virtutem.

3° Si le verbe qui suit *on*, *l'on*, est *déponent* ou *neutre* en
latin, on le tourne par la troisième personne du pluriel, en
sous-entendant *homines*. Quelquefois, même avec un verbe
actif, on tourne par la première ou la troisième personne du
pluriel, ou par la seconde du singulier. *Exemples* :

On admire la vertu, *mirantur virtutem.*
On donne aisément des conseils aux malades, quand on se porte
bien, *facilè, cùm valemus, recta consilia œgrotis damus.* (Tér.)
On souffre de l'estomac, si on mange trop, *stomacho doles, si ni-
mièm cibi capias.* (Sén.)
On sous-entend *homines* dans les exemples suivants :
On hait celui que l'on craint, *oderunt quem metuunt.*
On dit, *aiunt, dicunt;* on rapporte, *ferunt, perhibent;* on ra-
conte, *narrant, memorant, tradunt.*

438. *Homines* pœnitet malè vixisse. — Refert *hominum* colere virtutem.

4° Avant les unipersonnels *pœnitet, pudet, tœdet, piget,
miseret*, il faut exprimer le mot *homines ;* mais on se sert du
génitif *hominum* pour les verbes *refert, intcrest* :

On se repent d'avoir mal vécu, *homines pœnitet malè vixisse.*
On a intérêt à pratiquer la vertu, *refert* ou *interest hominum colere virtutem.*

439. *Nemo* sine virtute *potest* esse beatus.

5° Si le verbe qui suit le pronom *on* est accompagné d'une
négation, on tourne *on* par *personne ne, nemo*, et le verbe
latin se met à la troisième personne du singulier. *Exemple* :

On ne peut être heureux sans la vertu, *tournez :* personne ne
peut..., *nemo sine virtute potest esse beatus.* (Cic.)

440. *Qui* bonum alienum appetit, meritò amittit proprium.

6° Les expressions *quand on, lorsqu'on*, se tournent par
celui qui, ceux qui. Exemple :

Quand on désire le bien d'autrui, on perd justement le sien,
tournez : celui qui désire..., *qui bonum alienum appetit, meritò
amittit proprium.* (Phæd.)

441. *Si quis* te interroget.

7° Les expressions *si on, si l'on*, se tournent par *si quel-*

qu'*un*, et s'expriment par *si quis* (et non par *si aliquis*). Ex.:

Si l'on vous demande, *tournez* : *si* quelqu'un..., *si quis te inter-roget.*

REM. Après *si*, *ne*, *nùm*, *sive*, *quò*, *ubi*, *undè*, *quùm*, *quomodò*, on retranche *ali* des mots *aliquis*, *aliqua*, *aliquid*, *aliquandò*, et l'on dit *si quis* pour *si aliquis*, *si quandò* pour *si aliquandò*, *ne quandò*, pour *ne aliquandò*, etc.

Dès qu'on s'est parjuré une fois, on n'inspire plus de confiance, *ubi quis semel pejeraverit, ei non creditur postea.* (CIC.)

442. *Videas homines* qui honores appetant.

8° Les expressions *on voit, on trouve des gens, des personnes, des hommes qui,* s'expriment par *videas, reperias homines qui,* où *videre est, reperire est homines qui...,* et le verbe suivant se met au subjonctif, c'est-à-dire que toutes les fois que le pronom *on* peut se tourner par la seconde personne, on met le verbe latin à la seconde personne du subjonctif. On peut aussi se servir de *licet* avec l'infinitif. *Exemples* :

On voit, on trouve des gens qui aspirent aux honneurs, *videas, reperias homines qui honores appetant.* (CIC.)

Ou bien, *videre est homines qui honores appetant ;* ou même : *videntur homines qui honores appetant.*

Ou bien, *reperire est homines qui honores appetant ;* ou même : *reperiuntur homines qui honores appetant.*

Ou bien, *videre licet homines qui honores appetant.*

443. Pueri *docentur* grammaticam.

9° Quand le mot *on* se trouve avant le verbe *enseigner,* on tourne ce verbe par le passif *doceri, être instruit ;* et comme ce verbe au passif ne peut se dire que d'une personne, et non d'une chose, il faut toujours lui donner pour sujet le nom de la personne. *Exemples* :

On enseigne la grammaire aux enfants, *tournez :* les enfants sont instruits sur la grammaire, *pueri docentur grammaticam* (sous-entendu *ad. V.* 328);

Les enfants à qui l'on enseigne la grammaire, *tournez :* les enfants qui sont instruits sur la grammaire, *pueri qui docentur grammaticam ;*

La grammaire que l'on enseigne aux enfants, c'est-à-dire, la grammaire sur laquelle les enfants sont instruits, *grammatica quam pueri docentur.*

Il faut suivre la même règle pour les verbes *prier, rogare ; cacher, celare ; demander, poscere, etc., employés au passif. Exemples* :

Quand même on *cacherait* ses actions à tous les dieux et à tous les hommes, il ne faudrait rien faire d'injuste, *si omnes dii homi-nesque nostras actiones* celarentur, *nihil injustè esset faciendum.* (SÉN.)

On demandait des moissons à la terre, *segetes poscebatur humus.* (OVID.)

(V. *Exerc. Lat.*, chap. XII.)

QUI, QUE *interrogatifs.*

444. Quis *vestrûm,* ou *ex vobis,* ou *inter vos?*

Le *qui* interrogatif n'a pas d'antécédent exprimé, et signifie *quelle personne?* On l'exprime par *quis, quæ, quod,* ou *quis-nam, quænam, quodnam,* et le nom pluriel qui le suit se met au *génitif,* ou à l'*ablatif* avec *è* ou *ex,* ou à l'*accusatif* avec *inter.* Exemples :

Qui de vous? *quis vestrûm,* ou *ex vobis,* ou *inter vos?*
Qui est content de son sort? *quis suâ sorte contentus est?*

445. *Uter* est doctior, tu–*ne, an* frater ?

Qui des deux, ou *lequel des deux,* se rend par *uter, utra, utrum,* et les deux noms qui suivent se mettent au même cas que *uter.* On met *ne* après le premier nom ou pronom, pour marquer l'interrogation, et *an* avant le second; de plus, le superlatif français se rend en latin par le *comparatif.* Exem. :

Lequel des deux est le plus savant, vous ou votre frère? *uter est doctior, tu-ne, an frater ?*
Qui des deux s'est repenti, Pierre ou Paul? *utrum pænituit, Petrum-ne, an Paulum?*

REM. Il y a là trois interrogations : *Lequel des deux est le plus savant? est-ce vous? est-ce votre frère?* C'est avant la dernière qu'on met *an.*

446. *Quis* te vocavit? — *Quem* vocas?

Le *qui* interrogatif est tantôt le sujet et tantôt le complément du verbe suivant.

Il est *sujet,* quand on peut le tourner par *qui est celui qui?* Exemples :

Qui vous a appelé, *c'est-à-dire,* qui est celui qui vous a appelé? *quis te vocavit?*

Il est *complément,* quand on peut le tourner par *qui est celui que?* Exemples :

Qui appelez-vous, *c'est-à-dire,* qui est celui que vous appelez, *quem vocas?* (327)
Qui favorisez-vous? *cui faves?* (350)

Rém. Quelquefois *qui*, sujet en français, devient complément en latin :

Qui a besoin de ce livre? *cui hoc libro opus est?*
Qui se repent d'un bienfait? *quem beneficii pœnitet?*

447. *Quis* te redemit? — *Jesus-Christus.*

Le mot de la réponse se met ordinairement au même cas que celui de la demande. *Exemples :*

Qui vous a racheté? — Jésus-Christ. *Quis te redemit? Jesus-Christus.*
(C'est comme s'il y avait à la réponse : Jésus-Christ m'a racheté, *Jesus-Christus me redemit.*)
Qui a pitié des paresseux? — Personne. *Quem miseret pigrorum? — Neminem.* (359.)

448. Cujusnam interest? — *Meâ.*

Cependant, avec les verbes unipersonnels *est, refert, interest,* le mot de la réponse se met à un autre cas que celui de la demande. *Exemples :*

A qui importe-t-il? — A moi. *Cujusnam interest? — Meâ.* (362.)
A qui appartient-il de parler? — A vous. *Cujus est loqui? — Tuum* (sous-entendu *negotium.* V. 270).

449. *Quid* virtute pulchrius? — *Quid* futurum est si......

Quoi ou *que*, au commencement d'une phrase, se tourne aussi par *quelle chose?* et s'exprime par *quid*. Exemples :

Quoi de plus beau que la vertu? *quid virtute pulchrius?*
Que sera-ce s'il a des enfants? *quid futurum est si creârit liberos?* (Phæd.)
(V. *Exerc. Lat.,* chap. XII.)

INTERROGATION DANS LES VERBES.

Interrogation simple.

450. Vidisti-*ne* fratrem meum?

L'interrogation est *simple*, quand elle se porte sur un seul membre de phrase.

Si l'on interroge sans négation, on met *ne* après le premier mot de la phrase, ou *num* avant, et la réponse se fait en répétant le verbe de l'interrogation.

Avec *ne*, la réponse peut être affirmative ou négative.

Nùm suppose une réponse négative, comme le français *est-ce que* avec un verbe sans négation (*). *Exemples* :

Avez-vous vu mon frère ? — Oui. *Vidisti-ne fratrem meum?* — *Vidi.*

Dormez-vous ? — Non. *Nùm dormis? Non dormio.*

L'honnête homme est-il capable de mentir? (*ou* est-ce que...). *Nùm cadit in virum bonum mentiri?* (Cic.)

Rem. Quelquefois le verbe est sous-entendu dans la réponse et remplacé par un adverbe d'affirmation, comme *etiàm*, *sanè*, *sanè quidem*, etc. (198), pour tenir lieu de *oui*, ou par un adverbe de négation, comme *minimè*, *minimè verò*, *non ità* (199), pour tenir lieu de *non, pas du tout*. Exemples :

Voulez-vous quelque chose ? — Oui. *Nùm quid vis? — Etiàm.* (Plaut.)

L'utile l'emporte-t-il sur l'honnête?— Non assurément. *Præstat-ne utilitas honestati? — Minimè verò.* (Burn.)

451. *Quùm cœnaverat, abibat.*

Si l'interrogation n'est que dans la forme, et non dans la pensée, on la tourne par la conjonction qu'indique le sens de la phrase. *Exemples* :

Avait-il soupé, il s'en allait, *tournez :* lorsqu'il avait soupé, il s'en allait, *quùm cœnaverat, abibat.*

L'interroge-t-on, il se tait, c.-à-d. si on l'interroge..., *si quis eum interroget, obmutescit.* (Plaut.)

452. *Nonne* vidisti fratrem meum? — Non vidi.

Si l'interrogation se fait par deux négations, comme *ne... je pas, ne... tu pas*, etc., on met *nonne* ou *annon* avant le premier mot, et la réponse se fait par le verbe de la demande, ou seulement par un adverbe de négation. Remarquez que dans *nonne* le mot *ne* n'est autre chose que le signe ordinaire d'interrogation ajouté à *non*. Exemples:

N'avez-vous pas vu mon frère? — Non. *Nonne* ou *annon vidisti fratrem meum? — Non vidi.*

Ne rougissez-vous pas de votre peu de foi? — Pas du tout. *Non pudet vanitatis? — Minimè.* (Tér.)

Double interrogation.

Utrum... an — annon — necne.

453. Unus-*ne* mundus est, *an* plures ?

L'interrogation est double ou alternative, quand elle se porte sur deux membres de phrase.

(*) On supprime *ne* et *nùm*, quand il y a déjà un mot interroga-

1° Si l'on interroge sans négation, on met *ne* ou *utrum* au premier membre de la phrase, et *an* avant le second. *Ex.* :

Y a-t-il un seul monde ou plusieurs? *Unus-ne mundus est, an plures?* (Cic. — *an plures* pour *an plures* sunt.)

Est-ce votre faute, ou la nôtre? *Utrum ea vestra, an nostra culpa est?* (Cic.)

Rem. *Utrum* signifie *laquelle des deux choses?* — *an* répond à la conjonction française *ou, ou bien* ; voilà pourquoi *an* se trouve toujours dans la seconde partie de l'interrogation alternative; quand cette conjonction se rencontre au commencement d'une phrase, c'est que la première partie de la question est sous-entendue.

Quelquefois *ne* ou *utrum* sont sous-entendus :

Dois-je parler, ou garder le silence? *Eloquar, an sileam?* (Virg.)

Is-*ne* est quem quæro, *an non?*

2° Si l'expression négative *ou non* se trouve dans le second membre de la phrase, on la rend par *an non*, ou *necne*. On emploie de préférence *necne*, quand *ne* ou *utrum* est sous-entendu dans le premier membre. *Exemples* :

Est-ce l'homme que je cherche, ou non? *Is-ne est quem quæro, an non?* (Tér.)

Ai-je encore un fils, ou non? *Nunc habeo filium, necne?* (Tér.)

Voyez *interrogation indirecte*, 675 et suiv.

(V. *Exerc. Lat.*, chap. XIII.)

EMPLOI DE L'IMPÉRATIF.

454. *Audi*, fili mi, disciplinam patris tui.

Quand on commande, le verbe se met à l'impératif. (*Impératif* vient de *imperare*, commander.) *Exemples* :

Mon fils, écoutez l'instruction de votre père, *audi, fili mi, disciplinam patris tui.*

Troyens, cessez de craindre, bannissez vos alarmes, *solvite metum, Teucri, secludite curas.* (Virg.)

455. *Abeat*, proditor !

Si le verbe français est à la troisième personne, et qu'il indique plutôt une idée de désir que de commandement, on emploie la troisième personne du subjonctif, et le *que* français ne se rend pas en latin. *Exemple* :

---

tif dans la phrase, comme on l'a vu plus haut : *Quis vocavit?* — *Uter est doctior?* etc.

Qu'il s'en aille, le traître: *abeat, proditor!*

456. *Ne insultes,* ou *ne insulta* miseris.

1° Quand il y a défense de faire quelque chose, on met *ne* avant le subjonctif ou l'impératif, ou bien on se sert de l'impératif *noli, nolite,* avec l'*infinitif.* Exemple:

N'insultez pas aux malheureux, *ne insultes miseris,* ou *ne insulta miseris,* ou bien *noli* (ou *nolite*) *insultare miseris.*

457. *Ne dicat.* — Domo *ne exeat.*

2° Lorsque le verbe de la défense est à la troisième personne, on se sert toujours de *ne* avec le subjonctif. *Exemples :*

Qu'il ne dise pas, *ne dicat.*
Qu'il ne sorte pas de la maison, *domo ne exeat.*
(V. *Exerc. Lat.,* chap. XIII.)

SYNTAXE DES PARTICIPES.

458. Nous avons déjà vu, n° 181, que les participes sont de véritables adjectifs qui s'accordent en genre, en nombre et en cas avec les noms ou pronoms auxquels ils se rapportent. Il faut remarquer de plus ici qu'ils veulent leurs compléments aux cas indiqués par les verbes dont ils dépendent.

Participes joints au Sujet du verbe.

459. *Gallus* escam *quærens,* margaritam reperit.

Le participe qui se rapporte au sujet du verbe, s'accorde avec ce sujet, en genre, en nombre et en cas. *Exemples :*

Un coq *cherchant* de la nourriture, trouva une perle, *gallus escam quærens, margaritam reperit.* (184, 315.)
Cicéron devant *prononcer* un discours, *Cicero orationem habiturus...* (184, 315.)
L'enfant, ayant été *interrogé,* répondit : *puer interrogatus respondit...* (185.)
Devant être interrogé, il craignait, *interrogandus, timebat.* (185.)
Biens mal acquis se dissipent de même, *male parta, male dilabuntur.* (Cic.)

Participes joints au complément du verbe.

460. *Urbem captam* hostis diripuit.

Quand le participe français peut se joindre au complément du verbe, il s'accorde avec ce complément. (On connaît en général que le participe se rapporte au complément, quand celui-ci est exprimé en français par un des pronoms *le, la, les, lui, leur*.) Exemples :

La ville *ayant été prise*, l'ennemi *la* pilla, *ou bien* l'ennemi ayant pris la ville, *la* pilla, *tournez* : l'ennemi pilla la ville prise, *urbem captam hostis diripuit.*

Les citoyens *devant être passés* au fil de l'épée, le vainqueur *leur* pardonna, *tournez* : le vainqueur pardonna aux citoyens devant être passés au fil de l'épée, *civibus ferro necandis victor pepercit.*

461. REM. Souvent on réunit deux propositions en une seule au moyen du participe passé ; alors la première fait partie du complément de la seconde :

Alexandre ôta son anneau et le remit à Perdiccas, *tournez :* Alexandre remit à Perdiccas son anneau ôté, *detractum annulum Alexander Perdiccæ tradidit.* (Q. CURT.)

ABLATIF ABSOLU.

462. *Partibus factis,* sic locutus est leo.

Lorsque le participe, présent ou passé, ne se rapporte ni au sujet, ni au complément du verbe, on le met à l'*ablatif* ainsi que le nom ou pronom auquel il est joint ; c'est ce qu'on appelle un *ablatif absolu.* Exemples :

Les parts étant faites, le lion parla ainsi, *partibus factis, sic locutus est leo.* (PHÆD.)

Dieu aidant, l'affaire réussira, *Deo juvante, res benè succedet.*

Cet ablatif, ainsi détaché du reste de la phrase, n'est autre chose qu'un complément circonstanciel ; il répond en effet aux questions *quand ? comment ?* (quandò ? quomodò ?)

REM. 1° Très souvent on emploie l'ablatif absolu au lieu d'une conjonction suivie du verbe à l'indicatif ou au subjonctif. Les principales conjonctions que cette tournure peut ainsi remplacer sont : *postquàm*, après que ; *quùm*, lorsque, comme ; *dùm*, tandis que ; *si*, si ; *quòd*, *quia*, parce que ; *quanquàm*, *quamvis*, quoique, etc. *Exemples :*

Annibal arriva en Italie *après* avoir passé (après qu'il eut passé) les Alpes, *Annibal in Italiam pervenit, Alpibus superatis.* (T. LIV., ou *postquàm Alpes superavit.*)

A quoi sert de fermer l'étable, lorsque le troupeau est perdu ? *quid juvat claudere septa, amisso grege?* (OVID. — ou *quùm grex amittitur.*)

Pythagore vint en Italie, pendant que Tarquin le Superbe régnait, *Pythagoras, Tarquinio Superbo regnante, in Italiam venit.* (CIC., — au lieu de *quùm regnaret Tarquinius.*)

Otez la piété envers Dieu, la société est détruite, *pietate adversus Deum sublâtâ, tollitur societas.* (CIC. — ou *si vous ôtez... si pietas tollitur.*)

2° Quelquefois, au lieu d'un participe, on emploie à l'ablatif absolu un nom ou un adjectif. *Exemples :*

Auguste naquit sous le consulat de Cicéron et d'Antoine, *natus est Augustus, Cicerone et Antonio consulibus.* (SUET. — c.-à-d. *Cicéron et Antoine* étant *consuls.*)

Il tonne quelquefois, même quand le ciel est serein, *sereno quoque cælo, aliquandò tonat.* (SÉN. — c.-à-d. *le ciel étant serein.*)

Ce que vous avez promis en prenant Dieu à témoin, il faut le tenir, *quod, Deo teste promiseris, id tenendum est.* (CIC. — c.-à-d. *Dieu étant témoin.*)

Participes français qui manquent en latin.

463. *Quùm* Cicero *esset* consul, detecta fuit conjuratio.

Le verbe latin *sum* n'a ni le participe présent *étant*, ni le participe passé *ayant été* : on se sert, pour en tenir lieu, des conjonctions *lorsque, après que, puisque, quùm, postquàm,* avec un autre temps du verbe. *Exemple :*

Cicéron étant consul, la conjuration fut découverte, *quùm Cicero esset consul, detecta fuit conjuratio.*

Ou bien, avec l'ablatif absolu :

Cicerone consule, detecta fuit conjuratio. (462-2°)

Cicéron ayant été consul, fut néanmoins envoyé en exil (*tournez :* après que Cicéron eut été consul...), *Cicero, postquàm fuisset consul, tamen in exilium actus est.*

464. Hi *quùm cepissent* cervum vasti corporis...

Le participe passé actif, comme *ayant aimé, ayant averti,* etc., manque aussi en latin, excepté dans plusieurs verbes déponents. On supplée à ce participe en le tournant par *lorsque, puisque, après que,* etc., avec un autre temps du verbe. On tourne même de cette manière le participe *présent* de certains verbes actifs ou neutres, quand le sens le permet, surtout quand il n'y a pas d'action physique. *Exemples :*

Ceux-ci ayant pris un cerf d'une belle taille..., c.-à-d. *lorsque* ceux-ci eurent pris..., *hi quùm cepissent cervum vasti corporis.* (PHÆD.)

Ayant appris la règle, je la réciterai, c.-à-d. *lorsque* ou *après que* j'aurai appris..., *quùm* ou *postquàm* regulam didicero, *eam recitabo.*

Ne pouvant donner de présents, je donnais de belles paroles, *quùm dare non* possem *munera, verba* dabam. (Ov.)

REM. 1° Lorsque le verbe latin est actif, on peut tourner par le participe passé passif (*ayant été...*) et se servir do l'ablatif absolu :

Marius, ayant vaincu les Teutons, se mit à la poursuite des Cimbres, *Marius, superatis Teutonibus,* ou *quùm superásset Teutones, Cimbros insecutus est.*

10.

2° Si le participe et le verbe principal ont le même objet pour complément, on a recours à la tournure indiquée au n° 460 : *l'ennemi ayant pris la ville, la pilla*, urbem captam, etc.

465. Quùm Deus ei *favisset*, consilium perfecit suùm.

Le participe passé du passif manque en latin dans les verbes neutres et dans la plupart des verbes déponents ; alors on tourne le verbe par l'actif, et l'on se sert encore des conjonctions *quùm, postquàm*. Exemples :

Étant favorisé de Dieu, il vint à bout de son entreprise, *quùm Deus ei favisset, consilium perfecit suùm.*

Ayant été poursuivi par des voleurs, il s'échappa, *quùm latrones eum persecuti essent, evasit.* (V. 159. Rem. 3° et 4°.)

Rem. 1° Avec un verbe neutre en français, il faut nécessairement aussi tourner la phrase de manière à employer *quùm* ou *postquàm*. Exemple :

Romulus n'ayant pas reparu, on crut qu'il avait rejoint les dieux, *Romulus, quùm non comparuisset, ad deos transiisse creditus est.* (Eut.)

2° La plupart des verbes déponents ont leur participe passé avec le sens *actif*, rendant directement le participe français (voy. 159, 3° et 4°) :

Alexandre, s'étant emparé de l'Égypte, fonda la ville d'Alexandrie, *Alexander, Ægypto potitus, Alexandriam urbem condidit.*

3° Il faut éviter pourtant de joindre ce participe à un génitif, quand on peut prendre un autre tour :

Fuyant, il lui importait... au lieu de dire : *fugientis illius referebat*, dites : *quùm fugeret, illius referebat...* (464.)

Participes rendus par une préposition et un nom.

466. Pro tuâ prudentiâ.

Ayant autant de... *avec un nom* ; étant aussi... *avec un adjectif*, se tournent en latin par *eu égard à... pro*, avec le nom à l'*ablatif*. Exemples :

Ayant autant de prudence que vous en avez,   }   *pro tuâ*
Étant aussi prudent que vous l'êtes,   }   *prudentiâ.*
Étant aussi humain que vous l'êtes, *pro tuâ humanitate.* (Cic.) (V. *Exerc. Lat.*, chap. XIV.)

Rem. On peut, dès à présent, voir les règles générales sur le *que retranché* (616 à 628), afin de mettre l'élève à même de traduire en latin toutes sortes de phrases ; mais on a dû renvoyer ce mot au chapitre des conjonctions, comme faisant partie de cette classe de mots.

SYNTAXE DES ADVERBES. (189 à 204.)

467 ADVERBES DE LIEU. (192.)

Nous avons vu (192) qu'il y a quatre questions de lieu, savoir :

1° *Ubi,* où l'on est.
2° *Unde,* d'où l'on vient.
3° *Qua,* par où l'on passe.
4° *Quò,* où l'on va, où l'on vient.

1° *Question* Ubi. (192 — 1°.)

Où, *ubi.*
Ici où je suis, *hic.*
Là où tu es, *istic.*
Là où il est, *illic.*
Là, y, *ibi.*
Ailleurs, *alibi.*
En quel lieu ? *ubinàm ?*
Quelque part, *alicubi, uspìdm.*

Partout, *ubique.*
Partout où, en quelque lieu que ce soit, *ubicumque.*
Là même, *ibidem.*
Nulle part, *nusquàm.*
Dehors, *foris.*
Dedans, *intùs.*
Aux deux côtés, *utrobique.*

468. Sum *in Galliâ, in urbe.*

Quand on marque le lieu où l'on est, où l'on fait quelque chose, c'est la question *ubi.*

A la question *ubi,* le nom de lieu se met à l'*ablatif* avec la préposition *in.* Exemples :

Je suis en France, *sum in Galliâ ;* dans la ville, *in urbe ;* Carthage est située en Afrique, *in Africâ sita Carthago est.* (T.-Liv.)
Il se promène dans le jardin, *ambulat in horto.*

(On met *in horto,* parce que le sujet du verbe ne sort pas du lieu dont il s'agit.)

469. Natus est *Avenione, Athenis.*

On sous-entend la préposition avec un nom propre de ville ou de lieu, ainsi qu'avec l'ancienne forme d'ablatif *ruri.* Ex. :

Il est né à Avignon, *natus est Avenione.*
— à Athènes, — *Athenis.*
Habiter la campagne, *ruri habitare.* (Cic.)
On trouve aussi, *rure,* mais en poésie surtout :
Restant à la campagne, que ferai-je ? *rure morans, quid agam ?* (Hor.)

Rem. La préposition *in* se supprime fréquemment aussi devant les noms communs accompagnés d'un adjectif, ainsi que dans l'expression consacrée *terrâ marique* (sur terre et sur mer, ou *par terre et par mer*). Exemples :

Le camp des Gaulois était situé dans un lieu favorable, *castra Gallorum opportunis locis erant posita.* (Cæs.)

Xerxès fit la guerre à la Grèce sur terre et sur mer, *Xerxes terrâ marique bellum intulit Græciæ.* (C. Nep.)

470. Habitat *Lugduni, Romæ.*

Si le nom propre de ville est au singulier, et de la première ou de la seconde déclinaison, on le met au *génitif.* Exemples :

Il demeure à Lyon, *habitat Lugduni* ; à Rome, *Romæ.*

Les noms *domus, humus,* se mettent aussi au génitif, *domi, humi,* comme expressions adverbiales. *Exemples :*

Est-il à la maison, chez lui ? *est-ne domi ?*

Domi signifie aussi *en temps de paix, pendant la paix,* et a pour opposés les deux autres génitifs, *belli* ou *militiæ,* à la guerre, *en temps de guerre. Domi* signifie encore *dans son pays.*

471. Cœnabam *apud patrem.*

A la question *ubi,* le nom de la personne chez laquelle on se trouve, le lieu près duquel une chose se passe, et le nom d'un auteur, employé pour désigner ses ouvrages, se mettent à l'accusatif avec la préposition *apud* et quelquefois avec *ad.* Exemples :

Je soupais chez mon père, *cœnabam apud patrem.*

On combattit près du lac de Trasimène, *apud Trasimenum pugnatum est.* (T.-Liv.)

Il y a des fables dans Hérodote, *apud Herodotem sunt fabulæ.* (Cic.)

Curion est resté chez moi assez longtemps, *Curio fuit ad me sanè diù.* (Cic.)

2° *Question* Undè. (192—2°.)

D'où, *undè.*	De quelque part, *alicundè.*
D'ici où je suis, *hinc.*	De quelque endroit que ce soit,
De là où tu es, *istinc.*	*undècumque.*
De là où il est, *illinc.*	De toutes parts, *undique.*
De là, en, *indè.*	Du même lieu, *indidem.*
D'ailleurs, *aliundè.*	Des deux côtés, *utrinque.*
De quel lieu ? *undènam ?*	

472. Redeo *ex Galliâ, ex urbe.*

La question *undè* se connaît lorsque le verbe signifie mouvement pour sortir, partir, venir de quelque lieu.

A la question *undè,* le nom du lieu d'où l'on part, d'où l'on vient, se met à l'*ablatif* avec *è, ex,* ou *à, ab.* Exemples :

Je reviens de la France, *redeo ex Galliâ* ; de la ville, *ex urbe.*

Il est sorti de sa chambre, *egressus est è cubiculo.*

Les premiers législateurs vinrent de l'Égypte, *ab Ægypto venêre primi legislatores.* (Cic.)

Rem. En général, *e* indique qu'on sort du lieu, et *a* qu'on s'en éloigne.

473. Redeo *Lugduno, Româ.*

Quand il s'agit d'un nom propre de ville ou de quelques petites îles, on sous-entend la préposition, ainsi qu'avant les noms *foro, loco, rure, domo* et *humo.* Exemples :

Je reviens de Lyon, *redeo Lugduno ;* de Rome, *Româ.*

Les alliés voulaient s'éloigner de Salamine, *Salaminâ discedere volebant socii.* (C. Nep.)

Le vieillard revient de la campagne, *rure redit senex.* (Ter.)

474. Venio *à patre, à venatione.*

A la question *undè,* le nom de la personne avec l'expression *de chez,* ainsi que le nom du lieu d'auprès duquel on vient, et celui de la chose se mettent à l'*ablatif* avec *à* ou *ab.* Ex. :

Je viens de chez mon père, *venio à patre ;* de la chasse, *à venatione ;* — d'auprès de Rome, *à Româ.*

3° *Question* Quà. (192 — 3°.)

Par où, *quà.*

Par ici où je suis, *hâc.*

Par là où tu es, *istâc.*

Par là où il est, *illâc.*

Par là, y, *eâ.*

Par quel lieu ? *quânam ?*

Par quelque endroit, *aliquâ.*

Par quelque endroit que ce soit, *quâcumque.*

Par un autre endroit, *aliâ.*

Par le même lieu, *eâdem.*

475. Iter feci *per Galliam, per Lugdunum.*

Quand on marque le lieu par où l'on passe, c'est la question *quà.*

A la question *quà,* tous les noms du lieu par où l'on passe se mettent à l'*accusatif* avec la préposition *per.* Cependant on met plus souvent l'ablatif sans préposition, quand il s'agit d'un nom de chemin, de rue, de porte. *Exemples :*

J'ai passé par la France, *iter feci par Galliam.*

J'ai passé par Lyon, *iter feci per Lugdunum.*

Un loup entra par la porte Esquiline, *lupus Esquilinâ portâ ingressus est.* (T.-Liv.)

Aller à Brindes par la voie Appienne, *viâ Appiâ iter facere Brundusium.* (Cic.)

476. Si l'on se sert du verbe *transire (trans,* au-delà, *ire,* aller) pour signifier *passer par,* on met l'*accusatif* sans la préposition *per.* Exemple :

Il passa par la ville, *transiit urbem.*

477. Iter faciam *per domum* avunculi mei.

A la question *quà*, l'expression *par chez*, avec un nom de personne, se tourne ainsi, *par la maison de*, en latin, *per domum*. Exemple :

Je passerai par chez mon oncle, *iter faciam per domum avunculi mei.*

4° *Question* Quò. (192—4°.)

Où, *quò.*	Partout, *quòvis, quòlibet.*
Ici où je suis, *hùc.*	Partout où, en quelque lieu que
Là où tu es, *istùc.*	ce soit, *quòcumque.*
Là où il est, *illùc.*	Là même, *eòdem.*
Là, y, *eò.*	Nulle part, *nusquàm.*
Ailleurs, *aliò.*	Dehors, *foràs.*
En quel lieu? *quònam ?*	Dedans, *intrò*
Quelque part, *aliquò, quòpiam.*	Aux deux côtés, *utròque.*

478. Eo *in Galliam, in urbem.*

La question *quò* se connaît lorsque le verbe marque mouvement pour aller, pour venir en quelque lieu, partir pour quelque endroit. (193)

A la question *quò*, le nom du lieu où l'on va, où l'on vient, se met à l'accusatif avec *in*, quand on entre dans le lieu, et avec *ad*, si l'on ne va où si l'on ne vient qu'auprès. *Exemples* :

Je vais en France, *eo in Galliam ;* — à la ville, *in urbem.*
Ils vinrent au même ruisseau, *venerunt ad eumdem rivum.* (PHÆD.)

479. Ibo Lutetiam, Lugdunum.

Quand il s'agit d'un nom propre de ville, ou de celui de quelques petites îles, on sous-entend la préposition, ainsi que devant les noms *rus, domum*. Exemples :

J'irai à Paris, *ibo Lutetiam ;* — à Lyon, *Lugdunum.*
Miltiade revient à Lemnos, *Lemnum revertitur Miltiades.* (C. NEP.)
Je vais à la campagne, *eo rus ;* — à la maison, *eo domum.*
Revenir chez soi *ou* dans sa patrie, *domum redire.*

480. *Peto* collegium.

Si l'on se sert du verbe *petere* pour signifier *aller*, on met toujours le nom de lieu à l'*accusatif* sans préposition. *Ex.* :

Je vais au collége, *peto collegium.*
Aller en Italie, à Rome, *Italiam, Romam petere.*

481. Eo *ad patrem, ad sacram concionem.*

A la question *quò*, le nom de personne précédé de *chez* et celui de la chose, se mettent à l'*accusatif* avec la préposition *ad*. Exemples :

Je vais chez mon père, *eo ad patrem*.
Je vais au sermon, *eo ad sacram concionem*.

Observations sur les questions de lieu.

482. Constiterunt Corinthi, *in loco* nobili.

Lorsque dans les questions *ubi, undè, quò*, le nom propre du lieu est suivi du nom commun *ville, lieu, endroit, île*, on met d'abord le nom propre au cas indiqué dans chaque question, mais on met la préposition avant le nom commun. *Ex.* :

Ils s'arrêtèrent à Corinthe, lieu célèbre, *constiterunt Corinthi, in loco nobili*. (470.)
Je reviens de Lyon, ville de France, *redeo Lugduno, ex urbe Galliæ*. (473.)
Je vais à Rome, ville d'Italie, *eo Romam, in urbem Italiæ*. (479.)
RÉM. Cependant, à la question *ubi*, on peut sous-entendre la préposition devant le nom commun :
Alcibiade naquit à Athènes, la ville la plus brillante, *Alcibiades Athènis, splendidissima civitate, natus est*. (C. NÉP.)

483. Habitat *in urbe Lugduno*.

Si le nom commun *ville* est avant le nom propre, on emploie encore la préposition. *Exemples* :

Il demeure dans la ville de Lyon, *habitat in urbe Lugduno*.
Il revient de la ville de Lyon, *redit ex urbe Lugduno*.
Nous irons dans la ville de Lyon, *ibimus in urbem Lugdunum*.

484. Habitat *in domo* Cæsaris.

On emploie également la préposition avant les noms *domus* et *rus*, suivis d'un génitif ou d'un adjectif. *Exemples* :

Il demeure dans la maison de César, *habitat in domo Cæsaris*.
Il demeure dans une campagne agréable, *habitat in rure amœno*. (CIC.)

(V. *Exerc. Lat.*, chap. XV.)

ADVERBES DE QUANTITÉ. (196.)

485. Les adverbes de quantité s'expriment de différentes manières, suivant les mots auxquels ils sont joints.

486. Quantùm *aquæ*, parùm *vini*, etc.

Quand l'adverbe de quantité a pour complément un nom de ces choses qui ne se comptent pas, c.-à-d. qui sont prises dans un sens général, ce nom se met au *génitif.* Exemples :

Que *ou* combien d'eau,	*quantùm aquœ.*
Peu de vin,	*parùm vini.*
Un peu d'eau,	*paulùm aquœ.*
Beaucoup d'argent,	*multùm pecuniœ.*
Moins de vertu,	*minùs virtutis.*
Plus de forces,	*plùs virium,* etc. (*V.* 196.)

Rem. La plupart des adverbes de quantité, tels que *quantùm, multùm, minùs, plùs, tantùm,* etc., sont des adjectifs *neutres* pris substantivement : ainsi, *quantùm* est le neutre de *quantus, a, um,* — *multùm,* celui de *multus, a, um,* etc.

Il s'en suit que ces adverbes, y compris même ces trois, *nimis, parùm, satis,* qui ne sont pas formés d'adjectifs, ne peuvent représenter que le *nominatif* ou l'*accusatif :*

Celui qui n'a aucun mal a trop de bien, *nimiùm boni est, cui nihil est mali.* (Cic.)

Cimon avait assez d'éloquence, *Cimon habebat satis eloquentiœ.* (C. Nep.)

On ne pourrait donc pas dire *multùm libertatis loqui* (parler avec beaucoup de liberté), parce que *multùm* représenterait ici un ablatif de *manière* (564). Dans ce cas, on se sert d'un adjectif équivalent, comme dans le paragraphe suivant.

487. *Quanta* doctrina !

Quand la chose dont il s'agit peut se dire *grande, petite, moindre,* etc., on tourne l'adverbe de quantité par l'*adjectif* correspondant :

Que *ou* combien de, *quantus, a, um.*	Plus de, *major, majus (oris).*
Peu de, *parvus, a, um.*	Tant, autant de, *tantus, a, um.*
Beaucoup de, *magnus, a, um,* ou *multus, a, um.*	Assez de, *satis magnus, a, um.*
Moins de, *minor, minus (oris).*	Trop de, *nimius, a, um,* ou *nimis magnus, a, um.*

Tous ces adjectifs s'accordent avec le nom auquel ils sont joints. *Exemples :*

Que de science ! *ou* combien de science ! *quanta doctrina !*
(C'est-à-dire quelle grande science !)

Peu de science, *parva doctrina ;* — beaucoup de science, *magna doctrina ;* — moins de science, *minor doctrina,* etc.

Parler avec beaucoup de liberté, *multâ cum libertate loqui.*

488. *Quot* ou *quàm multi* libri, etc.

Quand les adverbes de quantité se joignent à un nom pluriel de choses qui se comptent, on les rend de la manière suivante :

Que *ou* combien de, *quot* ou *quàm multi, æ, a.*
Peu de, *pauci, æ, a.*
Beaucoup de, *multi, æ, a.*
Moins de, *pauciores, ra.*
Plus de, *plures, ra.*

Le plus, *plurimi, æ, a.*
Tant de, autant de, *tot* ou *tàm multi, æ, a.*
Assez de, *satis multi, æ, a.*
Trop de, *nimis multi, æ, a.*

Tous ces adjectifs s'accordent avec le nom pluriel qui les suit. *Exemples :*

Que *ou* combien de livres, *quot libri* ou *quàm multi libri.*
Peu de livres, *pauci libri;* — beaucoup de livres, *multi libri;* — moins de livres, *pauciores libri;* — plus de livres, *plures libri,* etc.

489. *Quotus quisque* est disertus?

1ʳᵉ Remarque. *Combien* signifiant *combien peu,* s'exprime par *quotusquisque, quotaquæque.* Exemple :
Combien y en a-t-il qui soient éloquents? *quotusquisque est disertus?*

490. Vides *quàm multi* hic adsimus.

2ᵉ Rem. Quand l'adverbe *combien* signifie *combien* de personnes, on l'exprime toujours par *quàm multi.* Exemple :
Vous voyez combien nous sommes ici, *vides quàm multi hic adsimus.*
(*Quot* et *tot* ne s'emploient que devant un nom exprimé, 488.)

491. *Quàm* ou *ut* modestus est, etc.

Devant un *adjectif* ou un *adverbe,* on exprime en latin :

Que *ou* combien, par *quàm* ou *ut.*
Peu, *parùm.*
Beaucoup, bien, très, fort, *multùm, valdè* (ou un *superlatif*).
Moins, *minùs.*
Le moins, *minimè.*

Plus, par *magis* (ou un *comparatif*).
Le plus, *maximè* (ou un *superlatif*).
Tant, si, aussi, *tàm.*
Assez, *satis.*
Trop, *nimis* (ou un *comparatif*).

Exemples :

Que *ou* combien il est modeste! *quàm* ou *ut modestus est!*
Peu modeste, *parùm modestus.*
Peu modestement, *ou* avec peu de modestie, *parùm modestè.*
Bien, fort, très modeste, *multùm modestus* ou *modestissimus.*
Bien, fort, très modestement, *multùm modestè* ou *modestissimè,* etc.

492. *Leviter* vulneratus, etc.

Rem. *Un peu* avant un *adjectif,* un *verbe* ou un *adverbe,* se rend par *leviter* ou *nonnihil.* On trouve aussi la préposition *sub* avant un adjectif. *Exemples :*

Un peu blessé, *leviter vulneratus*, ou *nonnihil vulneratus*.
Un peu amer, *subamarus*, etc.

493. *Quantò* doctior est !

Devant un comparatif ou un verbe d'*excellence*, comme *antecedere*, précéder ; *antecellere*, *præstare*, l'emporter sur ; *vincere*, *superare*, surpasser ; *malle*, aimer mieux, etc., les adverbes de quantité s'expriment de la manière suivante :

Que *ou* combien, *quantò* ; — un peu, *paulò*.
Bien, beaucoup, *multò* ou *longè* ; — tant, autant, *tantò*.

Exemples :

Qu'il est *ou* combien il est plus savant ! *quantò doctior est !*
Un peu plus savant, *paulò doctior*.
Bien *ou* beaucoup plus savant, *multò doctior*.
Vous l'emportez autant sur les autres, *tantò præstas aliis*, etc.
Tant pis, *tantò pejus* ; — tant mieux, *tantò meliùs*.

Rem. De même que les adverbes *quantùm*, *tantùm*, etc. (186), sont des nominatifs ou des accusatifs *neutres* des adjectifs *quantus*, *tantus*, etc., de même aussi les adverbes *quantò*, *tantò*, etc., sont de véritables ablatifs *neutres* des mêmes adjectifs. Cet ablatif, qui résulte d'une comparaison (293), s'appelle *ablatif de mesure*, et s'explique comme dans cet exemple que nous verrons plus loin (559) : *duobus digitis major me non es.*

494. Quantò *antè?*

On joint les mêmes ablatifs *quantò*, *tantò*, etc., aux adverbes *antè*, avant ; *post*, après ; *aliter*, *secùs*, autrement ; *suprà*, au-dessus ; *infrà*, au-dessous. Exemples :

Combien auparavant? *quantò antè?*
Un peu auparavant, *paulò antè*.
Longtemps *ou* beaucoup après, *multò post*.
Bien autrement, *multò secùs*, etc.

Rem. Ces adverbes (*antè*, *post*, etc.) prennent l'ablatif, parce qu'ils renferment une comparaison, et qu'ils ont dès lors la même valeur que des adjectifs au comparatif (293).

495. *Quàm* ou *quantùm* amatur !

Devant un verbe ordinaire, les adverbes de quantité se rendent de la manière suivante :

Que *ou* combien, *quàm*, *quantùm* ; — peu, *parùm* ; — beaucoup, fort, très, *multùm*, *valdè*, *plurimùm* ; — moins, *minùs* ; — le moins, *minimè* ; — plus, *magis*, *plùs*, *ampliùs* ; — le plus, *maximè* ; — tant, autant, si, aussi, *tantùm*, *tàm* ; — assez, *satis* ; — trop, *nimis*, *nimio plùs*, *plùs æquo*. Exemples :
Qu'il est aimé *ou* combien il est aimé ! *quàm* ou *quantùm amatur!*

Il est peu aimé, *parùm amatur ;* — il est beaucoup aimé, fort aimé, *multùm amatur* ou *valdé amatur,* etc.

496. *Qùànti æstimatur !*

Avec un verbe qui marque l'*estime* ou le *cas* que l'on fait de quelqu'un ou de quelque chose, comme *æstimare, facere, pendere* (estimer, apprécier); *ducere, habere, putare* (croire, juger, regarder comme, tenir pour), etc., les adverbes ci-dessus se rendent par le *génitif* de l'adjectif correspondant : *quanti, parvi, magni; — minoris* (moins); — *minimi* (le moins); — *pluris* (plus); — *maximi* ou *plurimi* (le plus); — *tanti* (tant); — *sàtis magni* (assez); — *nimiò pluris* (trop). *Exemples :*

> Que *ou* combien il est estimé ! *quanti æstimatur !*
> Faire grand cas des honneurs, *magni putare honores.* (Cic.)
> Faire peu de cas des périls, *pericula parvi ducere.* (Cic.)

Rem. Avec tous ces génitifs, on sous-entend *pretii ;* et pour expliquer l'emploi du génitif, il faut sous-entendre encore *homo,* pour les personnes, et *res,* pour les choses : rem *magni* pretii *putare honores* (regarder les honneurs comme une chose d'un grand prix).

497. *Quanti tibi constitit hæc domus?*

Avec les verbes de *prix* et de *valeur,* tels que *emere,* acheter; *vendere,* vendre; *venire,* être vendu; *esse,* pris dans le sens de *valoir,* et *stare, constare,* dans le sens de *coûter,* les adverbes de quantité se rendent, comme au n° précédent, par le génitif de l'adjectif correspondant : *quanti, parvi,* etc. (sous-ent. *pretii).* — Les suivants, cependant, peuvent aussi se rendre par l'*ablatif* (sous-entendu *pretio*) :

Peu, peu cher, *parvo ;* — beaucoup, cher, *magno ;* — le plus, le plus cher, très cher, *permagno, plurimo ;* — le moins, le moins cher, très peu cher, *minimo ;* — trop, trop cher, *nimio.* Exemples :

> Que *ou* combien vous a coûté cette maison? *Quanti tibi constitit hæc domus ?*
> Cette terre vaut plus à présent qu'elle ne valait, *ager nunc pluris est quàm fuit.* (Cic.)
> Une chose d'un grand prix ne peut pas coûter bon marché, *non potest parvo res magnà constare.* (Sen.)

Rem. C'est comme représentant un nom de *valeur* que plusieurs de ces adverbes se rendent par l'ablatif de l'adjectif correspondant (566).

498. Meâ *multùm* ou *magni* refert. — Tuâ *magis* interest.

1° Avec *refert, interest,* les adverbes de quantité qui sont au positif gardent leur forme ordinaire, ou bien on se sert du génitif déjà indiqué :

Que *ou* combien, *quantùm* ou *quanti ;* — peu, *parùm* ou *parvi ;* — beaucoup, *multùm* ou *magni ;* — tant, *tantùm* ou *tanti ;* — assez, *satis* ou *satis magni ;* — trop, *nimis.*

2° Ceux qui sont au comparatif ou au superlatif gardent toujours leur forme ordinaire :

Plus, *plùs* ou *magis ;* — le plus, *plurimùm* ou *maximè ;* — moins, *minùs ;* — le moins, *minimùm* ou *minimè.* Exemples :

Il m'importe beaucoup, *meâ multùm* ou *magni refert.*
Il vous importe plus, *tuâ magis interest.*
Il importe le plus, *maximè refert.* (Cic.)

499. Eum *pejùs* oderam.

Rem. L'adverbe *plus*, avec les verbes *odisse* et *fugere*, se rend par *pejùs* (d'une manière pire). *Exemple :*

Je le haïssais plus, *eum pejùs oderam.*

QUE, *adverbe.*

500. *Quanta* esset mea lætitia!

Le *que* d'admiration se connaît quand il peut se tourner par *combien* : alors il se rend de la même manière que *combien* (486 à 497); mais s'il est joint au mot *grand*, on l'exprime par *quantus, quanta, quantum.* Exemple :

Que ma joie serait grande! *quanta esset mea lætitia!*

501. *Quantula* est hæc schola!

Lorsque le *que* d'admiration est joint au mot *petit*, on le rend par *quantulus, quantula, quantulum.* Exemple :

Que cette classe est petite! *quantula est hæc schola!*

502. Quot et quantas calamitates *hausit!*

Après un *que* d'admiration, ou *quel, quelle* (424), la négation française ne s'exprime pas en latin. *Exemple:*

Que de malheurs n'a-t-il *pas* essuyés! *quot et quantas calamitates hausit!* (Cic.)

Rem. *Quantas calamitates* non *hausit* signifierait le contraire de ce qu'on veut dire (*à quels malheurs il a échappé!*)

(V. *Exerc. Lat.*, chap. XVI.)

QUE après *plus, moins...* Quàm.

503. De quelque manière qu'on exprime *plus, mieux, moins*, le *que* suivant se rend toujours par *quàm.* Ex. :

Plus, moins de courage *que* de prudence, *plùs, minùs fortitudinis* quàm *prudentiæ* (486).

Plus, moins de villes *que* de bourgs, *plures, pauciores urbes* quàm *vici* (488).

Il est plus, moins estimé *que* son frère, *pluris, minoris æstimatur* quàm *frater* (496).

REM. Quelquefois cependant, au lieu d'exprimer *que* par *quàm*, après le mot *plus,* on met le nom suivant à l'*ablatif.* Exemple :

La fortune est plus puissante *que la prudence humaine* (293), fortuna plùs *consiliis humanis* pollet. (T.-LIV.)

QUE après *autant, aussi.*

504. Tantùm *modestiæ* quantùm *doctrinæ.*

1° *Que,* placé avant un nom de choses qui ne se comptent pas, se rend par *quantùm* avec le génitif :

Autant de modestie que de science, *tantùm modestiæ quantùm doctrinæ* (486).

2° Quand on se sert de l'adjectif *tantus* (aussi grand), le *que* se rend par l'adjectif correspondant *quantus,* et après *tantulus* (aussi petit), par *quantulus.* Exemples :

Autant de modestie *que* de science, *tanta modestia quanta doctrina* (487).

La terre n'est pas *aussi grande que* le soleil, *non tanta est terra, quantus sol.*

Cette classe n'est pas *aussi petite que* la nôtre, *hæc schola non tantula est, quantula est nostra.*

505. Tot fructus *quot* flores.

Avant un nom de choses qui se comptent, on exprime le *que* par *quot.* Exemple :

Autant de fruits que de fleurs, *tot fructus quot flores.* (V. 488.)

Cependant on exprime *autant* par *totidem* et que par *ac* ou *atque,* quand le premier nom est complément d'une préposition :

Miltiade revint à Athènes avec autant de vaisseaux qu'il était parti, *cum totidem navibus, atque erat profectus, Miltiades Athenas rediit.* (C. NEP.)

506. Tàm prudens est *quàm* fortis.

Avant un adjectif ou un adverbe, le *que* s'exprime par *quàm.* Exemple :

Il est aussi prudent que brave, *tàm prudens est quàm fortis.*

REM. Le *que,* après *autant de fois* (totiès), se rend par *quotiès :*

L'homme meurt autant de fois qu'il perd quelqu'un des siens, *homo moritur totiès, quotiès amittit suos.* (P. SYR.)

507. Tantùm te amo *quantùm* me amas.

Avant un verbe ordinaire, le *que* s'exprime par *quantùm*. Exemple :

Je vous aime autant que vous m'aimez, *tantùm te amo quantùm me amas* (495).

508. Tanti te facio *quanti* me facis.

Avant un verbe de prix ou d'estime, le *que* s'exprime par *quanti.* Exemple :

Je vous estime autant que vous m'estimez, *tanti te facio quanti me facis* (496).

509. Tuâ tam magni refert *quàm* parvi meâ.

Rem. Après *autant, aussi,* le *que,* suivi de *peu,* s'exprime par *quàm,* et les adverbes *autant, aussi* se rendent en latin par *tàm magni,* avec *refert, interest.* Exemple :

Il vous importe autant qu'il m'importe peu, *tuâ tàm magni refert quam parvi meâ* (498).

510. Poteris semper quantùm voles.

1° On sous-entend quelquefois les antécédents *tàm, tantùm, tot,* etc., dans la proposition principale :

Vous pourrez toujours autant que vous voudrez, *poteris semper quantùm voles.* (Cic. — sous-ent. *tantùm.*)

Peu de personnes estiment la vertu autant que l'argent, *pauci virtutem quanti pecuniam faciunt.* (Sen. — sous-ent. *tanti.*)

Quantùm prospicere possum.

2° Mais *autant que,* au commencement d'une phrase, se rend toujours par *quantùm,* sans antécédent. Exemple :

Autant que je puis prévoir, *quantùm prospicere possum.*

511. Habes *multùm* otii, non habeo *tantùmdem.*

Les adverbes *autant, aussi,* placés à la fin d'une phrase, s'expriment de la manière suivante, savoir :

Par *tantùmdem,* s'ils ont rapport à un nom de choses qui ne se comptent pas, ou à un verbe ordinaire;

Par *totidem,* s'ils se rapportent à des choses qui se comptent ;

Par *idem,* s'ils se rapportent à un adjectif;

Par *tantidem,* s'ils se rapportent à un verbe de prix.

Exemples :

Vous avez beaucoup de loisir, je n'en ai pas autant, *habes multùm otii, non habeo tantùmdem.*

J'ai beaucoup de livres, vous n'en avez pas autant, *sunt mihi libri bene multi, non sunt tibi totidem.*

512. Tàm prudens est *quàm qui maximè*, etc.

Après les adverbes *autant, aussi, plus,* on rend les expressions suivantes :

Qu'homme du monde,	} par *quàm qui maximè*.
Que qui que ce soit,	
Que chose du monde,	} par *quàm quod maximè*.
Que quoi que ce soit,	
Que jamais,	par *quàm quùm maximè*.
Qu'en aucun lieu du monde,	par *quàm ubi maximè*.

S'il y a un verbe de prix ou d'estime, il faut, dans les tournures ci-dessus, remplacer *quàm* par *quanti*, et *maximè* par *plurimi*. Exemples :

Il est aussi prudent qu'homme du monde, c'est-à-dire, il est aussi prudent que celui qui l'est le plus, *tàm prudens est quàm qui maximè*.

Il est autant estimé que qui que ce soit (autant estimé que celui qui l'est le plus), *tanti fit quanti qui plurimi*.

Cela m'est aussi agréable que quoi que ce soit (que ce qui me l'est le plus), *id mihi tàm gratum est quàm quod maximè*.

Il est aussi paresseux que jamais (aussi paresseux que lorsqu'il l'est le plus), *tàm piger est quàm quùm maximè*.

La vieillesse était aussi honorée à Lacédémone qu'en aucun lieu du monde, *senectus tantùm honorabatur Lacedæmone, quantùm ubi maximè*. (Cic.)

Rem. Lorsque *qui* est complément au lieu d'être sujet, il est évident que ce pronom se met au cas qu'exige le verbe dont il dépend :

Il m'importe autant qu'à qui que ce soit, *meâ tanti refert, quanti cujus maximè.*

513. *Quantùm* doctrinæ in eo adolescente, *tantùm* modestiæ inerat.

Quand l'adverbe *autant* est répété, le premier tient lieu de *que*, et s'exprime par *quantùm, quot, quanti*, etc ; le second se rend par *tantùm, tot, tanti*, etc., selon les mots auxquels il est joint. *Exemples :*

Autant ce jeune homme avait de science, autant il avait de modestie, *quantùm doctrinæ in eo adolescente, tantùm modestiæ inerat*. (Cic.)

(C'est comme s'il y avait : *Ce jeune homme avait autant de modestie que de science,* mais la phrase est renversée.)

Autant d'hommes, autant de sentiments, *quot homines, tot sententiæ*. (Tér.)

Autant la politesse plaît, autant la grossièreté déplaît, *quàm delectat urbanitas, tàm offendit rusticitas.*
(V. *Exerc. Lat.*, chap. XVI.)

D'AUTANT PLUS, D'AUTANT MOINS... *que.*

514. *Eò* modestior est, *quò* doctior.

D'autant, suivi de *plus* ou de *moins*, s'exprime par *eò, hoc* ou *tantò;* les mots *plus, moins,* se rendent selon les autres mots auxquels ils se rapportent, et le *que* se traduit par *quò* ou *quantò*, s'il est suivi d'un comparatif. *Exemples :*

Il est d'autant plus modeste, qu'il est plus savant, *eò modestior est, quò doctior.*

(C'est comme s'il y avait : *Il est plus modeste par cela qu'il est plus savant.*)

Il est d'autant moins estimé, qu'il est plus orgueilleux, *eò minoris fit, quò superbior est.* (Cic.)

Je vous devrai *d'autant plus* (495), *que* vous avez *plus* fait pour moi que je n'ai fait pour vous, *tibi eò plus debebo, quò tua in me humanitas fuerit excelsior quàm in te mea.* (Cic.)

Rem. 1° On pourrait commencer par la proposition où se trouve *quò* ou *quantò;* c'est même la construction la plus usitée : *quò doctior, eò modestior est.*

2° Les mots *eò, hoc, tantò... quò, quantò* sont des ablatifs neutres qui se joignent au comparatif, comme tenant lieu d'un nom de mesure (493, 559).

515. *Eò* magis elucet vera virtus, *quòd* occultatur.

S'il n'y a pas de comparatif après *d'autant plus, d'autant moins,* on rend le *que* par *quòd.* Exemples :

La véritable vertu brille d'autant plus, qu'elle se cache, *eò magis elucet vera virtus, quòd occultatur.* (Cic.)

Cela a paru d'autant plus suprenant, qu'on ne s'y attendait pas, *id eò mirabilius visum est, quòd à nemine expectabatur.*

516. *A proportion que* se tourne par *d'autant plus,* et s'exprime de la même manière. *Exemple :*

Il est plus modeste, à proportion qu'il est plus savant, *eò modestior est, quò doctior* (il est d'autant plus modeste qu'il est plus savant, 514).

PLUS, MOINS, *répétés.* — Quò, eò.

517. *Quò* doctior, *eò* modestior est.

Plus, moins, répétés, sont la même chose que *d'autant plus, d'autant moins*, mais la phrase est renversée; il faut donc mettre *quò* avant le premier *plus* ou *moins*, et *eò* avant le second, en exprimant toujours *plus*, *moins*, selon les mots auxquels ils se rapportent. *Exemples :*

Plus il est savant, plus il est modeste, *quò doctior, eò modestior est* (491).

Moins Caton cherchait la gloire, plus il l'obtenait, *quò minùs gloriam petebat Cato, eò magis adsequebatur.* (SALL.)

518. *Quò quis* vitiosior, eò miserior est.

Les expressions *plus on*, *plus une personne* se tournent par *plus quelqu'un*, *quò quis*, avec un comparatif; *plus une chose* se tourne par *plus quelque chose*, *quò quid* (pour *quò aliquis, aliquid*, n° 441). *Exemple :*

Plus on est vicieux, plus on est malheureux, c'est-à-dire, plus quelqu'un est vicieux, *quò quis vitiosior, eò miserior est.*

Le premier *plus on* peut aussi s'exprimer par *ut quisque*, avec un superlatif, et le second par *ità*, avec un superlatif encore ; par exemple : *Ut quisque vitiosissimus, ità miserrimus est.*

519. Esto *quàm* poteris facillimus.

Quand *le plus*, *le moins* sont suivis de *que* et de *pouvoir*, *le plus*, *le moins* s'expriment toujours par *quàm* avec un superlatif. *Exemples :*

1° Avec un adjectif ou un adverbe :

Soyez le plus indulgent que vous pourrez, *esto quàm facillimus* (sous-entendu *poteris*).

Lisez le plus souvent possible (c'est-à-dire, le plus souvent que vous pourrez), *legito quàm sæpissimè*, ou *legito quàm sæpissimè poteris.*

Le moins s'exprime par *quàm minimè* avec le positif.

Exemples :

Soyez le moins indulgent que vous pourrez, *esto quàm minimè facilis* (sous-entendu *poteris*).

Parlez le moins souvent possible (c'est-à-dire, le moins souvent que vous pourrez), *quàm minimè sæpè loquere*, ou *loquere quàm minimè sæpè poteris* (ou *quàm poteris rarissimè*).

520. 2° Avec un nom singulier :

Il a employé le plus de diligence qu'il a pu, *adhibuit quàm plurimùm potuit diligentiæ*, ou bien *adhibuit quàm plurimam potuit diligentiam* (486, 487).

Il a employé le moins de diligence qu'il a pu, *adhibuit quàm minimùm potuit diligentiæ*, ou bien *adhibuit quàm minimam potuit diligentiam.*

521. 3° Avec un nom pluriel :

Il a lu le plus de livres qu'il a pu, *quàm plurimos potuit libros legit* (488).

Il a lu le moins de livres qu'il a pu, *quàm paucissimos potuit libros legit.*

Aug. Br., *Gr. Lat.*   11

Rem. 1° Le verbe *posse* est quelquefois sous-entendu, comme on l'a vu dans *esto quàm facillimus.* — On pourrait dire aussi : *adhibuit quàm plurimùm diligentiœ*, ou *quàm plurimam diligentiam.*

2° La règle serait absolument la même si, au lieu de *pouvoir*, il y avait l'adjectif *possible :*

Lisez le plus souvent possible, *legito quàm sœpissimè*, ou *quàm sœpissimè poteris.*

3° Dans toutes ces phrases, *quàm* a pour antécédent *tàm* sous-entendu ; l'analyse serait :

Esto tàm facilis quàm poteris essè facillimus.

522. Est omnium quos novi doctissimus.

Quand un superlatif relatif *le plus, le moins*, est suivi du relatif *qui* ou *que*, on ajoute *omnium* au superlatif latin, et le verbe suivant se met à l'indicatif. *Exemples :*

Il est le plus savant que je connaisse (c'est-à-dire, le plus savant de tous ceux que...), *est omnium quos novi doctissimus.*	Il est le moins savant que je connaisse (c'est-à-dire, le moins savant de tous ceux que je connais), *est omnium quos novi minimè doctus.*

523. Tot plagas accepit, *ut* mortuus sit.

Si le mot *tant* ne peut pas se tourner par *autant*, c'est-à-dire, s'il n'y a pas de comparaison, le *que* se rend par *ut* avec le subjonctif. *Exemples :*

Il a reçu tant de coups, qu'il en est mort, *tot plagas accepit, ut mortuus sit.*

J'estime tant la vertu, que je la préfère à tous les trésors, *tanti facio virtutem, ut eam thesauris omnibus anteponam.*

524. Donec ou dùm eris felix, multos amicos numerabis.

Tant que signifiant *tandis que, autant de temps que*, se rend par *dùm, donec, quandiù, quoàd*, sous-ent. *tandiù*, ou *tàm diù* qui s'exprime quelquefois, et le verbe, en ce sens, s'emploie à l'indicatif. *Exemples :*

Tant que vous serez heureux, vous compterez beaucoup d'amis, *donec* ou *dùm eris felix, multos amicos numerabis.* (Ovid.)

Caton apprit, tant qu'il vécut, *quandiù vixit, didicit Cato.* (Sén.)

Catilina était redoutable, mais seulement tant qu'il se trouvait dans les murs de Rome, *Catilina erat timendus, sed tandiù dùm mœnibus urbis continebatur.* (Cic.)

525. Philosophi, cùm recentiores, tùm veteres, Deum confessi sunt.

Tant...que signifiant *non-seulement, mais encore*, s'exprime par *tùm, partim, quà*, répétés, ou par *cùm, tùm*. Exemples :

Les philosophes *tant* anciens *que* modernes ont reconnu un Dieu, *philosophi, cùm recentiores*, tùm *veteres, Deum confessi sunt*. (Cic.)

Scipion triomphait de ses ennemis *tant* par ses armes, *que* par ses bienfaits, *Scipio hostes vincebat* quà *armis*, quà *beneficiis*.

(Remarquez bien que *cùm* se rapporte au *que* français, et *tùm* au mot *tant*.)

Il ne faut pas confondre les deux mots *quùm... tùm*, qui marquent simultanéité avec *tùm*,.. *tùm*, qui marquent succession et se rendent par *tantôt*, répété :

Je discute le pour et le contre, *tantôt* en grec, *tantôt* en latin, *dissero in utramque partem*, tùm *græcè*, tùm *latinè*. (Cic.)

526. Ad te scribo, *non tàm ut* te laudem, *quàm ut* tibi gratuler.

L'expression *non pas tant pour... que pour...* se rend en latin par *non tàm ut... quàm ut...* avec le subjonctif ; au lieu de *ut*, on se sert aussi de *ad* avec le gérondif en *dum*. Ex. :

Je vous écris, non pas tant pour vous louer que pour vous féliciter (*tournez :* non pas tant pour que je vous loue, que pour que je vous félicite), *ad te scribo, non tàm ut te laudem, quàm ut tibi gratuler*. (Cic.)

527. *Adeò* rara est fidelis amicitia !

Tant..., tant il est vrai que..., se rendent en latin par *adeò*, avant un adjectif ou un verbe ordinaire ; par *tanti*, avant un verbe de prix, et par *tantò*, avant un comparatif ou un verbe d'excellence. *Exemples :*

Tant est rare une amitié fidèle ! *adeò rara est fidelis amicitia !*

Tant la sagesse l'emporte sur les richesses ! *tantò præstat divitiis sapientia !*

Tant la vertu est estimée ! *tanti fit virtus !*

(Au lieu de *tant*, on peut mettre *tant il est vrai que...*, dans les exemples qui précèdent.)

(V. *Exerc. Lat.*, chap. XVI.)

SI, *adverbe.*

528. Deus est *tàm* bonus, *ut* amet homines.

Quand le mot *si* ne peut pas se tourner par *aussi*, on l'exprime par *tàm, adeò, ità, sic,* avant un adjectif, un adverbe ou un verbe ordinaire ; par *tanti*, avant un verbe de prix ou d'estime, et le *que* se rend toujours par la conjonction *ut* avec le subjonctif.

On suit la même règle pour les expressions *tellement, si bien, à un tel point que,* etc. *Exemples :*

Dieu est si bon, qu'il aime les hommes, *Deus est tàm bonus , ut amet homines.*

Il fut si frappé de cette nouvelle, qu'il mourut, *eo nuntio ità perculsus est, ut mortuus sit.*

Il est si estimé, que..., *tanti fit, ut...*

529. *Tanta* est Dei bonitas, *ut* nos amet.

Si grand et *tel* ayant le même sens, se rendent par *tantus, a, um*; *si petit*, par *tantulus, a, um* et le *que* suivant par *ut*, avec le subjonctif. *Exemples* :

La bonté de Dieu est si grande, qu'il nous aime, *tanta est Dei bonitas, ut nos amet.*

Cette étoile est si petite, qu'on ne peut la voir, *stella hæc tantula est, ut perspici non queat.*

ASSEZ... POUR... *qu'il faut tourner par* tant *ou* si... que...

530. Est-ne tibi *tantùm* otii, *ut* etiàm fabulas legas ?

Quand *assez* est suivi de *pour* et d'un infinitif, on tourne *assez* par *tant* ou *si*, qu'on exprime selon les mots auxquels il se rapporte (528), et *pour* se rend par *ut* avec le subjonctif. *Exemples* :

Avez-vous assez de loisir pour lire même des fables? c'est-à-dire, avez-vous *tant* de loisir *que* vous lisiez..., *est-ne tibi tantùm otii, ut etiàm fabulas legas?*

Êtes-vous assez ignorant pour ne pas savoir cela, c'est-à-dire, êtes-vous *si* ou *tellement* ignorant, que vous ne sachiez pas cela ? *adeò-ne ignarus es, ut hæc nescias ?* (CIC.)

Au lieu de *ut* on peut se servir de *qui, quæ, quod*, et dire: *adeò-ne ignarus es qui hæc nescias?* (*qui* pour *ut tu*).

Il n'est pas assez estimé pour que je me fie à lui, c'est-à-dire, il n'est pas si estimé, que je me fie à lui, *non tanti fit, ut ei confidam.*

531. Inest in me *tàm* parùm ambitionis, *ut* honores despiciam.

Assez peu, suivi de *pour...*, se tourne par *si peu que...*, et s'exprime, *assez* par *tàm*; *peu*, selon le mot auquel il se rapporte; et *pour*, par *ut* avec le subjonctif. *Exemple* :

J'ai assez peu d'ambition pour mépriser les honneurs, c'est-à-dire, j'ai si peu d'ambition, que je méprise..., *inest in me tàm parùm ambitionis, ut honores despiciam.*

TROP... POUR... *qu'il faut tourner par* plus qu'il ne faut pour...

532. *Plus* veneni hausit, *quàm ut* sanitati restituatur.

Quand l'adverbe *trop* est suivi de *pour* et d'un *verbe*, on tourne *trop* par *plus*, qu'on exprime selon les mots auxquels il se rapporte (486 et suiv.), et *pour* se rend par *quàm ut* avec le subjonctif. *Exemples* :

Il a avalé trop de poison pour recouvrer la santé, c'est-à-dire, plus de poison (qu'il ne faut) pour que..., *plùs veneni hausit, quàm ut sanitati restituatur;* on peut dire aussi : *quàm qui sanitati restituatur (qui* pour *ut ille).*

Je suis trop élevé pour que la fortune puisse me nuire, *major sum, quàm ut fortuna mihi nocere possit;* on peut dire aussi : *quàm cui fortuna nocere possit.* (OVID. — *cui* pour *ut mihi.)*

Il a commis trop de crimes pour que les juges aient pitié de lui, *plura admisit scelera, quàm ut illius judices misereat ;* on peut dire aussi : *quàm cujus judices misereat (cujus* pour *ut illius).*

Je vous estime trop pour vous blâmer, *pluris te facio, quàm ut te vituperem.*

Ne pas assez pour, trop peu... pour.

533. *Minùs* habet ingenii, *quàm ut* rem gerat.

Ne pas assez, trop peu, se tournent par *moins,* et s'expriment de même (486 et suiv.) ; *pour* se rend par *quàm ut* avec le subjonctif. *Exemples* :

Il n'a pas assez d'esprit pour conduire cette affaire (c'est-à-dire, il a moins d'esprit qu'il ne faut pour...), *minùs habet ingenii, quàm ut rem gerat* (486).

Léonidas avait *trop peu* de soldats *pour* vaincre les Perses, *Leonidas pauciores habebat milites,* quàm ut *Persas vinceret* (488).

Xerxès était *trop peu* estimé *pour* subjuguer la Grèce, *Xerxes minoris æstimabatur,* quàm ut *Græciam subigeret* (496).

QUE, *adverbe, pronom* ou *conjonction.*

534. *Quid* ou *cur* moraris?

Quand le *que* interrogatif peut se tourner par *pourquoi,* il est adverbe et se rend par *quid* ou *cur* : s'il est suivi d'une négation, on le tourne par *pourquoi ne* et on le traduit par *quidni, quin* ou *cur non.* Exemples :

Que tardez-vous *(pourquoi* tardez-vous)? *Quid* ou *cur moraris?*

Que n'accourez-vous ici *(pourquoi* n'accourez-vous *pas* ici)? *Quin* ou *cur non hùc advolas?* (CIC.)

535. *Utinàm* tecum loqui possim!

Si l'expression *que* ou *que ne* peut se tourner par *plaise* ou *plût à Dieu que...,* on la rend par *utinàm* avec le subjonctif. Il en est de même de *puissé-je, puisses-tu,* etc. *Exemples* :

Que ne puis-je vous entretenir! *utindm tecum loqui possim!*
Puissé-je vous revoir bientôt! *utinàm te brevi revisam!* (Cic.)

536. Laus virtuti *solummodò* debetur, ou *soli virtuti*
debetur.

Ne... que, signifiant *seulement*, est adverbe et se traduit
par *solùm, solummodò, tantùm, tantummodò, duntaxat,* ou
bien par *unus, solus, a, um,* que l'on fait accorder avec le
nom suivant. *Exemple :*

La louange n'est due qu'à la vertu... (est due *seulement* à la
vertu), *laus virtuti solummodò debetur ;* ou bien : *laus virtuti soli
debetur* (Cic.), la louange est due à la vertu seule. (*V.* 407.)

537. Non hinc proficiscar *quin* ou *nisi*, ou *priusquàm* te
viderim.

Lorsque l'expression *que ne*, après une proposition négative, peut se tourner par *à moins que* ou *avant que*, on la
rend en latin par *quin, nisi,* ou *priusquàm,* avec le subjonctif. *Exemple :*

Je ne partirai pas d'ici *que* je *ne* vous aie vu, *non hinc proficiscar
quin, nisi, priusquàm te viderim.* (Cic.)

REM. Mais si, dans *que ne,* le *que* est pronom relatif, ce pronom
se rend par *qui, quæ, quod,* et le verbe se met encore au subjonctif.
Exemple :

Le sage n'assure rien *qu'il ne* prouve, *sapiens nihil affirmat* quod
non *probet.* — (V. *Exerc. Lat.*, chap. XVI.)

ADVERBES DE MANIÈRE (194).

538. Deus *separatim* ab universis singulos diligit.

Les adverbes *separatim, seorsim,* séparément de, veulent
leur complément à l'*ablatif* avec la préposition *à* ou *ab*
(379-6"). *Exemple :*

Dieu aime chaque homme séparément de tous les autres, *Deus
separatim ab universis singulos diligit.*

539. *Convenienter congruenterque* naturæ vivere
debemus.

Les adverbes dérivés d'adjectifs ou de participes qui veulent
leur complément au datif, prennent aussi ce cas; tels sont :
convenienter, convenablement ; *congruenter,* conformément;
similiter, semblablement, *etc.* Exemples :

Nous devons vivre convenablement et conformément à la nature,
convenienter congruenterque naturæ vivere debemus.

540. Illius *ergo,* montis *instar.*

Le mot *ergo,* employé pour *causá,* et le mot *instar* (comme), veulent leur complément au *génitif,* et se placent après. *Ex.* :

À cause de lui, *ou* pour l'amour de lui, *illius ergo.*
Comme une montagne, *montis instar.*

REM. *Montis instar* est pour *ad instar montis.* — Le mot *instar* est un ancien nom neutre qui signifie *à la façon de.*

COMPLÉMENT DES ADVERBES DE LIEU (192).

541. *Ubi terrarum?*

Les adverbes de lieu, tels que *ubi, ubinàm, ubicumque, ibidem, undè, quò, aliquò, usquàm, nusquàm,* etc., s'emploient quelquefois avec les génitifs, *terrarum, gentium, loci, locorum.* Exemples :

En quel lieu du monde? *ubi terrarum?*
Nulle part, en aucun lieu du monde, *nusquàm gentium.*
D'où est-il? *undè gentium est?* (PLAUT.)
Où me réfugierai-je? *quò gentium confugiam?* (PLAUT.)
Où en est l'affaire? *ubi loci res est?* (PLAUT.)

REM. Ces adverbes prennent le génitif, parce qu'ils sont les équivalents de *in quo loco, in eo loco, in nullo loco.*

542. *Eò* insolentiæ processit.

Les adverbes *eò, hùc,* s'emploient aussi avec le *génitif.* Ex.:

Il en vint à ce point, à un tel point d'insolence, *eò insolentiæ processit.* (PLIN.)
Il en était venu à ce point d'arrogance, *hùc arrogantiæ venerat.* (TAC.) (C'est comme s'il y avait *ad id punctum insolentiæ, ad id punctum arrogantiæ.*)

543. Ire *obviàm* alicui.

Les adverbes *obviàm,* au devant de; *propè,* proche, près; *propiùs,* plus près; *proximè,* très près, veulent leur complément au *datif.* Exemples :

Aller au devant de quelqu'un, *ire obviàm alicui.*
Annibal s'avança près du Tibre, *propè Tiberi accessit Annibal.* (T.-LIV.)
Plus près du Tibre que des Thermopyles, *propiùs Tiberi quàm Thermopylis.* (C. NEP.)

544. On trouve plus souvent les adverbes *propè, propiùs, proximè,* avec l'accusatif, par l'ellipse de la préposition *ad,* ou avec *à, ab,* et l' *ablatif.* Exemples :

Les hommes bienfaisants approchent le plus (ou le plus près) de la Divinité, *homines benefici proximè Deum accedunt.* (Sén.)

Vous pouvez habiter près de moi, *propè me habitare potes.* (Cic.)

Plus près du Tibre, *propiùs Tiberi* (C. Nep.), ou *Tiberim.*

Près de la Sicile, *propè Siciliam,* ou *propè à Siciliâ.* (Dans ce dernier exemple avec l'ablatif, *propè* est l'équivalent de *haud procul.*)

Rem. Quand ces mots sont joints à un verbe de tendance, de direction vers un lieu, ils prennent l'*accusatif* avec ou sans *ad :*

S'approcher de quelqu'un, *propè ad aliquem adire.* (Plaut.)

Il fit approcher son armée de la ville, *propiùs urbem exercitum admovit.* (Cic.)

545. *En, ecce* præceptor, *ou* en, ecce præceptorem.

En, ecce (voici, voilà), veulent après eux le *nominatif* ou l'*accusatif :* ils veulent le *nominatif,* comme *sujet,* si l'on sous-entend le verbe *adesse,* être présent, et l'*accusatif,* comme *complément,* si l'on sous-entend le verbe *aspicere,* regarder, voir. *Exemples :*

Voici, voilà le maître, *en, ecce præceptor* (sous-entendu *adest.*)

Voici, voilà le maître, *en, ecce præceptorem* (sous-entendu *aspice.* Cet *accusat.* ne se trouve guère qu'en poésie.)

546. On trouve aussi les verbes *adesse, aspicere,* employés avec *en, ecce.* Exemples :

Voici Pallas, *en Pallas adest.* (Ovid.)

Voilà la mort, *en aspice mortem.* (Ovid.)

COMPLÉMENT DES ADVERBES DE TEMPS (191).

547. *Pridiè* Calendarum, *ou* Calendas.

Les adverbes *pridiè,* la veille, et *postridiè,* le lendemain, s'emploient avec l'*accusatif,* ou, le plus souvent, avec le *génitif.* Exemples :

Le jour avant les Calendes, *ou* la veille des Calendes, *pridiè Calendas,* ou *Calendarum.*

Le jour d'après les Ides, *ou* le lendemain des Ides, *postridiè Idus,* ou *Iduum.*

Rem. Avec l'*accusatif,* on sous-entend *antè* dans le premier exemple, et *post,* dans le second. — Le *génitif,* au contraire, est complément de *die* compris dans l'adverbe :

Pridiè Calendarum, pour *in priori die Calendarum* (dans le jour antérieur des Calendes).

Postridiè Iduum, pour *in posteriori die Iduum* (dans le jour postérieur des Ides).

548. On trouve aussi quelquefois l'adverbe *tunc* suivi du génitif *temporis*. Exemple :

Alors la nation des Perses était obscure, *Persarum gens tunc temporis obscura erat.* (Just.)

(C'est comme s'il y avait : *in hoc puncto temporis*, en ce point du temps.)

Autres adverbes de temps.

549. *Vix* advenit, *quùm* in morbum incidit.

A *peine* s'exprime par *vix* ou *vixdùm*, et le *que* suivant par *quùm*, avec l'indicatif. *Exemple* :

A peine fut-il arrivé, qu'il tomba malade, *vix advenit, quùm in morbum incidit.*

550. *Statim ut* advenit, in morbum incidit.

Aussitôt que, dès que, s'expriment par *statim ut, statim atque, simul ac*, ainsi que *ne pas plus tôt que*. Exemple :

Aussitôt qu'il fut arrivé, il tomba malade, *ou bien* il ne fut pas plus tôt arrivé, qu'il tomba malade, *statim ut advenit, in morbum incidit.*

551. *Maturiùs* solito surrexit.

Plus tôt, signifiant de *meilleure heure, plus promptement*, s'exprime par *maturiùs*; quand il signifie *plus vite*, on le rend par *citiùs* ou *celeriùs*. Exemples :

Il s'est levé plus tôt qu'à l'ordinaire, *maturiùs solito surrexit.*

Il est arrivé plus tôt qu'on ne pensait, *citiùs venit quàm putabant* (437).

552. Depugna *potiùs quàm* servias.

Plutôt que de, suivi d'un infinitif, se rend par *potiùs quàm*, avec le subjonctif. *Exemple* :

Combattez *plutôt que de* devenir esclave, *depugna potiùs quàm servias.*

Rem. Si le premier verbe est à l'infinitif ou au participe neutre en *dum*, le second s'y met aussi :

Vult pugnare potiùs quàm servire, il veut combattre plutôt que d'être esclave.

Pugnandum est potiùs quàm serviendum. (Il faut combattre plutôt que de devenir esclave.)

553. Nunc *quùm...*, heri *quùm...*, proximè *quùm* te vidi.

Après les adverbes et les noms de temps, on exprime le *que* par *quùm*; on le rend aussi par *ex quo*, quand il peut se tourner par *depuis que*. Exemples :

11.

Présentement que..., *nunc quùm.*

Hier que. .., *heri quùm.*

La dernière fois que je vous vis, *proximè quùm te vidi.*

Un jour que j'étais avec vous, *quâdam die quùm tecum eram.*

Il y a longtemps que je vous attends, *diù est quùm te expecto.*

(Il y a, il y avait, un temps viendra, se tournent par le verbe *être.*)

Du temps que Rome florissait, *tùm quùm Roma florebat.*

Un jour viendra que, *veniet* ou *erit tempus quùm.*

Il y a des temps que, *incidunt sæpè tempora quùm.*

Il y a deux ans qu'il est mort, *duo anni effluxêre ex quo mortuus est.*

(On sous-entend *tempore* dans ce dernier exemple, *ex quo tempore*, et non pas *ex quibus*.)

REM. On emploie l'*indicatif* au lieu du *subjonctif* après *quùm*, quand il y a une simultanéité de deux faits, c'est-à-dire, quand il est précédé de ses antécédents *tùm, tunc, eo tempore,* etc., ce qui, en français, peut être rendu par *dans le temps où, à l'époque où.*

(V. *Exerc. Lat.*, chap. XVII).

SYNTAXE DES PRÉPOSITIONS (205 à 210).

554. On a déjà vu, dans la première partie, que trente prépositions veulent leur complément à l'accusatif (206, 286, 287, 288, 303, 322..., 471, 478, etc.) ;

Que douze veulent leur complément à l'*ablatif* (207, 303, 329 à 333, 340, 353, 369..., etc.) ;

Que deux prépositions, *in, sub,* veulent leur complément à l'*ablatif*, quand elles sont jointes à un verbe de *repos*, et à l'*accusatif*, quand elles dépendent d'un verbe qui marque *mouvement*, etc. ;

Que deux autres, *subter* et *super*, prennent l'*accusatif*, qu'il y ait ou non mouvement (209), et quelquefois l'*ablatif*, lorsqu'il n'y a pas mouvement. *Exemples :*

Je suis en France, *sum in Galliâ.*

Je vais en France, *eo in Galliam.* (V. 209, pour *subter* et *super*.)

Noms de matière.

555. Vas *ex auro.*

Le nom de la matière dont une chose est tirée, dont elle est faite, se met à l'*ablatif* avec la préposition *è* ou *ex*, et quelquefois *de*, qui répond à la préposition française *de*. Ex. :

Un vase d'or, *vas ex auro.*

Une statue d'airain, *signum ex ære.*

J'élèverai un temple de marbre, *templum de marmore ponam.*
(Virg.)

556. On peut aussi du nom de matière faire un adjectif qui
s'accorde avec le premier nom. *Exemples :*

Un vase d'or, *vas aureum* (273).
Une statue d'airain, *signum æneum* (273).

Du nom d'origine.

557. Le nom d'origine se met tantôt à l'ablatif avec *è* ou *ex*,
tantôt à l'ablatif sans préposition ; souvent il se rend par un
adjectif dérivé du nom propre d'origine. *Exemples :*

Philocrate d'Aulide, *ex Aulide Philocrates.* (Plin.)
Mercure issu (ou né) de Jupiter et de Maïa, *Mercurius Jove et
Maid natus.* (Cic.)
On trouve aussi : *ex Jove et Junone natus.* (Cic.)
De naissance noble, *nobili genere natus* (273).
Miltiade d'Athènes, *Miltiades Atheniensis.* (C. Nep.)

Noms de mesure, de distance et d'espace.

558. Velum longum *tres ulnas*, ou *tribus ulnis.*

Le nom qui marque la *mesure* ou la *distance* se met à
l'*accusatif*, en sous-entendant *in* ou *ad*, ou plus rarement à
l'*ablatif*, en sous-entendant *à* ou *ab*. Exemples :

Un voile long de trois aunes, *velum longum tres ulnas*, ou *tribus
ulnis.*
Il est éloigné de vingt pas, *abest* on *distat viginti passus*, ou *viginti passibus.*

559. Si le nom de mesure ou de temps est précédé d'un
comparatif, il se met toujours à l'*ablatif.* Exemples :

Vous n'êtes pas plus grand que moi des deux doigts, *duobus digitis major me non es.*
L'Hibernie est de moitié plus petite que la Bretagne, *Hibernia
est dimidio minor, quàm Britannia.* (Cæs.)

560. Cecidit *decimo abhinc passu*, ou *ad decimum abhinc
passum.*

Le lieu précis où une chose est arrivée se met à l'*ablatif*
sans préposition, ou à l'*accusatif* avec *ad*, et alors on se sert
du nombre ordinal *primus, secundus, tertius*, etc. *Ex. :*

Il est tombé dix à pas d'ici, *cecidit decimo abhinc passu*, ou *ad
decimum abhinc passum.*
Annibal campa à trois milles de Rome, *Annibal tertio ab Urbe
lapide*, ou *ad tertium ab Urbe lapidem, castra posuit.*

Rem. Si l'on se sert du nombre *cardinal*, il faut sous-entendre *ad* :

Annibal tria millia passuum ab Urbe castra posuit (T. Liv.), c'est-à-dire *ad tria millia...*

Noms de l'instrument, de la cause, de la manière, etc.

561. Le nom de l'*instrument* ou du *moyen* dont on se sert pour faire quelque chose, la *cause* pour laquelle elle se fait, la *manière* dont elle se fait et le nom de la *partie*, se mettent à l'*ablatif* sans préposition :

562. *Du nom d'instrument et de moyen.*

Frapper de l'épée ou avec l'épée, *ferire gladio*.

Le loup attaque avec ses dents, le taureau avec ses cornes, *dente lupus, cornu taurus petit*. (Hor.)

Les paons chassent le geai à coups de bec, *Graculum Pavones fugant rostris*. (Phæd.)

Rem. Ne confondez pas l'ablatif d'*instrument* avec l'ablatif d'*accompagnement*, c'est-à-dire, celui par lequel on désigne les instruments, les objets qu'on porte avec soi, et devant lequel on emploie *cum* :

Des esclaves furent arrêtés avec des armes (c'est-à-dire, ayant des armes), *servi cum telis comprehensi sunt*. — Il est entré avec une épée, *ingressus est cum gladio*. (Villemeureux.)

563. *Du nom de cause.*

Il mourut de faim, *fame interiit*.

On exprime quelquefois la préposition *præ* :

Quelques-uns sont morts de joie, *quidam præ gaudio interiere*.

564. *Du nom de manière.*

Vous l'emportez en beauté, en grandeur, *vincis formâ, vincis magnitudine*.

A la manière des insensés, *vecordium more*.

A mon avis, *meâ sententiâ*.

Rem. Le nom de manière est quelquefois accompagné de *cum* :

Examiner une affaire avec réflexion et avec soin, *rem perspicere cum consilio et curâ*. (Cic.)

Les députés des Carthaginois furent écoutés avec moins de compassion, *legati Carthaginiensium minore cum misericordiâ auditi sunt*. (T. Liv.)

565. *Du nom de la partie.*

Je tiens le loup par les oreilles, *teneo lupum auribus*.

Rem. Souvent en poésie et quelquefois même en prose, au lieu de l'*ablatif*, le nom de la *partie* et le nom de l'*instrument* se mettent à l'*accusatif,* en vertu de la préposition *secundùm* (selon, *quant à*), sous-entendue, et par imitation d'une construction grecque dans le même sens :

Semblable à un dieu par les traits et par la taille, *os humerosque deo similis.* (Virg.)

Un soldat dont les membres sont brisés par la fatigue, *fractus membra labore miles.* (Hor.)

Annibal ayant l'âme dévorée d'une secrète inquiétude, *Annibal tacitâ curâ animum incensus.* (T. Liv.)

Une femme ayant les pieds nus, *mulier nuda pedes.*

Nom du prix, de la valeur.

566. Hic liber constat *viginti assibus.*

Le nom qui marque le prix, la valeur de quelque chose, se met à l'*ablatif* sans préposition. *Exemple :*

Ce livre coûte vingt sous, *hic liber constat viginti assibus* (sous-entendu *pro*).

Nom du temps. Question *quandò,* quandiù **(191).**

567. Veniet *die dominicâ.*

Si l'on veut marquer quand une chose s'est faite ou se fera, *quandò,* le nom de temps se met à l'*ablatif* sans préposition. *Exemples :*

Il viendra dimanche, *veniet die dominicâ ;*
Il viendra le mois prochain, *veniet mense proximo :*
Il viendra à trois heures, *veniet horâ tertiâ.*
(A la question *quandò,* on se sert du nombre ordinal.)

Rem. Pour rendre en latin *tous les trois jours,* et autres expressions qui marquent périodicité, il faut ajouter *quisque* (chaque) au nombre ordinal :

Il vint tous les trois jours, *tertio quoque die venit* (mot à mot : *chaque troisième jour*).

568. *Antè, post, in.*

Les mots *antè* et *post* s'emploient tantôt comme *adverbes,* tantôt comme *prépositions.*

1° Si *antè* et *post* sont employés comme *adverbes,* le nom de temps se met à l'*ablatif,* et l'on se sert du nombre *cardinal* ou du nombre ordinal :

Dix ans avant, *decem antè annis,* ou *decimo antè anno.*
Peu de jours avant, *paucis antè diebus.*
Deux ans après, *duobus post annis,* ou *secundo post anno.*

2° Lorsque *antè* et *post* sont prépositions, le nom de temps se met à l'accusatif comme complément :

Dix ans avant, *decem antè annos.*

Au bout de quelques mois, *post aliquot menses.*

Je partirai dans trois jours, *post tres dies proficiscar* (*dans* se rend ainsi par *post* avec l'*accusatif,* toutes les fois qu'on peut le tourner par *après*).

3° On emploie la préposition *in* avec les mots *tempus, tempestas, ætas, dies,* lorsqu'ils sont accompagnés d'un adjectif déterminatif :

Dans de telles circonstances, *in tali tempore.* (Sall.)

569. Regnavit *tres annos,* ou *tribus annis.*

Quand on veut marquer combien de temps une chose a duré ou durera, *quandiù* (191), le nom de temps se met à l'*accusatif* ou à l'*ablatif* sans préposition, et l'on se sert du nombre cardinal. *Exemple :*

Il a régné trois ans, *regnavit tres annos,* ou *regnavit tribus annis.*

Rem. 1° Avec l'accusatif, on sous-entend *per* (pendant). Cette préposition est même exprimée quelquefois pour marquer avec force une longue durée :

Pendant seize ans Annibal accabla l'Italie de toute sorte de maux, *Annibal Italiam per annos sexdecim variis cladibus fatigavit.* (Just.)

2° Si l'on se sert du nom *biduum, triduum* ou *quatriduum,* l'ablatif est plus usité :

Vous apprendrez cela dans trois jours, *triduo hæc audietis.* (Cic.)

570. *Tertium annum* regnat.

Quand on veut marquer depuis quel temps une chose se fait, *à quo tempore* (191), le nom de temps se met à l'*accusatif* sans préposition, et l'on se sert du nombre ordinal. *Ex.*:

Il y a trois ans qu'il règne, *tertium annum regnat.* (Cic.)

Il y a plusieurs années que je suis lié avec votre père, *multos annos utor familiariter patre tuo.*

571. *Abhinc tribus annis,* ou *abhinc tres annos* mortuus est.

Si le temps est passé et qu'il ne dure plus, on met le nom de temps à l'*accusatif* ou à l'*ablatif* avec *abhinc* avant, et l'on se sert du nombre cardinal. *Exemple :*

Il y a trois ans qu'il est mort, *abhinc tribus annis mortuus est,* ou bien : *abhinc tres annos mortuus est.*

572. Annos duo et triginta *natus*.

L'expression *âgé* ou *à l'âge de* se rend par le participe *natus* (né), et l'âge lui-même s'exprime par l'accusatif avec le nombre cardinal. *Exemple :*

Alexandre mourut âgé (ou à l'âge) de trente-deux ans, *Alexander annos duo et triginta natus excessit é vitâ.*

Rem. On emploie fort souvent aussi, dans le même sens, l'expression *agere annum* avec le nombre ordinal :

J'ai quatre-vingt-quatre ans, *quartum annum ago et octogesimum.* (Cic.)

573. Deus creavit mundum *intrà sex dies.*

Quand on veut marquer en quel espace de temps une chose s'est faite ou se fera, *quanto tempore* (191), le nom de temps se met à l'*accusatif* avec *intrà*, ou à l'*ablatif* sans préposition (rarement *intrà* avec l'acc.). *Exemples :*

Dieu a créé le monde en six jours, *Deus creavit mundum intrà sex dies.*

Vous avez achevé cela en six jours, *id sexdecim diebus absolvisti.*

574. Natura flores *in diem* gignit.

Si l'on veut exprimer *pour combien de temps* ou *pour quelle époque*, une chose se fait, s'est faite ou se fera, on met le nom de temps à l'accusatif avec *in* :

La nature fait naître les fleurs pour un jour, *natura flores in diem gignit.* (Plin.)

L'année se divise en trois cent soixante-cinq jours, *annus in trecentos sexaginta quinque dies describitur.* (Q. Curt.)

(V. *Exerc. Lat.*, chap. XVIII.)

PRÉPOSITION à *avant un infinitif.*

575. Nihil habebam *quod* ad te scriberem.

Quand la préposition *à*, précédée d'un nom ou du mot *rien*, peut se tourner par *qui*, *que*, on la rend par le pronom *qui*, *quæ*, *quod*, avec le subjonctif. *Exemple :*

Je n'avais rien à vous écrire (c'est-à-dire, rien que je vous écrivisse), *nihil habebam quod ad te scriberem.*

On peut dire aussi : *nihil habebam ad te scribendum.* (377.)

576. Quem *si* loquentem audias, dicas.

Quand la préposition *à* peut se tourner par *si*, on la rend en latin par *si*. Exemples :

A l'entendre parler, vous le diriez très riche (c'est-à-dire, si vous l'entendiez parler...), *quem si loquentem audias, dicas prædivitem.* (Cɪc.)

Il est élégant de mettre le présent du subjonctif *dicas* au lieu de l'imparfait *diceres.* (441.)

A le voir, on le prendrait pour un homme simple; *quem si quis videat, simplicissimum judicet.* (Sén.)

577. *Ut* verum dicam, *ne* mentiar.

Si la préposition *à* peut se tourner par *pour,* on la rend en latin par *ut* avec le subjonctif, et s'il y a une négation, on la rend par *ne.* Exemple :

A dire vrai, c'est-à-dire, pour dire vrai, *ut verum dicam.*
A ne point mentir, c'est-à-dire, pour ne point mentir, *ne mentiar.*
(Les autres manières de rendre la préposition française *à* se trouvent aux nᵒˢ 366, 374, 376, 377, etc.)

PRÉPOSITION *de.*

578. *Ex* omnibus vitiis, nullum est majus superbiâ.

De, au commencement d'une phrase, se rend en latin par *è* ou *ex* avec l'*ablatif.* Exemple :

De tous les vices, il n'en est pas de plus grand que l'orgueil, *ex omnibus vitiis, nullum est majus superbiâ.*
De a ici le même sens qu'au nᵒ 305.

579. Noster exitus *ex* Ægypto fuit infaustus.

On a déjà vu (272) que *de,* entre deux noms, exige le second au *génitif;* mais, lorsque le premier nom vient d'un verbe, il exige le même cas que le verbe d'où il vient, quand il y a une idée de séparation, de sortie, d'extraction. *Ex.* :

Notre sortie d'Égypte fut malheureuse, *noster exitus ex Ægypto fuit infaustus* (332 et 379-6°).
Votre départ *de* la maison parternelle est insensé, *profectio tua è domo paternâ insana est.*
Votre éloignement *de* vos amis me fait de la peine, *tuâ ab amicis disjunctione moveor.*
L'aversion du travail est fille de la paresse, *alienatio à labore pigritiæ filia est.*

Rᴇᴍ. 1° Si *de,* entre deux noms, peut se tourner par *sur* ou *touchant,* on le rend par *de* avec l'ablatif :

Le dialogue de l'amitié, *dialogus de amicitiâ.*
La tragédie d'OEdipe, *tragœdia de OEdipo.*

2° *De* avec un nom d'emploi près de quelqu'un, se rend par *à, ab,* et l'ablatif :

Être secrétaire de quelqu'un, *esse alicujus ab epistolis.* (Sén.) Secrétaire se rend aussi par *à manu, à secretis.*

Un esclave messager, un valet de pied, *servus à pedibus.* (Cic.)

L'esclave tapissier de César, *Cæsaris servus à supellectile.* (Cæs.)

580. Tempus *orandi.*

De, entre un nom et un infinitif actif, se rend par le gérondif en *di.* Exemple :

Le temps de prier, *tempus orandi.* (275.)

581. Contremiscebat *ne* deprehenderetur.

1° *De*, entre un nom et un infinitif passif, ou tout autre verbe qui n'a point de gérondif, s'exprime par différentes conjonctions, selon le verbe d'où le nom est dérivé. *Exemple :*

Il tremblait *de crainte* d'être surpris (*de crainte qu'il ne fût* surpris), *contremiscebat* ne *deprehenderetur.* (655.)

2° Si *de*, suivi également d'un infinitif, peut se tourner par *de ce que, parce que*, on le rend par *quòd* avec le subjonctif. *Exemple :*

Il a une grande joie *d'être le premier* (*de ce qu'il est, parce qu'il est...*), *summâ perfunditur lætitiâ* quòd *primas teneat* (*primas* qualifie *partes* sous-entendu).

582. Pergratum mihi feceris, *si* ad eum scripseris.

Quand la préposition *de*, suivie d'un infinitif, peut se tourner par *si*, on la rend en latin par *si*. Exemple :

Vous me ferez plaisir de lui écrire (*si vous lui écrivez*), *pergratum mihi feceris, si ad eum scripseris.*

583. O te infelicem, *qui* ultrò ad necem cucurreris !

Quand *de*, suivi d'un infinitif, peut se tourner par *moi qui, vous qui...*, on l'exprime par *qui, quæ quod*, avec le subjonctif. *Exemple :*

Que vous êtes malheureux *d'avoir couru de vous-même à la mort !* *ó te infelicem, qui ultrò ad necem cucurreris !* (Phæd. *Qui* pour *quia tu, quùm tu...* 434.)

(V. *Exerc. Lat.*, chap. XVIII.)

PRÉPOSITION *après.*

584. *Post* prandium.

Après, suivi d'un nom, s'exprime par *post* avec l'*accusatif.* Exemple :

Après le dîner, *post prandium.*

Rém. Quand il y a *durée* ou *succession de faits*, la préposition *après* se rend par *à, ab :*

Tout de suite après le combat, *confestim à prælio.* (T. Liv.)

Après cette instruction, il congédia l'assemblée, *ab his præceptis concionem dimisit.* (T. Liv.)

585. *Secundùm* Ciceronem, ou *à* Cicerone, est oratorum
facilè princeps.

Quand la préposition *après* marque la seconde place, le second rang, on l'exprime par *secundùm* avec l'*accusatif*, ou par *à* ou *ab* avec l'*ablatif.* Exemple :

Après Cicéron, il est sans contredit le premier des orateurs, *secùndùm Ciceronem,* ou bien *à Cicerone, est oratorum facilè princeps.*

586. *Sub* eas litteras, recitatæ sunt tuæ.

Après, signifiant *immédiatement après,* s'exprime par *sub* avec l'*accusatif.* Exemple :

Après cette lettre, on lut la vôtre (immédiatement après cette lettre), *sub eas litteras, recitatæ sunt tuæ.*

Après *suivi d'un infinitif français.*

587. *Postquàm* legi, scribo.

Quand *après* est suivi du parfait de l'infinitif actif, on le tourne par *après que,* et on l'exprime par *postquàm, quùm ;* le verbe se met à divers temps de l'indicatif, de la manière suivante. *Exemples :*

Après avoir lu, j'écris (c'est-à-dire, *après que* j'ai lu...), *postquàm legi, scribo.*

Après avoir lu, j'écrivais (c'est-à-dire, *après que* j'avais lu...), *postquàm legeràm, scribebam.*

Après avoir lu, j'ai écrit (c'est-à-dire, *après que* j'eus lu...), *postquàm legi, scripsi.*

Après avoir lu, j'écrirai (c'est-à-dire, *après que* j'aurai lu...), *postquàm legero, scribam.*

On peut aussi tourner la phrase par l'*ablatif absolu* (462), comme dans cet *exemple :*

Après avoir immolé tant d'hommes, enfin Néron brûla d'anéantir la vertu elle-même, *trucidatis tot insignibus viris,* ad postremum Néro virtutem ipsam excindere concupivit. (Tac.)

Avant *suivi d'un infinitif français.*

588. Lego, legam *antequàm* scribam.

Avant, suivi d'un infinitif, se tourne par avant que, *ante-*

quàm, priusquàm, avec le subjonctif, comme dans ces *exemples* :

Je lis, je lirai avant d'écrire (c'est-à-dire, avant que j'écrive),*lego, legam antequàm scribàm.*

Je lisais, j'ai lu, j'avais lu avant d'écrire (c'est-à-dire, avant que j'écrivisse), *legebam, legi, legeram antequàm scriberem.*

589. *Infecto negotio,* profectus est.

Avant, suivi du parfait de l'infinitif, peut se rendre par un participe passé, si l'on y ajoute une négation. *Exemple :*

Il est parti avant d'avoir terminé l'affaire (c'est-à-dire, l'affaire n'étant pas terminée), *infecto negotio, profectus est.* (462.)

(*In* ajouté à un adjectif qui équivaut à *non.*)

AU LIEU DE, *suivi d'un nom.*

590. *Pro* gladio, ou *loco* gladii, fuste usus est.

Au lieu de, suivi d'un nom, s'exprime par *pro* avec l'*ablatif,* ou par *loco* avec le *génitif.* Exemple :

Au lieu d'épée, il se servit d'un bâton, *pro gladio,* ou *loco gladii, fuste usus est.*

AU LIEU DE, *suivi d'un infinitif.*

591. *Quùm* legere *deberet,* ludit.

Au lieu de, suivi d'un infinitif, se tourne par *lorsque je devrais..., tu devrais...,* quand il y a obligation de faire la chose. *Exemple :*

Au lieu de lire, il joue (c'est-à-dire, lorsqu'il devrait lire...), *quùm legere deberet, ludit.*

592. *Quùm posset* ludere, legit.

Au lieu de se tourne par *lorsque je pourrais, tu pourrais.....,* quand il n'y a pas obligation de faire la chose :

Au lieu de jouer, il lit (c'est-à-dire, lorsqu'il pourrait jouer...) *quùm posset ludere, legit.*

593. Lege, *non autem* nugare.

Au lieu de, précédé d'un verbe à l'impératif, s'exprime par *non autem,* et le second verbe se met aussi à l'impératif en latin. *Exemple :*

Lisez au lieu de badiner (*tournez :* lisez et ne badinez pas), *lege, non autem nugare.*

594. Legit ille, tu *verò* nugaris.

Au lieu que se tourne par *au contraire*, et s'exprime par *verò*, *autem*, que l'on met après le premier mot de la proposition subordonnée. *Exemple* :

Il lit, au lieu que vous badinez (*tournez* : vous au contraire vous badinez), *legit ille, tu verò nugaris.*

BIEN LOIN DE, *suivi d'un infinitif.*

595. Vix me aspicit, *nedùm* amet.

Bien loin de, suivi d'un infinitif, s'exprime par *nedùm* avec le subjonctif, et doit toujours être au second membre de la phrase. *Exemple* :

Bien loin de m'aimer, il me regarde à peine (*tournez* : il me regarde à peine, bien loin qu'il m'aime), *vix me aspicit, nedùm amet.*

Rem. On dirait également bien :

Non modò non me amat, sed ne me quidem aspicit, non-seulement il ne m'aime pas, mais il ne me regarde pas même.

(V. *Exerc. Lat.*, chap. XVIII.)

PRÉPOSITION *pour.*

(V. préposition *par*, n°ˢ 341 et 431.)

596. Meum *in te* ou *ergà te* studium.

Quand la préposition *pour* signifie *envers*, elle se rend en latin par *in* ou *ergà*, avec l'*accusatif*. Exemple :

Mon zèle pour vous, *meum in te ou ergà te studium.*

597. Amor *libertatis* nobis est innatus.

Quand *pour* peut se tourner par *de*, on le rend par le *génitif*. Exemple :

L'amour pour la liberté nous est naturel (*tournez* : l'amour de la liberté...), *amor libertatis nobis est innatus.*

598. *Pro* gladio, ou *loco* gladii, fustem sumpsit.

Quand *pour* signifie *au lieu de*, il s'exprime par *pro* avec l'*ablatif*, ou par *loco* avec le *génitif*. Exemple :

Pour une épée, il prit un bâton, *pro gladio*, ou *loco gladii, fustem sumpsit.* (590.)

599. Illum *propter* modestiam amo.

Quand *pour* signifie *à cause de*, on le traduit par *ob* ou *propter*, avec l'*accusatif*. Exemple :

Je l'aime pour sa modestie, *illum propter modestiam amo.*

600. *De* nihilo irascitur.

Si *pour* a le sens de *sur* ou *touchant*, il se rend par *de* avec l'*ablatif*. Exemples :

Il se fâche pour rien, *de nihilo irascitur ;*
Pour de très bonnes raisons, *maximis justissimisque de causis.* (579. *Rem.* 1°.)

601. Id libenter illius *causâ* faciam.

Quand *pour* signifie *pour l'amour de*, il se rend par *causâ* ou *gratiâ* avec le *génitif*. Exemples :

Je ferai volontiers cela pour lui, *id libenter illius causâ faciam.*
Je ferai volontiers cela pour vous, *id libenter tuâ causâ faciam.*
(Au lieu des génitifs *mei, tui,* on dit *meâ, tuâ,* etc., avant *causâ.*)

602. Omnem curam *in* valetudinem confer.

1° Quand *pour* marque une destination relative aux choses, il se rend par *in* avec l'*accusatif*. Exemple :

Employez tous vos soins pour votre santé, *omnem curam in valetudinem confer.* (V. 596.)

2° *Pour* se traduit également par *in*, s'il a rapport au temps. *Exemple :*

Pour aujourd'hui, *in hodiernum diem ;* pour le lendemain, *in posterum diem ;* pour plusieurs mois, *in multos menses ;* pour l'avenir, *in futurum.* (574.)

603. *Vitæ tuæ* metuebam.

Quand *pour* signifie *dans l'intérêt de, en vue de,* on le rend en latin par le *datif*. Exemples :

Je craignais pour votre vie, *vitæ tuæ metuebam.*
Demander grâce pour quelqu'un, *veniam alicui petere.*

604. Surrexit *ad* respondendum.

Pour, avant un infinitif, s'exprime par *ad* avec le gérondif en *dum*, ou par *ut* avec le subjonctif, ou par *causâ, gratiâ* avec le gérondif en *di*. Exemples :

Il se leva pour répondre, *surrexit ad respondendum,* ou *surrexit ut responderet,* ou *surrexit respondendi causâ.*
Il faut manger pour vivre, et non vivre pour manger, *esse oportet ut vivas, non vivere ut edas.* (Cic.)

On se sert aussi quelquefois du participe en *rus, ra, rum,* que l'on fait accorder avec le sujet : *surrexit responsurus;* ou du supin en *um* avec les verbes *ire, mittere, venire, proficisci,* et autres semblables :

Ils partent pour voir les jeux, *spectatum ludos proficiscuntur.*

Nota. Pour ainsi dire, *ut ità dicam.*

605. Otiare *quò* meliùs labores.

Quand *pour* est suivi d'un comparatif, au lieu de *ut* on sert de *quò* avec le subjonctif. *Exemple :*

Reposez-vous pour mieux travailler, *otiare quò meliùs labores* (*quò* pour *ut eò,* 434).

606. *Ne* vobis tædium afferam.

Quand *pour* est accompagné d'une négation, on l'exprime par *ne* avec le subjonctif. *Exemple :*

Pour ne pas vous ennuyer, *ne vobis tædium afferam* (c'est-à-dire, de peur que je ne vous cause de l'ennui).

607. Misit hominem *qui* me moneret.

Si *pour,* avant un infinitif, peut se tourner par *qui, que,* on l'exprime par *qui, quæ, quod,* avec le subjonctif. *Ex. :*

Il m'envoya quelqu'un pour m'avertir (*tournez :* quelqu'un qui m'avertît), *misit hominem qui me moneret.*

J'ai reçu un livre pour le lire, *tournez :* un livre que je lise ou que je lirai, *librum accepi quem legam* (*quem* pour *ut eum,* 434).

608. *Quàmvis* improbos salutaverim, non continuò sum improbus.

Pour, avant un infinitif, suivi de ces mots, *ce n'est pas à dire pour cela que...,* se tourne par *quoique* avec le subjonctif, et *ce n'est pas à dire pour cela que, il ne s'en suit pas que,* se rendent par *non continuò, non ideò, non idcircò.* Exemples :

Pour avoir salué des méchants, ce n'est pas à dire pour cela que je sois méchant, *quàmvis improbos salutaverim, non continuò sum improbus.*

609. *Si vel minimùm* cogitare volueris, rem perspicies.

Pour peu que se tourne par *si... même très peu,* et s'exprime par *si vel minimùm, si vel levissimè,* avec le subjonctif. *Exemple :*

Pour peu que vous vouliez réfléchir, vous comprendrez la chose, *si vel minimùm cogitare volueris, rem perspicies.*

610. Ego *verò* sum paratus.

Pour, dans ces façons de parler : *pour moi, pour vous,* se rend par *verò, autem,* que l'on place après le pronom, *Ex.* :

Pour moi, je suis prêt, *ego verò sum paratus.* (PHÆD.)
Pour lui, il voyait tout, *ille autem omnia videbat.* (CIC.)

611. Erant multæ *ut* in homine romano litteræ.

Pour signifiant *eu égard à...,* se rend en latin par *ut* et quelquefois par *pro,* qui veut l'*ablatif.* Exemples :

Il avait assez de littérature *pour* un Romain (c'est-à-dire, eu égard à un Romain), *erant multæ ut in homine romano litteræ.* (CIC.)

Il était habile *pour* ce temps-là, *erat ut illis temporibus peritus.* (Cic.)

Il est assez savant *pour* son âge, *pro ætate satis est eruditus.*

PRÉPOSITION *sans.*

612. Exiit, *nec* fores clausit.

Quand la préposition *sans* est suivie d'un infinitif qui n'a ni négation, ni interrogation, on le tourne par *et ne pas,* et on l'exprime par *nec,* qui a cette signification. *Exemple :*

Il est sorti sans fermer la porte (*tournez :* et il n'a pas fermé la porte), *exiit, nec fores clausit.*

613. Nemo fit doctus, quis potest doctus fieri, *quin* multa legat?

Quand le premier verbe est accompagné d'une négation ou d'une interrogation, on tourne *sans* par *que ne,* et on l'exprime par *quin* ou *nisi.* Exemple :

Personne ne devient savant, *ou* qui peut devenir savant sans lire beaucoup (*tournez :* qu'il ne lise... *ou* à moins qu'il ne...)? *nemo fit doctus, quis potest doctus fieri, quin multa legat?*

614. Non proficiscar *priusquàm* tibi vale dixerim.

On tourne quelquefois *sans* par *avant que,* et on l'exprime par *priusquàm,* avec le subjonctif. *Exemple :*

Je ne partirai pas sans vous avoir dit adieu (c'est-à-dire, avant que je vous aie dit...), *non proficiscar priusquàm tibi vale dixerim* (ou comme au n° 537).

615. *Sine* lacrymis, *sine* metu, etc.

La préposition *sans,* suivie d'un infinitif, et *sans que* se rendent en latin de différentes manières, savoir :

1° Par un nom venant du verbe. *Exemples* :

Sans pleurer (c'est-à-dire, sans larmes), *sine lacrymis*.
Sans craindre (sans crainte), *sine metu*, etc.

2° Par un adjectif. *Exemples* :

Passer la nuit sans dormir, *noctem insomnem ducere*.
Sans se plaindre, *æquo animo*, etc.

3° Par un adverbe de manière. *Exemples* :

Sans faire semblant de rien, *dissimulanter*.
Sans y penser, *temerè, imprudenter*, etc.

4° Par un participe. *Exemples* :

Seuls des animaux, nous buvons *sans* avoir soif, *soli animalium non sitientes bibimus*. (PLIN.)
La vie s'écoule *sans qu'*on s'en aperçoive, *vita non sentientibus effluit*. (SÉN.)
Vous comprenez cela *sans que* je vous le dise, *id etiàm me tacente intelligis* (462).
Sans rire, *remoto joco*.
Sans tarder, *nullà interpositâ morâ*, etc.

NOTA. Pour les prépositions *sur*, *touchant*, v. n°s 579. — *Rem.*
1° et 600. — (*V. Exerc. Lat.*, chap. XVIII.)

SYNTAXE DES CONJONCTIONS.

Proposition infinitive.

616. DE LA CONJONCTION *QUE, placée entre deux verbes, ou*
MÉTHODE *sur le QUE retranché.*

1° On appelle QUE *retranché*, celui qui, placé entre deux
verbes français, ne peut se tourner par *lequel, laquelle*, et se
retranche, c-à-d. ne se rend pas en latin.
Soit cette phrase : *Je crois que Dieu est tout-puissant.*
Il y a là deux propositions unies par la conjonction *que* : la
première est *je crois*, la seconde est *que Dieu est tout-puissant*. Comme en latin on ne rend pas la conjonction *que* employée en ce sens, le second verbe se met à l'infinitif ; il en
résulte donc : *Je crois Dieu être tout-puissant*, et, en latin,
credo Deum esse omnipotentem.
2° La seconde proposition (*Deum esse omnipotentem*),
ayant toujours ainsi son verbe à l'un des trois temps de l'*infinitif*, se nomme *proposition infinitive.*
3° Observons encore que, dans la phrase ci-dessus, la seconde proposition est *complément direct* de la première, en
latin comme en français : *Je crois* (quoi?)— *que Dieu est tout-
puissant*, ou *Dieu être tout-puissant*. En effet, *Dieu* seul n'est

pas le complément direct, car s'il en était ainsi on dirait seulement : *Je crois en Dieu.* Quelle est donc la suite ou le *complément* de la pensée exprimée par *je crois*? — C'est nécessairement la seconde proposition, *que Dieu est tout-puissant* (Deum esse omnipotentem).

4° Enfin, qui est-ce qui est *tout-puissant* ? — C'est *Dieu.* Ce mot *Dieu* est évidemment le sujet de la seconde proposition française, de même que le mot *Deum* est le sujet de la seconde proposition latine, ou proposition infinitive, *Deum esse omnipotentem.* De là vient cette règle générale :

Dans une proposition *infinitive*, le *sujet* (nom ou pronom) et l'*attribut* (adjectif ou participe) sont toujours à l'ACCUSATIF.

617. Credo *te flere.*

D'après ce qui vient d'être dit, il faut conclure que toutes les fois que l'un des verbes *croire, annoncer, assurer, désirer, dire, espérer, penser, persuader, prétendre, permettre, promettre, savoir, vouloir, voir,* et autres d'une signification analogue, est suivi de la conjonction *que* et d'une autre proposition, on supprime le *que*, et la seconde proposition, qui est le complément de la première, se traduit en latin par une proposition infinitive (616.-2°, 3°). *Exemples :*

Je crois *que* vous pleurez (je crois vous *pleurer*), *credo te flere.*

Je crois *que* votre mère a pleuré (je crois votre mère *avoir pleuré*), *credo matrem tuam flevisse.*

Je crois *que* votre père viendra (je crois votre père *devoir venir*), *credo patrem tuum venturum esse.*

Je crois que vous aurez lu ces livres avant que je sois de retour, *credo te hos libros lecturum fuisse, antequàm redierim.*

Dans le premier exemple, le verbe de la proposition *infinitive* est au *présent ;* dans le second, il est au *parfait ;* dans le troisième, au *futur*, et dans le quatrième, au *futur antérieur.*

618. Temps de l'infinitif latin, après un *que retranché.*

Après un *que retranché*, l'infinitif s'emploie ou *au présent*, ou *au parfait* ou *au futur*, ou *au futur antérieur*, comme on en voit des exemples à la règle n° 617.

1° Emploi du présent de l'infinitif.

619. Credo illum *legere.*

Si l'action du second verbe se fait ou a été faite dans le même temps que celle du premier, on met le second verbe au *présent* de l'infinitif latin.

Je crois qu'il lit (*), *credo illum legere*.
Je croyais qu'il lisait (**), *credebam illum legere*.
J'ai cru qu'il lisait (**), *credidi illum legere*.
J'avais cru qu'il lisait (**), *credideram illum legere*.
Je croirai qu'il lisait (***), *credam illum legere*.
J'aurai cru qu'il lisait (***), *credidero illum legere*.
Je croirais qu'il lit (****), *crederem illum legere*.
J'aurais cru qu'il lisait (**), *credidissem illum legere*.

Je ne crois pas qu'il lise (*), *non credo*
Je ne croyais pas qu'il lût (**), *non credebam*
Je n'ai pas cru qu'il lût (**) *non credidi*
Je n'avais pas cru qu'il lût (**), *non credideram* } *illum legere.*
Je ne croirai pas qu'il lise (*), *non credam*
Je ne croirais pas qu'il lût (**), *non crederem*

620. S'il s'agit d'un fait historique, l'imparfait de l'indicatif se rend en latin par le parfait de l'infinitif. *Exemple :*

Je vous ai dit *que* Phèdre était esclave, *tibi dixi Phædrum fuisse servum.* (Je vous ai dit Phèdre avoir été esclave, avant ce moment-ci.)

2° *Emploi du parfait de l'infinitif.*

621. Credo illum *legisse.*

Si l'action marquée par le second verbe était déjà faite à l'époque indiquée par le premier, il faudrait employer le *parfait* de l'infinitif. *Exemples :*

Je crois qu'il lisait, *credo illum legisse.*

Je crois qu'il a lu,
Je crois qu'il avait lu, } *credo illum legisse.*

Je croyais qu'il avait lu, *credebam illum legisse.*

J'ai cru qu'il a lu,
J'ai cru qu'il avait lu, } *credidi illum legisse.*

J'avais cru qu'il avait lu, *credideram illum legisse.*

Je croirai qu'il lisait,
Je croirai qu'il a lu, } *credam illum legisse.*
Je croirai qu'il avait lu,

(*) Je crois qu'il lit *dans ce moment-ci :* je ne crois pas qu'il lise *dans ce moment-ci ;* je ne croirai pas qu'il lise *dans ce moment-ci,* à l'heure qu'il est, *dans ce moment où nous parlons.*

(**) Je croyais, j'ai cru, j'avais cru qu'il lisait, *j'aurais cru,* je ne croyais pas, je n'ai pas cru, je n'avais pas cru, je ne croirais pas qu'il lût *(ou lui lire), alors, au moment où je croyais, au moment où nous le pensions.*

(***) Je croirai *ou* je croirais *volontiers* qu'il lit (lui lire), *maintnant, à l'heure qu'il est* ; j'aurai cru qu'il lisait (lui lire), *au moment où nous le pensions, où nous le disions.*

Je croirais qu'il a lu,*crederem illum legisse.*
J'aurais cru qu'il avait lu, *credidissem illum legisse.*
Je ne crois pas qu'il ait lu, *non credo illum legisse.*
Je ne croyais pas qu'il eût lu, *non credebam illum legisse.*
Je n'aurais pas cru qu'il eût lu, *non credidissem illum legisse.*

3° Emploi du futur de l'infinitif.

622. Credo illum cras *venturum esse.*

Si l'action du second verbe était encore à faire à l'époque du premier verbe, mettez le second au *futur* de l'infinitif. *Ex.* :

Je crois qu'il viendra demain, *credo illum cras venturum esse.*
Je crois qu'il viendrait demain, si..., *credo illum cras venturum esse, si...*
Je croyais qu'il viendrait demain, *credebam illum cras venturum esse.*
J'ai cru, *ou* je crus qu'il viendrait demain, *credidi illum cras venturum esse.*
J'avais cru qu'il viendrait demain, *credideram illum cras venturum esse.*
Je croirais qu'il viendrait, *crederem illum venturum esse.*
J'aurais cru qu'il viendrait, *credidissem illum venturum esse.*
Je ne crois pas qu'il vienne demain, *non credo illum cras venturum esse.*
Si je croyais que vous vinssiez bientôt, je vous attendrais, *si putarem te brevi venturum esse, te expectarem.*

623. Credo illum *venturum fuisse.*

Si l'action du second verbe, quoique *postérieure* à celle du premier, doit cependant avoir eu lieu avant une autre action exprimée dans la phrase, on met le second verbe au *futur antérieur* de l'infinitif. En d'autres termes, on se sert du *futur antérieur* de l'infinitif latin (*), lorsque le verbe français, précédé de *que*, est au *futur antérieur* ou au *conditionnel.* Exemple :

Je crois qu'il sera venu, quand..., *credo illum venturum fuisse.*

On voit que l'action du second verbe (*sera venu*) aura eu lieu à l'époque où se fera l'autre action exprimée après le mot *quand...*

Je crois qu'il sera venu, \
Je crois qu'il serait venu, } *credo illum venturum fuisse.*

Je croyais qu'il serait venu, *credebam illum venturum fuisse.*

(*) L'emploi du *futur antérieur* de l'infinitif latin, pour traduire le futur antérieur du verbe français, est autorisé par les meilleurs grammairiens ; mais il vaut cependant mieux, dans ce cas, avoir recours à la circonlocution indiquée ci-dessous (627 et 627 *bis*).

J'ai cru, *ou* j'eus cru qu'il serait venu, *credidi illum venturum fuisse.*

J'avais cru qu'il serait venu, *credideram illum venturum fuisse.*

Je croirais qu'il serait venu, *crederem illum venturum fuisse.*

J'eusse cru qu'il serait venu, *credidissem illum venturum fuisse.*

Rem. On emploie encore le *futur antérieur* de l'infinitif latin, pour rendre le *plus-que-parfait* du subjonctif français.

Autres exemples :

Je ne crois pas			*non credo*	
Je ne croyais pas			*non credebam*	
Je ne croirai pas	qu'il fût venu,		*non credam*	illum venturum fuisse.
Je ne croirais pas			*non crederem*	
Je n'aurais pas cru			*non credidissem*	

624. Persuasum habeto puerum, *qui parentes veretur,* à Deo amatum iri.

Quand le *que* à retrancher est suivi d'une proposition *incidente* (*), ce n'est pas le verbe de cette proposition qui se rend par l'*infinitif ; c'est l'autre verbe, qui est ordinairement le dernier. *Exemple* :

Soyez persuadé qu'un enfant qui honore ses parents, *sera aimé* de Dieu, *persuasum habeto puerum, qui parentes veretur, à Deo amatum iri.*

Verbes qui n'ont pas de futur de l'infinitif.

625. Credo *fore ut* te pœniteat.

Quand le second verbe n'a pas en latin de futur de l'infinitif (ce qui arrive quand le verbe n'a point de supin usité), on a recours aux tournures suivantes :

1° *Exprimez le futur de l'indicatif, et le présent du subjonctif français marquant l'avenir, par* fore ut *ou par* futurum esse ut (**), *avec le présent du subjonctif.* Exemples :

Je crois que vous vous repentirez, *credo fore ut te pœniteat.*

Je ne crois pas que vous repentiez jamais, *non credo fore ut unquàm te pœniteat.*

626. Credebam *fore ut* te pœniteret.

2° Exprimez le *conditionnel* présent et l'*imparfait* du sub-

---

(*) On appelle proposition *incidente* celle qui est jointe à une autre par un de ces mots *qui, que, où, si, quand, lorsque, pour que,* etc.

(**) *Fore ut,* devoir être, devoir arriver que..., *futurum esse ut,* être devant arriver que...

jonctif marquant l'avenir, par *fore ut* ou par *futurum esse ut*, avec l'imparfait du subjonctif. *Exemples* :

Je croyais que vous vous repentiriez, *credebam fore ut te pœniteret.*

Je ne croyais pas qu'il se repentît jamais, *non credebam fore ut unquam eum pœniteret.*

627. Credo fore ut brevi te *pœnituerit.*

3° Exprimez le futur antérieur de l'indicatif par *fore ut*, ou par *futurum esse ut*, avec le *parfait* du subjonctif latin. *Exemple* :

Je crois que vous vous serez bientôt repenti, *credo fore ut brevi te pœnituerit.*

Nota. Lors même que le verbe a un *supin* (et conséquemment un *futur* de l'infinitif), on emploie ordinairement la périphrase, comme ci-dessus, pour rendre en latin le *futur antérieur* du verbe français :

Vous croyez qu'il aura bientôt terminé cette affaire, *credis fore ut brevi illud negotium confecerit.*

Cette tournure est préférable à *credis eum brevi illud negotium confecturum fuisse.*

4° Exprimez le *conditionnel passé* et le *plus-que-parfait du subjonctif* par *futurum fuisse ut*, avec l'imparfait du subjonctif latin. *Exemples* :

Je croyais que vous vous seriez repenti, *credebam futurum fuisse ut te pœniteret.*

Je ne croyais pas que vous vous fussiez repenti, *non credebam futurum fuisse ut te pœniteret.*

Périphrases avec les verbes qui ont un supin.

627 (*bis*). Credo *fore ut* hic liber lectus fuerit.

On peut aussi se servir de *fore ut*, — *futurum esse ut* avec les verbes qui ont un supin : mais c'est principalement avec le passif de ces verbes que la périphrase est souvent employée. *Exemples* :

Je crois que ce livre sera lu, *credo hunc librum lectum iri*, ou, avec la périphrase, *credo fore ut his liber legatur.*

Je croyais que ce livre serait lu, *credebam hunc librum lectum iri*, ou *credebam fore ut hic liber legeretur* (*).

(*) Remarquez qu'il faut nécessairement ici le *supin* avec *iri* (*lectum iri*), parce que la phrase indique seulement un fait qui aura lieu, qui peut avoir lieu. On ne se sert du participe en *dus, da, dum*, avec *esse*, que dans le cas où, indépendamment de l'idée d'avenir, il y a *nécessité*, *obligation* de faire la chose (v. 144).

Comme l'infinitif latin, au passif, n'a pas de *futur antérieur* qui marque simplement l'avenir, attendu que la forme de ce *futur*, composée du participe en *dus* et de *esse* ou *fuisse*, exprime plutôt l'idée d'obligation ou de nécessité, la périphrase fournit le seul moyen de rendre au passif, le *futur antérieur* et le *conditionnel passé* des verbes français. *Exemples :*

Je crois que ce livre aura été lu, *credo fore ut hic liber lectus fuerit.*

Je croyais que ce livre aurait été lu, *credebam futurum fuisse ut hic liber legeretur.*

OBSERVATION.

628. Credis te *esse* beatum.

Quand certains verbes, tels que *croire, aimer mieux, dire, menacer, se souvenir, espérer, promettre* et autres semblables, sont suivis d'un infinitif, il faut tourner la phrase comme s'il y avait un *que* entre les deux verbes, et exprimer le sujet de la proposition infinitive, en suivant, pour les temps de l'infinitif, les règles établies nᵒˢ 620 à 624. *Exemples :*

Vous croyez être heureux (vous croyez — *vous être heureux*), *credis te esse beatum* (619).

Je crois avoir lu (je crois — *moi avoir lu*), *credo me legisse* (621).

Il espère partir bientôt (il espère — *lui devoir partir*), *sperat se brevi profecturum esse* (622).

(*Espérer* et *promettre* annoncent toujours l'avenir.)

Rem. Après le verbe *memini*, l'infinitif se met au présent, lors même qu'il s'agit d'une action passée, pourvu que la personne qui se souvient ait été l'auteur ou le témoin de l'action :

Je me souviens d'avoir lu, *memini me legere.* (*Memini* étant proprement au parfait, *memini legere* signifie *j'ai gardé dans la mémoire que je lisais.*)

Je me souviens que mon hôte me racontait, *memini, hospitem meum mihi narrare.* (Cic.)

Mais s'il s'agit d'un fait dont l'auteur ou le témoin est autre que la personne qui se souvient, on se sert alors du parfait de l'infinitif :

Je me souviens qu'il y a eu des grands hommes dans notre république, *ego memini, summos fuisse in nostrâ civitate viros.* (Cic.)

629. Certum est *terram esse rotundam.*

Nous avons vu (616 et 617) que la proposition *infinitive* est complément de la première, quand cette première proposition renferme un verbe qui peut avoir un complément (617); mais si le premier verbe est *esse* employé unipersonnellement, ou un autre verbe unipersonnel (174 à 177), la proposition *infinitive* est toujours le *sujet* de la première. *Exemple :*

Il est certain que la terre est ronde, *certum est* terram esse rotundam. (Cic.)

C'est-à-dire : *terram esse rotundam est certum.* (La terre être ronde est certain.)

La proposition infinitive, employée comme sujet, a la valeur d'un nom singulier *neutre :* voilà pourquoi, dans cet exemple, l'attribut *certum* est au singul. neutre (263). *Terram esse rotundam,* sujet ; *est* verbe ; *certum,* attribut.

Rem. La règle serait la même si, au lieu de *que,* il y avait *de* entre les deux verbes. *Exemple :*

Il est toujours utile d'être honnête homme, *virum bonum esse semper est utile.* (Cic.)

Sujet, *virum bonum esse ;* verbe, *est ;* attribut, *utile.*

Le sujet de la proposition infinitive elle-même est sous-entendu ; c'est *aliquem* ou *hominem : aliquem esse virum bonum est utile.* (V. la suite, nᵒˢ 647 et suiv.)

(V. *Exerc. Lat.,* chap. IX.)

Suite des Conjonctions.

630. *Quùm* Athenæ *florerent.*

Parmi les *conjonctions,* les unes veulent au *subjonctif* le verbe suivant, les autres le veulent à l'*indicatif.*

1° *Quùm* ou *cùm,* dans le sens de *lorsque, quand,* ou *pendant que,* exige presque toujours le mode *subjonctif,* quand il est suivi de l'imparfait ou du plus-que-parfait de l'*indicatif.* Exemples :

Lorsque la ville d'Athènes florissait, *quùm Athenæ florerent.....* (Phæd.)

Après qu'Alexandre eut tué Clitus, il voulut attenter à sa vie, *Alexander, quùm interemisset Clitum, vix à se manus abstinuit.* (Cic.)

2° Cependant on emploie le mode *indicatif,* quand les faits exprimés par les deux verbes sont simultanés, et que l'on n'a pas pour but d'indiquer l'un comme la cause de l'autre. *Ex. :*

Ils voyaient briller les glaives des ennemis, *pendant qu'ils* se précipitaient sur les bataillons, *fulgentes gladios hostium* videbant, quùm *in aciem eorum* irruebant. (Cic.)

(*Irruebant* est à l'*indicatif,* parce qu'on ne se précipitait pas exprès pour voir briller les glaives des ennemis ; cette irruption n'en était donc pas la cause absolue.)

· 3° Avant les autres temps de l'indicatif, *quùm* veut le plus souvent le mode *indicatif*. Exemple :

Celui qui ne sauve pas les siens de l'injustice, *quand il le peut*, commet une injustice, *qui non propulsat à suis injuriam*, quùm potest, *injustè facit*. (Cic.)

4° Cependant il faudra toujours le *subjonctif*, si la proposition qui suit *quùm* exprime non pas un fait, mais une hypothèse ou supposition. *Exemple :*

Il est difficile de se taire quand on souffre (c.-à-d. *si l'on souffre*), *difficile est tacere* quùm *doleas*. (Cic.)

631. *Quùm* id *velis.*

Si la conjonction *quùm* ou *cùm* se traduit par *comme, puisque, vu que*, le verbe suivant se met toujours au *subjonctif*. Exemples :

Puisque vous le voulez, *quùm id velis.*
Puisque vous l'avez voulu, *cùm id volueris.*
Comme la chose se passe ainsi (c.-à-d. puisque...), *quùm ità se res habeat...*
Puisque vous le vouliez, *cùm id velles.*
Puisque vous l'auriez voulu, *cùm id voluissès.*
Comme on le menait au supplice, *cùm ad supplicium duceretur.*

632. *Ut* ou *quemadmodùm* ignis aurum probat, *sic* ou *ità* miseria fortes viros.

Comme, de même que, dans le premier membre d'une comparaison, se traduisent par *ut* ou *quemadmodùm* avec l'indicatif; et *de même*, dans le second membre, s'exprime par *sic* ou *ità*. Exemple :

Comme le feu éprouve l'or, *de même* l'adversité éprouve l'homme courageux, *ut* ou *quemadmodùm ignis aurum probat, sic* ou *ità miseria fortes viros.*

633. Dùm hæc *gerebantur.*

Dùm, donec et *quoad*, dans le sens de *pendant que, tandis que, tant que*, prennent l'*indicatif*, même devant un imparfait. *Exemples :*

Pendant que ces choses se passaient en Apulie, *dùm hæc in Apuliâ gerebantur.* (T. Liv.)
Les Lacédémoniens furent courageux *tant que* les lois de Lycurgue furent en vigueur. *Lacedæmoniorum gens fortis fuit, dùm Lycurgi leges vigebant.* (Cic. — c.-à-d. *pendant qu'elles étaient en vigueur.*)

Rem. Cependant les écrivains postérieurs au siècle d'Auguste emploient souvent *dùm* avec l'imparfait du subjonctif :

Tandis qu'un chien portait de la chair, *dùm canis ferret carnem.*
(Phæd.)

634. Clitellas *dùm* portem meas.

Ces mêmes conjonctions *dùm, donec* et *quoad,* dans le
sens de *pourvu que, jusqu'à ce que,* veulent toujours le subjonctif. *Exemples :*

Pourvu que je porte mon bât, *clitellas dùm portem meas.* (Phæd.)
Jusqu'à ce que sa colère soit calmée, *donec defervescat ira.* (Cic.)
Rem. Cependant *donec,* signifiant *jusqu'au moment où,* prend le
parfait de l'indicatif :
Je ne cesserai pas *que je n'aie* accompli ce dessein, c.-à-d. *jusqu'au moment où* j'aurai accompli..., *non desinam, donec hoc per-
fecero.* (Ter.)

635. Si pace frui *volumus.*

La conjonction *si,* qu'il ne faut pas confondre avec *si* adverbe
(528), se construit tantôt avec l'*indicatif,* tantôt avec le *subjonctif.*

1° *Si* veut l'*indicatif,* quand le verbe qui suit cette conjonction, marque un fait regardé comme certain et positif par la
personne qui parle. *Exemples :*

Si nous *voulons* jouir de la paix, il faut faire la guerre, *si pace
frui* volumus, *bellum gerendum est.* (Cic.)
(Cicéron regarde ici comme certain qu'on veut jouir de la paix :
voilà pourquoi il emploie l'*indicatif.*)
Si l'on *peut perdre* le bonheur, ce ne peut être du bonheur, *si
amitti vita beata* potest, *beata esse non potest.* (Cic.)

Id si *faceres,* si *fecisses* causâ meâ.

2° *Si* veut le *subjonctif,* quand le verbe qui suit marque
un fait incertain et douteux. *Exemples :*

Si tu *faisais,* si tu l'*avais fait* à cause de moi, je t'en remer-
cierais, *id si* faceres, *si* fecisses *causâ meâ, tibi gratias agerem.*
Le sage n'hésite pas à quitter la vie, s'il y a avantage à le faire,
sapiens non dubitat, si itâ meliùs sit, è vitâ migrare. (Cic.)

636. Quem *si* arcessebam, abibat.

Cependant lorsque *si* peut se tourner par *quand, lorsque,*
il veut toujours l'indicatif, même devant l'imparfait. *Ex. :*

Si je l'*appelais,* il s'en allait (tournez : *lorsque* je l'appelais...)
quem si arcessebam, *abibat.*

637. Quem librum *si leges,* lætabor.

Quand après *si* il y a un second verbe au *futur,* on met
aussi le premier au futur en latin. *Exemple :*

12.

Si vous *lisez* ce livre, j'en serai charmé, *quem librum si* leges, *lætabor.* (Phæd.)

Souvent on emploie le futur *antérieur* au lieu du futur *simple :*

Si vous *venez,* vous me ferez plaisir, *si* veneris, *pergratum mihi* feceris.

638. Si voluisses *et* potuisses.

Quelquefois en français, au lieu de répéter *si,* on met *que* dans le second membre de la phrase ; ce *que* ne se rend pas en latin après *et.* Exemple :

Si vous aviez voulu et que vous eussiez pu, *si voluisses* et *po- tuisses.*

639. Memoria minuitur, *nisi* eam *exerceas.*

Quand *si,* accompagné d'une négation (*ne* ou *ne pas*), peut se tourner par *à moins que,* on le rend par *nisi.* Le verbe qui suit *nisi* se met au *subjonctif* ou à l'*indicatif,* suivant que le fait en question est *douteux* ou *certain* dans l'opinion de celui qui parle. *Exemples :*

La mémoire s'affaiblit, si on ne l'exerce (ou *à moins qu'on ne* l'exerce), *memoria minuitur, nisi eam exerceas.* (Cic.)

Les armes sont peu puissantes au dehors, s'il n'y a point de pru- dence au dedans, *parvi sunt foris arma,* nisi est *consilium domi.* (Cic.)

640. Si non homines, *at certè* Deum time.

Quand *si,* accompagné de *ne pas, ne point,* ne peut pas se tourner par *à moins que,* on le rend en latin par *si non, si minùs ;* et ces mots *au moins, du moins, pour le moins,* s'ex- priment par *saltem, at certè, ut minimùm.* Exemple :

Si vous ne craignez pas les hommes, au moins craignez Dieu, *si non homines, at certè Deum time.*

641. REMARQUE.

L'expression *que si* s'exprime par *quòd si.*

—   *mais si*   — par *sin, sin autem.*

— *si au contraire, si cela n'était pas,* par *sin aliter, sin minùs.*

— *si ce n'est que, à moins que,* par *nisi, nisi forte, nisi verò, nisi si.*

L'expression *si ce n'est,* suivie d'un nom, s'exprime par *nisi,* avec même cas qu'auparavant, ou par *præter* avec l'*accusatif.*

SI *dubitatif.*

642. Interrogavit *an* esset latior bove.

1° La conjonction *si,* après un verbe de doute, comme *dubi- tare,* douter si ; *videre,* examiner si ; *scire,* savoir si ; *delibe- rare,* délibérer si ; *interrogare,* demander si ; *dijudicare,*

juger si ; *quærere ,* chercher *,* s'informer si *, etc. ,* s'exprime
par *an, nùm* ou *ne,* Exemples :

Elle demanda si elle n'était pas plus grosse que le bœuf, *inter-*
rogavit an esset latior bove. (Phæd.)

On demande si l'opiniàtreté et la persévérance sont la même
chose, *quæritur idem* ne *siṭ pertinacia et perseverantia.* (Cic.)

Je doute si je vous conseillerai la même chose, *dubito, au idem tibi*
suadeam. (Plin. J.—c.-à-d. *je ne sais, je suis dans l'incertitude pour*
décider si…)

Nescio utrùm dormiat, an audiat.

2° Quand les verbes ci-dessus sont suivis de deux membres
de phrase opposés l'un à l'autre, on exprime *si* par *utrùm* ou
ne, et *ou* par *an.* Exemple :

Je ne sais s'il dort *ou* s'il écoute, *nescio* utrùm *dormiat, an au-*
diat.

L'expression *ou non* se rend par *nec ne,* et le verbe est répété ou sous-entendu :

On demande s'il existe des dieux, ou non, *quæritur sint ne dii,*
nec ne sint. (Cic.)

On dirait également bien :

Quæritur sint ne dii, nec ne.

643. Nihil meâ refert, quid meâ refert *utrùm* dives sim *an*
pauper ?

1° Après les verbes *il n'importe pas, il importe peu, qu'im-*
porte ? le *de* ou le *que,* suivi de *ou,* se rend par *utrùm* ou *ne*
(comme s'il y avait *si*), et *ou* par *an.* Exemple :

Il ne m'importe pas, que m'importe *d'*être riche *ou* pauvre (… si
je suis riche ou pauvre) ? *nihil meâ refert, quid meâ refert utrùm*
dives sim an pauper ? — ou… *refert dives ne sim an pauper ?*

Parùm curo *utrùm* me audias, *nec* ne.

2° La' même construction a lieu après le verbe *se mettre*
peu en peine (parùm curare). *Exemple :*

Je me mets peu en peine que vous m'écoutiez ou non, *parùm*
curo utrùm *me audias,* nec ne.

644. Luce *ut* quiescam.

La conjonction *ut,* signifiant *que, afin que, pour,* veut toujours le verbe au subjonctif. *Exemples :*

Afin que je repose pendant le jour, *luce ut quiescam.* (Phæd.)
Vous faites des menaces pour nous effrayer, *minaciter agis, ut*
nos terreas. (Cic.)

645. Ut aiunt.

Lorsque *ut* signifie *comme, de même que*, il veut l'indicatif. *Exemple* :

Comme on dit, *ut aiunt*. (632.)

646. Ut ab urbe discessi.

Quand *ut* signifie *aussitôt que, dès que*, il veut l'indicatif ; il en est de même de *ubi*, signifiant *dès que, quand, lorsque*. Exemples :

Dès que je fus sorti de la ville, *ut ab urbe discessi*.
Dès qu'il fit jour, *ou* lorsqu'il fit jour, *ubi illuxit*.

Verbes après lesquels le que *ou de français se rend en latin par diverses conjonctions.*

647. Suadeo tibi ut legas, — ne ludas.

Après les verbes *conseiller, persuader, souhaiter, faire en sorte, commander, prier, exhorter, avoir soin, il faut, il est juste, il est nécessaire, il arrive, il importe*, etc., *que, de* ou *à* s'exprime par *ut* avec le subjonctif ; et, s'il y a une négation, on le rend par *ne* ou *ut ne*. Exemples :

Je vous conseille de lire (*tournez :* afin que vous lisiez), *suadeo tibi ut legas*.
Je vous conseille de ne pas jouer, *suadeo tibi ne ludas*.
Ayez soin de vous bien porter, *cura ut valeas*. (Cɪᴄ.)
Il arrive très souvent *que* l'intérêt lutte avec l'honnêteté, *persæpè evenit ut utilitas cum honestate certet*. (Cɪᴄ.)
Je vous exhorte vivement à lire avec attention ces livres, *magnoperè te hortor ut hos libros studiosè legas*. (Cɪᴄ.)
Rᴇᴍ. 1° On peut comprendre, dans une règle générale, tous les verbes qui demandent *ut* et le *subjonctif*. Ce sont tous ceux qui expriment un but, une intention, un désir, un conseil, un ordre.
2° *Oportet* (il faut) et *necesse est* (il est nécessaire) peuvent aussi être suivis d'une proposition infinitive ı
Il faut, il est nécessaire que nous partions, *oportet, necesse est nos proficisci*, ou bien : *oportet, necesse est proficiscamur*. (Après ces deux verbes, *ut* est ordinairement sous-entendu.)

648. Volo ut mihi respondeas, *ou* volo te mihi respondere.

Après les verbes qui expriment la *volonté*, le *désir*, le *que* se rend indifféremment par *ut* avec le *subjonctif*, ou par une proposition infinitive.
Ces verbes sont *velle*, vouloir ; *nolle*, ne vouloir pas ; *malle*, aimer mieux ; *cupere*, désirer ; *studere*, s'efforcer ; *optare, expetere*, souhaiter. *Exemple* :

Je veux que vous me répondiez, *volo ut mihi respondeas.* (Cic.)
Ou bien : *volo te mihi respondere.*

REM. Si les verbes *vouloir*, *désirer*, etc., au lieu d'être suivis de *que*, l'étaient d'un *infinitif* (ce qui arrive lorsque le sujet est le même pour les deux verbes), on pourrait encore rendre l'infinitif français de deux manières :

1° Par l'infinitif latin, en appliquant la règle *amat ludere* :

Je désire être clément, *cupio esse clemens.*

2° Par une proposition infinitive :

Cupio me esse clementem. (Cic.)

649. *Litteras* ad me *perferendas*, curavit.

Après *curare*, avoir soin, on emploie élégamment le participe futur en *dus, da, dum*, si le verbe a un complément avec lequel on puisse le faire accorder. *Exemple* :

Il a eu soin de me *faire tenir* la lettre, *litteras ad me perferendas, curavit.*

650. Unum te *monitum* volo.

Après les verbes, *volo*, *nolo*, *cupio*, on met élégamment encore le participe passé en *us, a, um*, sans le verbe *sum* et quelquefois avec *sum*. Exemples :

Je veux vous avertir d'une chose, *unum te monitum volo.*

Je veux vous délivrer de cette inquiétude, *eâ te curâ liberatum volo.* (Cic.)

REM. Ce participe doit être considéré comme le parfait passif, avec ellipse de *esse*.

Cet auxiliaire *esse* est même quelquefois exprimé :

Vos pères ont voulu que Corinthe fût détruite, *Corinthum patres vestri extinctam esse voluerunt.* (Cic.)

651. Dic illi, mone illum *ut* sibi caveat.

Après les verbes *dire*, *avertir*, *persuader*, *écrire*, le *de* s'exprime encore par *ut* avec le subjonctif. *Exemple* :

Dites-lui, avertissez-le *de* prendre garde à lui (*tournez :* qu'il prenne garde...), *dic illi, mone illum ut sibi caveat.*

652. Dic illi, mone illum *me advenisse.*

Mais si, après les mêmes verbes *dire*, *avertir*, etc., il y a un *que*, on le retranche, et l'on emploie la proposition infinitive. *Exemple* :

Dites-lui, avertissez-le *que* je suis arrivé, *dic illi, mone illum me advenisse.*

REM. Après les deux verbes *ordonner* (jubere) et *défendre* (vetare)

le *de* ou le *que* se rend presque toujours par une proposition infinitive. *Exemples* :

Il leur ordonna d'attendre son arrivée, *eos suum adventum exspectare jussit.* (CÆS.)

César avait défendu aux lieutenants de s'éloigner, *legatos Cæsar
discedere vetuerat.* (CÆS.)

Craindre de ou que ne... *timere ne.*

Craindre de ne pas ou que ne pas... *timere ut* ou *ne non.*

653. Timeo *ne* præceptor veniat.

Après les *verbes craindre, appréhender, avoir peur,* etc.
(metuere, vereri, pavere), *de* ou *que... ne* se rend par *ne* avec
le *subjonctif*, quand le second verbe exprime une chose qu'on
ne désire pas. *Exemples* :

Je crains *que* le maître *ne* vienne, *timeo ne præceptor veniat.*

Je crains *d'*augmenter le travail, en voulant le diminuer, *vereor
ne, dùm minuere velim, laborem augeam.* (CIC.)

Vous avez peur *de* l'épouser, *id paves, ne ducas illam.* (TÉR.)

654. Timeo *ut* præceptor veniat, ou *ne non* præceptor veniat.

Mais, après ces mêmes verbes, on se sert de *ut* ou de *ne
non*, avec le *subjonctif*, si le second verbe exprime une chose
qu'on désire, c'est-à-dire toutes les fois qu'en français *de* ou
que est suivi de *ne pas*.

Je crains que le maître ne vienne pas, *timeo ut præceptor veniat,*
ou *ne non præceptor veniat.*

Je crains que vous ne puissiez suffire à votre fortune , *vereor ne
non fortunæ tuæ sufficere possis.* (Q. CURT.)

Je crains de ne pas vous faire approuver cela, *vereor, tibi illud
ut probem.* (CIC.)

655. Fateri *non dubitat.*

Quand le verbe *craindre* signifie *faire difficulté,* on l'exprime par *dubitare* avec l'infinitif; et s'il signifie *ne pas oser,*
on le rend par *non audere.* Exemples :

Il ne craint pas d'avouer (il ne fait pas difficulté d'avouer), *fateri
non dubitat.*

Je crains de dire (je n'ose dire), *non audeo dicere.* (CIC.)

Prendre garde de ou que ne... *cavere ne.*

656. Cave *ne* cadas.

Après les verbes *prendre garde*, cavere, videre, providere, et *dissuader*, dissuadere, deterrere, *de* ou *que* s'exprime par *ne* avec le subjonctif. *Exemples* :

Prenez garde de tomber (ou que vous ne tombiez), *cave ne cadas.*
Dissuadez-le de partir, *illi dissuade ne proficiscatur.*

657. *Da operam* ut omnia sint parata.

Lorsque *prendre garde* signifie *avoir soin, faire en sorte,* on le rend par *curare, curæ habere, dare operam,* et le *que* par *ut* avec le subjonctif. *Exemple* :

Prenez garde que tout soit prêt (c'est-à-dire, ayez soin que...), *da operam ut omnia sint parata.*

658. Non *animadvertit* se derideri.

Si *prendre garde* signifie *remarquer*, on l'exprime par *animadvertere*, et le *que* se retranche, pour être remplacé par la proposition infinitive. *Exemple* :

Il ne prend pas garde qu'on se moque de lui (il ne remarque pas), *non animadvertit se derideri.*

N'avoir garde de...., *se garder bien* de...., *non committere ut.*

659. *Non committam ut* à te discedam.

Après *se garder bien de..., n'avoir garde de,* on exprime *de* par *ut* avec le subjonctif. *Exemple* :

Je me garderai bien de vous quitter, *non committam ut à te discedam.*

Mériter, être digne de ou que.

660. Dignus est *ut* imperet, ou dignus est *qui* imperet.

Après les verbes *mériter, être digne (mereri, dignus esse),* on exprime *de* ou *que* par *ut*, avec le subjonctif. *Exemple* :

Il mérite de commander (*tournez* : qu'il commande), *dignus est ut imperet.*

Cependant, au lieu de *ut*, on emploie aussi et mieux le relatif *qui, quæ, quod,* quand ce pronom peut avoir pour antécédent le sujet du premier verbe : *Dignus est qui imperet* (Cic. — *qui* tient lieu de *ut ille*).

Il mérite que j'aie pitié de lui, *dignus est ut illius me misereat;*
On dit mieux : *dignus est cujus me misereat* (*cujus* tient lieu de *ut illius*).

Vous méritez qu'il vous favorise, *dignus es ut tibi faveat.* (Ou mieux : *dignus es cui faveat.*)

(*Cui* tient lieu de *ut tibi.*)

Il mérite que je l'honore, *dignus est ut eum colam;*

On dit mieux : *dignus est quem colam* (*quem* pour *ut eum*).

La volupté n'est pas digne d'attirer les regards du sage, *voluptas non digna est ad quam sapiens respiciat* (Sén. *Ad quam* pour *ut ad eam*).

Vous méritez qu'il vous rende service, *dignus es ut de te bené mereatur;* ou : *de quo bené mereatur* (*de quo* pour *ut de te*).

Vous méritez bien que j'agisse ainsi, *dignus es sané ut sic agam* (et non pas : *qui sic agam*).

Dans ce dernier exemple, on ne doit employer que *ut* après *mériter*, parce que le pronom *qui, quæ, quod*, s'il était exprimé, ne pourrait avoir pour antécédent le sujet du premier verbe.

Rem. On applique la même règle avec *aptus esse* (être capable); *idoneus esse* (être en état). *Exemple :*

Aucun personnage ne paraissait plus propre à parler de la vieillesse, *nulla videbatur aptior persona, quæ de ætate loqueretur.* (Cic.)

Empêcher, défendre de ou que ne...

Ne pas défendre, ne pas empêcher de ou que ne...

661. Deus prohibet *ne* mentiamur.

Après les verbes *empêcher, défendre* (impedire, prohibere, officere); *s'opposer, mettre obstacle* (intercedere, obsistere); *détourner* (deterrere); *refuser* (recusare), quand ils ne sont pas accompagnés d'une négation ou d'une interrogation, *de* ou *que ne* se rend par *ne* ou *quominùs* avec le subjonctif, et l'on tourne le nom ou pronom, complément du premier verbe, de manière à en faire le sujet du second. *Exemples :*

Dieu nous défend de mentir (*tournez :* Dieu défend que nous mentions), *Deus prohibet ne mentiamur.*

Cela m'a empêché de partir, *id impedivit ne proficiscerer.*

Névius détourne Quintius de vendre aux enchères, Nævius Quintium deterret, ne auctionetur. (Cic.)

Rem. 1° Avec *recusare* (refuser), on emploie quelquefois l'*infinitif* au lieu de *ne* avec le subjonctif : *Il refusait de mourir,* mori recusabat (Cæs.), au lieu de *ne moreretur.*

2° On a vu (652) que *vetare* (défendre) veut presque toujours pour complément une proposition infinitive, au lieu de *ne* avec le subjonctif. (Legatos Cæsar discedere vetuerat.)

662. Non impedio, quis impedit *quin* proficiscaris?

Mais quand il y a une négation ou une interrogation jointe aux verbes *empêcher*, *défendre*, etc., on exprime *de* ou *que ne* par *quin* ou *quominùs* avec le subjonctif. *Exemple :*

Je ne vous empêche pas, qui vous empêche de partir? (*tournez :* je n'empêche pas, qui empêche que vous ne partiez?) *non impedio, quis impedit quin proficiscaris?*

663. Per me non stat *quin* sis beatus.

1° Après les unipersonnels *il ne tient pas à moi, à quoi tient-il?* on exprime aussi *que ne* ou *de* par *quin* ou *quominùs* avec le subjonctif. *Exemple :*

Il ne tient pas à moi que vous ne soyez heureux, *per me non stat quin sis beatus.*

2° S'il n'y a ni interrogation, ni la négation *pas*, en français, *de* ou *que ne* se traduit par *quominùs* seulement.

Il ne dépend que de moi, *ou* il ne tient qu'à moi, qu'à vous *que cela ne se fasse*, *per me unum stat, per te unum stat* quominùs *id fiat.*

664. Non possum *non* loqui.

Dans ces manières de parler, *je ne puis, je saurais m'empêcher, me défendre*, les verbes *s'empêcher, se défendre* se tournent par *ne pas*, qu'on rend par *non* avec l'infinitif. *Ex. :*

Je ne puis m'empêcher de parler (*tournez :* je ne puis ne pas parler), *non possum non loqui.*

Je ne puis m'empêcher de rire (c'est-à-dire, je ne puis ne pas rire), *non possum non ridere.*

Emploi de *quòd* (*de ce que, parce que*).

665. Gaudeo *quòd* tibi *profui.*

Après certains verbes tels que *se réjouir*, gaudere, lætari; *se repentir*, pœnitere; *être fâché*, pigere; *avoir honte*, pudere; *louer*, laudare; *féliciter*, gratulari; *remercier*, gratias agere; *accuser*, accusare; *reprocher*, vitio vertere; *s'étonner*, mirari; *s'affliger*, dolere; *se plaindre*, queri, *etc.*, on tourne *de* ou *que* par *de ce que* ou *parce que*, qu'on exprime par *quòd* avec l'*indicatif* ou le *subjonctif*, selon le sens de la phrase.

1° On emploie l'*indicatif*, quand il s'agit d'un fait réel, certain, hors de doute. *Exemple :*

Je me réjouis de vous avoir été utile, *gaudeo, quòd tibi profui* (de ce que, *parce que* je vous ai été utile).

Je me réjouis de vous avoir interpellé, *gaudeo, quòd te interpellavi.* (Cic.)

Je m'affligeais d'avoir perdu le compagnon de mes travaux, *dolebam, quòd consortem laboris amiseram.* (Cic. *de ce que, parce que* j'avais perdu...)

Rem. Après la plupart de ces verbes, on remplace souvent *quòd* par une proposition infinitive : *Gaudeo me tibi profuisse.*

2° Mais après les verbes ci-dessus, *quòd* se construit avec le *subjonctif*, lorsqu'il y a ou qu'il peut y avoir *doute, incertitude,* ou bien lorsque le verbe exprime la pensée d'une personne autre que celle qui parle. *Exemples :*

Je me réjouirai de vous avoir été utile (c'est-à-dire, *s'il peut arriver que* je vous aie été utile), *gaudebo quòd tibi profuerim.*

Nous nous indignons d'être les premiers à qui cela soit arrivé, *indignamur quòd nobis hoc primum acciderit.* (Cic.)

On lui reprochait d'être loin de sa patrie, *ei vitio vertebant, quòd abesset à patriâ.* (Cic.)

L'exemple suivant fera connaître la différence sensible qui existe entre l'emploi du *subjonctif* et celui de l'*indicatif* avec *quòd :*

Socrate fut accusé de corrompre la jeunesse, *Socrates accusatus est quòd corrumperet juventutem.* (Quint.)

Quòd corrumperet n'exprime pas la pensée de celui qui parle, mais le motif de l'accusation, le prétexte dont se servaient les accusateurs ; — *quòd corrumpebat* eût signifié au contraire que Socrate corrompait réellement la jeunesse.

Attendre que...

666. Expecta, *dùm* ou *donec* filius meus *advenerit.*

Après le verbe *attendre,* le *que* se tourne par *jusqu'à ce que,* et s'exprime par *dùm* ou *donec,* avec le subjonctif. *Ex. :*

Attendez que mon fils soit arrivé, *expecta , dùm* ou *donec filius meus advenerit.*

667. Il ne faut pas confondre *s'attendre* avec *attendre.* Après *s'attendre,* qui signifie *penser, croire, être persuadé* (*existimare, persuasum habere*), on retranche le *que,* et le verbe suivant se met toujours au futur de l'infinitif (622). *Exemple :*

Je m'attendais que vous m'écririez, *te ad me scripturum esse existimabam.* (Cic.)

668. Ità futurum sanè *prævideram.*

Quand le verbe *s'attendre* signifie *prévoir,* on l'exprime par *prævidere,* et le *que* se retranche. *Exemple :*

Je m'étais bien attendu qu'il en serait ainsi, *itâ futurum sanè prœvideram.* (Cic.)

Cela est cause que, *ea causa est cur.*

669. Morbus causa fuit *cur* te non *inviserim.*

Après *être cause, avoir sujet, avoir des motifs,* le *que* ou *de* s'exprime par *cur* ou par *quarè* avec le subjonctif. *Ex. :*

La maladie a été cause que je ne suis pas allé vous voir, *morbus causa fuit cur te non inviserim.*
Quelle raison avez-vous eue de changer de projet? *quid causæ fuit, quarè consilium mutâris ?* (Cic.)

Douter si, douter que, *dubitare ne, nùm.*

670. Dubito *nùm valeat.*

Douter si marque une incertitude absolue et se construit comme il a été dit n° 642.
Douter que est l'équivalent de *ne pas croire.* Quand *douter que* n'est accompagné ni d'une négation, ni d'une interrogation, on rend *que* par *nùm* ou par *ne* avec le subjonctif. *Exemples :*

Je doute qu'il se porte bien, *dubito nùm valeat,* — ou *valeat ne.*
Il doutait (il ne croyait pas) que les Macédoniens le suivissent, *dubitabat an Macedones secuturi essent.* (Q. Curt. IX, 2.)

671. Non dubito *quin valeat.*

Mais quand le verbe *douter* est accompagné d'une négation ou d'une interrogation, on exprime *que* par *quin* avec le subjonctif. *Exemples :*

Je ne doute pas qu'il ne se porte bien, *non dubito quin valeat.*
Qui doute que la vertu ne soit aimable ? *quis dubitat quin virtus sit amabilis?*

672. *Suspicabar* rem malè cessuram.

Il ne faut pas confondre *se douter* avec *douter.* Après *se douter (suspicari, prœvidere),* on retranche le *que,* et l'on emploie la proposition infinitive. *Exemple :*

Je me doutais, je soupçonnais que l'affaire irait mal, *suspicabar rem malè cessuram.* (622.)

INTERROGATION INDIRECTE.

Verbes à l'indicatif *en français, qu'il faut mettre au* subjonctif *en latin.*

673. Nescis *quis* ego *sim.*

Quand le mot *qui* ou *quel*, entre deux verbes, marque interrogation ou doute, on met le second verbe au subjonctif en latin (*). *Exemples :*

Vous ne savez pas qui je suis, *nescis quis ego sim.*
Dites-moi quelle heure il est, *dic mihi quota hora sit.*
Je ne sais lequel des deux a été le plus éloquent, *nescio uter fuerit eloquentior.*
Écrivez-moi ce que vous faites (c'est-à-dire, quelle chose vous faites), *ad me scribe quid agas.*
Écrivez-moi ce qui se passe là où vous êtes (c'est-à-dire, quelle chose se passe), *ad me scribe quid istic agatur.*
674. Les mots *ce qui, ce que*, s'expriment par *quid*, avec le *subjonctif*, quand on peut les tourner par *quelle chose*, comme dans l'exemple précédent; mais on les rend par *quod*, avec l'*indicatif*, quand on ne peut pas les tourner par *quelle chose*, avec interrogation. *Exemple :*
Il a fait *ce que* je lui avais commandé, *fecit quod ei præceperam.*

675. Scire velim *ubi sis.*

Les adverbes de lieu *ubi, undè, quò, quà*; de temps *quandò, quandiù*, et les conjonctions *cur, quare, quomodò, an, utrùm*, etc., entre deux verbes, veulent le second au subjonctif en latin. (V. renvoi du n° 673.) *Exemples :*

Je voudrais savoir où vous êtes, *scire velim ubi sis.*
Je voudrais savoir d'où vous venez, *scire velim undè venias.*
Je voudrais savoir où vous allez, *scire velim quò eas.*
Je voudrais savoir s'il a de quoi vous payer, *scire velim si habuerit undè tibi solvat.*
Interrogée pourquoi elle disait cela, *interrogata cur hoc diceret.*

(*) C'est là ce qu'on appelle une interrogation *indirecte*, c.-à-d. celle qui se trouve dans une proposition subordonnée à une autre proposition, sans laquelle il y aurait une interrogation directe (450 à 453). — En effet, dans cette phrase : *vous ne savez pas qui je suis,* si l'on retranche la première proposition : *vous ne savez pas*, la proposition subordonnée deviendra celle-ci : *qui suis-je ?* (450.)
Le verbe de l'interrogation *directe* (450 à 453) se met à l'*indicatif;* dans l'interrogation *indirecte*, il se met toujours au *subjonctif.*

676. Vides *quantùm* te *amem*.

Comme, combien, pourquoi, etc. , entre deux verbes, veulent toujours le second au subjonctif en latin. *Exemples* :

Vous voyez combien je vous aime, *vides quantùm te amem.*
Je dirai en peu de mots combien la liberté est douce, *quàm dulcis sit libertas breviter proloquar.* (PHÆD.)

677. *Quis credat?* Quis non illud factum *miretur?*

Qui interrogatif, avant un futur de l'indicatif ou un conditionnel français, veut le verbe au *présent* du subjonctif en latin. *Exemples* :

Qui croira? *quis credat?*
Qui n'admirerait pas cette action? *quis non illud factum miretur?*

Temps du verbe latin après ut, ne, an, utrùm, quin.

678. Tibi suadeo, suadebo ut *legas.*

Après les conjonctions *ut, an, utrùm,* etc., on emploie le présent du *subjonctif,* quand le verbe principal est au *présent* ou au *futur.* Exemples:

Je vous conseille
Je vous conseillerai } de lire, { tibi suadeo
tibi suadebo } ut legas.

679. Tibi suadebam, suasi, suaseram ut *legeres.*

Mais si le premier verbe est à l'un des trois parfaits, on met le second à l'imparfait du subjonctif. *Exemples*:

Je vous conseillais
Je vous ai conseillé } de lire, { tibi suadebam
tibi suasi } ut legeres.
Je vous avais conseillé) (tibi suaseram

680. Tous les temps de l'indicatif français, excepté les deux futurs, se mettent aux mêmes temps du subjonctif latin, après les conjonctions *ne, an, utrùm, quin, quominùs, etc.* Exemples :

Je ne sais ce que vous faites, *nescio quid agas.*
Je ne sais ce que vous faisiez, *nescio quid ageres.*
Je ne sais ce que vous avez fait, *nescio quid egeris.*
Je ne sais ce que vous aviez fait, *nescio quid egisses.*

Emploi de la conjugaison périphrastique (159).

681. Nescio an *auditurus* sit.

Après *an, quin* et autres conjonctions qui veulent le subjonctif, avec l'idée d'*avenir* ou de *condition,* le futur *simple* et le conditionnel *présent,* le futur *antérieur* et le conditionnel *passé* français, s'expriment en latin par le *participe* futur en *rus, ra, rum,* avec un des temps du subjonctif du verbe *esse.*

1° *sim,* pour le futur simple :

Je ne sais s'il écoutera, *nescio an auditurus sit.*

2° *essem,* pour le conditionnel présent :

Je ne savais s'il écouterait, *nesciebam an auditurus esset.*

3° *fuerim,* pour le futur antérieur :

Je ne sais s'il aura écouté, lorsque... *nescio an auditurus fuerit.*

4° *fuissem,* pour le conditionnel passé :

Je ne savais s'il aurait écouté, *nesciebam an auditurus fuisset.*

682. Dubito nùm pater tuus *venturus sit.*

Si le verbe français est au *subjonctif* et qu'il marque l'avenir, on se sert encore du participe futur en *rus, ra, rum,* avec *sim,* pour exprimer le présent du subjonctif français, — avec *essem* pour l'imparfait, — avec *fuissem* pour le plus-que-parfait. *Exemples* :

1° *Présent du subjonctif :* Je doute que votre père vienne, *dubito nùm pater tuus venturus sit.*

2° *Imparf. du subjonct. :* Je doutais que votre père vînt, *dubitabam nùm pater tuus venturus esset.*

3° *Plus-q.-parf. du subj. :* Je doutais que votre père fût venu, *dubitabam nùm pater tuus venturus fuisset.*

683. Nescio an *futurum sit* ut audiatur.

Au passif, si l'on veut exprimer l'idée *simple* du futur, on ne peut, pour cela, se servir du participe en *dus, da, dum,* qui marque toujours *devoir, obligation, nécessité* (*) ; mais alors on emploie *futurum sit, futurum esset, etc.* Exemples :

Je ne sais s'il sera écouté, *nescio an futurum sit ut audiatur.*

Je ne savais s'il serait écouté, *nesciebam an futurum esset ut audiretur.*

Je ne savais s'il aurait été écouté, *nesciebam an futurum fuisset ut audiretur.*

684. Nescio an *futurum sit* ut illum pœniteat.

Si le verbe latin n'a pas de *supin,* et par conséquent point

---

(*) Quand le verbe annonce qu'il *faut* que l'action soit faite, qu'il y a obligation de la faire, on se sert du participe en *dus, a, um* :
Je ne sais s'il doit être écouté, c.-à-d. s'il faut l'écouter, *nescio an audiendus sit ;* — s'il devait être écouté, *an audiendus esset ;* — s'il a dû être écouté, *an audiendus fuerit,* etc.

de *participe futur*, on emploie la tournure ci-dessus : *futurum sit ut ; — futurum esset ut, etc.* Exemples :

Je ne sais s'il se repentira, *nescio an futurum sit ut illum pœniteat.*

Je ne savais s'il se repentirait, *nesciebam an futurtum esset ut illum pœniteret.*

Je ne savais s'il se serait repenti, *nesciebam an futurum fuisset ut illum pœniteret.*

REGLES PARTICULIÈRES.

Verbes à l'actif en français, qu'il faut tourner par le passif en latin.

685. Dicis *Paulum à Petro amari.*

Il faut changer l'actif en passif, quand il y a *amphibologie* ou *équivoque* dans la phrase, c'est-à-dire, quand, après un *que* retranché, il arrive que le *sujet* et le *complément* français doivent être tous deux à l'*accusatif*, ce qui empêcherait de les distinguer. Alors, au moyen du verbe passif, le sujet du second verbe français devient le *complément* indirect du second verbe latin. *Exemple :*

Vous dites que Pierre aime Paul, *dicis Paulum à Petro amari.*

(On ne peut pas dire : *dicis Petrum amare Paulum,* car on ne saurait pas si c'est Pierre qui aime Paul, ou si c'est Paul qui aime Pierre. Il faut donc changer l'actif en passif et dire : vous dites que *Paul est aimé de Pierre.*)

REM. Si le second verbe latin n'a point de passif, il faut tourner la phrase comme dans l'exemple suivant, en mettant le premier verbe entre deux virgules; cette tournure s'appelle *parenthèse :* Je crois que Pierre imite Paul (*tournez :* Pierre, je crois, imite Paul), *Petrus,* credo, *Paulum imitatur.*

On dit que... *on croit* que... *il semble, il paraît* que...

686. *Cervi dicuntur* diutissimè vivere.

On dit, on croit que, etc., s'expriment en latin de deux manières :

1° *Personnellement,* en prenant le sujet du second verbe pour en faire le sujet des verbes *dire, croire,* que l'on emploie au *passif.* Exemples :

On dit que les cerfs vivent très longtemps (*tournez :* les cerfs sont dits vivre...), *cervi dicuntur diutissimè vivere.*

Il paraît que vous êtes malade (*tournez :* vous paraissez être malade), *videris ægrotare.*

Rem. L'attribut qui accompagne l'infinitif se met au *nominatif* comme le sujet du premier verbe : *On dit qu'Aristée est l'inventeur de l'huile*, Aristæus *inventor* olei esse dicitur. (Cic. v. 648.)

687. *Dicitur cervos* diutissimè vivere.

2° *Unipersonnellement*, en tournant *on dit* par la troisième personne du singulier passif, *il est dit que... il est cru que....* alors le *que* se retranche. *Exemple* :

On dit que les cerfs vivent très longtemps (*tournez :* il est dit que les cerfs...), *dicitur cervos diutissimè vivere.*

Rem. Cette double construction a lieu avec les verbes suivants :

On rapporte, $\begin{cases} traditur, \\ fertur, \end{cases}$ il paraît, *videtur.* on dit, *dicitur.*

On raconte, $\begin{cases} proditum\ est, \\ memoratur, \\ narratur, \end{cases}$ être réputé, *putari.* être cru, *credi*, etc.

688. *Dicitur* te tuæ culpæ pœnitere.

On exprime toujours unipersonnellement *on dit, on croit,* etc., quand le second verbe est unipersonnel en latin. *Ex.* :

On dit que vous vous repentez de votre faute (*tournez :* il est dit que vous...), *dicitur te tuæ culpæ pœnitere.*

On dit que vous vous repentirez, *dicitur futurum esse ut te pœniteat,* etc.

Pronoms il, le, la, lui, leur, *qu'il faut quelquefois tourner par* soi, à soi, etc., *et exprimer par* suî, sibi, se.

689. Vulpes negavit *se* esse culpæ proximam.

Quand les pronoms *il, elle, le, la, lui, leur*, après un *que* retranché ou exprimé, se rapportent évidemment au sujet du premier verbe, on les rend en latin par *suî, sibi, se.* Ex. :

Le renard dit qu'*il* (lui *renard*) n'était point coupable de la faute, *vulpes negavit se esse culpæ proximam.*

César me prie de me rendre auprès de *lui* (de *César*), *Cæsar, ut veniam ad se, rogat.* (Cic.)

Ce citoyen répondit qu'*il* (le *citoyen*) ne connaissait point Aristide, *civis ille respondit se ignorare Aristidem.*

Mais je crois qu'il ne disait pas la vérité.

Ici le pronom *il* ne se rapporte plus au sujet du verbe (*je crois*), et on ne peut, par conséquent, se servir de *se.* On emploie, dans ce cas, le pronom *is, ille, iste.* Ainsi on dira :

At arbitror illum *non vera dixisse.*

Rem. Si l'emploi de *suî*, *sibi*, *se*, donnait lieu à une équivoque, il faudrait se servir de *ipse*, *ipsa*, *ipsum*, pour représenter le sujet du premier verbe :

Jugurtha envoya au consul des députés chargés de demander la vie pour *lui*, *Jugurtha legatos ad consulem misit*, *qui* ipsi *vitam peterent*. (Sall.)

Ici *ipsi* se rapporte à Jugurtha, sujet du premier verbe; *sibi*, s'il eût été employé, se serait rapporté à *qui*, sujet du second verbe et représentant *legati*. — (*Voy.* n° 419.)

C'est ainsi que... *est-ce ainsi* que...

690. *Sic* locutus est.

Dans les phrases qui commencent de cette manière : *c'est ainsi que, est-ce ainsi que..., c'est maintenant que, c'est alors que, c'est en vain que..., c'est... que,* on n'exprime ni *c'est* ni *que.* Exemples :

C'est ainsi qu'il parla (*tournez :* il parla ainsi), *sic locutus est.*

Est-ce ainsi que vous défendez vos amis (*tournez :* défendez-vous ainsi...)? *siccine tuos amicos defendis?*

C'est vous-même que je cherche (c'est-à-dire je cherche vous-même), *te ipsum quœro.*

C'est par notre vertu *que* nous méritons des éloges, *propter virtutem jure laudamur.* (Cic.)

691. *Non quòd* approbem, *sed quòd.*

L'expression *ce n'est pas que* se rend en latin par *non quòd*, avec le subjonctif, et l'expression *mais c'est que*, par *sed quòd*, avec l'indicatif. *Exemple :*

Ce n'est pas que j'approuve, mais c'est que..., *non quòd approbem, sed quòd...*

692. *Non quò* mihi sit alter altero carior.

S'il y a un comparatif, il faut rendre *ce n'est pas que* par *non quò.* Exemple :

Ce n'est pas que l'un me soit plus cher que l'autre, *non quò mihi sit alter altero carior.*

693. *Non quin* existimem.

S'il y a une négation, on rend *ce n'est pas que* par *non quin.* Exemple :

Ce n'est pas que je ne pense, *non quin existimem.*

694. Quamvis improbos salutaverim, *non continuò* sum improbus.

Les expressions *ce n'est pas à dire pour cela que, est-ce à*

Aug. Br., *Gr. Lat.*   13

dire pour cela que, se rendent par *non continuò, non ideò...
an continuò... an ideò.* Exemple :

Quoique j'aie salué des méchants, ce n'est pas à dire pour cela
que je sois méchant, *quamvis improbos salutaverim, non continuò
sum improbus.* (608.)

695. *Valetudo* patris me potissimùm sollicitat.

Les expressions *ce qui, ce que*, suivies de *c'est* et d'un nom,
ne s'expriment pas en latin. *Exemple :*

Ce qui me chagrine le plus, *c'est* la mauvaise santé de mon père
(*tournez :* la mauvaise santé de mon père me chagrine le plus), *valetudo patris me potissimùm sollicitat.*

696. *Illud* spero, me futurum immortalem.

Ce qui, ce que, s'expriment par *hoc, illud*, quand ils sont
suivis de *c'est que.* Exemples :

Ce que j'espère, c'est que je vivrai éternellement, *illud spero, me
futurum immortalem.* (622.)
(Après *espérer*, on retranche le *que.*)
Ce que je crains, c'est que..., *illud vereor ne...* (655.)
Ce dont je doute, c'est que... *illud dubito num...* (672.)
Ce qui me console, c'est que... *illud me consolatur quòd.* (667.)

697. Errat *qui* putat.

C'est, avant un infinitif, suivi de *que de*, se tourne par *celui
qui, ceux qui.* Exemple :

C'est se tromper *que de* croire (*tournez :* celui qui croit se
trompe), *errat qui putat.*

698. Fatentur omnes quò quid difficilius est, eò majorem ad
id *adhibendam esse curam.*

Quand *plus* ou *moins* est répété après un *que* à retrancher,
c'est le verbe qui suit le second *plus* ou le second *moins*, qui
se met à l'infinitif. *Exemple :*

Tout le monde convient que, plus une chose est difficile, plus il
faut y apporter de soin, *fatentur omnes quò quid difficilius est, eò
majorem ad id adhibendam esse curam.* (V. 518, 624 et 683, *renvoi.*)

EMPLOI DU SUBJONCTIF

après le pronom conjonctif *qui, quæ, quod.*

699. Sunt homines *qui censeant.*

1° Le pronom *qui, quæ, quod* veut le *subjonctif*, après les
verbes *est, sunt, reperiuntur*, et autres semblables, signifiant

il y a, il est, on trouve, il se rencontre (des personnes ou des choses *qui*). Exemples :

Il y a des gens *qui* pensent... *sunt homines qui censeant.*

Il s'est trouvé deux chevaliers romains *qui t'ont promis* de m'é-gorger dans mon lit, *reperti sunt duo equites romani, qui me meo in lectulo interfecturos pollicerentur.* (Cic. Cat. I.-4.)

Rem. Cependant on trouve quelquefois, par exception, l'indicatif au lieu du subjonctif, après *sunt qui :*

Il y en a qui aiment à se couvrir d'une noble poussière aux jeux olympiques, *sunt, quos curriculo pulverem olympicum collegisse juvat.* (Hor.)

700. Nunc dicis aliquid, *quod* ad rem *pertineat.*

2° Lorsque *qui* a pour antécédent *aliquis, aliqua, aliquid,* exprimé ou sous-entendu, il demande encore le subjonctif. *Exemples :*

Vous dites maintenant quelque chose *qui se rapporte* à la cause, *nunc dicis aliquid,* quod *ad rem* pertineat. (Cic. *quod* pour *tale, ut illud.*)

Je n'ai absolument *rien à vous* écrire, *plané deest* quod *ad te* scribam. (Cic. *aliquid* quod scribam.)

Il est bien malheureux celui qui n'a pas de *quoi manger, miserrimus est qui* quod edat *non habet.* (Plaut. — *aliquid* quod edat.)

701. Sapiens nihil affirmat *quod* non *probet.*

3° Le subjonctif a lieu après *qui, quæ, quod,* lorsque celui-ci a pour antécédent un mot qui renferme une négation, ou une interrogation, comme *nemo, nullus, nihil; — quis, quotusquisque* (combien peu)? *Exemples :*

Le sage n'assure rien qu'il ne prouve, *sapiens nihil affirmat quod non probet.* (*Quod* pour *tale, ut illud.* Voy. 434.)

Quel est l'homme *qui* ne *hait* pas une jeunesse effrontée! *quis est qui non* oderit *protervam adolescentiam!* (Cic. *qui* pour *talis, ut is.*)

Autres circonstances de l'emploi du subjonctif, *après* qui, quæ, quod.

702. Rectum est ut, eos *qui* nobis carissimi esse *debeant,* æquè ac nosmet ipsos amemus.

Le pronom *qui, quæ, quod* veut le subjonctif, lorsqu'il suit et modifie une proposition dont le verbe est au subjonctif ou à l'infinitif. *Exemples :*

Il est juste que nous aimions comme nous-mêmes, ceux *qui doivent* nous être le plus chers, *rectum est ut, eos qui nobis carissimi esse debeant, æquè ac nosmet ipsos amemus.* (Cic.)

(*Qui* prend le subjonctif *debeant,* parce que, dans l'ordre de la construction, il est précédé d'un autre subjonctif *amemus.*)

Pline croyait perdu tout le temps *qu'il ne donnait* pas à l'étude, *Plinius perire omne tempus arbitrabatur,* quod *studiis non* impertiretur. (Plin. J.)

(*Quod* veut le subjonctif *impertiretur*, parce qu'il est précédé d'une proposition infinitive *perire tempus.*)

703. *Observations importantes.* On emploie également le subjonctif après toutes les conjonctions, même après celles qui ne prennent ordinairement que l'indicatif, lorsqu'elles dépendent d'une proposition dont le verbe est au subjonctif ou à l'infinitif. Ainsi, dans les deux exemples cités plus haut : *postquàm legi, scribo* (587), et *Lacedæmoniorum gens fortis fuit, dùm Lycurgi leges vigebant* (633), si nous plaçons *postquàm* et *dùm* après une proposition infinitive, ces deux conjonctions devront nécessairement amener le subjonctif :

Je vous dis qu'après avoir lu, j'écris, *dico tibi me, postquàm legerim, scribere.*

Cicéron raconte que les Lacédémoniens furent courageux, tant que les lois de Lycurgue furent en vigueur, *narrat Cicero Lacedæmoniorum gentem fortem fuisse, dùm Lycurgi leges vigerent.*

Rem. Si l'action du verbe qui suit *qui, quæ, quod* est affirmée comme certaine, positive, on emploie l'indicatif, quoique la proposition précédente dépende d'un subjonctif ou d'un infinitif :

Il est juste qu'un fils ait les biens que son père a possédés, *æquum est filium habere bona* quæ possedit *pater.* (Plaut.)

FIN DE LA SECONDE PARTIE.

TROISIÈME PARTIE.

LOCUTIONS FRANÇAISES (*).

704. *Summa* arbor, *medius* mons.

Plusieurs noms tels que le *haut* ou le *sommet*, le *bas* ou le *fond*, le *milieu*, le *bout* ou l'*extrémité*, etc., se rendent par les adjectifs correspondants *summus, altus, imus, intimus, medius, extremus*, etc., que l'on fait accorder avec le nom qui suit. *Exemples* :

Le haut, le sommet d'un arbre, *summa arbor.*
Le haut, le sommet d'un rocher, *summa rupes.*
Le haut, le sommet d'une montagne, *summus mons.*
Au haut de l'arbre, etc., *in summâ arbore,* etc.
Le milieu d'un arbre, d'un rocher, d'une montagne, *media arbor, media rupes, medius mons.*
Au milieu du marché, *in medio foro.*
Au milieu de la paix, *mediâ in pace.*
Le bas d'un arbre, d'une montagne, *ima arbor, imus mons.*
Le bout des doigts, *extremi digiti.*
Le fond de la mer, *imum mare.*
Le fond du cœur, *pectus intimum.*

Aller, devoir, il faut, *suivis d'un infinitif.*

705. Mox *profecturus sum.*

Quand les verbes *aller, devoir,* suivis d'un infinitif, marquent seulement qu'une chose est sur le point de se faire, on n'exprime pas *aller, devoir,* mais on met le verbe suivant au participe futur, avec le verbe *sum, es, est,* etc., que l'on emploie au temps où l'on mettrait *aller, devoir,* en français. *Exemples* :

Je vais partir, *ou* je dois partir, *mox profecturus sum.* (159.)
Il devait partir, *profecturus erat.*

706. *Comprimendæ sunt* libidines.

Quand les verbes *devoir, il faut,* marquent *obligation, nécessité* de faire l'action du verbe suivant, on tourne la phrase

---

(*) C'est-à-dire *manières* de parler propres en particulier à la langue française, et qu'on appelle pour cette raison *gallicismes.* D'autres *gallicismes* se trouvent répandus dans tout le cours de la syntaxe ; mais comme il n'importe pas aux commençants de les avoir dans des chapitres particuliers, il a paru plus utile de ne pas interrompre, pour cet objet, l'ordre que doivent occuper les parties du discours dans cette grammaire.

par le passif, et l'on se sert du participe futur en *dus, da, dum.* (Renvoi du n° 683.) *Exemples* :

Il faut réprimer ses passions *(tournez : les passions sont devant être réprimées)*, *comprimendæ sunt libidines*. (159... 2°.)

On doit faire chaque chose en son temps, *suo quæque tempore facienda sunt.* (Plin.)

Il faut oublier une injure, *obliviscenda est injuria.* (Varr.)

707. Is ad laborem est *incitandus.*

Il faut employer le même participe en *dus, da, dum*, pour le verbe *avoir besoin*, suivi d'un infinitif. *Exemple* :

Il a besoin d'être excité au travail, *is ad laborem est incitandus.*

708. *Serviendum* est Deo.

Si le verbe qui suit *devoir, il faut*, n'a pas de complément direct, on emploie le participe neutre en *dum* avec *est;* ce participe est très usité même dans les verbes neutres (436). *Exemples* :

Il faut servir Dieu, *serviendum est Deo.* (*Servire* veut son complément au *datif*.)

Il faut *ou* on doit *semer*, même après une mauvaise récolte, *etiam post malam segetem serendum est.* (Sén.)

Il faut *ou* on doit aller au devant de l'audace, *obviam eundum est audaciæ.* (T. Liv.)

Il faut user d'exercices modérés, *utendum est exercitationibus modicis.* (Cic.)

On peut aussi employer les verbes *debere, oportere*, et dire : *oportet Deo servire*, etc.

Rem. Le nom de la personne qui doit faire l'action se met au datif (342) : *Le vieillard même doit apprendre, etiam seni discendum est.* (Sén.)

Nous devons faire ce que nos parents nous commandent, *faciendum id nobis, quod parentes imperant.* (Plaut. — 703.)

Avoir la force de..., la hardiesse de...

709. *Sustinuisti,* ausus es id *negare?*

Avoir la force de, la hardiesse de, le courage de, avant un infinitif, s'expriment par *sustinere, audere*, avec l'infinitif latin. *Exemple :*

Avez-vous bien eu la force de nier cela? *sustinuisti id negare*, ou *ausus es id negare?*

Avoir beau.

710. *Frustrà* lacrymaris.

Avoir beau, avant un infinitif, se tourne par *en vain* (frustrà), ou par *quoique*, quamvis, quanquàm, licet. *Exemple :*

Vous avez beau pleurer (*tournez* : vous pleurez en vain), *frustrà lacrymaris;* ou bien, quoique vous pleuriez, *quanquàm lacrymaris* (*quanquàm* veut l'indicatif, *quamvis* et *licèt*, le subjonctif).

Avoir de la peine à...

711. *Ægrè* id impetravit.

Avoir de la peine à..., avant un infinitif, se tourne par *difficilement*, ou par *il est difficile de; n'avoir pas de peine à...*, se tourne par *facilement*. Exemples :

Il a eu de la peine à obtenir cela (*tournez* : il a obtenu cela difficilement), *ægrè id impetravit*.

Il n'a pas eu de peine à obtenir cela (c'est-à-dire, il a obtenu cela facilement), *facilè id impetravit*.

A force de...

712. *Multo labore* doctus evasit.

A force de..., avant un infinitif, se rend par un nom dérivé du verbe, avec *multus, a, um*, ou avec un adjectif qui ait la même valeur. *Exemples :*

A force de travailler, il est devenu savant (*tournez* : par beaucoup de travail), *multo labore doctus evasit*.

A force de lire, *assiduâ lectione*. (Varr.)

Avoir le bonheur, le malheur, l'honneur de...

713. Mihi *contigit ut* patrem meum viderem.

Les expressions *avoir le bonheur de, l'honneur de*, s'expriment par *contingere ut...*, et *avoir le malheur de*, se rend par *accidere ut...* Exemples :

J'ai eu le bonheur de voir mon père (*tournez* : il m'est arrivé de) *mihi contigit ut patrem meum viderem*. (175.)

J'ai eu le malheur d'être vaincu, *mihi accidit ut vincerer*. (175.)

Avoir lieu, sujet ou *raison.*

714. Tibi non *est timendi* locus.

Les expressions *avoir* ou *n'avoir pas lieu, sujet* ou *rai-*

son, et autres expressions analogues, se tournent par *locus est* avec le verbe suivant au gérondif en *di,* ou par *est quòd* ou *cur* avec le *subjonctif.* Exemples :

Vous n'avez pas lieu de craindre, *tibi non est timendi locus.*

Quelle raison avez-vous de siéger en ce lieu ? *quid est, cur tu in hoc loco sedeas ?*

Être près ou *sur le point* de...

715. *Mox* ou *jamjàm* oppido potiturus erat.

Être près de ou *sur le point de,* avant un infinitif, se tourne par *dans peu, bientôt* (mox *ou* jamjàm) et le verbe suivant se met au participe futur en *rus, ra, rum,* avec *sum..., eram...,* etc. *Exemples :*

Il était sur le point de prendre la ville, *mox* ou *jamjàm oppido potiturus erat.*(705.)

On peut dire aussi : *in eo erat, ut oppido potiretur.* (C. Nép.) (sous-entendu *puncto.*)

Être homme à..., femme à..., capable de...

716. Non *is* sum *qui* pedem *referam.*

Être homme à, femme à, capable de, être fait pour, se tournent par *être celui, celle qui...,* et s'expriment par *is qui, ea quæ,* avec le subjonctif. *Exemples :*

Je ne suis pas homme à reculer, *non is sum qui pedem referam.* (*qui* pour *ut ego.*)

Votre mère n'est point femme à mal élever ses enfants , *non ea est mater tua quæ liberos suos malè instituat.* (*quæ* pour *ut ea.*)

Il n'est pas capable de faire cela, *non is est qui hoc faciat.* (*qui* pour *ut is.*)

Rem. Au lieu de *qui,* on pourrait se servir aussi simplement de *ut.*

717. Thesauri quilibet illius avaritiam satiare *non possunt.*

Si *être capable* a pour sujet un nom d'objet inanimé, on l'exprime par *posse.* Exemple :

Tous les trésors du monde ne sont pas capables de satisfaire son avarice, *thesauri quilibet illius avaritiam satiare non possunt.*

FAIRE, *suivi d'un infinitif.*

718. *Fac ut* sciam.

Quand le verbe *faire* signifie *faire en sorte,* on le rend

par *facere ut*, ou par *dare operam ut*, avec le subjonctif.
Exemple :

Faites-moi savoir (*tournez :* faites en sorte que je sache), *fac ut sciam.*

719. *Ex* litteris tuis cognovi.

Quand *faire connaître* a pour sujet un nom de chose, on le tourne de la manière suivante. *Exemple :*

Votre lettre m'a fait connaître (*tournez :* j'ai connu par votre lettre), *ex litteris tuis cognovi.* (331.)

720. Mori me *cogis.*

Quand *faire* signifie *contraindre, commander, engager,* on le rend par *cogere, jubere, impellere.* Exemples :

Vous me faites mourir (c'est-à-dire, vous me contraignez à mourir), *mori me cogis.*

Il le fit tuer (il ordonna qu'il fût tué), *jussit eum occidi.*

Après *jubeo,* on met toujours le verbe suivant au présent de l'infinitif.

Cela m'a fait croire (cela m'a engagé à croire), *id me impulit ut crederem.*

721. *Modò* advenit.

Ne faire que de... se tourne par *tout à l'heure,* et se traduit par *modò.* Exemple :

Il ne fait que d'arriver (*tournez :* il est arrivé tout à l'heure), *modò advenit.*

722. *Perpetuò* nugatur.

Ne faire que se tourne par *toujours,* et se rend par *assiduè, semper, perpetuò.* Exemple :

Il ne fait que badiner (il badine toujours), *perpetuò nugatur.*

Autres exemples sur le verbe FAIRE.

723. Se faire donner quelque chose par force, *aliquid extorquere.* (Cic.)

724. Faire sa paix avec quelqu'un, *in gratiam redire cum aliquo.* (Cic.)

725. Faire espérer à quelqu'un que..., *aliquem in spem adducere,* etc. (Cic.) (*Le que se retranche.*)

726. Se faire écouter, *facere sibi audientiam.* (Cic.)

727. Faire concevoir une bonne opinion de soi, *bonam sui* ou *de se spem concitare.* (Cic.)

728. C'en est fait, *actum est.* — C'est fait de moi, *nullus sum.* (Tér.) — C'est fait de nous, *occidimur.* (Tér.) — C'est fait de vous, vous êtes un homme perdu, mort, *periisti oppidò.* (Plaut.) — Ou bien : *actum est de te.* (Tér.) — Ou bien : *mortuum te habeo.* (Cic.)

13.

Il s'en faut beaucoup que..., *être bien éloigné* de...

729. *Multùm abest, ut* tuos superes condiscipulos.

Il s'en faut beaucoup se traduit par *multùm abest; combien s'en faut-il?* par *quantùm abest?* et le *que* suivant par *ut,* avec le subjonctif. *Exemple :*

Il s'en faut beaucoup que vous surpassiez vos condisciples, *multùm abest, ut tuos superes condiscipulos.*

730. *Me ne* ità miserum esse!

Cette façon de parler *faut-il que,* mise par exclamation, ne se rend pas en latin; on met le nom ou le pronom à l'*accusatif* avec *ne,* et le verbe suivant à l'infinitif. *Ex.* :

Faut-il que je sois si malheureux! *me ne ità miserum esse!*

Peu s'en faut, il s'en faut peu que...

731. *Non multùm abest quin* sim miserrimus.

Les locutions *peu s'en faut, il ne s'en faut pas beaucoup, il ne tient à rien que,* s'expriment par *paulùm abest, non multùm abest, haud multùm abest, nihil abest,* et *que ne* par *quin* avec le subjonctif. *Exemples :*

Peu s'en faut que je ne sois très malheureux, *non multùm abest quin sim miserrimus.* (Cic.)

Peu s'en est fallu qu'il ne tuât Varus, *paulùm abfuit, quin Varum interficeret.* (Cæs.)

732. On peut aussi rendre *peu s'en est fallu* par *tantùm non,* ou par *penè, propemodùm.* Exemple :

Peu s'en est fallu qu'il ne tombât (*tournez :* seulement il n'est pas tombé), *tantùm non cecidit ;* ou bien : il est presque tombé, *penè cecidit.*

733. *Penser, faillir, manquer,* suivis d'un infinitif, se tournent de la même manière que *peu s'en faut.* Exemple :

Il a pensé tomber,	c'est-à-dire peu s'en est fallu qu'il ne tombât, *ou* il est presque tombé,	*paulùm abfuit quin caderet,* ou *penè cecidit,* ou *tantùm non cecidit* (732).
Il a manqué de tomber,		
Il a failli tomber,		

Tant s'en faut que..., *être si éloigné* de...

734. *Tantùm abest ut* te oderit, *ut* contrà te amet.

Tant s'en faut s'exprime par *tantùm abest,* et les deux *que* suivants par *ut,* avec le subjonctif. *Exemples :*

Tant s'en faut qu'il vous haïsse, qu'au contraire il vous aime, *tantùm abest ut te oderit, ut contrà te amet.*

On peut aussi exprimer *tant s'en faut* par *adeò non*, et le second *que* par *ut* : *Adeò non te odit, ut contrà te amet.*

On peut encore le tourner par *bien loin de*, et l'exprimer par *nedùm : te amat nedùm oderit.* (595.)

Tarder de...., être dans l'impatience de...

735. *Nihil* mihi *longius* est *quàm ut* te videam.

Il tarde de, être dans l'impatience de s'expriment par *nihil longius est, quàm ut*, avec le subjonctif. *Exemple :*

Il me tarde de vous voir, *nihil mihi longius, est, quàm ut te videam.*

736. *Tenir à...., avoir à cœur...*

1° *Tenir à, avoir à cœur*, se rend souvent par *curæ est*, qui se construit avec le datif :

Vous teniez à ma dignité, ou *vous aviez à cœur ma dignité*, tibi curæ fuit mea dignitas. (Cic.)

2° *N'avoir rien de plus pressé, de plus à cœur que...*, se traduit par *nihil habere antiquius* (antiquius, *plus ancien*, *qui va avant*); *nihil mihi est antiquius, nihil antiquius duco, existimo, quàm ut*, avec le subjonctif, ou *quàm* avec l'infinitif. *Exemples :*

Je n'eus rien de *plus pressé* que d'aller trouver Pansa, *nec habui quidquam antiquius, quàm ut Pansam convenirem.* (Cic.)

Il n'eut rien *tant à cœur* que d'effacer les souvenirs de ces deux journées, *nihil antiquius duxit, quàm id biduum memoriæ eximere.* (Suet.)

LAISSER, *suivi d'un infinitif.*

737. *Cantus* tui non *sinunt* me dormire.

Laisser, avant un infinitif, se tourne par *permettre que*, et s'exprime par *sinere* (le *que* se retranche). *Exemple :*

Vos chants ne me laissent pas dormir, *cantus tui non sinunt me dormire.* (Phæd.)

738. Quanquàm te ipsum exspecto, da *tamen* epistolam.

Ne pas laisser de, avant un infinitif, se tourne par *cependant,* tamen. *Exemple :*

Quoique je vous attende vous-même, *ne laissez pas* de me donner une lettre, *quanquàm te ipsum exspecto, da tamen epistolam.*

Malgré.

739. Id *invitus* fecit.

Malgré, avant un nom de personne, ou *être forcé de,* avec un infinitif, se rend par l'adjectif *invitus, a, um,* que l'on fait accorder avec le nom ou le pronom qui précède. *Exemples :*

Il a fait cela malgré lui, *ou* il a été forcé de faire cela, *id invitus fecit.*

Notre ombre nous suit malgré nous, *nos umbra sequitur invitos.* (Sén.)

Titus renvoya Bérénice *malgré* lui et *malgré* elle, *Berenicem Titus dimisit invitus invitam.* (Suét.)

Rem. Quand le nom ou le pronom qui suit *malgré* n'est ni *sujet* ni complément direct dans la proposition, on se sert de l'ablatif absolu (462) :

J'ai fait cela malgré lui, *id illo invito feci.*

740. Illum *quamvis* clamitaret, interfecit.

Malgré, avant un nom de chose, se tourne par *quoique* (*quamvis*), avec le subjonctif. *Exemple :*

Il le tua malgré ses cris redoublés (*tournez :* quoiqu'il criât beaucoup), *illum quamvis clamitaret, interfecit.*

Ne pas manquer de...

741. Ad illum *profectò* scribam.

Ne pas manquer de..., avant un infinitif, se tourne par *certainement,* et s'exprime par *profectò.* Exemple :

Je ne manquerai pas de lui écrire (*tournez :* je lui écrirai certainement), *ad illum profectò scribam.*

742. *Memento* ut illum moneas.

Mais quand on commande quelque chose, *ne manquez pas de* se tourne par *souvenez-vous, memento,* et au pluriel, *mementote,* avec *ut* et le subjonctif, ou avec l'infinitif. *Exemples :*

Ne manquez pas de l'avertir, *memento ut illum moneas.*

Ne manquez pas de tout approuver, *memento omnia probare.* (Cic.)

743. Ne existimes, ou *noli* existimare.

Dans ces façons de parler : *ne va pas, n'allez pas,* le verbe *aller,* suivi d'un infinitif, ne s'exprime pas; mais on met *ne*

avec le subjonctif de l'autre verbe, ou bien on se sert de *noli,
nolite,* avec l'infinitif. *Exemple :*

N'allez pas vous imaginer, *ne existimes,* ou bien : *noli existimare*
(456).

Ne servir qu'à.

744. Hoc ipsum dolorem meum *exulcerat.*

Ne servir qu'à, suivi d'un infinitif, ne s'exprime pas en latin, mais on ajoute le mot *même (ipse)* au sujet du verbe, pour
donner plus de force à l'expression. *Exemple :*

Cela ne sert qu'à aigrir ma douleur (*tournez :* cela même aigrit
ma douleur), *hoc ipsum dolorem meum exulcerat.*

Rem. On pourrait aussi tourner *ne servir qu'à* par *seulement,* et
l'exprimer par *tantùm, tantummodò, duntaxat :*

Hoc dolorem meum tantummodò exulcerat.

Pour ne pas dire.

745. Tu puer, ne dicam nugator, es.

Pour ne pas dire s'exprime par *ne dicam,* et le nom ou
l'adjectif suivant se met au même cas que celui qui précède.
Exemple :

Vous êtes un enfant, pour ne pas dire un badin, *tu puer, ne
dicam nugator, es.*

Rem. L'expression *ne dicam* n'influe pas sur le cas du mot suivant, parce qu'elle est considérée comme une locution adverbiale
équivalente à *imò* ou à *etiàm.*

SAVOIR, suivi d'un infinitif.

746. Eâ occasione usus est.

Savoir, suivi d'un infinitif, ne s'exprime pas en latin, excepté dans le sens de *avoir le talent de...* Exemples :

Il sut profiter de cette occasion (*tournez :* il profita de cette occasion), *eâ occasione usus est.*

Phidias *savait* faire, ou était habile à faire des statues d'ivoire,
ex ebore Phidias sciebat facere simulacra. (Sén.)

S'occuper à, se mettre à, se mêler de...

747. Legit, flere cœpit.

Les verbes *s'occuper à, se mêler de,* suivis d'un infinitif,
ne s'expriment pas en latin. *Exemple :*

Il s'occupe à lire (*tournez :* il lit), *legit.*

Se mettre à, suivi d'un infinitif, s'exprime par *cœpi, cœpisse.* Exemple :

Il se mit à pleurer, flere cœpit.

VENIR DE..., *suivi d'un infinitif.*

748. *Modò* profectus est.

Venir de, suivi d'un infinitif, se tourne par *tout à l'heure, modò. Exemple :*

Il vient de partir *(tournez : il est parti tout à l'heure), modò profectus est.* (**721.**)

749. Id si *rescierit.*

Venir à, suivi d'un infinitif, ne se. rend pas en latin, ou seulement par *fortè.* Exemple :

S'il vient à savoir cela *(tournez : s'il sait cela), id si rescierit.*

Vous ne sauriez croire.

750. Souvent le conditionnel, au commencement d'une phrase, se rend en latin par le *présent* ou le *parfait* du subjonctif. *Exemples :*

Vous ne sauriez croire, *vix credas* ou *vix credideris.*
Vous le prendriez pour un homme sage, *eum sapere putes.*

Je pourrais, je devrais.

751. Souvent encore le *conditionnel présent* se rend en latin par le *présent* de l'indicatif, et le *conditionnel passé* par l'*imparfait* ou le *parfait* de l'indicatif, avec les verbes *debeo, possum, oportet, convenit, licet, equum est* et plusieurs autres verbes analogues. *Exemples :*

Je pourrais appeler de nombreux témoins, *possum excitare multos testes.* (Cic.)

Ces hommes qu'on *aurait dû* livrer au glaive, ma voix les ménage encore, *quos ferro trucidari oportebat, eos nondùm voce vulnero.* (Cic.)

Autres exemples de gallicismes.

752. Vous n'y êtes pas (c'est-à-dire, vous n'avez pas deviné, vous vous trompez), *rem acu non tetigisti* (Plaut.), ou bien : *erras.*

753. S'y prendre mal, *rem malè aggredi; rem malè tractare.*

754. J'y vais de mon reste, *depono quidquid reliquum est.*

Il y va de son reste, il joue de son reste, il hasarde tout, *omnem aleam jacit.* (Suet.)

Il y va de ma vie,
$\left\{ \begin{array}{l} \textit{salus mea agitur.} \text{ (Cic.)} \\ \textit{de salute meâ decernitur.} \text{ (Cic.)} \\ \textit{adducor in discrimem summum,} \text{ ou} \\ \textit{... discrimen capitis.} \text{ (Cic.)} \end{array} \right.$

Il y va de mon honneur,
$\left\{ \begin{array}{l} \textit{agitur mea gloria.} \text{ (Cic.)} \\ \textit{venio in discrimen existimationis} \\ \textit{meæ.} \text{ (Cic.)} \end{array} \right.$

755. Parler d'abondance, sur le champ, *ex tempore dicere.*
De jour en jour, *in dies.*
D'une manière étonnante, *mirum in modum.*
Vivre au jour le jour, *in diem vivere.*
En jouant, pendant que l'on jouait, *inter ludendum.*
Pendant le souper, etc., *inter cœnam.*
Au milieu du festin, *inter epulas.*
Contre la volonté, *præter voluntatem.*
Outre mesure, *præter modum.*
Parler à la tribune, du haut de la tribune, *pro suggestu, pro rostris dicere,* etc., etc.
Avoir de la complaisance, de la faiblesse pour quelqu'un, *gerere morem alicui.*
On fit ce qu'il voulut, *gestus est ei mos.* (C. Nep.)

Il y a...

756. Les expressions *il y a, il y avait,* etc., avec un nom seulement, se tournent par le verbe *être.* Exemples :

Il n'y a point de retard (*tournez :* nul retard n'est), *nulla mora est.*

Il n'y a plus de Troyens (*tournez :* les Troyens furent), *fuêre Troes.*

Mais si, après un nom commun, il y a un infinitif, on tourne ce dernier comme dans l'exemple suivant :

Il y aurait de l'injustice à croire (*tournez :* celui qui croirait commettrait une injustice), *injuriam faceret, qui crederet.*

757. Operæ pretium est hic dicere de Lycurgo.

Les expressions *il est bon, il est à propos de, c'est le cas de, cela vaut la peine,* se rendent en latin par *operæ pretium est* avec l'infinitif. *Exemples :*

Il est bon, il convient de parler ici de Lycurgue, *operæ pretium est hic dicere de Lycurgo.* (Just.)

Cela vaut la peine d'être lu, *operæ pretium est hoc legere.*

758. Id sciens prudensque feci.

Les locutions adverbiales *à dessein, avec intention, exprès,* etc., se remplacent souvent par un adjectif de même valeur. *Exemples :*

J'ai fait cela sciemment et avec intention, *id sciens prudensque feci.* (Cic.)

Ils se présenteront à l'improviste, *improvisi aderunt.* (Virg.)(pour *ex improviso.*)

Vous venez après une longue attente, *expectate venis.* (Virg.)

Il en est de...

759. Il en est des fruits comme des fleurs (*c'est-à-dire*, les fruits sont comme les fleurs), *itidem fructus sunt, ut flores.*

Se laisser aller à, s'abandonner à...

760. *Se laisser aller* à ses goûts, à ses passions, *indulgere, parere studiis, cupiditatibus.* (Cic.)

En passer par...

761. *En passer par* (c'est-à-dire, *convenir*), se rend par *legem subire, judicio omnia permittere, voluntati parere :*

J'en passerai par où vous voudrez, *quâ volueris conditione utar.* (Cic.)

Aller, s'arrêter...

762. L'horloge va mal, *horologium errat.*

Ma montre va bien, *manuale horologium meum rectè monet.* — La vôtre s'arrête, *tuum silet.*

763. Je m'arrête à cet avis, *mihi stat.* (Cic.) — S'arrêter au jugement d'autrui, *alterius judicio stare.*

Monter...

764. Monter une montre, une machine, *horologium, machinam aptare, intendere,* etc.

SYNTAXE DE L'INTERJECTION (214).

765. Les interjections ne font point partie des propositions, c'est-à-dire, qu'elles n'y remplissent ni le rôle du sujet, ni celui du complément. Cependant quelques-unes se joignent aux différents cas des noms :

1° *O* se construit avec le *nominatif*, l'*accusatif* et le *vocatif.* Exemples :

O quelle face! quelle mine! ô *qualis facies!* (Juv.)

O trompeuses espérances des hommes! ô *fallacem hominum spem!* (Cic. — sous-entendu *video.*)

Voc. O le bel enfant! ô *formose puer!* (Virg.)

2° *Hei!* et *væ!* avec le *datif :*

Hélas! malheureux que je suis! *hei misero mihi!* (Ter.)

Malheur aux vaincus! *væ victis!* (T.-Liv.)

3° *Pro! heu! eheu!* avec l'*accusatif* et le *vocatif :*

O foi des Dieux et des hommes ! *pro Deûm atque hominum fidem !* (Cic. — sous-entendu *testor.*)

Malheureux que je suis ! *heu me miserum !* (Cic. — sous-entendu *dico.*)

Malheureux enfant ! *heu miserande puer !* (Virg.)

Rem. Souvent même l'interjection est supprimée : *Suaves tuas litteras !* (Cic.), et avec le *vocatif :* Domine ! *Seígneur !* mi pater bone ! *mon bon père !*

DE L'ANALYSE.

766. On entend par *analyse* du discours la décomposition de ce discours en toutes ses parties, de telle sorte que l'espèce de chaque mot soit indiqué, ainsi que sa fonction et la règle de syntaxe à laquelle elle est soumise.

767. Pour plus de clarté, il est nécessaire de diviser l'analyse en deux classes : en analyse de *mot à mot*, et en analyse *logique* ou analyse du *sujet*, du *verbe*, de l'*attribut* et du *complément*.

768. Analyse de *mot à mot.*

Pour cette analyse, il suffit d'indiquer à quelle espèce de mots appartient celui qu'on analyse ; quel en est le genre, le nombre ; de quelle déclinaison il est ; à quel cas, à quel mode, à quel temps, etc. ; en un mot, il faut se borner aux développements exprimés dans la première partie de cette Grammaire.

Exemples :

TEXTE.	TRADUCTION.
Litteræ ornamenta hominum sunt et solatia.	*Les belles-lettres servent d'ornement et de consolation aux hommes.*
Si non tantus fructus perciperetur ex liberalium artium studiis, quantum percipi constat, sed ex his delectatio sola peteretur ; tamen hæc animi remissio judicanda esset libero homine dignissima. Nam cæteræ neque temporum omnium sunt, neque ætatum, neque locorum.	*Quand il serait vrai qu'on ne retirât pas de l'étude des belles-lettres tout le fruit qu'il est constant qu'on en retire, et que tout leur avantage se bornât au plaisir qu'elles procurent, cette dernière raison seule devrait les rendre très dignes de l'application d'un homme bien né, car la plupart des autres arts ne conviennent point à tous les temps, à tous les âges, ni à tous les lieux.*
Hæc studia adolescentiam alunt, senectutem oblectant, secundas res ornant, adversis perfugium ac solatium præbent,	*Les belles-lettres servent de nourriture à la jeunesse, de récréation à la vieillesse, d'ornement dans la prospérité, d'a-*

delectant domi, non impediunt foris, pernoctant nobiscum peregrinantur, rusticantur. (Cic.)

sile et de consolation dans l'adversité; elles divertissent à la maison, n'embarrassent point au dehors; elles nous accompagnent le jour et la nuit, voyagent et vont à la campagne avec nous.

ANALYSE.

Si	*Quand même*	conjonct. (635).
fructus	*un fruit*	n. c. m. sing., de *fructus, ûs*, 4e décl, au nom. (252).
non	*ne pas*	adv. de nég. (199.)
perciperetur	*serait recueilli*	v. p. *percipior, eris, perceptus sum, perceptu, percipi,* 3e pers. sing., imparf. du subj. (635); de *percipio, is, percepi, perceptum, percipere,* 3e conj. mixte (114 et 150).
tantus	*aussi grand*	adj. qual. m. sing. au nom., de *tantus, a, um,* sur *bonus, a, um,* s'acc. avec *fructus* (R. 247).
ex	*de*	prép. qui veut son complém. à l'abl. (207).
studiis	*les études*	n. c. n. pl., de *studium, ii,* 2e décl, (21), à l'abl., compl. de *ex*.
artium	*des arts*	n. c. f. plur., de *ars, artis,* 3e décl. (28), au gén. (R. 272).
liberalium	*libéraux*	adj. qual. f. pl., de *liberalis, is, e,* 3e décl. (54), au gén. (R. 247).
quantum	*que (combien grand)*	adj. qual. m. s., de *quantus, a, um,* à l'acc., s'acc. avec *fructum,* s.-ent. (R. 247); *fructum* s.-ent. est à l'acc. (R.617-629).
constat	*il est constant*	v. unipers., de *consto, as, constiti, constitum, constare,* 1re conj. (109), 3e pers. sing. indic. prés.
percipi	*être recueilli*	v. p. *percipior, eris, perceptus sum, perceptu, percipi,* à l'infinit.; de *percipio, is, percepi, perceptum, percipere,* 3e conj. (150), à l'infinit. (R. 617).
sed	*mais*	conjonct. (212).
delectatio	*le plaisir*	n. c. f. sing., de *delectatio, onis,* 3e décl. (23), au nom. (R. 252).

sola	*seul*	adj. f. sing., de *solus, a, um*, gén. *solius* (74), au nom. (R. 247).
peteretur	*serait retiré*	v. p. *petor, eris, petitus sum, petitu, peti*, 3ᵉ pers. sing., imparf. du subj.; de *peto, petis, petii* ou *petivi, petitum, petere*, 3ᵉ conj. (112); il est au subj. (R. 635).
ex	*de*	prép. qui veut son complément à l'abl. (207).
his	*celles-ci*	pron. adj. n. pl., de *hic, hæc, hoc*, gén. *hujus* (81), à l'abl., s'acc. avec *studiis* ou *negotiis*, sousent. (R. 87).
tamen	*cependant*	conj. (212).
hæc	*cette*	pron. adj. f. sing., de *hic, hæc, hoc*, gén. *hujus* (81), au nom., s'acc. avec *remissio* (R. 87).
remissio	*récréation*	n. c. f. sing., de *remissio, onis*, 3ᵉ décl. (23), au nom. (R. 252).
animi	*de l'esprit*	n. c. m. sing., de *animus, i*, 2ᵉ décl. (15), au gén., complém. de *remissio* (R. 272).
esset	*serait*	v. subst. *sum, es, fui, esse*, 3ᵉ pers. du sing., imparf. du subj. (106).
judicanda	*devant être jugée*	part. fut. pas. du v. *judico, as, avi, atum, are*, 1ʳᵉ conj., au nom. f. sing., s'acc. avec *remissio* (R. 247).
dignissima	*très digne*	adj. qual. f. sing. au superl. (63), de *dignus, a, um*, s'acc. avec *remissio* (R. 247).
homine	*de l'homme*	n. c. m. sing., de *homo, inis*, 3ᵉ décl. (23), à l'abl., complém. de *dignissima* (R. 289).
libero	*bien né*	adj. qual. m. sing., de *liber, libera, liberum* (60), s'acc. avec *homine* (R. 247).
Nam	*Car*	conjonct. (212).
cæteræ	*les autres* (arts)	adj. f. plur., de *cæteri, æ, a*, au nom., s'acc. avec *artes*, s.-ent. (R. 247).
sunt	*sont*	v. subst. *sum, es, fui, esse*, 3ᵉ pers. pl., indic. prés. (106).
neque	*ni*	conjonct. (212).
omnium	*de tous*	adj. n. pl. de *omnis, is, e*, génit. *omnis*, 3ᵉ décl. (54), au génit.

		pl., s'acc. avec *temporum* (R. 147).
temporum	*les temps*	n. c. n. pl. de *tempus, oris,* 3e *décl.* (25), au gén. pl., compl. de *negotia,* sous-ent. (R. 272).
neque	*ni*	conjonct. (212).
ætatum	*de (tous les) âges*	n. c. f. pl., de *ætas, atis,* 3e *décl.* (23), au gén. complém. de *negotia,* sous-ent. (R. 272). (Voy. *temporum,* plus haut.)
neque	*ni*	conjonct. (214.)
locorum	*de (tous les) lieux*	n. c. m. pl., de *locus, i,* 2e *décl.* (15 et 46 *ter,* 6°), au génit., complém. de *negotia,* sous-ent. (R. 272).
Hæc	*Ces*	pron. adj. n. plur., de *hic, hæc, hoc,* gén. *hujus* (81), au nom., s'acc. avec *studia* (R. 87).
studia	*études*	n. c. n. pl., de *studium, ii,* 2e *décl.* (21), au nom. (R. 252).
alunt	*nourrissent*	v. act. *alo, is, alui, alitum, alere,* 3e *conj.* 3e *pers.* plur., indic. prés. (112).
adolescentiam	*la jeunesse*	s. c. f. sing., de *adolescentia, æ,* 1re *décl.* (7), à l'acc. (R. 315), etc., etc.

Les numéros des règles de la syntaxe qu'on trouve ici entre parenthèses, ne sont donnés que pour ceux de MM. les professeurs qui voudraient que l'élève donnât la Règle de syntaxe en même temps que l'explication qui se rattache à la première partie de la Grammaire.

Il est important que l'élève s'habitue de bonne heure à cette analyse de *mot à mot,* et de vive voix, et par écrit.

---

769. Analyse logique, ou *analyse du Sujet, du Verbe, de l'Attribut et du Complément.*

Pour faire cette analyse, il faut disposer chaque proposition (222) de manière que le *sujet* occupe la première place ; le *verbe,* la seconde ; le *complément direct,* la troisième ; le *complément indirect,* la quatrième, et le *complément circonstanciel,* la cinquième. C'est ce qu'on appelle faire la *construction.* Aucune méthode, jusqu'à ce jour, n'a paru plus propre à faciliter aux élèves l'intelligence des auteurs.

Rem. Si l'on décompose le verbe *attributif* en verbe *substantif* et en *attribut* (231, 232), cet attribut aura la troisième place, le complément *direct,* la quatrième, etc.

Chaque partie analysée ainsi doit être suivie de la Règle de syntaxe sur laquelle s'appuie l'analyse.

Voici d'ailleurs un exemple de cette seconde analyse, avec le même texte qui a servi à celle du *mot à mot*.

ORDRE DES MOTS (*).

1. *Sujet* (225), avec ses modificatifs (241).
2. *Verbe* (229 à 232), avec ses modificatifs (241).
3. *Complément direct* ou *attribut* (238, 227, 228), avec ses modificatifs (241).
4. *Complément indirect* (239), avec ses modificatifs (241).
5. *Complément circonstanciel* (240), avec ses modificatifs.

TEXTE :

Litteræ ornamenta hominum sunt et solatia.

Si non tantus fructus perciperetur ex liberalium artium studiis, quantum percipi constat, sed ex his delectatio sola peteretur; tamen hæc animi remissio judicanda esset libero homine dignissima. Nam cæteræ neque temporum omnium sunt, neque ætatum, neque locorum.

Hæc studia adolescentiam alunt, senectutem oblectant, secundas res ornant, adversis perfugium ac solatium præbent, delectant domi, non impediunt foris, pernoctant nobiscum, peregrinantur, rusticantur. (Cic.)

Exemple d'analyse :

1re PROPOSITION : *Litteræ ornamenta hominum sunt et solatia.*

CONSTRUCTION :

Litteræ sunt ornamenta et solatia hominum.

ANALYSE :

1. *Litteræ*	sujet, R. *Ego audio* (252).
2. *sunt*	verbe substantif (106 et 231).
3. *ornamenta et solatia hominum.*	attribut, R. *Deus est sanctus* (262).
	complément de l'attribut, R. *Liber Petri,* 272).

2e PROPOSITION : *Si non tantus fructus perciperetur ex liberalium artium studiis.*

CONSTRUCTION :

Si tantus fructus non perciperetur ex studiis artium liberalium.

ANALYSE :

1. *Tantus fructus*   Sujet, R. *Ego audio* (252) ; *tantus* s'accorde avec *fructus*, R. *Deus sanctus* (247).

(*) Lorsque, dans une proposition, il y a des mots mis en apostrophe, c'est-à-dire, auxquels on adresse la parole, on commence l'analyse par ces mots, qui ne sont ni *sujets*, ni *compléments*. On dit seulement qu'ils sont mis en apostrophe. (V. n°s 379 et 454.)

2. *non percipere-tur*	verbe passif au subjonctif, à cause de la conj. *si*, R. *Id si faceres* (635).
4. *ex studiis*	complément indirect de *perciperetur*, R. *Christus redemit hominem à morte* (332).
artium libera-lium.	*artium*, complément de *studiis*, R. *Liber Petri*, (272) ; *liberalium* s'accorde avec *artium*, R. *Deus sanctus* (247).

3ᵉ Proposition : *Quantum percipi constat.*

CONSTRUCTION :

Quantum fructum percipi constat.

ANALYSE :

1. *quantum (fruc-tum percipi)*	Sujet, mis ainsi, R. *certum est terram esse rotundam* (629) ; l'adjectif *quantum* s'accorde avec *fructum*, sous-entendu, R. *Deus sanctus* (247).
3. *constat.*	verbe et attribut (231 et 232).

4ᵉ Proposition : *Sed ex his delectatio sola peteretur.*

(Elle s'analyse comme la première.)

5ᵉ Proposition : *Tamen hæc animi remissio judicanda esset libero homine dignissima.*

CONSTRUCTION :

Tamen hæc remissio animi esset judicanda dignissima homine libero.

ANALYSE :

1. *Hæc remissio*	Sujet, R. *Ego audio* (252) ; *hæc* s'accorde avec *remissio*, R. *Mater mea* (87).
animi	complément du sujet, R. *Liber Petri* (272).
2. *judicanda esset*	verbe passif, au participe futur (683, *renvoi*) ; l'auxiliaire est à l'imparfait du subjonctif, R. (635).
ou bien :	
2. *esset*	verbe substantif à l'imparfait du subjonctif, R. *Id si faceres, tibi gratias agerem* (635).
3. *judicanda*	attribut, R. *Deus est sanctus* (262).
dignissima	modificatif de *remissio*, R. *Deus est sanctus* (262).
homine libero	complément de *dignissima*, R. *Dignus laude* (289) ; *libero* s'accorde avec *homine*, R. *Deus sanctus* (247).

6ᵉ Proposition : *Nam cæteræ neque temporum omnium sunt, neque ætatum, neque locorum.*

CONSTRUCTION :

　　　　1.　　　　　2.　　　　　3.

Cæteræ (artes) neque sunt (negotia) omnium temporum, neque ætatum, neque locorum (272).

Nota. Les trois propositions suivantes ne présentent aucune difficulté.

9e Proposition : *Adversis perfugium ac solatium præbent.*

CONSTRUCTION :

(Illa) præbent perfugium ac solatium (rebus) adversis.

ANALYSE :

1. (*Illa*)	Sujet sous-ent., R. *Ego audio* (252 ou 253).
2. *præbent*	verbe actif (111); son sujet est sous-entendu, R. *Audio, doces, legit* (253).
3. *perfugium ac solatium*	compl. direct, R. *Amo Deum* (515).
5. (*rebus*) *adversis.*	complément circonstanciel (240), R. *Crimini dedit mihi meam fidem* (320), etc., etc.

Nota. Le complément *indirect* et le complément *circonstanciel* se confondent quelquefois, sans que cela tire à conséquence pour les commençants; mais si l'on fait attention à cette proposition, on reconnaîtra que le véritable complément *indirect* ici est sous-entendu : c'est *hominibus*, c'est-à-dire, (*illa*) *præbent perfugium ac solatium* hominibus *in* rebus *adversis*.

Voici une proposition qui comprend les cinq parties dont il est question au commencement de cette analyse :

Ego Thrasybulo neminem præfero fide, constantiâ, magnitudine animi. (C. N.)

Je ne préfère personne à Thrasybule pour la bonne foi, la constance et la grandeur d'âme.

CONSTRUCTION :

Ego præfero neminem Thrasybulo fide, constantiâ, magnitudine animi.

ANALYSE :

1. *Ego*	Sujet, R. *Ego audio* (252).
2. *præfero*	verbe actif (109 et 161).
3. *neminem*	complément direct, R. *Amo Deum* (315).
4. *Thrasybulo*	complément indirect, R. *Do vestem pauperi* (319).
5. *fide, constantiâ, magnitudine animi.*	complément circonstanciel, R. *Fame interiit* (563 et 240).

On voit que la fonction de chaque mot est justifiée par une règle avec le numéro d'ordre, qui renvoie à la Grammaire, et que cette analyse, dégagée des longs détails qui se rattachent à la première partie, offre l'avantage d'être comprise plus facilement de l'élève.

On ne saurait trop insister sur cette analyse, et de vive voix, et par écrit.

L'élève trouvera, dans nos *Exercices Latins* (1 vol. in-12), de nombreux exemples, tirés des meilleurs auteurs, sur toutes les règles de la syntaxe.

NOTIONS DE LA TRADUCTION.

Les notions que nous donnons ici sur la traduction des auteurs latins, trouvent naturellement leur place après l'analyse ou *méthode de construction* qu'on vient de voir.

770. Lorsque l'élève commence à faire des versions par écrit, il doit d'abord faire la construction de la phrase dans l'ordre indiqué au n° 769, c'est-à-dire, écrire horizontalement (et non les uns au-dessous des autres, comme cela se fait quelquefois), 1° le *sujet* et ses *modificatifs*, 2° le *verbe*, 3° l'*attribut* ou le *complément direct*, 4° le *complément indirect*, 5° le *complément circonstanciel*, avec les modificatifs de chaque partie; puis le mot français au-dessous de chaque mot latin correspondant.

771. Pour la traduction qu'on appelle *traduction en bon français*, l'élève doit avoir principalement en vue :

1° De rendre en *français* la valeur de chaque expression latine ;

2° D'observer le génie de la langue française, pour l'ordre que les mots doivent avoir entre eux ;

3° D'exprimer les pensées de l'auteur avec *fidélité, clarté, correction* et *précision* ;

4° Enfin d'étudier, dans l'auteur, le *style*, les *tournures* et les *images* qui conviennent aux différents genres, soit en prose, soit en vers.

Mais pour arriver à une traduction *fidèle, correcte* et *élégante*, il faut justifier d'une certaine expérience dans l'art d'écrire en français.

Il est donc nécessaire que l'élève ait une connaissance même approfondie de sa langue maternelle, pour acquérir l'art de la traduction.

Pour les commençants eux-mêmes, les éléments de la langue maternelle sont aujourd'hui reconnus indispensables, d'après les méthodes adoptées pour l'enseignement du latin.

Enfin, pour qu'un élève puisse se familiariser avec le *style* et les *tournures* d'un auteur, il ne doit pas se borner, chaque jour, à une version de quelques lignes : il faut qu'il lise et traduise, de vive voix, plusieurs pages de son auteur, tous les jours. C'est peut-être de cet exercice seul qu'il tirera de véritables fruits de ses études. On peut calculer qu'un élève qui, chaque jour, traduirait une *demi-page* d'auteur, par écrit, et *trois pages* de vive voix, aurait, au bout de sept années, expliqué tous les mots de tous les auteurs classiques prescrits ordinairement par le Conseil de l'instruction publique. En effet, le nombre de pages de ces auteurs est d'environ 4400, tant en in-18 qu'en in-12 ; l'année scolaire est d'à peu près *six mois* de travail ou 180 jours, ce qui, pour les sept années, donne un total de 1260 jours d'étude : divisant les 4400 pages par ces 1260 jours, on obtient, pour chacun, les *trois pages et demie* dont il s'agit.

772. RÉCAPITULATION
DES RÈGLES DE LA SYNTAXE.

(Cette table peut servir de Questionnaire à MM. les Professeurs.)

Numéros des Règles. *(Que dit la Règle ?)*		Numéros des Règles. *(Que dit la Règle ?)*	
Abeat proditor	455	Alterutrum ad te mittam. .	416
Abes à foro	353	Altissima arborum, *ou* ex	
Abhinc tribus annis, *ou* ab-hinc tres annos mortuus		arboribus, etc	303
est	571	Amat ludere	366
Abundat divitiis	357	Amo Deum	315
Accepi litteras à patre meo.	329	Amor à Deo	340
Accepi magnam voluptatem		Amor libertatis nobis est in-	
ex tuis litteris	330	natus	597
Actum est, nullus sum, etc.	728	Animal quem vocamus leo-	
Acu rem non tetigisti. . . .	752	nem	432
Adeò rara est fidelis amicitia	527	Animi dotes corporis doti-	
Adhibuit quàm plurimùm		bus longè præstant. . . .	430
potuit diligentiæ	520	Arguitur prodidisse rempu-	
Ad honorem nostrum inter-		blicam	338
est	365	Audi, fili mi, disciplinam	
Ad illum profectò scribam.	741	patris tui	454
Admirabantur Ciceronem		Audio, doces, legit	253
quùm diceret	349	Augustus imperator	245
Admonui eum periculi, *ou*		Avarus sibi ipse nocet. . . .	397
de periculo	353	Avidus laudum	278
Adolescentibus non modò		Bonam suî *ou* de se spem	
non invidetur, verùm		concitare	727
etiàm favetur	436	Bonitas divina	273
Ad te scribo, non tàm ut te		Caducæ sunt divitiæ, virtus	
laudem, quàm ut tibi gra-		non item	401
tuler	526	Cæsar misit legatos qui	
Ædepol	498	dixerunt.	434-1°
Ægrè id impetravit	711	Cantus tui non sinunt me	
Alexander annos duo et tri-		dormire	737
ginta natus excessit è vitâ	572	Capulo tenùs	208
Alii aliis rebus delectantur.	414	Cave ne cadas	656
Alii ludunt, cantant alii . .	414	Cecidit decimo abhinc pas-	
Aliquem in spem adducere.	725	su, *ou* ad decimum ab-	
Aliquid extorquere	723	hinc passum	560
Alius est pater, alia proge-		Certum est terram esse ro-	
nies	406	tundam	629
Alter *ou* unus ait, negat alter	412	Cervi dicuntur diutissimè	
		vivere	686

Aug. Br., *Gr. Lat.*   14

FIN DE LA TROISIÈME PARTIE.

TABLE METHODIQUE.

PREMIÈRE PARTIE.

SECONDE PARTIE.

SYNTAXE LATINE.

TABLE DES MATIÈRES.

FIN DE LA TABLE DES MATIÈRES.

Coulommiers. — Imprimerie de A. MOUSSIN — 1856.

www.ingramcontent.com/pod-product-compliance
Lightning Source LLC
Chambersburg PA
CBHW072351030726
47505CB00014B/1467